Simone Jöst

Die Oma und der Punk

Über dieses Buch:

Oma Emma hat die Nase voll! Erst vertreibt ihre geldgeile Familie sie aus ihrer Villa und nun soll sie in dieser »Seniorenresidenz« versauern. Kurz entschlossen haut sie ab – und trifft Jule, eine … nun ja, extrovertierte junge Frau mit bunten Rastalocken und schweren Stiefeln. Mangels Alternativen folgt Emma ihr in deren WG. Schlimmer kann das alles ohnehin nicht mehr werden, glaubt sie. Falsch gedacht! Denn Jule nimmt es mit Recht und Ordnung nicht immer ganz genau und so schlittern die beiden von einem Abenteuer ins nächste.

Über die Autorin:

Simone Jöst lebt im Odenwald. Beflügelt von der Lust, sich ständig neue Geschichten auszudenken, entdeckte sie das Spannungsgenre für sich. Seitdem publizierte sie zahlreiche Krimi-Kurzgeschichten und arbeitete als freie Mitarbeiterin in einem kleinen Verlag. Sie ist Herausgeberin diverser Anthologien und liebt nichts mehr als schwarzen Humor und weiße Schokolade.

Simone Jöst

Die Oma und der Punk

Kriminalroman

Genehmigte Lizenzausgabe 2017
der Buchvertrieb Blank GmbH, Vierkirchen

Umschlaggestaltung: HildenDesign, München, www.HildenDesign.de
Umschlagabbildung: © HildenDesign unter Verwendung
von Shutterstock.com
Gesamtherstellung: GGP Media GmbH, Pößneck
Printed in the EU
ISBN 978-3-94601-277-1

Für dich, lieber Leser.
Für wen sonst?

Mittwoch

Im Fernsehen sah das ganz einfach aus. Der Held schwingt sich mit Leichtigkeit über das Balkongeländer, springt geschmeidig zwei Meter in die Tiefe und landet auf den Füßen oder rollt sich elegant ab. Emmas müde Gelenke hielten einem solchen Sprung nicht mehr stand. Ihre Flucht aus dem Seniorenheim bedurfte einer etwas längeren und gründlicheren Planung.

Der Mond blinzelte durch die Baumkronen im Park und zeichnete bizarre Schatten an die Fassade der Seniorenresidenz. Emma stand auf ihrem Balkon, tippelte mit den Fingerspitzen nervös auf die Lehne eines verblichenen Plastikstuhls und überlegte. Ihr Vorhaben war aberwitzig und weit weg von allem, was man Vernunft nannte.

Auf dem Rücken trug sie den pinkfarbenen Rucksack ihrer Enkelin. Trixi hatte ihn vergessen, als sie mit ihrer Mutter einen dieser scheinheiligen Pflichtbesuche gemacht hatte. Der Beutel war klein und leicht genug, um darin die nötigsten Dinge wie Geld und Pass zu verstecken. Das Mädchen wird den Verlust nicht lange bedauert haben. So, wie Emma ihre Schwiegertochter kannte, hatte sie Trixi bestimmt schon einen Ersatz in der Stadt gekauft.

Eine kühle Brise blies durch Emmas graues Haar. Zwei Bettlaken, die sie heimlich aus der Wäschekammer entwendet hatte, knotete sie mit größter Sorgfalt an ihren Enden zusammen und zerrte daran, um sicherzugehen, dass sie sich nicht voneinander lösten. Dann zog sie die Verandatür ihres Zimmers von außen zu und lauschte in die Nacht. Die Blätter der Pappeln wirbelten im Wind, rauschten sanft und untermalten das Tremolo ihres Herzschlags. Die Melodie der Panik, dachte Emma und wischte sich mit dem Handrücken über die schweißnasse Stirn.

»Jetzt nur Ruhe bewahren, altes Mädchen«, sprach sie sich Mut zu und fädelte die Laken um eine der eisernen Stangen des Balkongeländers, bis beide Enden gleich lang und lose nach unten in den Park baumelten. Später, wenn sie unten angekommen war, musste sie die Tücher nur noch hinabziehen und mitnehmen, um die Spuren ihrer Flucht zu beseitigen. Wenn das Pflegepersonal ihr Fehlen am nächsten Morgen bemerkte, würde zuerst das Gebäude nach ihr abgesucht werden, denn die Ausgänge waren nachts verschlossen und videoüberwacht. Irgendwann, wenn sogar die Suche in der Parkanlage vergebens bliebe, müsste sich die Heimleitung eingestehen, dass die alte Dame spurlos verschwunden war. Zu diesem Zeitpunkt würden sie dann aller Wahrscheinlichkeit nach Emmas Sohn Konstantin benachrichtigen und vielleicht auch noch die Polizei. Bis dahin blieb ihr genügend Zeit unterzutauchen.

Soweit die Theorie. Der schwierigste Teil ihres Abenteuers bereitete ihr viel mehr Sorgen. Sie musste über das Balkongeländer steigen. Für eine ältere Dame ohne sportliche Ambitionen, dafür mit Arthrose in den Gelenken, war das eine große Herausforderung. Um ihre altersbedingte Restmobilität voll ausschöpfen zu können, hatte sie sich zu diesem Anlass die erste Jeans ihres Lebens gekauft. Die Kinnlade der Verkäuferin war schier zu Boden geklappt, als Emma sich lauthals über ihren noch einigermaßen *knackigen* Hintern darin freute und sich vor dem Spiegel im Laden drehte.

Emma bekreuzigte sich und schaute nach links und rechts durch die Parkanlage. Es war niemand zu sehen. Die Lichter in den Zimmern ihrer Mitbewohner waren längst erloschen. Die Nachtschwester hatte den letzten Rundgang vor einer halben Stunde beendet und sich wie jede Nacht in die kleine, verqualmte Kaffeeküche zurückgezogen. Nur das Schnarchen von Oma Krause aus dem Nachbarzimmer drang mehr oder minder leise durch das gekippte Fenster nach draußen.

Emma spürte ein Kribbeln in ihrem Bauch und fühlte sich genau wie damals, als sie 13 war und der pickelige Nachbarsjunge den Romeo vor ihrem Zimmerfenster gab, während ihr Vater nebenan fernsah. Ihre Hände waren feucht. Sie umklammerte das Geländer und hob ihr rechtes Bein langsam hinüber, denn heute war sie definitiv keine 13 mehr, und ihre Knochen ächzten. Als sie rittlings auf der Brüstung saß, mit einem Bein bereits in der Freiheit und dem anderen noch in der Hölle, strauchelte sie und verlor beinahe das Gleichgewicht. Emma verfluchte ihren idiotischen Plan. Wenn sie abstürzte und sich die Knochen brach, würde sie dort unten auf dem Rasen liegen bleiben, bis jemand sie fand, und dann musste sie nicht nur weiterhin in diesem Heim ausharren, sondern sie untermauerte damit selbst die Behauptung ihres Sohnes und ihrer Schwiegertochter, dass sie unzurechnungsfähig sei. Allein der Gedanke an die beiden gab Emma neuen Mut zur Flucht.

Vorsichtig hob sie das andere Bein über das Geländer, als ob sie von einem Fahrrad stiege. Sie suchte mit den Fußspitzen auf der Abflussrinne an der Außenseite des Balkons nach Halt. Schweiß stand ihr auf der Stirn, und die Finger wurden rutschig. Vorsichtig ging sie in die Hocke, fuhr mit den Händen an den Gitterstäben nach unten und überlegte, wie sie aus dieser Position am besten die baumelnden Enden der Bettlaken zu fassen bekäme. Wie sie es auch drehte und wendete, sie musste eine Hand vom Geländer lösen. Allein der Gedanke daran beschleunigte ihren Herzschlag. Die Arthrose in den Großzehgelenken machte ihr das Stehen auf Zehenspitzen unerträglich, und deshalb probierte sie eine neue Strategie aus. Sie kniete sich auf die nur wenige Zentimeter hervorstehende Bodenplatte des Balkons und versuchte, nach dem Bettlaken zu greifen. Der Abstieg war schwieriger als gedacht. Jetzt musste sie nur noch das Laken unter sich zu fassen bekommen und sich daran abseilen, doch das war leichter gesagt als getan.

Emma verweilte in ihrer misslichen Lage, und jede Sekunde, die sie wartete, bohrte sich die Kante der Steinfliesen tiefer in ihre Kniescheiben. Sie biss die Zähne zusammen und beugte sich seitlich nach unten, bekam den Stoff zu fassen und zog ihn ein Stückchen zu sich empor. Dabei rutschte sie ab und stürzte in die Tiefe. Zum Glück konnte sie die Laken packen und sich daran festklammern. Emma zappelte mit den Beinen, schlang sie nach einigen Fehlversuchen um die Betttücher, was ihr zusätzlichen Halt gab, und schickte ein Stoßgebet in die Dunkelheit. Einen Moment lang baumelte sie mit pochendem Herz am Balkon wie eine Kirchturmglocke.

Emma lauschte, ob irgendjemand sie gehört hatte. Im Haus blieb alles still, keine Stimmen, kein Licht. Ihr Puls beruhigte sich langsam, und sie ließ sich Zentimeter für Zentimeter nach unten gleiten. Ihre Arme verloren an Kraft, und plötzlich war das Laken zu Ende, aber der Boden war noch ein gutes Stück entfernt. Für einen jungen Menschen stellte das kein Problem dar. Ein geschmeidiger Sprung – und die Flucht wäre geglückt. Für einen alten Menschen jedoch eine schier ausweglose Situation, denn Knochenbrüche heilen mit fortgeschrittener Jugendlichkeit nicht mehr so schnell. Emma sah sich bereits mit eingegipsten Knöcheln im Krankenbett liegen. Ihr geldgieriger Sohn nebst Gemahlin würden Blumen vorbeibringen und Mitgefühl heucheln.

Plötzlich packte jemand Emmas Fußgelenke.

»Ich hab dich. Halt dich fest, ich helfe dir.«

Es war die Stimme einer Frau. Zuerst dachte Emma an eine der Pflegerinnen. Doch die würden Alarm schlagen, statt sie aus ihrer misslichen Lage zu befreien, und sie würden sie außerdem nicht duzen. Dankbar nahm Emma die Hilfe an und landete unversehrt auf dem Rasen. Die Laken zog sie mit sich in die Tiefe, denn es sollte keine Beweisstücke ihrer Flucht geben.

»Was war das denn für ein cooler Stunt?«

Emma seufzte.

»Bist du Emma von Stratnitz?«

»Kommen Sie von Herrn Lehmann?«, fragte Emma misstrauisch.

»Nicht so direkt«, antwortete die Frau zögerlich und sah aus, als ob sie nicht wusste, wovon Emma sprach.

»Ausgemacht war eigentlich, dass er draußen auf der Straße auf mich wartet.«

»Hab mir doch gleich gedacht, dass hier etwas nicht stimmt. Los komm! Wir sollten uns schnellstmöglich aus dem Staub machen. Quatschen können wir später.«

Die Frau, von der Emma im Dunkeln nicht viel erkannte, packte sie am Handgelenk und zog sie mit sich in Richtung Ausfahrt. Emma hatte Mühe, Schritt zu halten, und stolperte. Die Laken klemmte sie sich unter den Arm. Die losen Enden schleiften wie ein weißer Hochzeitsschleier hinter ihr her und verschwanden mit Emma in der dunklen Nacht.

Im Schutz der Ziersträucher huschten die beiden über den kurz geschnittenen Rasen, den der Gärtner liebevoller versorgte als das Personal die Heimbewohner. Die Frau lief leicht nach vorn gebeugt vor Emma her. Sie wusste genau, wo sie in Deckung gehen musste, um nicht die Bewegungsmelder der Laternen zu aktivieren. Daran hätte Emma nicht gedacht.

Die Seniorenresidenz lag außerhalb des Stadtzentrums auf einem Hügel, eingebettet in einen wunderschönen Park mit weiß lackierten Bänken, Gipsbüsten und exotischer Vegetation. Die Hochglanzprospekte, auf die Emma seinerzeit hereingefallen war, versprachen den Bewohnern größtmögliche Ruhe und Erholung. Wenn man jedoch hinter die Kulissen schaute und sich nicht vom ersten Eindruck blenden ließ, erkannte man schnell, dass die angeblich heile Welt gar nicht so heil war. Emma konnte es kaum erwarten, ihr mehr oder weniger unfreiwillig gewähltes Zuhause zu verlassen. Sie schaute auf die Uhr. Bis jetzt lief noch alles nach Plan. Herr Lehmann musste bereits draußen auf der Straße warten.

Sie erreichten das Hauptportal. Das große schmiedeeiserne Tor erinnerte Emma an eine Gefängnispforte. Statt es zu öffnen, schob sich ihre Retterin am Zaun entlang und verschwand hinter einer mannshohen Ligusterhecke.

»Was tun Sie da?«, fragte Emma und schaute ihr neugierig hinterher.

»Was wohl?« Die Frau umklammerte zwei Eisenstäbe und stieg auf den Betonsockel des Zaunes. Von dort aus hievte sie sich mit einer der Jugend vorbehaltenen Leichtigkeit auf eine der Querverstrebungen. Emma ahnte, was nun folgte, und blickte sich sehnsüchtig nach der Hauptpforte um.

»Vergiss es, Oma, die ist nachts abgeschlossen.«

Emma wusste nicht, was ihr bei diesen Worten mehr aufstieß: dass das Tor abgeschlossen war und sie nun auch über den Zaun in die Freiheit klettern sollte oder dass die junge Frau sie so geringschätzig als Oma titulierte. Sie blähte die Nasenflügel und schnaubte.

»Was jetzt? Kommste mit oder bleibste da?«

»Müssen wir wirklich da rüber?«, fragte Emma und deutete auf den drei Meter hohen Zaun, der vor ihr in die Höhe ragte.

»Wenn du nicht entdeckt werden willst, dann ja«, sagte die Frau und kletterte weiter nach oben.

Emma seufzte und folgte ihr hinter die Ligusterhecke. Sie stopfte die Bettlaken durch die Eisenstangen auf den Fußweg und stieg mühsam auf den Betonsockel. »Ich weiß nicht, ob ich das schaffe.«

»Klar, kletter einfach bis nach oben, und dann schwing dich drüber wie vorhin an deinem Balkon.«

Der Balkon! Das war kein motivierender Gedanke. Wenn Konstantin sie hier über den Zaun steigen sähe, würde er sie tatsächlich für unzurechnungsfähig erklären lassen. Konstantin! Allein für sein dummes Gesicht, wenn die Heimleitung ihm mitteilte, dass seine Mutter verschwunden sei, lohnte es sich, diese Tortur auf sich zu nehmen.

Dank der neuen Jeans hatte Emma wenigstens die volle Beinfreiheit, die ihr in ihrem Alter noch geblieben war. Sie tat es der jungen Frau gleich und stieg von einer Querverstrebung zur nächsten, bis sie sich in schwindelerregender Höhe über die pfeilbewehrten Eisenstangen hieven sollte.

»Keine Panik, das klappt doch ganz gut, Oma.«

»Ich helfe Ihnen gleich, von wegen Oma!«, keuchte Emma und wollte ihrer Fluchthelferin zeigen, dass sie nicht so alt und gebrechlich war, wie sie sich jedoch fühlte. Mutig manövrierte sie sich über den Zaun und begann, auf der anderen Seite wieder hinabzuklettern. Als sie auf dem Trottoir ankam, zitterte sie vor Anstrengung.

Im Laternenschein konnte Emma etwas mehr von ihrer Komplizin erkennen. Sie war Anfang 20, zierlich und trug einen Minirock zu wollenen Strumpfhosen und dicke Armeestiefel. Der Ausschnitt ihres T-Shirts war zur Seite gezogen und verschwand unter einer schäbigen Sweatjacke mit Kapuze. Ihre Haarpracht bestand aus rotbraunen, verfilzten und zu fingerdicken Würsten zusammengedrehten Strähnen. Emma wollte sich nicht ausmalen, wie viele Tierchen in diesen Rastalocken ein Zuhause gefunden haben mochten. Sie bestaunte das Aussehen der jungen Frau und fragte: »Sind Sie eine Punkerin?«

»Wie kommste denn auf so einen Quatsch?«

»Entschuldigen Sie, aber Ihre Haare, Ihre Kleidung … wie nennt man Sie denn sonst?«

»Wie wär's einfach mit – Jule?«

Emma kam sich unsäglich taktlos vor und errötete. In ihren Kreisen war sie noch nie zuvor mit einer solchen Person in Berührung gekommen.

»Ich bin Emma von Stratnitz«, versuchte sie, von ihrem misslungenen Auftritt abzulenken.

»Dachte ich mir.«

»Sollte ich Sie kennen?«, fragte Emma.

»Nein.« Mehr sagte ihre Fluchthelferin nicht.

Emma hielt vergebens nach Herrn Lehmanns Wagen Ausschau. Sie hatte den Detektiv beauftragt, ihr bei der Flucht aus der Residenz zu helfen und Nachforschungen über ihren Sohn Konstantin und seine Frau Barbara anzustellen. Leider war von ihm weit und breit keine Spur.

Das Mondlicht legte sich wie ein silbriger Mantel über die nächtliche Landstraße. Gegenüber dem Hauptportal auf der anderen Straßenseite befand sich eine Bushaltestelle mit türkisfarbener Sitzbank und Glaswänden. Direkt daneben verströmte eine diffuse Laterne orangefarbenes Licht.

»Sieht nicht so aus, als ob du abgeholt wirst«, stellte Jule fest. »Soll ich dich irgendwohin mitnehmen?«

»Danke, das ist sehr freundlich von Ihnen, aber ich warte lieber, bis Herr Lehmann kommt«, lehnte Emma ab.

Jule grinste und zog den Reißverschluss ihrer Jacke bis zum Hals hinauf. Es war ziemlich kühl für eine Juninacht. Emma bereute, dass sie nur einen Pullover übergezogen und auf ihre Jacke verzichtet hatte. Sie wollte verhindern, dass ihre Flucht gleich als solche erkannt wurde, sobald Schwester Waltraude in ihrem Kleiderschrank nachschaute. Der Wind frischte auf. Emma fröstelte. Sie hob die Bettlaken vom Boden auf und legte sie wie eine Stola um ihre Schultern.

Die Fassade des Altenheims schimmerte im Mondlicht durch die Hecke. Es wirkte aus der Ferne wie ein Schloss. Emma hatte sich damals von Konstantin und den Hochglanzprospekten übertölpeln lassen. Das sollte er nun büßen.

»Sicher, dass du warten willst? Da steht mein Wagen«, sagte Jule und deutete auf einen alten Mercedes am Straßenrand. Er parkte zur Hälfte im Graben. Jule zog einen Schlüssel aus ihrer Jackentasche und wollte die Fahrertür aufschließen.

»Scheiße, verdammte Kacke!«, schrie sie plötzlich, trat mit voller Kraft gegen den Reifen und raufte sich die Haare. Emma erkannte den Grund ihres Wutausbruchs. Die Seitenscheibe war eingeschlagen, und Scherben verteilten sich auf dem Fahrersitz. Jule riss die Tür auf und kniete sich mitten hinein. Sie beugte sich nach hinten zur Rückbank, pulte mit dem Finger in einem Riss im Sitzpolster und suchte etwas. Gleich darauf kam sie rückwärts aus dem Wagen gekrochen und grinste. Sie hielt ein kleines Stückchen Plastik in der Hand und murmelte: »Ich wette, der hat die SD-Karte hier gesucht.«

Noch ehe Emma fragen konnte, was eine SD-Karte ist und wer nach ihr gesucht haben könnte und vor allem warum, zog Jule ihre Jacke aus. Sie schlang sich den Stoff um die Hand und wischte damit die Glassplitter vom Sitz. Einige fielen auf den Asphalt, andere verschwanden im Fußraum des Wagens. In Emma regte sich mit einem Mal der Hausfraueninstinkt.

»Haben Sie vielleicht einen Autostaubsauger im Kofferraum?« Sie hatte die Frage noch nicht komplett ausgesprochen, da traf sie Jules entgeisterter Blick.

»Nee, der ist zufällig zur Reparatur! Sehe ich aus, als ob ich einen Staubsauger im Gepäck habe?«

»Entschuldigung, ich wollte nicht unhöflich sein.«

Emmas Wangen glühten. Die Frage war in der Tat dumm gewesen. So alt und schäbig, wie dieser Mercedes aussah, hatte er wahrscheinlich noch nie einen Staubsauger zu Gesicht bekommen. Emma schätzte, dass sein Baujahr ihrem Geburtsjahr entsprach, und lächelte. Sie ging langsam um das Fahrzeug herum und schaute durch das Fenster der Beifahrerseite. Die Sitzbezüge waren abgewetzt. Überall flogen Krümel, Kaugummipapier und anderer Müll herum. Mitfahren wollte Emma in diesem Wagen bestimmt nicht. Zumindest nicht, solange sie eine Wahl hatte.

Plötzlich wurde die Residenz von allen Seiten taghell angestrahlt, und die Laternen im Park flammten ebenfalls auf. Hektische Rufe waren zu hören.

»Scheiße, die haben uns bemerkt.« Jule sprang in das Auto und stieß die Beifahrertür von innen auf. »Los, komm schon, steig ein.«

Emmas erster Impuls war, die Tür zuzuschlagen und sich im Gebüsch zu verstecken, bis der Detektiv kam. Das war auf alle Fälle besser, als sich in den dreckigen Wagen zu setzen und mit dieser Person, die sie nicht einmal kannte, irgendwohin zu fahren.

Die Stimmen kamen direkt auf das Eingangsportal zu. Wenn Emma nicht einstieg, würde man sie entdecken und wieder ins Heim zurückbringen. Der Gedanke an Schwester Waltraude genügte, um all ihre Bedenken über Bord zu werfen. Sie ließ die Bettlaken unauffällig von den Schultern nach unten rutschen, sodass sie sich nicht in die undefinierbaren Krümel auf dem Polster setzen musste, und stieg ein.

Jule fuhr mit quietschenden Reifen und zerborstenem Fenster in Richtung Innenstadt. Emma stützte ihren Ellenbogen am Beifahrerfenster ab, legte die Wange gegen ihre Faust und lächelte. Die Flucht aus dem Altenheim war der Beginn eines neuen Lebens, in dem sie sich nicht länger schikanieren ließ.

Sie rasten über die dunkle Landstraße. Am Rückspiegel baumelte eine nackte Frau aus Pappe, und aus dem Aschenbecher quollen Kippen ohne Filter. Der Gestank im Wagen war entsetzlich. Zum Glück blies der kalte Fahrtwind durch das eingeschlagene Fenster.

»Warum biste denn aus dem Heim ausgebüchst?«, fragte Jule, ohne den Blick von der Straße abzuwenden.

»Weil ich dort nicht den Rest meines Lebens verbringen möchte.« Das stimmte, aber es gab noch ein paar andere Beweggründe, die Emma der jungen Frau allerdings nicht auf die Nase binden wollte. Dafür kannte sie sie zu wenig.

Jule war auf den ersten Blick so anders als all die Menschen, mit denen sie bisher zu tun gehabt hatte. Emma von Stratnitz lebte früher in der Welt der Reichen, in einer Luxusvilla mit Gärtner und Haushaltshilfe im begehrtesten Viertel der Stadt. Kurt, ihr Mann, Gott hab ihn selig, war Vorstandsvorsitzender eines erfolgreichen Automobilkonzerns gewesen, und sie mussten sich über Geld keine Sorgen machen. Leute wie Jule waren ihr bisher nur am Rande begegnet, aber Menschen wie ihr Sohn Konstantin und seine Frau Barbara, für die Luxus und Wohlstand an erster Stelle standen, kannte sie dafür umso mehr.

»Was haste denn mit diesem Detektiv zu tun? Warum wollte er dich mitten in der Nacht abholen?«

Emma hatte keine Lust, der jungen Frau die wahren Gründe ihrer Flucht zu erklären. Es war besser zu schweigen, bis sie Kontakt zu Herrn Lehmann aufgenommen hatte. Eigenartig, dass er nicht wie vereinbart gekommen war. Am Telefon hatte er von kompromittierenden Neuigkeiten gesprochen, die er herausgefunden habe und die ihr von Nutzen sein könnten. Er wollte sie abholen und in ein Hotel bringen, in dem sie vorerst untertauchen und planen konnte, wie sie weiter vorgehen wolle. Er hatte für sie ein Zimmer auf seinen Namen reserviert. Nur dumm, dass sie nie darüber gesprochen hatten, in welchem Hotel er sie einquartieren wollte. Und jetzt?

»Das ist eine lange Geschichte.«

»O. k., musst nicht drüber reden, wenn du nicht willst.«

»Können wir irgendwo anhalten und telefonieren?« Emma wollte Herrn Lehmann anrufen. Vielleicht hatten sie sich nur um wenige Minuten vor dem Altersheim verpasst, und er suchte jetzt nach ihr.

Jule griff in ihre Jackentasche, zog ein Handy hervor und reichte es Emma.

»Ich … ähm …«

Jule grinste.

»Hast noch nie mit so 'nem Ding telefoniert, was?« Emma schüttelte den Kopf. »O. k., wie ist die Nummer? Ich tippe sie für dich ein.«

Emma schlug sich gegen die Stirn. In der Eile hatte sie vergessen, sie zu notieren. Sie seufzte und starrte wieder aus dem Fenster in die Dunkelheit.

»Ich kenne Herrn Lehmanns Nummer nicht auswendig.«

Jule grinste und legte das Handy auf Emmas Schoß. Mit der einen Hand lenkte sie den Wagen durch die Nacht und mit der anderen zog sie eine Visitenkarte aus ihrer Tasche und wedelte damit durch die Luft.

»Bin ich gut oder bin ich gut?«

Emma nahm die Karte und traute ihren Augen kaum, als sie Herrn Lehmanns Adresse und Telefonnummern sah.

»Sie kennen den Mann?«

»Das nicht direkt, aber ich war nur gerade bei ihm zu Hause.«

»Sie waren bei ihm? Wo ist er?«

»Das ist auch eine lange Geschichte, aber lassen wir das. Ich kenne ihn nicht persönlich, bin nur über seine Visitenkarten gestolpert.« Jule grinste.

»Das verstehe ich nicht.«

»Musste auch nicht«, lenkte Jule vom Thema ab und erklärte Emma stattdessen, wie sie das Handy zu bedienen hatte. Ihr Anruf blieb unbeantwortet. Sie überlegte.

»Könnten Sie mich bitte zu einem Hotel oder einer Pension bringen?«

»Wenn du willst, kannst du auch bei uns pennen.«

Der Gedanke, dass Jules Zuhause dem Zustand dieses Wagens

ähnelte, beängstigte Emma. Es war jedoch keine dumme Idee. In so einem Milieu würde man unter keinen Umständen nach ihr suchen. Konstantin würde wahrscheinlich alle Hotels und Pensionen in der Umgebung absuchen. Der Herr Stararchitekt würde die ganze Stadt in Aufruhr versetzen, um seine Mutter zu finden. Nicht, dass er sie liebte und sich um sie sorgte, er spielte vielmehr für die Öffentlichkeit den braven Saubermann, dem nichts über das Wohl seiner Familie ging, der keine Kosten scheute und das nobelste Altersheim für seine von ihm zutiefst geliebte Mutter ausgewählt hatte. Anfangs war Emma auf seine scheinheiligen Worte hereingefallen und hatte ihm geglaubt, aber die Wahrheit war eine andere. Sie war simpel und einfach – seine Frau Barbara wollte Emmas Villa haben. Und was diese Person wollte, das bekam sie auch.

Seit dem Tod von Kurt intrigierte und log diese Frau, dass sich die Balken bogen. Barbara hatte befunden, dass die Villa mit Garten im Nobelviertel der Stadt für Emma alleine zu groß sei, und es lag ihr nichts mehr am Herzen, als das Haus ihrer Schwiegermutter für sich zu erobern. Sie organisierte klammheimlich ein paar Renovierungsarbeiten am Gebäude und ein paar Terrorspielchen für die Schwiegermutter, damit diese irgendwann mehr oder weniger freiwillig das Feld räumte. Eine kostengünstige Möglichkeit, um sich eine der begehrtesten Immobilien der Stadt unter den Nagel zu reißen. Mit beharrlicher Ausdauer und infamer Dreistigkeit gelang es ihr, dass Konstantin sich zusehends von seiner Mutter entfernte und nur noch Streit und Hass zwischen ihnen herrschte. Eines Tages war Emma am Ende ihrer Kräfte angelangt und dachte wahrhaftig über den Umzug in ein Altenheim nach. Das Ganze geschah unter dem Deckmäntelchen der Verschwiegenheit, denn Konstantin und Emma waren Personen des öffentlichen Interesses. Vor der Presse sprach er scheinheilig von inniger Verbundenheit mit seiner Mutter. Leider sei sie in letzter Zeit immer verwirrter, und er habe keine andere Wahl, als sie zu ihrer eigenen Sicherheit in die teuerste Seniorenresidenz der Stadt einzuquartieren. Konstantin spielte mit den Medien, stand gern im Rampenlicht und Barbara noch viel mehr.

Das Verschwinden seiner Mutter würde ein gefundenes Fressen für die Presse sein, und der Druck auf Konstantin würde immens groß werden. Er konnte es sich gar nicht erlauben, nicht nach ihr zu suchen, auch wenn ihm ihr Verschwinden im Grunde sehr gelegen kam. Emma wollte ihn ein paar Tage schmoren lassen und dann mithilfe von Herrn Lehmanns Recherchen eine Schlinge um Konstantins oder Barbaras Hals legen. Wenn ihr Sohn glaubte, sie dermaßen hinters Licht führen zu können, sollte er sie kennenlernen. Er würde ihr Spielchen mitspielen müssen, ob er wollte oder nicht. Und er wollte nicht, davon war sie überzeugt. Emma grinste bei der Vorstellung, dass es in ihrer Hand lag, wie lange sie ihn zappeln ließ. Eine reizvolle Vorstellung, sich bei ihm und Barbara für die Demütigungen der vergangenen Jahre zu revanchieren.

»Und, Oma, was is jetzt? Kommste mit zu uns?«, fragte Jule.

Emma betrachtete die junge Frau von der Seite und überlegte. Ohne weitere Instruktionen ihres Detektivs musste sie neu planen. Warum also sollte sie die Einladung ausschlagen? Sie hatte nichts zu verlieren und im Notfall konnte sie immer noch in eine Pension ziehen.

»Wenn ich Ihnen keine allzu großen Umstände mache, würde ich das Angebot sehr gerne in Anspruch nehmen.«

»Hör endlich auf, mich ständig zu siezen.« Sie lächelte Emma an und vergaß für einen Moment die dunkle Landstraße.

»Gerne, aber ich will dann auch kein *Oma* mehr von dir hören.«

Die beiden Frauen lachten.

»Du fragtest mich, ob ich mit zu *euch* komme?«

»Ich wohne in einer WG. Außer mir lebt dort noch Kalle, der ist ein bisschen bekloppt, aber sonst o. k., und Anja. Sie ist unser Brain.«

»Euer *Brain*?«, fragte Emma.

»Sie ist diejenige, die alles im Griff hat und sich mehr als zwei Gedanken macht.« Jule grinste.

»Ich verstehe.« Emma fühlte sich wie ein Astronaut, der gleich auf einem fremden Planeten landen und eine ihm gänzlich neue Spezies entdecken würde. Wenn diese Kreaturen nicht bissen, sollte ihr alles recht sein. Schlimmer als Konstantin nebst Gemahlin und Enkelmonster konnte es nicht kommen. Oder doch?

Zuerst hatte Emma nicht bemerkt, dass sie verfolgt wurden, als jedoch der Wagen hinter ihnen immer näher aufrückte, bis direkt an ihre Stoßstange, bekam sie es mit der Angst zu tun.

»Spinnt der?«, fauchte Jule und gab Gas.

Sie gewann einen kleinen Vorsprung, den der Verfolger schnell wieder aufholte. Emma klammerte sich an ihrem Sitz fest und schaute besorgt nach hinten.

»Ob das Herr Lehmann ist? Vielleicht hat er gesehen, wie ich zu dir ins Auto gestiegen bin.«

Der Wagen versetzte dem Mercedes einen kleinen Stoß.

»Hey!«, schrie Jule und hatte alle Mühe, nicht von der Straße abzukommen. »Das isser bestimmt nicht. Wieso sollte der uns von der Straße drängen?«

Sie umklammerte das Lenkrad und beschleunigte.

Emma war es unmöglich, den Wagentyp oder ein Nummernschild auszumachen. Erst im Scheinwerferlicht eines entgegenkommenden Fahrzeugs erkannte sie einen Mann mit Glatze am Steuer – das war alles, was sie sah. Genug für Jule.

»Dieser Arsch! Na, warte.«

»Weißt du, wer das ist? Was will er von uns?«

Jule antwortete nicht und konzentrierte sich auf die Straße. Sie beschleunigte den alten Mercedes und forderte ihm Höchstleistungen ab, bis sein Motor ächzte. Emma fühlte sich dem Wagen zutiefst verbunden. Zwei Senioren auf der Flucht durch die Nacht.

Immer wieder touchierte der Verfolger ihre Stoßstange, nur leicht, aber ausreichend, um Emmas Puls jedes Mal in die Höhe zu jagen. Jule fuhr in die Stadt, bog in Seitenstraßen ein und schlug Haken wie ein Hase. Emma betete, dass sie nicht an eine rote Ampel gerieten und anhalten mussten. Vereinzelte Nachtschwärmer überholte Jule waghalsig. Doch dann geschah, was Emma die ganze Zeit befürchtete. Die Ampel vor ihnen sprang auf Rot. Jule bremste ab und wurde langsamer. Kurz vor der Haltelinie gab sie wieder Gas und schoss über die Kreuzung. Ihr Verfolger hinterher. Er raste um ein Haar in ein Auto, das wild hupte. Sein Wagen schlingerte, prallte gegen einen Laternenpfahl und blieb stehen. Die Kühlerhaube schob sich wie eine Ziehharmonika zusammen. Rauch stieg aus dem Motorraum und zischte nach oben.

»Kind!«, rief Emma entsetzt und schlug die Hände vor ihr Gesicht.

»Wass'n? Der hätte uns kaltgemacht, wenn er uns erwischt hätte.« Sie schaute in den Rückspiegel. Das rote Licht der nächsten Ampel verfärbte ihr Gesicht.

Emma bekreuzigte sich. Auf was hatte sie sich nur eingelassen?

Jule parkte den Wagen in dem schäbigen Hinterhof eines sechsstöckigen Wohnhauses. Eine Glühlampe baumelte an einem losen Stück Kabel über der Haustür und beleuchtete einen Teil des Hofes. Mit der Sauberkeit wurde es hier nicht so streng genommen. Die Mülltonnen neben dem Parkplatz quollen über und verbreiteten einen widerlichen Gestank. Emma nahm die Lakenenden und presste sie sich vor die Nase. Kinderfahrräder und ein verrosteter Wäscheständer lehnten an einer mit buntem Graffiti beschmierten Betonmauer. Irgendwo hinter den Mülltonnen raschelte etwas. Ratten? Emma schauderte und folgte Jule dicht auf den Fersen.

»Willst du das Auto mit der aufgebrochenen Scheibe einfach so stehen lassen?«

Jule wandte sich kurz um und zuckte gleichgültig mit den Schultern. »Der Kasten gehört mir eh nicht. Ich habe ihn von Kalle ausgeliehen.«

Jule kramte ihren Schlüssel hervor und öffnete die Haustür. Schon auf der Schwelle schlug ihnen der Gestank von ranzigem Fett und Linsensuppe entgegen. Emma war versucht, sich elegant aus dem Staub zu machen und doch in einer Pension zu übernachten. Sie zwang sich einzutreten.

»Ist nicht gerade dein gewohntes Ambiente, was?«, lachte Jule. Sie zog zusammengerollte Werbeblätter aus einem der eingedellten

Blechbriefkästen und stopfte sie in einen anderen. Im Laufschritt eilte sie die knarzende Treppe nach oben. Das Linoleum auf den Stufen blätterte bereits an den Kanten ab, und das Holzgeländer war von den vielen Händen, die darauf entlanggeglitten waren, blank poliert. Emma überlegte und entschied zu bleiben. Es war mitten in der Nacht. Bis sie jetzt ein freies Zimmer fand, würde es ewig dauern, und der Gedanke, dass ihr Verfolger irgendwo dort draußen wieder die Spur aufgenommen haben könnte, gruselte sie.

Die Treppe schien kein Ende zu nehmen, und erst im vierten Stock blieb die junge Frau vor einer Tür stehen.

»Mann, hätte ich gewusst, dass du so lahm bist, hätten wir den Fahrstuhl genommen«, raunzte sie.

»Das ist nicht dein Ernst, hier gibt es einen Fahrstuhl, und du hast mich trotzdem die ganzen Stufen hinaufgejagt?«, keuchte Emma und zog sich die letzten Schritte am Geländer hoch. Ihr Puls hämmerte, und sie wünschte sich nichts mehr als eine kurze Pause. Seniorensport war nicht das, was sie nach dieser aufregenden Nacht noch brauchte.

»Nee, natürlich hat diese Bruchbude keinen Fahrstuhl, wollte dich bloß ein bisschen ärgern.« Jule grinste über das ganze Gesicht. Ihre Zähne blitzten weiß, und ihre grünen Katzenaugen strahlten. Sie war hübsch, wären nur nicht diese schrecklichen Rastalocken, die sie Frisur nannte, Emma jedoch viel eher als verfilzten Wischmopp bezeichnen würde. In Jules rechter Augenbraue steckte ein Piercing.

Sie schubberte ihren Fuß an der Wade. Emmas Inspektion ihrer Person schien ihr unangenehm.

»Wass'n? Bin wohl nicht so fein wie du oder deinesgleichen!«, blaffte sie und schloss die Wohnungstür auf.

»Warte, Jule«, sagte Emma. »Entschuldige, dass ich dich so unhöflich angestarrt habe. Ich … es ist einfach alles so verrückt heute Nacht. Mein ganzes Leben scheint eben aus den Fugen zu geraten, und ich …«

»Ist schon gut, mach dir keinen Kopf und komm erst mal rein.«

Emma folgte ihr, und als sie eintrat, wusste sie nicht, was genau sie empfand. Es war eine Mischung aus Freude über ihren Ausbruch aus dem Seniorenheim, Freude, dass sie Konstantin und Barbara nun in eine prekäre Lage bringen würde, und Freude darüber, dass sie endlich ihr Leben selbst wieder in die Hand nahm und nicht eher ruhen würde, bis sie das erreicht hatte, was sie wirklich wollte. Jule und diese WG waren in ihren Plänen nicht vorgesehen, aber es fühlte sich richtig an, hier zu sein, in dieser Welt, die sich von der ihren so grundlegend unterschied. Sie griff nach Jules Hand und schaute ihr in die Augen.

»Danke, Mädchen, du weißt gar nicht, was du für mich heute Nacht getan hast.«

»Kann mir's denken«, grinste sie und blinzelte Emma verschwörerisch zu. »Komm, wir kochen uns einen Kaffee.«

Jule schob Emma in den Flur und schloss die Tür.

Die Wohnung war entgegen Emmas Befürchtungen ganz und gar nicht verlottert. Ein Herrenrad war an die Wand gelehnt, und Poster von Konzertveranstaltungen oder Rockstars, die normalerweise an Litfaßsäulen hingen, zierten die Wände. Jule zog ihre Jacke aus und warf sie über einen Holzstuhl neben dem Eingang. Sie marschierte geradewegs auf eine angelehnte Tür an der Stirnseite des Flurs zu. Emma folgte ihr, vorbei an vier weiteren weiß lackierten Türen. Sie waren alle geschlossen. Emma folgte Jule. Es roch nach frisch gebackenem Kuchen. Die Küche war ein Sammelsurium an Mobiliar. Ein alter Holztisch mit vier unterschiedlichen Stühlen stand vor dem Fenster. Ein Küchenbüfett, ein Schrank mit Fensterscheiben und Gardinen, wie Emma ihn von ihrer Mutter noch kannte, und ein überfülltes Regal befanden sich an der gegenüberliegenden Wand. Herd, Spülbecken und Kühlschrank hatten ihren Weg scheinbar über Secondhand-Läden in diese Wohnung gefunden. Das alles verströmte einen eigenen Charme und machte die Küche zum wohl gemütlichsten Platz, an dem Emma jemals gewesen war. Blumentöpfe mit Rosmarin, Schnittlauch, Basilikum und anderen Küchenkräutern standen auf der Fensterbank. Emma spiegelte sich in der dunklen Scheibe. Dabei sah sie, wie Jule sie heimlich beobachtete.

»Danke«, sagte Emma und drehte sich zu ihr um, »dass ich bei euch wohnen darf. Das ist sehr freundlich, zumal du mich gar nicht kennst.«

»Red keinen Stuss, du warst in der Klemme, und ich hab dir geholfen. Wenn ich dich nicht so abgefahren fände, hätte ich dich einfach stehen, ähm, hängen lassen.« Jule hantierte an der Kaffeemaschine und legte eine Filtertüte ein.

»Abgefahren?« Emma war erstaunt und wickelte sich aus ihren Laken. Sie knüllte sie zusammen, legte sie auf den Boden und setzte sich auf einen der Stühle. Ihren Rucksack legte sie auf den Tisch.

»Klaro, oder wie würdest du es bezeichnen, wenn sich nachts eine Oma aus dem Altersheim abseilt, wie Tarzan an einer Liane über dem Erdboden hängt und einen rosafarbenen Rucksack mit Blumenmuster auf dem Buckel trägt?«

Emma lachte. Es war in der Tat eine skurrile Situation gewesen.

»Trotzdem hättest du mich im Park stehen lassen können.«

»Hätte ich, aber du sahst mir nicht so aus, als ob du dich oft nachts auf der Straße herumtreibst und gewusst hättest, was du tun solltest.«

Emma nickte zustimmend. Ohne Jule wäre sie tatsächlich hilflos gewesen. Zu Fuß hätte sie nicht bis in die Stadt laufen können, und dass mitten in der Nacht ein Bus die Haltestelle vor dem Hauptportal der Seniorenresidenz anfuhr, war auch unwahrscheinlich. Irgendetwas musste geschehen sein. Herr Lehmann war bisher sehr zuverlässig gewesen. Ob es Probleme bei seinem Überwachungsauftrag gegeben hatte? Vielleicht war er aufgeflogen, und Konstantin hatte ihn entdeckt.

»Wieso wolltest du dich mit einem Detektiv treffen, nachts auf der Landstraße? Das ist schon merkwürdig, findest du nicht?«

Das war es in der Tat, aber Emma lag nichts ferner, als Jule in ihre Geheimnisse einzuweihen. Das Mädchen hatte die Visitenkarte ihres Detektivs, war bei ihm zu Hause gewesen und behauptete trotzdem, ihn nicht zu kennen. Es war besser zu schweigen, zumindest so lange, bis sie mit Herrn Lehmann gesprochen hatte. Morgen früh würde sie ihn anrufen und alles Weitere mit ihm klären.

Jule setzte sich zu Emma, griff nach ihrer Hand und tätschelte sie.

»Ist schon o. k., musst mir nichts erzählen, wenn du keinen Bock hast. Sag mal, wie alt bist du überhaupt?«

»Wieso?«

»Deine Hände fühlen sich knochig an. Das erinnert mich irgendwie an das Skelett in unserer Schule früher.«

Emma zog ihre Hand zurück. Sie zupfte verlegen an ihren grauen Haaren und stand auf. Vielleicht sollte sie doch lieber in eine Pension gehen.

»Tut mir leid, wenn ich etwas Falsches gesagt habe, aber ist doch so.« Jule zog Emma wieder auf ihren Stuhl zurück. Dabei stand sie selbst auf und holte zwei Becher für den Kaffee.

»Zucker? Milch?«

Emma fühlte sich unbehaglich und zugleich von der Offenheit des Mädchens angezogen. Heimlich betrachtete sie ihre Hände. Sie waren wirklich knochig und hatten schon einige Altersflecken, aber mit einem Skelett wollte sie sich nicht vergleichen lassen.

»73«, sagte Emma

»73 Würfel Zucker oder 73 Tropfen Milch?«

Emma lachte. »Nein, so alt bin ich und einem Skelett wahrscheinlich wirklich schon nahe.«

Jule goss Kaffee in die Becher und stellte sie wie Bierkrüge auf den Tisch. Einen Beutel Milch und eine Zuckerdose stellte sie daneben.

»Was hattest du eigentlich im Park der Residenz zu suchen?«, fragte Emma.

Jule schwieg und schnitt den Kuchen auf der Anrichte an, dessen Duft durch die ganze Wohnung zog.

»Du arbeitest nicht im Heim, sonst hätte ich dich bestimmt schon einmal gesehen und sonst müsstest du auch nicht über das Gartentor klettern. Trotzdem wusstest du ganz genau, wo die Bewegungsmelder der Parkbeleuchtung waren. So etwas wissen nur Wenige. Wieso kennst du dich dort so gut aus?«

Jule legte zwei Stücke frischen Streuselkuchen auf Teller, servierte sie und setzte sich wieder. Statt zu antworten, biss sie in den Kuchen und blies den losen Puderzucker beim Ausatmen über den Tisch. Als sie zu Ende gekaut hatte, schleckte sie sich die Finger ab.

»Ich war schon ein paar Mal dort.«

»Jemanden besuchen?«

»Nein, ich geh ab und zu auf Tour.«

»Auf Tour?«

»Du bist aber wirklich nicht von dieser Welt. Auf Tour bedeutet so viel wie – einbrechen.«

»Einbrechen?« Emma war schockiert.

»Jetzt schau mich nicht so an. Das Heim ist doch der ideale Ort, um den reichen Säcken die Kohle aus den Taschen zu ziehen.« Jule biss ein zweites Mal in ihren Kuchen und fuhr mit vollem Mund fort. »Die Gruftis merken doch gar nicht, wenn ich nachts einsteige, und außerdem sind die offenen Balkontüren wie persönliche Einladungen. Die Leutchen schnarchen meistens so laut, dass ich mich noch nicht einmal anstrengen muss, leise zu sein. Besser geht's doch gar nicht.«

Das Altenheim war in der Tat nur für betuchte Senioren erschwinglich. Emma hatte an warmen Tagen auch das eine oder andere Mal nachts die Balkontür offen gelassen, und schnarchen tat sie nach Aussagen ihres verstorbenen Mannes auch, genau wie Oma Krause im Nebenzimmer.

»Da hatte ich wohl Glück, dass wir uns nicht schon früher begegnet sind. Hast du gestern auch etwas gestohlen?«

Jule antwortete nicht und biss erneut in den lauwarmen Kuchen. Ende der Diskussion.

Sie saßen eine Weile schweigend beieinander und aßen. Emmas Blick fiel auf die Küchenuhr.

»Himmel, es ist schon drei Uhr. Ich bin hundemüde. Könntest du mir bitte zeigen, wo ich schlafen soll?«

Jule erhob sich. Sie lief hinaus in den Flur, öffnete die vorletzte Tür und knipste das Licht an.

»Das ist meine Bude. Da kannst du erst einmal pennen.«

In der Mitte des Zimmers befand sich ein großes Bett mit einem gigantischen Baldachin aus roten und orangefarbenen Tüllstoffen. Vor dem Fenster stand ein Schreibtisch, voll beladen mit Zeitschriften, Zetteln, Stiften und einem Miniaturtotenschädel, aus dessen Mund Räucherstäbchen ragten. Ein Schrank, eine kleine Kommode und ein Sofa, ein Stuhl sowie jede Menge Poster von diesem irrwitzigen Piraten aus dem Kino vervollständigten das Zimmer.

»Schön hast du es hier«, sagte Emma und meinte es auch so. Die Rottöne in dem Raum wirkten behaglich. Ordnung war nicht gerade das richtige Wort, das Emma einfiel, als sie die zerknüllten Kleiderhaufen auf dem Boden betrachtete. Jule lächelte.

»Das Bad ist hier.« Sie öffnete die Tür im Flur neben ihrem Zimmer. Hier herrschte das Chaos junger Leute, und trotzdem fühlte es sich heimelig an. Emma zog eine Braue hoch, als sie eine zerdrückte Zahnpastatube in der Duschkabine entdeckte und einen Nachttopf aus Porzellan auf der Fensterbank, gefüllt mit Tampons und Kondomen. Nur beim Anblick eines Pornoheftes neben der Toilette wurde ihr unbehaglich.

»Frag mich nicht!«, sagte Jule, als sie Emmas empörten Blick sah. »Das gehört Kalle.«

Jule kramte in einem Wandschränkchen und zauberte eine neue Zahnbürste sowie ein Handtuch und einen Waschlappen für Emma hervor.

»Hier, das kannst du haben. Ich hole dir auch gleich noch ein Nachthemd, weil ich mal davon ausgehe, dass du so etwas nicht in deinem winzigen Girlie-Rucksack hast.«

Ehe Emma sich bedanken konnte, war ihre Gastgeberin verschwunden. Sie betrachtete sich im Spiegel. Skelett. Sie war definitiv noch nicht so alt, dass man sie als Skelett bezeichnen musste. Im Gegenteil, für ihr Alter sah sie noch ganz passabel aus. Sie legte Wert auf Körperpflege, trug meistens ein natürliches Make-up und zu besonderen Anlässen kokettierte sie auch gerne mit etwas mehr Farbe auf den Lippen. Ihre Haare waren grau, hatten dafür nicht diese lila Verfärbung, die man nach missglückten Friseurbesuchen oft beobachten konnte. Emmas Haar war zu einer Kurzhaarfrisur geschnitten, und wenn sie nicht gerade auf der Flucht aus einem Altersheim war, dann zupfte sie ihre Haare manchmal mit einer Portion Haargel frech zurecht. Emma war mit ihrem Spiegelbild zufrieden. Ihr Körper verschonte sie vor lästigen Speckröllchen, und die wenigen, die sie besaß, machten sie nicht fett, sondern unterstrichen ihre Weiblichkeit. Das hatte bei dem spanischen Bauarbeiter fast gereicht, um ihn zu betören, wenn nur Konstantin nicht dazwischengekommen wäre.

Jule kehrte mit einem langen T-Shirt zurück. Emma bedankte sich und machte sich bettfertig. Als sie in Jules Zimmer zurückkehrte, legte sie ihre Kleidung und den Rucksack auf den Stuhl.

»Meine Bettlaken habe ich noch in der Küche liegen, die kann ich fürs Sofa nehmen«, schlug Emma vor.

»Du kannst gerne im Doppelbett neben mir schlafen.« Jule huschte aus dem Zimmer und verschwand im Bad.

Emma wunderte sich über dieses Angebot. Jule kannte sie doch gar nicht und wollte sogar ihr Bett mit ihr teilen. Für einen Moment fühlte sich der Gedanke, neben einer Fremden zu liegen, unangenehm an, doch dann empfand sie es plötzlich als neues Abenteuer. Nichts war seit ihrer Flucht noch so, wie sie es gewohnt war. Warum also nicht auch neben einer Fremden schlafen?

Emma zog die Decke zurück und kuschelte sich in die Daunen. Sie löschte das Licht auf dem Nachttisch und lauschte in die Dunkelheit. Im Bad nebenan hörte sie, wie Jule das Wasser in der Dusche aufdrehte.

Das Zimmer war stockfinster. Aus dem Hinterhof drang das Fauchen zweier Katzen empor. Irgendwo im Haus schnarchte jemand. Emma schloss die Augen und spürte den Puls in ihren Adern wie Ameisenkribbeln. Das Wasser im Badezimmer wurde abgestellt, und gleich darauf öffnete sich die Zimmertür. Jule hatte sich beeilt und schlüpfte zu Emma unter die Decke. Sie war nackt. Emma erschrak und kroch hastig auf die andere Seite des Bettes. Sie hatte vergessen zu fragen, auf welcher Seite sie schlafen sollte. Trotzdem empfand sie es als unangenehm, dass Jule nackt zu ihr ins Bett stieg. Kaum hatte es sich Emma bequem gemacht, kroch Jule ihr hinterher, schlang ein Bein um das ihre und drückte ihren Oberkörper gegen sie. Emma schrie auf, löste sich aus der Umarmung und sprang aus dem Bett. Sie hielt sich die Decke bis zum Kinn vor ihren Körper. Jule knipste das Nachttischlicht an, und Emma schrie ein zweites Mal. Denn neben ihr im Bett lag nicht Jule, sondern ein junger Mann mit pickeligem Gesicht und einem spärlichem Flaum von Barthaaren, dafür aber einem umso besser ausgestatteten Gemächt in voller Erregung. Er schnappte sich das andere Ende der Decke, das er sich voller Scham bis zum Kinn hinaufzog. Emma hatte alle Mühe, dass ihr die Decke nicht entglitt. Es war ein Tauziehen. Jeder versuchte, so viel Tarnung zu bekommen wie nur möglich, um nicht als Verlierer in Nachtwäsche oder nackt im Zimmer zu stehen.

»Wer sind Sie? Wo ist Jule?«, stammelte der Jüngling. Sein Gesicht war dunkelrot angelaufen.

»Ich bin Emma. Jules Gast«, antwortete sie und lachte, als sie sich des Bildes bewusst wurde, dass sie abgaben. Sie steckten beide mit hochroten Köpfen unter derselben Decke, und die Situation ließ sich nur lösen, indem einer auf seine Tarnung verzichtete und das Feld räumte. Emma würde das gewiss nicht tun.

Jule betrat das Zimmer und entdeckte den ungebetenen Besucher. Sie schnappte sich eine Zeitung vom Boden, rollte sie zusammen und schlug auf den jungen Mann ein wie auf ein lästiges Insekt. Er hob die Hände zum Schutz über seinen Kopf und ließ die Decke fallen.

»Was machst du in meinem Bett?«, schrie sie ihn wütend an. Ihre Locken wirbelten um ihren Kopf. Immer wieder schlug sie mit der Zeitung auf ihn ein. »Verpiss dich!«

Der junge Mann flitzte aus dem Zimmer und verschwand im dunklen Flur. Emmas Puls raste.

»Wer war denn das?«, fragte sie entgeistert und bugsierte die Decke wieder zurück ins Bett.

»Der ist doch bekloppt, der Arsch«, schimpfte Jule und sprang mit einem Satz auf die Matratze. Emma legte sich daneben und löschte das Licht.

»Das war mein Mitbewohner. Das war Kalle.«

»Porno-Kalle?«, entfuhr es Emma und erinnerte sich an das Schmuddelheft neben der Toilette.

Jule brüllte vor Lachen. »Genau der. Gute Nacht, Emma.«

Donnerstag

Die Nacht war kurz. Emma erwachte aus dem Tiefschlaf, als jemand an die Zimmertür trommelte. Im ersten Moment wusste sie nicht, wo sie war. Einige Wimpernschläge später kam die Erinnerung an ihre Flucht und an Porno-Kalle zurück. Intuitiv zog sie die Decke fester an sich.

»Jule!«, rief eine Frauenstimme vor der Tür. »Alte, wach auf!«

Die Alte war schon wach, dachte Emma und schmunzelte, aber Jule schlief noch den Schlaf der Gerechten. Auf ihrem Kopfkissen war nur ein wirres Geflecht aus Rastalocken und eine Nasenspitze zu entdecken. Emma rüttelte sanft an Jules Schulter.

»Aufwachen, es hat geklopft.«

Ein lang gezogenes Murren war die Antwort. Jule ruderte mit ihren Armen durch die Luft und drehte sich zur Seite. Ihre niedlichen Sommersprossen waren Emma letzte Nacht gar nicht aufgefallen.

»Jule!«, schrie die Frau im Flur und hämmerte wild gegen die Tür. »Steh endlich auf. Da ist wieder dieser Typ am Telefon, und er klingt gar nicht lustig.«

Blitzschnell schlug Jule die Augen auf, schoss in die Höhe und aus der Tür hinaus in den Flur. Emma war zu Tode erschrocken. Wie konnte ein Mensch mitten aus dem Schlaf gerissen nur eine solche Geschwindigkeit an den Tag legen? Für Emma ein Ding der Unmöglichkeit. Sie rekelte ihren steifen Körper und setzte sich auf die Bettkante. Mit den Handflächen fuhr sie über ihr Gesicht und blinzelte der Sonne entgegen, die durch die staubige Fensterscheibe zu ihr herein schien. Aus dem Flur hörte sie jede Menge Fäkalausdrücke und Jule ins Telefon fluchen. Emma schlich zur Tür und schaute nach.

»Bist du bekloppt? Ich hab mir gleich gedacht, dass du die

Wagenscheibe eingeschlagen hast, aber das mit der Verfolgung war das Allerletzte! Ich hätte mich schon noch bei dir gemeldet, mir ist halt etwas dazwischengekommen.« Jule lief mit nackten Füßen auf den Holzdielen auf und ab und presste ihre Hand gegen die Stirn.

»Dann mach's doch das nächste Mal selbst … das wirst du bezahlen, du Wichser.«

Am anderen Ende der Leitung wurde etwas gesagt, das Jule in Rage versetzte. Ihre Gesichtsfarbe wechselte in ein tiefes Rot. Sie blieb stehen und schimpfte mit erhobener Faust.

»Vergiss es! Wenn du die Karte haben willst, gilt jetzt ein neuer Deal, nach meinen Regeln. Ich will einen Riesen mehr für die zerschlagene Fensterscheibe.«

Jule lauschte.

»Was geht mich dein beschissener Auftraggeber an. Soll er seine Sachen doch selbst regeln, wenn er nicht zahlen will.«

Emma hörte, wie der Anrufer lauter wurde und in den Hörer brüllte.

»Halt's Maul! Entweder ich bekomme die Kohle wie ausgemacht plus Zuschlag, oder du siehst die Karte gar nicht mehr. Mir ist es scheißegal, ob er dich über die Klinge springen lässt. Fuck you!«

Jule knallte den Hörer mit solcher Wucht auf, dass Emma einen Satz nach hinten machte. Jule schnaubte mit gesenktem Kopf und geballten Fäusten an ihr vorbei und sprang zurück ins Bett, das unter der Wucht ihres Aufpralls ächzte.

»Entschuldige«, stammelte Emma, »dass ich gelauscht habe, das ging mich nichts an.« So viele Kraftausdrücke hatte sie noch nie auf einmal gehört und fühlte sich unangenehm berührt. Sie klaubte ihre Kleidung zusammen und wollte sich auf den Weg ins Badezimmer machen.

»Ach, der Depp nervt einfach.« Jule setzte sich im Schneidersitz auf und boxte auf eines von fünf kleinen roten Kissen in ihrem Bett ein.

»Hast du Schwierigkeiten?«, fragte Emma.

»Nicht mehr als sonst auch«, knurrte Jule.

»Entschuldige, das geht mich nichts an, ich wollte nicht indiskret sein.« Emma drehte sich um und wollte gehen.

Jule sprang auf und packte sie am Handgelenk.

»Warte, du warst nicht indiskret, im Gegenteil.«

Im selben Moment hallte ein Schrei aus der Küche, der nichts Gutes verhieß.

»Wer war das? Jule? Kalle? Wer hat meinen Kuchen angeschnitten?«

»Oh, Mist«, flüsterte Jule und schloss leise die Zimmertür. »Anja hat den Streuselkuchen als Geburtstagsüberraschung für ihre Chefin gebacken. Ups, muss ich wohl vergessen haben.«

Kaum hatte Jule das gesagt, flog ihre Zimmertür auf und eine pummelige junge Frau stand mit wutverzerrtem Gesicht auf der Schwelle. Ihre sorgfältig gekämmte Föhnfrisur war durcheinandergeraten und fiel in losen Strähnen um die runden Wangen. Ihr großer Busen hob und senkte sich vor Aufregung, und ihre Fäuste stemmte sie in die runden Hüften.

»Jule, du wusstest ganz genau, dass ich den Kuchen heute brauche, um meine Chefin zu überraschen. Mann!«

»Jetzt reg dich mal nicht so auf. Kauf halt einen beim Bäcker und gut ist. Mach dir mal nicht ins XXL-Hemd.«

Anja schnappte nach Luft und lief zornig in die Küche zurück.

»Jule!«, rief Emma entsetzt und hatte mit der Frau Mitleid. »Wie kannst du mit deiner Freundin nur so herzlos reden.«

»Wenn du mir sagen willst, was ich zu tun habe, kannste dich gerne in der Reihe hinten anstellen. Mann, ich hab echt keinen Bock auf so 'n Mist. Wenn's dir nicht passt, kannste ja gehen.« Dabei zeigte sie auf die Tür.

Emma nickte.

»Das ist vielleicht besser so. Ich werde mich rasch fertig machen, und dann gehe ich.« Emma marschierte ins Badezimmer und schloss die Tür hinter sich ab. Sie schaufelte sich eine Handvoll kaltes Wasser ins Gesicht. Dann betrachtete sie ihr Spiegelbild, beobachtete, wie die Wassertropfen langsam in ihren Falten hinabliefen. Was auch immer in Jule gefahren war, es war besser, wenn Emma die WG verließ. Der Detektiv hatte bereits ein Zimmer für sie reserviert, das sie beziehen konnte, sobald sie ihn telefonisch erreicht hatte.

Sie wollte gerade das T-Shirt über ihren Kopf streifen und in die Dusche steigen, als ein Stöhnen aus der Ecke des Raumes ertönte. Erschreckt ließ Emma ihr Hemd wieder zurückgleiten und drehte sich nicht minder schnell wie Jule vorhin um. Für einen kurzen Moment gefror ihr das Blut in den Adern. Auf der Toilette saß Porno-Kalle, hielt sein Magazin und noch etwas anderes fest in der Hand und starrte Emma mit glasigem Blick an.

»Das darf doch nicht … Oh mein Gott!«, schrie Emma entsetzt und wollte aus der Tür rennen. Weil sie im Eifer des Gefechtes jedoch vergaß, dass sie diese abgeschlossen hatte, schepperte sie mit voller Wucht dagegen. Mit fahrigen Händen griff sie nach dem Schlüssel, doch der fiel aus dem Schloss auf den Boden. Emma bückte sich, wollte ihn aufheben. Dabei rutschte ihr T-Shirt ein Stück in die Höhe und bot Kalle einen kurzen Blick auf ihren Po, was er mit einem weiteren Stöhnen quittierte. Emma wäre am liebsten im Erdboden versunken und schoss hoch. Trotz zittriger Finger gelang es ihr, die Tür zu öffnen. Sie floh in Jules Zimmer und verkroch sich unter der Bettdecke.

Jule schlüpfte gerade in eine mit Flicken übersäte Jeans.

»Entschuldige«, stammelte Emma, »aber ich kann gerade nicht ins Badezimmer gehen.« Ihr Puls raste. Das war zu viel für eine Frau ihres Alters. Jules fragenden Blick konnte sie nicht beantworten. Niemals wollte sie das in Worten aussprechen, was ihr soeben widerfahren war. Es war so demütigend.

Plötzlich lachte Jule und schlug sich mit den Händen auf die Schenkel. Sie deutete zur Tür und machte eine frivole Handbewegung, die Kalles Treiben aufs Beste widerspiegelte.

»Kalle?«

»Oh mein Gott«, jammerte Emma, schloss die Augen und nickte.

Der Vorfall mit Kalle besänftigte Jule. Sie entschuldigte sich bei Emma für ihr Aufbrausen und bat sie zu bleiben, solange sie wollte.

Emma sagte zögernd zu, schlug aber vor, das Frühstück in einem Café einzunehmen. Einen zweiten Kontakt mit Kalle an diesem Morgen hätte sie nicht ertragen.

Der Kaffeeautomat hinter der Theke des Bistros, in dem Jule normalerweise bediente, röchelte. Der Wirt, ein sonnengebräunter Südländer, hantierte mit Tassen und trällerte ein Lied. Als er Jule erblickte, huschte ein Lächeln über sein wunderschönes Gesicht. Emma seufzte.

»Ciao Bella, du bist zu früh, deine Schicht beginne erst heute Mittag. Oder nein, warte«, er hielt in der Bewegung inne und neigte den Kopf zur Seite, »sage nichts, du habbe Sehnsucht nach mir?«

»Spinner! Mach uns lieber zwei Latte«, lächelte Jule und marschierte zielstrebig auf einen Tisch in der Ecke des Gastraumes zu. Emma schmunzelte, als sie den Blick des Wirts an Jules schaukelnden Hüften kleben sah. Das waren Zeiten gewesen, als Kurt ihr noch hinterhergestarrt hatte, als sie die Unbekümmertheit der Jugend schamlos ausgenutzt und es genossen hatte, wenn die Blicke junger Männer ihr heimlich folgten. Es war eine ganz andere Generation als heute gewesen, und doch wiederholte sich der Kreislauf immer und immer wieder aufs Neue.

Nach Kurts Tod vor drei Jahren hatte Emma nicht im Entferntesten daran geglaubt, jemals wieder etwas für einen anderen Mann zu empfinden. Die Liebe, das Flirten, die Schmetterlinge im Bauch, das war etwas für die Jugend. Im Alter hatte man sich mit seinem Partner arrangiert und ihn mit all seinen Eigenarten, die sich im Laufe der Jahre weiter ausprägten, akzeptiert. Als Witwe war dieses Thema für sie gänzlich tabu gewesen, doch mit der Zeit beschlich Emma beim Anblick junger Männer immer öfter ein eigenartiges Gefühl. Ihr Bauch erzählte etwas anderes als ihr Verstand. Besonders bei jungen Südländern schlug ihre Fantasie Kapriolen.

Jule hingegen ignorierte den jungen Mann hingegen vollkommen, dessen Blick ihr mit dem Duft des frischen Kaffees folgte. Emma beneidete sie insgeheim ein bisschen.

Sie nahmen an einem runden Tisch Platz. Jule fläzte sich auf die weiche Ledercouch, und Emma setzte sich auf einen Holzstuhl mit dem Rücken zum Fenster. Sie musste aufpassen, dass niemand sie durch einen dummen Zufall entdeckte. Sie brauchte unbedingt etwas anderes zum Anziehen, und diesen auffälligen pinkfarbenen Rucksack wollte sie schnellstmöglich loswerden. Die Suchaktion im Altenheim beschränkte sich nach erfolglosem Ausgang sicherlich nicht lange nur auf das Areal der Residenz. Die Presse würde Wind davon bekommen, und es war nur eine Frage der Zeit, bis jeder in der Stadt von ihrem Verschwinden wusste. Wahrscheinlich brachte Konstantin es noch fertig, einen Finderlohn, wie bei verlorenen Brieftaschen, auszuschreiben, nur damit man seine Mutter schneller aufspürte und er nicht länger den besorgten Sohn spielen brauchte.

»Kannst du bitte noch mal versuchen, Herrn Lehmann telefonisch zu erreichen?«, bat Emma.

Jule zog ihr Handy hervor, tippte die Wahlwiederholung und wartete. Nichts.

»Ob ihm etwas zugestoßen ist?« Emma war zerknirscht. Ohne Herrn Lehmanns Rechercheergebnisse hatte sie nichts Konkretes gegen Konstantin oder Barbara in der Hand, um sie ein wenig unter Druck zu setzen. Ein gehöriger Denkzettel war das Mindeste, was sie ihnen verpassen wollte.

»Das französische Frühstück kann ich dir empfehlen, ist echt lecker«, sagte Jule. Der Wirt brachte die zwei Latte macchiato und stellte sie auf den Tisch.

»Brauche Sie die Karte?«, fragte er mit seinem charmanten italienischen Akzent und schenkte Emma ein Lächeln, das ihr wieder einen dieser seltsamen Stiche versetzte, die direkt bis in den Unterleib fuhren.

»Ähm«, stammelte sie verlegen, »nein, nicht nötig, ich nehme das französische Frühstück.«

»Zweimal, bitte«, schob Jule hinterher.

Der Wirt zwinkerte Emma zu. Er drehte sich um, trommelte mit dem runden Tablett gegen seinen trainierten Oberschenkel und verschwand singend hinter dem Tresen.

»Sag mal, was geht denn hier ab?«, kicherte Jule. Emmas Wangen glühten.

»Was meinst du?«, fragte sie scheinheilig.

»Du hast Giorgio voll angeglüht.«

»Habe ich nicht!«, feuerte Emma ein wenig zu eifrig zurück.

Jule kicherte und lehnte sich nach hinten.

»Geht das in deinem Alter überhaupt noch? Also, ich meine, ist da nicht längst Funkstille auf diesem Gebiet?«

»Ich gebe dir gleich Funkstille! Ich bin zwar alt, aber noch lange nicht tot.« Emma war der Verlauf der Diskussion peinlich, und sie überlegte, ob es nicht klüger wäre, einfach aufzustehen und das Bistro zu verlassen.

»Sorry, ich wollte dich nicht beleidigen, aber ich kann mir das einfach nicht vorstellen, wie …«

»Schluss jetzt!«, fuhr Emma dazwischen, die eine Eskalation des Gesprächs befürchtete.

»O. k., ich frag nie wieder und werde künftig nur noch beobachten.«

»Jule, bitte!«

Diese lachte und strich sich die Haare aus dem Gesicht. Emma mochte ihre unbekümmerte Art, ihre Direktheit. Jule tat und sagte einfach das, was sie dachte, ließ ihren Gefühlen freien Lauf, ohne an Konsequenzen zu denken. Insgeheim beneidete Emma sie dafür. In ihrer eigenen Welt war alles so anders, so kompliziert. Als Gattin eines Vorstandsvorsitzenden konnte sie nicht einfach das sagen, wozu sie Lust hatte. Sie musste taktieren und abwägen, was ein falsches Wort zur falschen Zeit auslösen konnte. Sie musste aber ebenso oft Kommentare schlucken, an denen sie beinahe erstickte. Überhaupt war in ihren Kreisen viel zu viel Heuchelei an der Tagesordnung. Das beste Beispiel dafür war Barbara, die nichts aus einem ehrlichen Antrieb heraus tat, sondern stets eiskalt auf ihren Profit bedacht war. Emmas Enkeltochter Trixi stapfte bereits in den Fußspuren ihrer Mutter und kopierte deren Verhaltensmuster par excellence. Emma grinste bei dem Gedanken an Trixi. Ihre Enkeltochter würde niemals so unbekümmert wie Jule eine Fremde nach ihrem Sexualleben fragen.

Der Wirt brachte das Frühstück. Mit flinken Händen stellte er die Teller auf den Tisch, legte Besteck und Servietten dazu. Sein Aftershave verströmte eine Note von Moschus. Emma sog unwillkürlich den Duft ein und schloss für einen kurzen Moment die Augen. Als sie diese wieder öffnete, starrte sie direkt in Jules Gesicht, die vielsagend grinste. Emma errötete. Sie straffte ihren Rücken und wartete, bis Giorgio wieder hinter seinem Tresen verschwunden war.

»Sag mal«, fragte sie, bevor Jule einen Kommentar loswerden konnte, »was hatte es gestern mit dieser SP-Karte auf sich?«

»SD-Karte!« Jule nippte an dem heißen Kaffee.

»Mir schien dir diese Karte sehr wichtig zu sein und dem Anrufer von heute früh auch, wenn er dafür sogar deine Wagenscheibe eingeschlagen hat und uns von der Straße drängen wollte.«

»Mann, wenn der Arsch die Karte haben will, muss er blechen. Und für diese verfickte Scheibe auch.« Jule donnerte die Tasse zornig auf die Tischplatte. Die Gäste im Bistro blickten von ihren Zeitungen auf oder drehten neugierig die Köpfe.

»Jule, bitte«, bat Emma, »kannst du dich auch ein wenig anständiger ausdrücken? Du hast einen unwahrscheinlich vulgären Wortschatz, weißt du das?«

»Ich weiß zwar nicht, was dich das angeht, aber bitte«, blaffte Jule und fuhr mit affektierter Stimme fort. »Was ich sagen wollte, war, dass dieser Unhold sich nicht so echauffieren soll. Wenn er die für ihn so wichtige Karte haben möchte, muss er mich dafür entlohnen und mir den entstandenen Schaden an der Wagenscheibe ersetzen.«

Emma lachte herzlich und fragte: »Was ist eigentlich eine SD-Karte?«

»Diese Karten findest du zum Beispiel in Digitalkameras. Darauf kann man Fotos abspeichern und später mit einem Computer wieder abrufen. Du kannst aber auch Musik und andere Daten darauf laden, aber in diesem Fall sind es angeblich Bilder.« Jule riss ihr Croissant in der Mitte auseinander und bestrich es mit Butter und einem Klecks Kirschmarmelade. Sie biss ab. Krümel rieselten auf ihren Teller.

»Und wo hast du die Karte her, wenn ich fragen darf?«

Jule legte das Croissant auf den Teller zurück und schleckte sich die fettigen Finger ab.

»Du bist schlimmer als meine Mutter. Sag mir lieber, warum du aus dem Altersheim abgehauen bist. Du hast doch auch etwas auf dem Kerbholz.«

Emma atmete tief durch und überlegte, wie viel sie Jule verraten sollte. Sie war immerhin ein junges Ding, das für Geld vieles tat, eventuell auch Emma verraten. Es wäre jedoch keine schlechte Idee, Jule als Komplizin zu gewinnen. Ihre Hilfe konnte Emma gut gebrauchen und beschloss erst einmal, sparsam mit den Informationen zu sein, ehe sie alles preisgab.

»Mir hat es in dem Heim nicht gefallen, und ich denke, es gibt für mich eine bessere Möglichkeit, in Würde zu altern. Der Umgang des Pflegepersonals mit den Bewohnern war einfach schrecklich.«

Jule blickte auf.

»Kannst du dir vorstellen, wie schrecklich das ist, wenn man ein Leben ohne Entbehrungen gewohnt war, wenn man sein eigenes Haus hatte, seine eigenen Möbel mit all seinen Erinnerungen und auch sonst machen konnte, wonach einem der Sinn stand?« Emma bemerkte Jules skeptischen Blick.

»In diesem Heim hatte ich plötzlich nur noch ein kleines Zimmer mit billigen Furniermöbeln und einem winzigen Badezimmerchen, in dem es ständig muffig roch und die Kachelfugen sich schon schwarz verfärbten. Essen gab es zu festen Zeiten, ob man Hunger hatte oder nicht. Es schmeckte fade und jeden Tag gleich. Die Leute mussten alle in einen Speisesaal gehen, nur die Gebrechlichen und ganz Alten bekamen die Mahlzeiten auf ihren Zimmern serviert.«

Emma erinnerte sich nur ungern.

»Mein Zimmer konnte ich nicht einmal abschließen und hatte keine Privatsphäre. Angeblich müssen die Pfleger jederzeit Zutritt zu den Räumen haben, falls den Bewohnern etwas zustoßen sollte.

Hätte man da nicht lieber einen Generalschlüssel für den Notfall anfertigen können?« Emma trank einen Schluck ihres Latte macchiato. »Das Schlimmste war allerdings Schwester Waltraude. Sie war noch unerträglicher als der stets dominierende Uringeruch. Jeden Morgen weckte sie mich, kam in mein Zimmer gepoltert, knipste das Licht an und fragte scheinheilig, wie wir geschlafen hätten. Wir! Das Personal redet dort immer im Plural. Was weiß ich, wie Schwester Waltraude geschlafen hatte!«

Jule kicherte.

»Ich hatte mir das Leben in der Seniorenresidenz ganz anders vorgestellt«, resümierte Emma.

»Warum bist du dort überhaupt eingezogen? Ich meine, du scheinst doch noch einigermaßen fit im Kopf zu sein. Du hättest in deinem Haus bleiben können.« Jule stopfte sich den letzten Bissen ihres Croissants in den Mund.

»Ach, Mädchen, wenn das alles immer so einfach wäre.«

»Isses nicht?«

»Ist es nicht!«

Der Kaffeeautomat hinter der Theke zischte und puffte eine heiße Dampfwolke in das Bistro. Inzwischen waren weitere Gäste gekommen. Einige junge Frauen rückten Tische und setzten sich kichernd zusammen. Der Wirt bediente sie mit demselben Lächeln, das er vorhin Emma geschenkt hatte.

»Weißt du, seit mein Mann vor drei Jahren gestorben ist, lebte ich alleine in einem ziemlich großen Haus. Du kennst bestimmt das Villenviertel direkt am Grüngürtel um die Innenstadt.«

»Wow«, sagte Jule und nickte anerkennend.

»Ich hatte zwar einen Gärtner und eine Zugehfrau, die putzte und wusch, weil mir das alles zu viel wurde, aber weißt du, wenn du abends ins Bett gehst, bist du allein. Da ist niemand, mit dem du reden kannst, niemand, der nachschaut, ob ein Einbrecher im Haus herumschleicht, wenn du den Dielenboden knarren hörst. Du bist auf dich allein angewiesen, wenn du krank oder traurig bist oder mit dem wenigen Leben haderst, das dir noch geblieben ist.«

»Aber du hast doch gesagt, dass du einen Sohn hast.« Jule war neugierig geworden.

»Ja, den habe ich«, stellte Emma resigniert fest. »Ihm habe ich auch zu verdanken, dass ich in das Heim gekommen bin. Eigentlich hatte er versprochen …« Die jungen Frauen am Nachbartisch johlten vor Lachen. Emma drehte sich nach ihnen um und erstarrte. Blitzschnell wandte sie sich wieder ab. Sie war kreidebleich.

»Ich muss hier raus! Jule, bitte, gibt es hier einen Hinterausgang? Schnell!« Sie schnellte in die Höhe, packte den Kinderrucksack und schob ihn vorne unter ihren Pullover. »Los, schnell!«

Jule sprang geistesgegenwärtig auf, ohne zu fragen, warum. Sie packte Emma am Handgelenk und zog sie mit sich in Richtung Toiletten.

»Giorgio, ich zahl das nachher«, rief sie über die Schulter.

Der Wirt nickte und schaute ihnen erstaunt hinterher. Emma folgte Jule im Laufschritt einen schmalen Flur entlang, vorbei an den Toiletten, bis zu einer Tür mit der Aufschrift *Zutritt verboten*. Dahinter befand sich eine weiß gekachelte Küche mit Edelstahlregalen und zwei italienischen Köchen.

»Ciao, Jule, wasse du mache hier? Isse viel zu früh für Arbeit«, rief der eine.

»Bin auch nur auf der Durchreise, Toni.«

Jule zerrte Emma vorbei an Regalen mit Pfannen und Töpfen, hinaus auf einen Innenhof. Dort blieb sie stehen. Emma keuchte.

»Was war denn los?«, wollte Jule wissen.

»Das war knapp. Meine Schwiegertochter war gerade im Begriff, das Bistro zu betreten. Ich habe sie zufällig entdeckt, als ich mich nach den Frauen umschaute. Wenn Barbara mich gesehen hätte, wäre alles aufgeflogen.«

»Jetzt werde ich aber wirklich neugierig.«

»Lass uns woanders hingehen. Ich brauche unbedingt andere Kleidung und eine unauffälligere Tasche.« Emma zog den Rucksack unter ihrem Pullover hervor und zupfte an ihren Haaren. »Und eine andere Haarfarbe brauche ich auch.«

»Rundumerneuerung? Cool!«

Emma lachte. »Ich würde es eher Tarnung nennen.«

Den restlichen Vormittag hetzten die beiden Frauen durch Läden, in die Emma alleine niemals einen Fuß gesetzt hätte. Sie war Boutiquen gewohnt, in denen man ihr die hochglanzlackierten Papiertüten bis zur Tür trug. Jule hingegen marschierte durch Geschäfte, vor deren Türen bunte Batiktücher an Ständern wehten und kleine gewebte Umhängetaschen mit winzigen Spiegelsteinchen in einem Bündel baumelten. Sie schien es auch nicht zu kümmern, dass die spargeldünnen Verkäuferinnen Emma argwöhnisch beobachteten, wie sie sich durch Wühltische oder Jeansstapel mühte. In jedem Laden dröhnte Musik aus den Lautsprechern. Emma war oft versucht, sich die Ohren zuzuhalten. Anfangs kam sie sich vor, als ob sie den Planeten der Affen entdeckt hätte, doch mit der Zeit fand sie Gefallen an Jule als ihrer persönlichen Modeberaterin. Obwohl – von Mode wollte sie nicht sprechen, wenn sie die billigen Fähnchen betrachtete, die made in China und aus Synthetik waren. Trotzdem ließ sich Emma von Jule Kleidungsstücke aussuchen, in denen Konstantin und Barbara sie wahrscheinlich nicht wiedererkannten. Nicht fehlen durfte natürlich auch eine Tasche mit winzigen Spiegelsteinchen.

Nach vielen Anproben in noch mehr Geschäften schleppten sie prallgefüllte Tüten zurück in die WG. Emma freute sich wie ein kleines Kind auf die Sichtung ihrer Beute und sogar auf das Färben ihrer Haare. So viel Spaß wie in diesen wenigen Stunden mit Jule hatte sie schon lange nicht mehr gehabt. Zum Glück hatte sie daran gedacht, ihre Einkäufe bar zu bezahlen, damit Konstantin sie nicht anhand ihrer Kreditkarte ausfindig machen konnte. Wenn es an der Zeit war, würde sie sich bei ihm melden und nicht umgekehrt.

Sie schlenderten durch die Fußgängerzone nach Hause. Während Jule an einem Eis schleckte und ihre Rastalocken beim Gehen auf und ab hüpften, betrachtete sich Emma im Vorbeigehen in den spiegelnden Schaufensterscheiben. Sie schmunzelte über die lila und pink gemusterte Tunika, die sie erworben hatte. Eine dieser bunt gewebten Umhängetaschen hatte sie sich ebenfalls gekauft und trug sie voll jugendlichem Stolz. Das Leben erschien ihr plötzlich so leicht, und wenn nicht hie und da ihre Knochen zwickten, hätte sie ihr Alter für einen Moment vergessen können.

Die Wohnungstür der WG war angelehnt. Jule stieß sie auf und rief: »Anja? Kalle? Ist jemand zu Hause?«

Keine Antwort.

»Komisch«, wunderte sie sich und trat ein. Emma folgte ihr und schloss die Tür. Jule ließ die Plastiktüten im Flur zu Boden gleiten und betrat ihr Zimmer. Auf der Türschwelle blieb sie stehen.

»Verdammte Scheiße, was ist denn hier los?«

Emma trat hinter sie und erblickte das Chaos. Nichts lag mehr dort, wo es sich heute früh noch befunden hatte. Alle Schranktüren waren geöffnet und die Schubladen herausgerissen. Der gesamte Inhalt lag quer im Zimmer auf dem Boden verstreut. Die Matratze war herausgehoben und umgekippt worden, die roten Kissen mit einem Messer aufgeschlitzt und die Federn überall verteilt. Es sah aus wie auf einem Schlachtfeld. Jule drehte sich um und stürmte in den Flur. Sie öffnete die Türen von Kalles und Anjas Zimmer, doch dort war nichts Außergewöhnliches zu entdecken. Der Einbrecher schien gezielt bei Jule etwas gesucht zu haben. Sie eilte zurück und krabbelte auf allen vieren unter ihren Schreibtisch. Emma sah nur noch ihren Po und hörte sie etwas murmeln.

»Wäre doch gelacht … komm schon.«

»Was um Himmels willen machst du da?« Emma stellte den Stuhl auf und setzte sich.

»Ha!«, ertönte es unter dem Schreibtisch, und Jule trat langsam den Rückzug an. Kaum hatte sie den Kopf unter dem Tisch hervorgestreckt, hielt sie Emma etwas entgegen.

»Er hat das hier gesucht.«

»Was ist das?«

»Die SD-Karte, von der ich dir erzählt habe.« Jule lächelte und wedelte mit der Karte durch die Luft. »Bin ich genial oder bin ich genial? In der losen Sockelleiste unter meinem Schreibtisch hat der Drecksack nicht gesucht.«

Sie stand umständlich auf, pickte sich Daunenfedern aus den Haaren und sagte einigermaßen stolz: »Ist doch nicht schlecht, wenn man selbst auf Diebestour geht und die üblichen Verstecke kennt.«

»Ich weiß nicht, ob du dir darauf etwas einbilden solltest.« Emma schaute sich im Zimmer um. »Wir müssen die Polizei rufen.«

»Bist du verrückt? Bloß nicht. Dumme Fragen sind das Letzte, was ich gebrauchen kann, und vielleicht finden die noch das ein oder andere, was mir gar nicht gehört, und dann bin ich am Arsch.«

»Jule!«

»Is doch wahr, ich will keine Scherereien, und außerdem weiß ich, wer das war. Der Depp hat nach dieser Karte gesucht und sonst nichts.«

»Du weißt, wer das war?«

»Steve.«

»Steve?«

Jule atmete tief durch.

»Er ist … er hat mir mal … ach, ich war ihm bis gestern Abend noch etwas schuldig.« Sie stieß mit dem Fuß gegen das Bettgestell. »Verdammt, ich bin ihm gar nichts mehr schuldig, zumindest nicht nach der Aktion von gestern Abend, und nun das hier.«

»Du meinst, das geht alles auf sein Konto? Wie kannst du dir da so sicher sein?«

Jule versteckte die Karte wieder in der Sockelleiste, und ehe sie antwortete, fiel ihr Blick auf die Uhr. Fünf vor zwei.

»Mist, in fünf Minuten fängt meine Schicht im Bistro an. Giorgio hasst es, wenn ich zu spät komme.«

Jule schnappte sich ihre Tasche, steckte Handy und Geldbeutel ein und eilte zur Tür.

»Ich bin gegen neun Uhr fertig und komme dann wieder. Mach's dir in diesem Chaos bequem. Wenn du Hunger hast, schau einfach in der Küche nach. Der Kühlschrank müsste voll sein. Wenn du deinen Detektiv noch mal anrufen willst, das Telefon steht im Flur.«

Sie winkte flüchtig und war im selben Moment auch schon verschwunden.

Emma betrachtete das Durcheinander in Jules Zimmer. Was für ein verrückter Tag, was für eine verrückte Welt, die Welt der Jugend.

Emma ging zum Fenster und öffnete es. Sie sog die warme Sommerluft ein und blickte nach unten in den Hinterhof. Jule rannte aus der Haustür und lief im Laufschritt auf die Straße hinaus. Der Wagen, den sie gestern dort unten geparkt hatten, war verschwunden. Wahrscheinlich hatte Kalle ihn in die Werkstatt gebracht. Emma hoffte, dass der junge Mann nicht so schnell wieder nach Hause kam. Die Begegnung heute früh reichte ihr fürs Erste.

Drei Jungs kickten im Hof einen Fußball und johlten bei jedem Treffer gegen die überquellenden Müllcontainer. Eine fette Frau öffnete im gegenüberliegenden Haus ein Fenster. Sie schrie zu ihnen hinunter und forderte sie mit jeder Menge Schimpfworten zur Ruhe auf, was die Kinder mit mindestens genauso vielen Fäkalausdrücken beantworteten. Emma schüttelte den Kopf. Sie war wirklich in einer komplett anderen Welt gelandet. Sie schloss das Fenster und schaute sich in Jules Zimmer um.

»Dann werde ich mal aufräumen.«

Sie machte sich an die Arbeit und verspürte sogar Spaß dabei. Jule würde Augen machen, wenn heute Abend alles wieder an seinem Platz stand und die Federn aufgesaugt waren.

Das Aufräumen nahm mehr Zeit in Anspruch als gedacht. Emma nutzte die Gelegenheit und schaute sich genauer um. Dabei erfuhr sie einiges über Jule. Sie besaß zum Beispiel nur ein einziges Buch – *Lederstrumpf*. Im Buchdeckel stand mit Kinderschrift der Name Daniel Diemers geschrieben. Billigen Modeschmuck hatte Jule dafür in Unmengen. Kettchen und Ohrringe lagen überall auf dem Boden verstreut. Emma sortierte die Teile säuberlich in ein Schmuckkästchen, das achtlos durch das Zimmer geschleudert worden und auf einem Haufen Kleidung gelandet war. Jules Kleidung bestand hauptsächlich aus zerrissenen Jeans, jeder Menge dünner T-Shirts mit Totenköpfen und ausgefransten Säumen, Pullovern und flippigen Tüchern. In dem ganzen Durcheinander fand Emma ein blaues Superman-Shirt, viel zu klein, als dass es Jule gepasst hätte. Es war an den Nähten vom vielen Waschen ausgeblichen.

Emma räumte die Kleidung in den Schrank, stapelte alte Zeitschriften auf einen Berg und schob die Schubladen wieder zurück in den Schreibtisch. Dann machte sie sich an das Kleinzeug, das im ganzen Zimmer herumlag. Emma wunderte sich, was sie alles fand. Zwei abgegriffene Herrengeldbeutel, über deren Herkunft sie nicht nachdenken wollte, einen unbenutzten Schwangerschaftstest, eine Landkarte von Italien, kleine bunte Pillen, Räucherstäbchen, jede Menge Fotos von Jule und einem jungen Mann. Emma betrachtete ihn genauer. Er war bildhübsch und schien Südländer zu sein. Ihr wurde warm ums Herz.

»Emma!«, schalt sie sich und legte das Foto mit einem Hauch schlechten Gewissens zur Seite.

Unter Jules Bett schaute ein roter Papphefter hervor. Emma bückte sich und hob ihn auf. Er war fein säuberlich mit einer Schleife zusammengebunden. Sie betrachtete ihn von allen Seiten und hätte zu gerne gewusst, was sich darin verbarg, aber gleichzeitig hielt ihr Taktgefühl sie davon ab, hineinzuschauen. Behutsam legte sie den Ordner in eine der Schreibtischschubladen und schob diese zu.

Emma räumte den halben Nachmittag auf. Im Flur fand sie einen Staubsauger, mit dem sie die Federn im Zimmer aufsaugte. Als sie ihn wieder an seinen Platz zurückstellen wollte, drehte sich von außen der Wohnungsschlüssel im Schloss. Emma wollte in Jules Zimmer zurückspringen, blieb jedoch stehen und hoffte inständig, dass Anja heimkam und nicht Kalle. Die Tür öffnete sich, und es war nicht Anja.

Kalle trug einen karierten Pullover mit V-Ausschnitt und dieses Mal eine schwarze Kunststoffbrille auf der Nase. Er schleppte zwei volle Einkaufstüten und quälte sich mit dem Schlüssel ab.

Emma wich instinktiv einen Schritt zurück. Ihre Reaktion war ihr peinlich, aber sie wollte auf keinen Fall mit diesem Flegel alleine in der Wohnung sein und überlegte, ob sie sich nicht doch in Jules

Zimmer verbarrikadieren sollte. Kalle schien die Begegnung mit ihr ebenfalls unangenehm zu sein. Er errötete bis unter den Haaransatz, was ihm in Kombination mit seinem jungenhaften Bartwuchs nicht gerade zum Vorteil gereichte.

»Hallo!«, presste er hervor, senkte den Kopf und hantierte mit seinen Taschen.

»Hallo«, stammelte Emma und trat den Rückzug an.

»Ich habe eingekauft«, stellte Kalle überflüssigerweise fest und schaute Emma an, als ob er dafür ein Leckerli von ihr erwartete.

»Schön.« Emma wusste nicht, was sie auf eine solch weltbewegende und doch offensichtliche Bemerkung äußern sollte.

»Pizza?« Kalles Gesichtsfarbe changierte langsam wieder zu seinem Normalblass.

»Bitte?«

»Soll ich uns eine Pizza machen?«

Emma überlegte, ob sie mit diesem Jüngling gemeinsam in der Küche sitzen und essen wollte, doch ehe sie antworten konnte, knurrte ihr Magen deutlich vernehmbar.

»Gut.« Kalle deutete dies als Antwort und eilte in die Küche. Emma beobachtete, wie er nervös die Taschen ausräumte und zwei Tiefkühlpizzen in den Backofen schob. Allein der Gedanke, dass ihr Essen mit dem dieser Kreatur in einem Ofen friedlich nebeneinander buk, war ihr zuwider. Doch der warme Duft von geschmolzenem Käse und knusprigem Pizzateig stimmte sie versöhnlich. Sie hatte einen Bärenhunger. Emma überlegte, ob sie ihren Teller mit in Jules Zimmer nehmen sollte. Dort konnte sie wenigstens die Tür hinter sich abschließen. Sie folgte Kalle vorsichtig in die Küche.

»'tschuldigung«, stammelte er und wurde wieder bis zum Haaransatz rot. Er holte Luft, wollte noch etwas sagen, brachte jedoch keinen Ton mehr hervor. Stattdessen drehte er sich um und schnitt Tomaten und Zwiebeln in Scheiben und bereitete in einer Schüssel einen Salat zu. Der junge Mann war mit Worten und in Gesellschaft anderer unsicher, aber das Messer führte er geschickt und ging geübt mit den Gewürzen um. Das Kochen schien ihm Freude zu bereiten, und dies stimmte Emma ein wenig sanfter. Ihren Drang zu fliehen unterdrückte sie und half ihm sogar, den Tisch zu decken.

Emma hatte noch nie zuvor eine Tiefkühlpizza gegessen, aber sie schmeckte wunderbar, und Kalles Tomatensalat war ein Gedicht. Sie saßen sich gegenüber und aßen schweigend. Emma wusste nicht, was sie mit ihm reden sollte und empfand die Stille als beklemmend. Früher, als Kurt berufsbedingt von einer Veranstaltung zur nächsten hetzte und sie ihn begleitete, hatte sie jederzeit mit vollkommen fremden Menschen ein Gespräch führen und dauergrinsen können. Sie war Meisterin des Small Talks und unschlagbar gewesen, wenn es darum ging, bei dummen Gesprächen freundlich zu bleiben. Und hier fiel ihr nichts ein.

»Schmeckt gut«, machte sie einen Anfang.

»Hm.« Kalle kaute, ohne aufzuschauen.

»Ich habe noch nie eine Fertigpizza gegessen.« Emma wunderte sich, warum sie das gesagt hatte.

Kalle schaute sie über den Brillenrand hinweg an.

»Echt jetzt?«

»Zuhause hatte ich eine Zugehfrau, die für mich ausgewogen kochte, und im Altersheim gab es jeden Tag undefinierbare Speisen, die wegen der Gebissträger viel zu weich gekocht wurden.«

»Ach so.« Kalle senkte den Kopf und aß weiter. Es interessierte ihn nicht im Geringsten. Emma kam sich lächerlich vor und errötete. Als sie ihre Pizza aufgegessen hatte, stand sie auf, trug den Teller zur Spüle.

»Ich …«, es war ihr unsagbar peinlich, dies zu sagen, aber noch eine Begegnung wie heute früh wollte sie nicht riskieren, »ich müsste für eine Weile im Badezimmer verschwinden und wäre gerne alleine.«

Kalle schaute nicht auf und schob sich Tomatensalat in den Mund.

»Also gut, ich geh dann jetzt«, betonte Emma vorsorglich noch ein weiteres Mal. Sie holte das Haarfärbemittel aus Jules Zimmer und schloss sich im Badezimmer ein. Sicher war sicher.

Emma betrachtete sich im Spiegel. Ihre kurzen Haare schimmerten in verschiedenen Grautönen. Nachdenklich fuhr sie mit den Fingern hindurch. Sie wollte sich niemals die Haare färben, fand es entwürdigend, wenn Frauen dies taten. Das Grau ist den Menschen von Natur aus beschieden. Warum sollte man sich dafür schämen und es verbergen wollen? Graue Haaransätze, die durch feuerrotes Haar schimmerten, waren viel abstoßender. Aber die außergewöhnlichen Umstände ihrer Flucht ließen ihr keine Wahl. Emma las die Anleitung auf der Verpackung. Wenn alles gut ging, würde sie binnen 20 Minuten eine kastanienbraune Haarpracht auf ihrem Kopf haben. Emma seufzte und strich sich mit den Handflächen über die Wangen.

»Auf was habe ich mich nur eingelassen?« Sie lächelte ihr Spiegelbild an und fragte sich, wie sie mit getönten Haaren aussehen mochte. Jünger? Faltiger? Attraktiver? Sie schüttelte den Kopf, als ob sie ihre Ängste von sich werfen wollte.

»Anders! Emma, du wirst anders aussehen.«

Sie streifte die Kunststoffhandschuhe über und machte sich ans Werk.

»Cool, du hast aufgeräumt!« Jule betrat nach Schichtende im Bistro ihr Zimmer und schaute sich um. »Danke.«

»Das habe ich gerne gemacht«, sagte Emma. Sie saß an Jules Schreibtisch und blätterte in einem Modemagazin, das sie beim Aufräumen gefunden hatte. Um ihre Haare hatte sie ein Handtuch zu einem Turban gewickelt. Jule grinste.

»Und?«

»Hm«, schmunzelte Emma.

»Na los, zeig schon.« Jule warf ihre Umhängetasche auf das Bett. Emma wickelte langsam das Handtuch ab und präsentierte ihre neue Haarpracht.

»Geil, das sieht total super aus. Du wirkst gleich 20 Jahre jünger.« Jule strahlte und umrundete Emma von allen Seiten.

Emma lächelte. Sie war selbst begeistert von der neuen Farbe, sie fühlte sich in der Tat viel jünger, auch wenn ihre schmerzenden Gelenke sie immer wieder an ihr tatsächliches Alter erinnerten. Nicht nur die neue Haarfarbe, auch ihre neue Kleidung hatten eine ganz andere Person aus ihr gemacht. Sie trug eine helle Leinenhose mit Segeltuchschuhen, darüber eine Bluse mit orangefarbenem Blumenmuster und ein gelbes Top darunter. Bunt und farbig statt dieses Alte-Oma-Beige, das sie viel zu lange schon in ihrem Kleiderschrank beherbergte.

Jule verschränkte die Arme vor der Brust und neigte den Kopf ein wenig zur Seite. »Ehrlich, dein Sohn wird dich auf der Straße nicht mehr wiedererkennen.«

»Ich erkenne mich selbst kaum wieder.« Emma strahlte. »Danke, Jule, für deine Hilfe.«

»Und was hast du jetzt vor? Hast du deinen Detektiv erreicht?«

»Nein. Morgen werde ich erst einmal in den Zeitungen nachschauen, ob mein Verschwinden bereits in der Presse diskutiert wird. Und wenn ich Herrn Lehmann dann immer noch nicht erreiche, muss ich mir einen Plan B überlegen.«

»Du machst es ja voll spannend.«

Emma fuhr mit der Hand durch die Luft, als ob sie eine Mücke verjagen wollte. »Jetzt lass uns erst einmal über dich reden. Nun sag schon, was hat es mit dieser SD-Karte auf sich und was willst du wegen des Einbruchs unternehmen?«

Jule ließ sich mit dem Rücken auf das Bett fallen und verschränkte die Arme hinter ihrem Kopf. Ihre rotbraunen Locken ringelten sich wie die Schlangen der Medusa über ihre Unterarme.

»Das ist eine verdammt lange Geschichte, und ich glaube nicht, dass du alle schmutzigen Details aus meinem Leben hören willst.«

»Das überlasse ruhig mir, was ich hören möchte und was nicht.« Emma faltete das Handtuch zusammen, legte es auf den Schreibtisch und lehnte sich in ihrem Stuhl zurück.

»Mann, wir kennen uns doch kaum. Ich meine, wieso soll ich dir mein ganzes Leben anvertrauen?« Jule stand auf und lief wie ein Raubtier auf und ab. Emma schwieg. Sie hatte Jule schließlich auch noch nicht all ihre Geheimnisse anvertraut.

»Ich habe dem Typ einen Gefallen getan und diese bescheuerte Karte für ihn geklaut.«

»Und er will sie jetzt von dir haben, aber du willst sie ihm nicht geben?« Emma runzelte die Stirn. Die Zusammenhänge erschlossen sich ihr noch nicht ganz.

»Ich will sie ihm ja geben, aber der Alte dreht vollkommen ab und randaliert. Keine Ahnung, was der Mist soll.« Jule kroch wieder unter den Schreibtisch und zog die Karte aus ihrem Versteck. Dann hielt sie das Teil in die Höhe.

»Steve rief gestern an und bat mich, ihm dringend aus der Patsche zu helfen. Ich sollte diese Karte für ihn aus der Wohnung deines Herrn Lehmann holen. Steve wollte mir dafür einen Riesen bezahlen.« Jule lief weiter auf und ab.

»Die Karte ist von Lehmann?«

Emma schöpfte Hoffnung.

»Er sagte, dass der Mann nicht zu Hause sei und mir bei meiner Suche nicht in die Quere käme. Alles ganz easy. Ich sollte durch die angelehnte Verandatür in das Haus einsteigen und nur die SD-Karte mitnehmen.«

»Und das kam dir nicht komisch vor?«

»Wieso?«

»Du sagtest, der Mann sei nicht daheim und seine Terrassentür nur angelehnt. Warum sollte er die Tür offen gelassen haben, wenn er das Haus verließ?«

»Keine Ahnung, was geht mich das an?«

»Da stimmt etwas nicht.« Emma überlegte. »Weißt du, was auf dieser Karte gespeichert ist?«

Kaum hatte sie den Gedanken ausgesprochen, hämmerte jemand wie verrückt gegen die Wohnungstür. Die Klingel schrillte im Dauereinsatz.

»Scheiße!«, rief Jule, zog das Genick ein und machte einen Satz in Richtung Fenster. Sie schob die SD-Karte in die Hosentasche ihrer viel zu engen Jeans.

»Das ist Steve. Er hat vor dem Bistro auf mich gewartet, bis ich

Feierabend hatte. Ich bin zum Hintereingang rausgeschlichen.« Jule öffnete das Fenster. »Komm, Emma, wir klettern über die Reling bis zur Feuerleiter und hauen ab. Beeil dich!« Jule machte Anstalten, ihren Plan in die Tat umzusetzen, und kletterte über ihren Schreibtisch auf die Fensterbank.

»Auf gar keinen Fall! Ich werde nicht an der Hausfassade runterklettern, das hatte ich gestern Abend schon. Eine Flucht pro Woche reicht für mein Alter vollkommen aus.«

Der Lärm im Treppenhaus wurde immer lauter und bedrohlicher. Emma fragte sich, wie lange die Holztür in diesem Altbau noch standhalten würde.

»Na los, komm schon.«

Jule kletterte aus dem Fenster und suchte mit den Fußspitzen auf dem Mauervorsprung nach Halt.

»Jule, mach keinen Unsinn!«, rief Emma und schaute ihr besorgt hinterher. »Du brichst dir die Knochen, wenn du da runterfällst.«

»Und wenn ich nicht falle, bricht Steve mir die Knochen. So what?«

Emma wurde schlecht, als sie das Mädchen an der Hauswand kleben sah. Sie musste etwas unternehmen.

»Gut, ich halte ihn auf, damit du einen Vorsprung hast.«

Aufhalten war einfacher gesagt als getan. Sie würde niemals einen dermaßen tobenden Unhold aufhalten können. Trotzdem trat sie mutig in den Flur hinaus. Kalle hatte seine Zimmertür einen Spaltbreit geöffnet und lugte ängstlich hervor. Feigling, dachte Emma. Die Wohnungstür bebte unter den Hieben und Tritten von außen. Wenn das so weiterging, würde sie bald nachgeben.

»Jetzt hören Sie doch um Himmels willen mit diesem Terror auf!«, rief Emma forsch und wartete auf eine Reaktion.

»Mach sofort die Tür auf. Ich weiß, dass du da bist, du Schlampe.« Es war eine tiefe Männerstimme, heiser und wütend.

Emma kaute auf der Unterlippe.

»Zu wem wollen Sie denn?«, fragte sie naiv.

»Mach auf!« Das Toben wurde immer wilder.

»Wenn Sie nicht sofort mit diesem Spektakel aufhören, werde ich die Polizei rufen.«

Statt einer weiteren Antwort bröselte Putz aus der Verankerung der Tür und rieselte auf den Dielenboden. Emma überlegte, wie weit Jule wohl schon geklettert sein mochte. Die Feuerleiter war nicht weit entfernt von ihrem Fenster. Sie musste schon unten im Hof angekommen sein.

»Ist gut, ich werde die Tür öffnen, aber bitte, beruhigen Sie sich doch endlich.«

Emma wusste nicht, ob es richtig war, was sie tat, aber der Mann hätte binnen weniger Minuten die Tür vollends zerstört und wäre im WG-Flur gestanden. Sie schob die Kette zurück und drückte die Klinke hinunter. Im selben Moment flog die Tür auf und stieß Emma nach hinten. Sie stolperte und fiel auf ihren Po.

Vor ihr stand ein Bulle von Mann. Seine durchtrainierten Arme standen wegen der Muskelpakete leicht vom Körper ab. Über seine Oberarme zogen sich zwei Leopardenfell-Tattoos. Der Kopf des Mannes war im Verhältnis zu seinem Körperbau zu klein, und da er seinen Schädel rasiert hatte, wirkte dieser noch kleiner. Der Kerl hielt sich nicht lange auf, stürmte in Jules Zimmer, schaute sich um, öffnete den Schrank, sprang mit einer geschmeidigen Bewegung in die Liegestütze und spähte unters Bett. Er eilte zum Fenster, das noch immer offen stand, und schaute nach unten. Emma rappelte sich auf und drückte sich gegen die Wand im Flur. Ihr war schlecht vor Schreck. Hoffentlich hatte Jule sich rechtzeitig verstecken können.

Er kam wieder in den Flur zurück, packte Emma an ihrer Bluse und zerrte sie ganz dicht vor sein Gesicht. Er hatte Mundgeruch und roch nach Schweiß. Eine Platzwunde auf seiner Stirn war mit einem Klammerpflaster fixiert und sah noch ganz frisch aus. Es würde Emma nicht wundern, wenn er sich die Verletzung gestern Nacht bei seinem Unfall an der Ampel zugezogen hatte.

»Wo ist sie?«, fauchte er. Seine Augen funkelten böse.

»Wer?« Emmas Stimme zitterte.

Steve schüttelte sie. »Wo?«

»Ich weiß gar nicht …«

»Hör auf mit dem Mist, Oma.« Er schüttelte sie nochmals und stieß sie heftig gegen die Wand. Emma keuchte. Sie hatte nicht die geringste Chance gegen diesen Koloss, und von Kalle war keine Unterstützung zu erwarten. Er hatte seine Zimmertür leise zugezogen und war auf Tauchstation gegangen.

»Ich weiß es nicht.« Emma log dem Mann ins Gesicht: »Sie kam heute nach der Arbeit nicht nach Hause.«

Er kniff die Augen zusammen, stieß Emma ein zweites Mal gegen die Wand, legte seinen Unterarm quer über ihre Kehle und drückte ihr langsam und berechnend die Luft ab. Emma schlug um sich, zerrte vergeblich an seinem muskulösen Arm. Schwarze Punkte tanzten vor ihren Augen.

»Also, wo ist sie?«, fragte er erneut und löste den Druck nur ein klein wenig.

»Weiß nicht«, keuchte Emma. Wenn er dachte, sie mit roher Gewalt einschüchtern zu können, dann hatte er beinahe die Richtige gefunden, aber eben nur beinahe. Sie schwieg beharrlich.

Für einen kurzen Moment wunderte sich der Mann über ihre Sturheit. Er drehte ihr flink den rechten Arm auf den Rücken und stieß sie in Richtung Wohnungstür. Emma schrie auf. Eine solche Bewegung schmerzte schon in jungen Jahren, aber bei Gelenkabnutzung und Alterssteifheit war das die blanke Folter. Emma liefen Tränen über die Wangen. Sie schaute zu Kalles Zimmertür und verwünschte ihn wegen seiner Feigheit. Steve folgte ihrem Blick und entdeckte, wie die Türklinke langsam nach unten gedrückt wurde. Er dirigierte Emma in einem Halbkreis herum.

»Komm raus!«, schrie er.

Es dauerte einen Moment, ehe sich Kalles Tür ganz öffnete, und er mit erhobenen Händen und kreidebleich im Türrahmen stand.

»Wo ist Jule?«

Kalle war unfähig, sich zu bewegen.

Steve packte ihn mit seiner linken Hand am Kragen und schüttelte ihn, ohne dabei Emmas Arm loszulassen. Das Leopardenfell-Tattoo auf seinem Oberarm gab dem Spiel seiner Muskeln nach und verformte sich. Emma mochte keine Tattoos, vor allem nicht, wenn sie sich großflächig über den Körper spannten und die Farbe mit der Zeit ins Grünliche changierte.

»Ich weiß es nicht«, wimmerte Kalle.

Was für eine Memme, dachte Emma, er hatte nicht einmal den Versuch unternommen, sich zu wehren. Steve musste Ähnliches von ihm gedacht haben, als er ihn verächtlich zu Boden stieß und sagte, er werde Jule morgen früh um elf Uhr anrufen und ihr sagen, wo die Übergabe stattfinden sollte. Ohne Kalle weiter zu beachten, stieß er Emma ins Treppenhaus hinaus.

»Wollen wir doch einmal sehen, ob deine Enkeltochter nicht freiwillig angekrochen kommt, wenn es der Oma ans Leder geht.« Er grinste und sagte zu Kalle gewandt: »Morgen um 12 Uhr kann die Alte gegen die Karte ausgelöst werden. Ich melde mich. Aber keine Spielchen, keine Kopien von der Karte ziehen, keine Polizei, keine sonstigen Dummheiten. Richt's aus.«

»Warum sollte ich mit Ihnen gehen? Ich könnte schreien und um Hilfe rufen«, sagte Emma mutig.

»Das wirst du nicht«, dabei zog er Emmas Arm noch ein Stück weiter nach oben, Richtung Schulterblätter. Sie sank vor Schmerz in die Knie.

»Ist gut, ist gut. Ich komme mit Ihnen, aber bitte, lassen Sie meinen Arm los.«

Steve ignorierte die Bitte und bugsierte Emma die Stufen nach unten, bis in den Hinterhof. Sie schaute sich um, ob sie Jule irgendwo entdecken konnte. Vergeblich. In den Fenstern flammten die ersten Lichter auf. Hie und da flackerte der bläuliche Schein eines Fernsehers durch die Vorhänge. Wie sehr wünschte sich Emma, dass die fette Frau vom Nachbarhaus ihr Fenster noch einmal aufriss und genau wie heute Mittag Alarm schlug. Doch nichts, keine Menschenseele war zu sehen. Kalle, dieser Schlappschwanz, saß sicherlich oben in seinem Zimmer, spähte durch die Vorhänge und beobachtete, was vor sich ging. Das durfte alles nicht wahr sein.

Steve schob Emma grob zu seinem Wagen, den er in der Mitte des Hofes abgestellt hatte. Es war eine schwarze Limousine mit Rostflecken, nicht der zerbeulte Wagen von gestern Nacht. Er öffnete den Kofferraumdeckel und brüllte: »Los, rein da!«

Emma starrte ungläubig auf leere Bierflaschen, ein Wagenkreuz, ein Verlängerungskabel und sonstigen Müll.

»Das ist nicht Ihr Ernst!«

»Sehe ich aus, als ob ich scherze?« Er stieß sie mit dem Kopf voran hinein. Emma fing sich mit den Händen ab und richtete sich wieder auf.

»Und warum sollte ich das tun?« Sie blickte vorsichtig über ihre Schulter nach hinten.

»Darum.«

Der Knauf seiner Pistole sauste auf Emmas Hinterkopf nieder, und sie ging zu Boden.

Jule nutzte den Fluchtweg über die Feuerleiter oft, allerdings nicht nach unten, sondern nach oben. Direkt über ihrem Zimmer wohnten Sandro und seine Mutter. Er war Italiener und der schönste Mann, den Jule je gesehen hatte. Seine Mutter war die Pest.

Jules erstes Zusammentreffen mit den beiden stand unter keinem glücklichen Stern. Sie hatte sich mit Kalle gestritten und war aus der WG gerannt. Sie schlug die Tür hinter sich zu, stürmte das Treppenhaus hinunter und schlüpfte dabei noch in den Ärmel ihrer Jacke. Vor lauter Wut übersah sie Sandro und rannte in ihn und den Umzugskarton, den er trug. Die Kiste fiel zu Boden, und es schepperte und klirrte laut. Jule kümmerte sich nicht darum, denn sie blickte geradewegs in das schönste Gesicht auf Erden und versank in den dunkelbraunen Augen des Mannes, die sich augenblicklich mit Lachfältchen säumten und ihr Herz zum Rasen brachten. Zuerst glaubte sie, Engelsglocken läuten zu hören, doch dann bemerkte sie, dass es die neue Nachbarin war, die hinter ihrem Sohn auftauchte und ein Riesentheater wegen des heruntergefallenen Kartons machte.

Auf dem Boden lagen unzählige Scherben. Sie waren über die Stufen gesprungen und hatten sich bis in den letzten Winkel und sogar ins Stockwerk unter ihnen verteilt. Porzellan, alter Familienbesitz vergangener Generationen, von Hochzeit zu Hochzeit weitervererbt und für ihren Sohn vorbestimmt. Das beklagte die Frau, die jedem Klischee einer temperamentvollen italienischen Mama entsprach. Jule blickte verlegen dem jungen Mann in die Augen. Er hingegen strahlte sie an, machte keine Anstalten, auch nur eine einzige Scherbe aufzuheben. Jule fragte sich, ob sie ihm vielleicht sogar einen Gefallen getan hatte, und lächelte zurück. Während der Bruchteil einer Sekunde genügt hatte, um zu wissen, dass sie diesen Mann mit Haut und Haaren haben wollte, dauerte es unendliche Minuten, bis sie zu dritt die Scherben vom Boden wieder aufgekehrt hatten. Jule steuerte zumindest den Handfeger aus der WG dazu bei.

Er hieß Sandro und war schon bald Jules große Liebe. Seine dunklen Locken und dieses wundervolle Lächeln waren bezaubernd. Nur dass er noch immer alle Vorzüge der mütterlichen Pension genoss, fand Jule unmöglich. Finanzielle Gründe, erklärte er mit einem Lächeln, was so viel bedeutete wie Kost und Logis frei und immer gebügelte Wäsche.

Mama Carlotta überwachte ihn rund um die Uhr und versuchte, ihn ständig mit irgendeiner Tochter ihrer zahlreichen Freundinnen zu verkuppeln. Wahrscheinlich glaubte sie, dass er auf diese Weise nicht aus ihrem Zuständigkeitsbereich entkommen konnte.

Einmal hatte sie sogar ein Porträtfoto von sich über seinem Bett aufgehängt, als Ersatz für das Kreuz, das früher dort hing. Es sollte zur Abschreckung potenzieller Anwärterinnen dienen. Sobald Jule das Zimmer betrat, spürte sie jedes Mal den grimmigen Blick der Alten, und wenn sie mit Sandro im Bett lag, hatte sie das Gefühl, dass Carlottas Augen sich zu kleinen Schlitzen verengten. Sandro hatte die Wahl: entweder Jule oder das Foto seiner Mutter. Für beide Frauen war in diesem Zimmer kein Platz. Das Foto landete im Mülleimer.

Carlotta verabscheute Jule. Eine solche Person sei nicht der richtige Umgang für ihren Sohn, ungebildet und mit diesen verlotterten Haaren und überhaupt. Sie versuchte alles, um den Kontakt zwischen ihnen zu torpedieren. Wenn Jule an ihrer Wohnungstür klingelte und zu Sandro wollte, verleugnete Carlotta ihn jedes Mal. Sie beschimpfte Jule als Dirne und unanständig, wirbelte mit dem Kochlöffel durch die Luft und schrie so laut, dass alle Nachbarn sofort im Bilde waren.

Irgendwann entdeckte Jule den Vorzug der Feuerleiter und kletterte heimlich aus ihrem Zimmer an der Fassade empor in Sandros Zimmer. Sex mit ihm, wenn seine Mutter nebenan fernsah, hatte etwas Verbotenes und war der reine Nervenkitzel. Schon fast ein Spiel mit dem Tod!

Jule balancierte Schritt für Schritt auf dem kleinen Mauervorsprung an der Hauswand entlang bis zur Feuerleiter. Sie umklammerte die Metallsprossen und kletterte nach oben. Aus ihrem Zimmer hörte sie lautes Poltern. Sie fühlte sich schuldig, weil sie Emma einfach ihrem Schicksal überlassen hatte. Jule kannte Steve. Wenn er zornig wurde, musste man auf alles gefasst sein. Emma hätte mit ihr kommen können, und die Tür hätte sie Steve auch nicht öffnen brauchen. Im Grunde hatte Jule mit der alten Frau sowieso nichts zu schaffen. Sie hatte ihr bei der Flucht aus dem Altersheim geholfen, ihr eine Bleibe für die Nacht angeboten und sonst nichts. Jetzt musste Emma selbst sehen, wie sie zurechtkam, redete sich Jule ihr schlechtes Gewissen schön.

Sie hatte Sandros Fenster fast erreicht, als sie Stimmen hörte. Sie konnte sich vorstellen, wie Steve tobte und seine Nasenflügel bebten. Wenn er verärgert war, flogen die Fäuste. Das war schon immer so gewesen. Sie blieb mucksmäuschenstill auf der Leiter stehen und wartete. Ihr Herz pochte. Ihre Finger wurden feucht. Vorsichtig schielte sie nach unten. Genau in diesem Moment schoss Steves kahler Schädel aus dem Fenster. Er schaute hinab in den Hof und suchte nach ihr. Zum Glück kam er nicht auf die Idee, dass sie nach oben geklettert war. Jules Nase kribbelte, sie musste niesen und konnte den Impuls mit einigen Grimassen gerade noch unterdrücken. Steve zog seinen Kopf wieder in ihr Zimmer zurück. Jule wartete eine Minute und kletterte weiter. Sandros Fenster stand offen, und sie stieg über seine Fensterbank.

Er lag mit geschlossenen Augen auf dem Bett, hatte die Arme hinter dem Kopf verschränkt und hörte Musik über seine Kopfhörer. Jule sprang mit einem Satz neben ihn auf das Bett und rüttelte ihn an den Schultern. Sandro erschrak und schoss hoch. Sie presste ihre Hand auf seinen weichen Mund, damit er nicht aufschrie. Er zog die Ohrstöpsel seines MP3-Players aus den Ohren und drehte stattdessen die Stereoanlage auf, damit sie sich unterhalten konnten, ohne Carlottas Argwohn zu erregen.

»Bist du verrückt, mich so zu erschrecken?« Sandro zog Jule an sich und küsste sie.

»Jetzt nicht.« Sie stieß ihn zurück. »Du musst mir helfen.«

Es folgte ein kurzer Bericht über den Diebstahl der SD-Karte, Emmas Flucht aus dem Altersheim und Steves Besuch.

»Wow, da war ja ganz schön was los bei dir.« Sandro umfasste ihren Nacken, zog sie wieder an sich und küsste sie.

»Jetzt hör doch mal auf.« Sie löste sich aus seinem Griff. »Ich werde das Gefühl nicht los, dass hier ein ganz großes Ding am Laufen ist. Warum sonst sollte Steve dermaßen austicken? Ich habe die Karte gestohlen, genau wie vereinbart, und was macht der Typ? Er zerschlägt mir die Wagenscheibe, verfolgt uns, bricht in mein Zimmer ein, und vorhin hat er mir vorm Bistro aufgelauert.«

Sandro setzte sich neben Jule auf die Bettkante.

»Wir sollten nachsehen, was auf der Karte gespeichert ist. Hast du sie dabei?«

Jule fischte die Karte mit zwei Fingern aus der Hosentasche. Während Sandro seinen Computer hochfuhr, trat Jule ans Fenster und spähte durch den Vorhang in den Hof hinunter. Der Abend dämmerte. Zwischen überfüllten Mülltonnen und abgeblätterten Mauerfassaden war so etwas wie Frieden eingezogen. Jule wollte gerade ihren Aussichtsposten verlassen, als sie Steve entdeckte. Er stieß Emma vor sich her zu seinem Wagen. Jule sah, wie er ihr den Knauf einer Pistole auf den Kopf schlug und die alte Frau in seinem Kofferraum verstaute.

»Oh, Scheiße, das darf doch nicht wahr sein!«

Sandro eilte neben sie und schlang seinen Arm um ihre Hüfte.

»Was macht der da? Die Alte hat mit dem Ganzen doch gar nichts zu tun.« Jule zog ihr Handy aus der Hosentasche.

»Was hast du vor?«

»Ich rufe Kalle an und frage, was da los ist.« Sie tippte die Nummer der WG ein und beobachtete, wie Steve mit dem Wagen und Emma in seinem Kofferraum vom Hof fuhr. »Kalle? … Mann, ist ja gut, jetzt mal ganz langsam und der Reihe nach.«

»Und? Was hat er gesagt?«, fragte Sandro, als Jule das Gespräch beendet hatte.

»Steve hält Emma für meine Großmutter. Er will sie gegen die SD-Karte freigeben. Morgen Mittag um zwölf Uhr.«

»Und wo?«

»Das wird er mir morgen sagen.«

»Lass mich raten«, sagte Sandro und wedelte mit der Karte, »du sollst dich bestimmt alleine mit ihm treffen, die Karte mitbringen – und gnade dir Gott, wenn du die Daten anschaust oder kopierst.«

»Auf was wartest du? Lass uns genau das tun«, rief Jule, und ihre Augen funkelten.

Sandro schob die Karte in den Slot. Es waren etwa 40 Bilddateien auf dem Datenträger. Er kopierte sie auf seine Festplatte, zog die Karte heraus und gab sie Jule zurück. Auf den Bildern waren vier Männer zu sehen, die mit einem Teleobjektiv aufgenommen worden waren und allem Anschein nach nichts von dem geheimen Beobachter wussten. Ein Mann stand in der Mitte. Er schien der Wortführer zu sein, vor ihm türmten sich fünf Holzkisten. Er sah bedrohlich aus. Seine Augenbrauen waren finster, und er hatte eine Tätowierung am Hals. Ein Mann in Jeans und unauffällig gekleidet stand vor ihm, mit dem Rücken zum Fotografen. Da die Bilder in

Serie aufgenommen waren, konnten Jule und Sandro erkennen, dass er etwas erzählte und mit seinen Armen gestikulierte. Weiter hinten im Bild standen noch zwei Männer. Der eine war Steve. Er trug eine Waffe vorne in seinem Hosenbund und verschränkte die Arme vor der Brust. Der zweite Mann stand etwas weiter abseits. Er trug einen feinen Anzug und wirkte fehl am Platz. Sandro und Jule ließen die Fotos als Diashow auf dem Computer ablaufen. Zuerst sah man die Männer im Gespräch, dann wurden die Kisten geöffnet, der Wortführer griff hinein, holte etwas Kleines hervor und betrachtete es von allen Seiten.

»Was ist das?«, fragte Jule.

»Ich weiß nicht, es sieht aus, als ob das kleine Schildkröten sind oder irgendwelches Viehzeugs. Da schau!« Sandro zoomte einen Bildausschnitt heran, und man erkannte den schwarzen Gegenstand und vier ausgestreckte Gliedmaßen.

»Tiere?« Jule war überrascht.

Sandro klickte durch die Bildershow. Zuerst sah es nach einer Übergabe der Kisten an den Wortführer aus. Dann schien es zu Streitereien gekommen zu sein. Steve zog seine Waffe aus dem Hosenbund und richtete sie auf den Mann in der Jeans, der allem Anschein nach der Lieferant sein musste.

»Scheint, als ob das eine Warenlieferung war, die irgendwie nicht glatt über die Bühne lief«, sagte Sandro und klickte die nächsten Bilder durch. Steve zielte die ganze Zeit mit der Waffe auf sein Opfer, während der Wortführer alle Kisten aufbrach. Als die Letzte geöffnet war, stand der Anzugträger direkt davor und griff hinein. Er lächelte und schien die Welt vergessen zu haben. Mit den Fingern strich er über ein Tigerfell. Auf einem der letzten Fotos sah man den Jeansträger tot in einer Blutlache am Boden liegen. Der Wortführer und Steve machten sich an den Kisten zu schaffen, und der Anzugträger blickte genau in die Richtung des Fotografen. Dann war die Bilderserie zu Ende.

»Steve erschießt wegen Schildkröten einen Menschen? Wieso das denn?«, fragte Jule.

»Kommt darauf an, was für Schildkröten das sind. Die Dinger können verdammt teuer sein, wenn man sie auf dem Schwarzmarkt verkauft.«

»Schwarzmarkt für Tiere?«

»Ich habe mal einen Bericht im Fernsehen gesehen, dass der Handel mit artengeschützten Exemplaren besonders lukrativ und vor allem sehr gut organisiert ist. Angeblich kommt er auf dem Schwarzmarktranking gleich hinter Drogen- und Waffenhandel.«

Jule starrte Sandro irritiert an.

»Da werden von Elfenbein, Nashorn, exotischen Schildkröten, Reptilien, Papageien – und was weiß ich noch alles – über Orchideen und Korallen geschmuggelt und zu horrenden Preisen verkauft. Stell dir vor, es gibt Papageienarten aus Südamerika, für die bekommst du hier illegal bis zu 40.000 Euro pro Stück. Oder Tiger werden in Südostasien getötet und ihr Fell, Fleisch, Fett und Knochen für Unsummen verkauft. Ein lebender Tiger ist nicht so viel wert, aber zerlegst du ihn in seine Einzelteile, bringt das jede Menge Geld ein.«

»Boah, ist das ätzend.« Jule war keine große Tiernärrin, aber die Viecher wie Waren zu zerlegen und zu verkaufen, das fand sie widerlich. »Mann, ich weiß, dass Steve ein echtes Arschloch ist, aber ein Mörder?«

»Und was willst du jetzt tun?« Sandro drehte sich zu ihr um.

»Keine Ahnung, ich fürchte, ich muss warten, bis er sich meldet.«

Sandro erhob sich, umfasste von hinten Jules Taille und knabberte an ihrem Ohrläppchen.

»Ich hätte da eine Idee, wie wir die Zeit bis morgen früh totschlagen könnten …« Er fuhr mit seinen Händen unter ihr T-Shirt. Jule ließ den Kopf in den Nacken fallen und stöhnte. »Du bist einfach endverschärft.«

»Und genau deswegen liebst du mich«, sagte Sandro und küsste ihren Hals bis hinab zu ihren Schultern.

Plötzlich löste sich Jule aus seiner Umarmung.

»Emma!«

»Emma?«

»Ich kann sie doch nicht einfach bis morgen in Steves Fängen lassen. Ich meine, sie ist nicht mehr die Jüngste, was weiß ich, wie sie die Entführung übersteht. Weißt du, ob alte Leute einen Herzinfarkt bekommen, wenn sie unter Stress stehen? Meine Oma hat bei der kleinsten Aufregung immer nach ihren Herztropfen gerufen.«

»Baby, keine Sorge, das ist nur ein Trick von den Alten, wenn sie die Aufmerksamkeit auf sich lenken wollen. Meine Oma tat das auch immer, und Mutter fängt in letzter Zeit ebenfalls damit an, wenn ich sie nicht gebührend beachte und auf ihre Leiden eingehen. Erst kommt die Leier, wie undankbar ich bin, und weil das nicht zieht, werden dann das Herz und die Mitleidstour aktiviert.«

»Du meinst, die Alten verbünden sich gegen uns? Geil.«

»Ich find's eher lächerlich.«

»Emma ist anders.« Jule schmunzelte. »Du hättest sie mal sehen sollen, wie sie an den Bettlaken unter ihrem Balkon im Altersheim baumelte. Sie hat in einem Meter Höhe über dem Boden die Totenstarre eingelegt und sich nicht getraut zu springen.«

Sandro lachte.

»Ich fand es irgendwie total mutig von ihr«, sagte Jule. »Sie wird die Nacht überstehen, meinst du nicht auch? Steve kann ihr nichts anhaben. Er will die Karte haben, und er kennt mich gut genug, um zu wissen, dass er sie nie bekommen wird, wenn Emma etwas zustößt.«

»Hat sie dir eigentlich verraten, warum sie geflohen ist und was es mit ihrem Sohn auf sich hat?«

Jule kratzte sich am Kopf.

»Nee, aber ich glaube, sie hat eine bessere Methode mit ungezogenen Söhnen fertig zu werden als deine Mutter.« Jule schnappte sich Sandros Kopfkissen und schlug lachend auf ihn ein.

»Ich zeig dir gleich, wie ungezogen ich bin.« Sandro jagte Jule spielerisch durch das Zimmer. Dabei drehte er die Stereoanlage lauter, damit seine Mutter nebenan nicht hörte, worauf er sich die ganze Zeit schon freute.

Emma schlug die Augen auf. Es war so dunkel um sie herum, dass sie mehrmals blinzelte und sich die Augen rieb. Sie sah nichts, weder einen Lichtschein noch eine Kontur. Wenn nicht diese entsetzlichen Kopfschmerzen gewesen wären, hätte sie geglaubt, zu träumen. Sie fasste benommen an ihren Hinterkopf. Der Schlag mit der Pistole hatte eine ordentliche Beule hinterlassen, die höllisch wehtat.

Sie setzte sich auf und sortierte ihre Gedanken. Wo war sie? Warum lag sie auf dem Fußboden? Das Letzte, woran sie sich erinnerte, war dieser dreckige Kofferraum in Jules Hinterhof. Danach wurde alles schwarz, kalt und totenstill. Wenn man Schmerz hören könnte, hätten nicht nur Emmas Beule, sondern auch ihr verrenkter Rücken und ihre Ellenbogengelenke um die Wette geschrien. Sie war keine 20 mehr, und eine Mitfahrgelegenheit in einem Kofferraum fiel definitiv nicht unter artgerechte Haltung von Senioren.

Emma setzte sich auf. Sie konnte die Hand vor Augen nicht erkennen. Es roch muffig, nach Keller. Je länger sie nachdachte, desto absurder empfand sie ihre Lage. Dieser Rüpel hatte sie entführt!

Was hatte sie sich nicht alles ausgedacht, um unbemerkt aus dem Altersheim zu verschwinden, ohne dass die Pfleger oder der Nachtwächter auf sie aufmerksam wurden. Aber auf die Idee einer Entführung war sie nicht gekommen. Das wäre noch brillanter für ihr Vorhaben gewesen. Ein kleines Dankeschön für die Psychospielchen, die Konstantin und vor allem Barbara mit ihr getrieben hatten. Es wäre Emma eine Genugtuung gewesen, wenn ihr Sohn für ihre Freilassung auch noch hätte bezahlen müssen. Diese Entführung war im Grunde ein genialer Schachzug – nur mit dem einzigen Nachteil, dass sie gerne selbst bestimmt hätte, was mit ihr geschah, und nicht andere.

Emmas Finger glitten über den Boden. Sie schien auf einer Art Matratze zu sitzen, weich und durchgelegen, darunter festgetretener Lehmboden. Etwa eine Armlänge hinter ihr befand sich eine grobe Steinmauer. Emma erhob sich und streckte ihre schmerzenden Glieder aus. Wie beim Blindekuhspielen tastete sie sich bis zur Wand vor und fuhr mit den Handflächen über die rauen Steine und hoffte, irgendwann auf eine Tür oder ein Fenster zu stoßen.

Ihre Fingerkuppen wanderten über Fugenmörtel und über etwas Weiches, das sich klebrig um ihre Finger legte. Spinnweben. Sie schreckte zurück und ließ die Hände sinken. Der Gedanke, dass eine fette, haarige Spinne direkt vor ihrem Gesicht lauerte, trieb ihr den Schweiß aus allen Poren. Für den Hauch einer Sekunde wünschte sie sich Schwester Waltraude aus dem Seniorenheim herbei, die jedes Insekt mit einem beherzten Schlag erlegte und dabei die Tapete mit hässlichen Schmierflecken dekorierte.

Emma ermahnte sich zur Ruhe, atmete tief durch und tastete sich weiter an der Wand entlang. Zentimeter um Zentimeter erforschte sie das grobe Mauerwerk, bis sie auf eine Holztür stieß. Diese fühlte sich rau und splittrig an. Emma drückte die Klinke vorsichtig hinunter. Abgesperrt. Nicht einmal durch das Schlüsselloch drang Licht. Sie lehnte sich mit dem Rücken gegen das Türblatt, rutschte in die Hocke und setzte sich auf den Boden. Was auch immer dieser Grobian mit ihr vorhatte – er wollte die SD-Karte, und die hatte Jule.

Im Prinzip konnte nichts schiefgehen. Eine Nacht in einem Keller gefangen gehalten zu werden, war jedenfalls nicht die schlechteste Wahl im Vergleich zu dem Seniorenheim. Auf alle Fälle war es besser, als unter Schwester Waltraudes Schikanen zu leiden. Hier war Emma wenigstens allein und musste keine debilen Gesellschaftsspielchen mit Opa Kranewetter im Aufenthaltsraum spielen, der wegen seiner Demenz nicht einmal mehr wusste, wo er überhaupt war. Diese Beschäftigungstherapie diente vielmehr dazu, dass Emma sich um den Alten kümmerte, während Schwester Waltraude Kaffee trank und rauchte.

Steve hatte Kalle gesagt, dass Jule ihm morgen die Karte übergeben solle und im Gegenzug ihre Großmutter freikäme. Das wollte Emma nur zu gern glauben, doch die Dunkelheit und die Zeit, die nicht verging, machten sie allmählich mürbe. Was, wenn Kalle die Nachricht nicht an Jule weitergab? Oder wenn Jule keine Lust hatte, sich mit Steve zu treffen, stattdessen die Fotos anschaute und ganz andere Optionen für sich entdeckte? Was mit Emma geschah, konnte dem

Mädchen im Grunde egal sein. Nein, Jule würde diesem groben Flegel mit seinen widerlichen Tattoos ganz sicher die Karte geben.

Eduardos Oberkörper war nicht tätowiert gewesen, sondern makellos und braun gebrannt, erinnerte sich Emma in der Dunkelheit des Kellers und lenkte sich von ihren trüben Gedanken ab. Eduardo, sie seufzte, dieser spanische Adonis, der auf dem Baugerüst ihrer Villa stand und seinen Kollegen Dachziegel nach oben zuwarf. Musste er auch ausgerechnet vor ihrem Schlafzimmerfenster Position beziehen? In Emmas Alter sollte man seine Gefühle unter Kontrolle haben, aber jede seiner Bewegungen entfachte in ihr eine Leidenschaft, von der sie dachte, sie mit Kurt begraben zu haben. Wie ein pubertierendes Schulmädchen stand sie hinter der Gardine und beobachtete ihn, wie er sich bewegte, wie er lachte oder einfach nur sein kühles Bier die Kehle hinablaufen ließ. Emma fuhr dann jedes Mal instinktiv mit der Zunge über ihre Lippen. Manchmal, wenn er sie entdeckte, zwinkerte er ihr zu, und sie machte dann mit ihrer Schamesröte einer Tomate Konkurrenz.

Die Erinnerung an Eduardo tat gut. Emma saß auf dem kalten Erdboden und rieb sich die Oberarme. Sie stand auf, tastete sich mit der Fußspitze zur Matratze zurück und legte sich wieder hin. Die Welt schien verschwunden zu sein, und nur dieses kleine schwarze Universum war geblieben. Emmas Nasenspitze war durch das Einatmen der kühlen Luft kalt geworden, und ihre Gedanken jagten von Eduardo zu Konstantin und Schwester Waltraude.

Das Seniorenheim stand sicherlich Kopf wegen ihres Verschwindens. Emma stellte sich vor, wie die Pfleger durch jeden Winkel gejagt wurden und nach ihr suchten. Vom Arbeitsaufwand her machte es der Heimleitung bestimmt nichts aus, dass sie einen alten Menschen weniger zu versorgen hatten, aber es würde dem Ruf der Residenz schaden.

Für Konstantin war das Verschwinden seiner Mutter ein Desaster. Als liebender Sohn, den er gerne in der Öffentlichkeit mimte, musste er sich besorgt zeigen und alles tun, um sie wieder zu finden. Dabei wäre ihm nichts lieber, als dass sie aus seinem Leben verschwände.

»Ach, Kurt«, seufzte Emma, »seit du nicht mehr da bist, hat sich der Junge so verändert. Barbara, diese Hexe, hat ihm den Kopf verdreht, lässt ihn nach ihrer Pfeife tanzen, und er bemerkt das noch nicht einmal.«

Angefangen hatte alles nach Kurts Tod. Barbara schlug Emma kurz nach der Beerdigung vor, in ein Altersheim zu ziehen, weil die Villa viel zu groß für sie alleine sei. Emma war entsetzt gewesen, als sie die habgierigen Dollarzeichen in ihren Augen entdeckte. Barbara wollte vom ersten Tag an nichts anderes als Emmas Villa, eine der begehrtesten Immobilien im Nobelviertel der Stadt. Sie erzählte Konstantin Lügen und tat alles, um ihre Schwiegermutter in Misskredit zu bringen. Eines Tages behauptete sie, dass Emma ihr ganzes Erbe einem Kinderheim überschrieben und weder ihren Sohn noch ihre Enkeltochter mit einem Cent bedacht habe. Emmas Schlichtungsversuche und ihre Erklärung, dass sie nur dem Enkelkind der Nachbarn ein Sparbuch zum Geburtstag geschenkt habe, wollte Konstantin nicht glauben und vermutete geheime Machenschaften hinter seinem Rücken.

Barbara drehte Emma jedes Wort im Mund herum. Sie heizte Konstantins Argwohn immer weiter an. Sie versuchte, Emma als dement und nicht mehr zurechnungsfähig hinzustellen, bis Konstantin ebenfalls über eine Unterbringung in einem Seniorenheim nachdachte. Derweil quälte Barbara ihre Schwiegermutter mit Psychospielchen vom Feinsten. Sie ließ Emma nicht mehr aus den Augen. Jeder noch so kleine Fauxpas wurde beobachtet und zu ihren Ungunsten ausgelegt.

Als Emma eines Tages frisch geduscht und nur in ein Badehandtuch gehüllt Eduardo nachschaute, fiel die Haustür hinter ihr ins Schloss, und sie stand barfuß auf ihrem Fußabtreter. In ihrer Not versteckte sie sich im Gebüsch. Das Gezeter war natürlich groß, als sie in ihrer misslichen Lage entdeckt wurde. Emma hatte alle Mühe, ihrem Sohn zu erklären, warum sie halb nackt im Garten kauerte. Von ihren erotischen Tagträumen erzählte sie kein Wort, sonst wäre ihre Einlieferung in eine psychiatrische Klinik vorprogrammiert gewesen.

Kurz darauf brachte Konstantin Hochglanzprospekte von der Seniorenresidenz am Stadtrand mit und bedrängte Emma, sich das Haus anzusehen. Es kam einem 5-Sterne-Hotel gleich. Überall im Katalog waren lachende Senioren auf dem hauseigenen Golfplatz abgebildet, schwimmende Damen im Swimmingpool und Animateure, die Gymnastikstunden im Park gaben. Die Anlage ähnelte vielmehr einer Wellnessoase als einem Altenheim.

Konstantin beschwor seine Mutter, sie könne sich eine Wohneinheit mit zwei Zimmern mieten und ihre eigenen Möbel mitbringen. Die Villa, in der sie jahrelang mit Kurt gelebt hatte, sei doch viel zu groß für sie alleine. In der Residenz war es angeblich wie zu Hause – nur mit dem Unterschied, dass jederzeit jemand in der Nähe war, wenn es ihr einmal nicht so gut ging oder sie Hilfe brauchte.

Emma verstand sehr gut, was Konstantin eigentlich im Schilde führte. Er war nicht um ihr Wohl besorgt, er wollte ihre Villa oder – besser gesagt – Barbara wollte sie, und zwar ohne das Regiment ihrer Schwiegermutter. Kurt hatte zu Lebzeiten den Garten des Anwesens in ein kleines Paradies verwandelt. Seine Rosenzucht und die wilden Blumenbeete waren sein ganzer Stolz gewesen. Kurt fand in der Gartenarbeit seinen Frieden, blühte selbst wie eine seiner duftenden Rosen auf, bis sein Herz eines Tages aus dem Rhythmus geriet und aufhörte zu schlagen.

Emma seufzte. Der dunkle Keller und die finsteren Gedanken trieben ihr Tränen in die Augen. Es war totenstill.

Barbara war eine falsche Schlange, und ihre Tochter Trixi war keinen Deut besser. Mit ihren 15 Jahren war sie bereits ein verzogenes Modepüppchen, das stets das bekam, was gerade im Trend lag. Sie war ihren Freunden immer einen Schritt voraus. Emma schenkte ihr zu Geburtstagen demonstrativ sinnvolle Geschenke. Mal waren es gestrickte Wollsocken oder ein Band der Winnetou-Erzählungen. Damit war sie ihren Freunden garantiert voraus!

Emma seufzte. Es war eine verrückte Welt. Alte Menschen welkten vor sich hin, und die Jungen warteten nur darauf, ihr Erbe anzutreten. Wo blieben gegenseitige Liebe, Anerkennung und Respekt? Selbst Schwester Waltraude war es egal, wie Emma geschlafen hatte, auch wenn sie jeden Morgen danach fragte. Das waren alles nur Floskeln aus Geldgier statt ehrlichem Interesse. Dabei war die alte Generation von heute auch einmal jung und hat manches erlebt und gesehen. Wahrscheinlich sogar noch einiges mehr als diese Jungspunde von heute. Statt von diesem Wissen zu profitieren, wurden die Alten milde belächelt, abgeschoben und um ihr Geld gebracht.

»Jule ist so herzerfrischend anders«, flüsterte Emma. »Diese verrückte Person mit ihrem verfilzten Wischmopp aus Haaren auf dem Kopf und zerrissenen Jeanshosen ist einfach unbeschreiblich. Kurt, du müsstest sie sehen. Ich würde sie, ohne zu zögern, gegen Trixi als unsere Enkelin eintauschen.«

Ihre Gedanken wanderten wieder zu Steve. Er hielt Emma für Jules Großmutter. Selbst ihr verzweifelter Versuch, ihm zu erklären, dass sie Jule nur zufällig begegnet war und kaum kannte, zeigte keine Wirkung. Der Prolet lachte sie aus. Eine so blöde Geschichte habe er noch nie gehört.

Die Dunkelheit wurde mit jedem Herzschlag unerträglicher.

»Nur bis morgen Mittag«, tröstete sich Emma. »Jule holt mich hier raus.«

Und wenn nicht? Der Gedanke schoss ihr immer wieder in den Sinn. Jule hatte Emma bereits zwei Gefallen getan. Warum sollte sie es ein drittes Mal tun?

»Nein, sie wird kommen und die Karte abliefern.«

Sie könnte sie aber auch der Polizei bringen, und wenn dann bei der Übergabe etwas schiefging, würde Emma vielleicht erschossen.

»Jule geht nicht zur Polizei.«

Sie könnte einen Unfall haben, oder Steve fing sie unterwegs ab, holte sich die Karte und ließe Emma hier verrotten. Kalle könnte der Polizei Auskunft geben. Emma lachte beim Gedanken an Kalle hysterisch auf. Sie wollte ihr Leben nicht in seiner Verantwortung wissen und spielte gedanklich die absurdesten Konstellationen durch. Jedes Mal kam sie zu dem Schluss, dass Jule sie nicht hängen lassen würde, denn sie vertraute dieser jungen Frau mehr als allen anderen Menschen.

Irgendwann fiel Emma in einen leichten Dämmerschlaf, gejagt von bizarren Träumen. Eduardo und Kalle, mit nackten Oberkörpern auf dem Baugerüst vor ihrer Villa, warfen Dachziegel auf Konstantin und Barbara hinab, während Jule und Emma in Nachthemden durch den Garten flohen und lachten.

Freitag

Es war dämmrig draußen, als Jule erwachte. Sandro lag neben ihr, seinen Arm um ihren Oberkörper geschlungen, und schnaufte in das zerwühlte Kopfkissen. Sie liebte diesen verrückten Kerl, der sich tagsüber an der Uni mit Rechtsgelehrten und Jura herumschlug und nachts im Bett einfach nur göttlich war.

Durch seinen halb geöffneten Mund strömte sein warmer Atem. Wenn er schlief, war die kleine Falte zwischen seinen Augen verschwunden. Jule fuhr mit ihrer Zungenspitze über seinen Nasenrücken. Er schniefte und rümpfte die Nase. Sein Arm strich über Jules Körper nach unten. Sie kicherte und rollte sich zur Seite. Sandro folgte ihr und zog sie fest an sich.

»Hiergeblieben«, murmelte er in ihre Halsbeuge und schmiegte seinen Körper an den ihren.

»Meinst du, er hat ihr was angetan?« Jule blickte nachdenklich zum Fenster hinaus, das sie gestern Abend vergessen hatte zu schließen. Hinter der gegenüberliegenden Häuserfassade färbte sich der Himmel blassrosa. Ein Vogel saß auf einer der Platanen im Hinterhof und begann sein Morgenkonzert. Sandro grunzte nur als Antwort.

»Ich kenne Steve, er kann ganz schön ausrasten.«

Sandros Hand glitt über Jules Bauch.

»Mann, ich muss los.« Sie schoss in die Höhe und sprang aus dem Bett.

»Oh, komm zurück«, maulte Sandro schlaftrunken, »du herzloses Weib, wie kannst du mich jetzt alleine lassen?«

»Du hast doch noch ein anderes Weib«, sagte Jule und sammelte ihre Klamotten vom Boden auf.

»Welches andere Weib?« Sandro stützte sich auf einen seiner Unterarme und rieb sich mit der anderen Hand die Augen.

»Na, deine Mutter, du Dödel.« Jule lachte herzlich, als sie seinen entsetzten Blick sah. Er stöhnte und ließ sich auf sein Kissen zurückfallen.

»Die kann mir gestohlen bleiben.«

»Echt? Das sind ja ganz neue Töne. Und wer wäscht und kocht dann für dich?«

Sandro fuhr auf, schnappte Jule, die gerade in ihre Jeans steigen wollte, und riss sie wieder zu sich ins Bett.

»Wer wohl? Du natürlich!«

»Du Widerling«, schimpfte sie und lachte, »du willst mich zur Sklavin machen, ich glaub es nicht.« Sie trommelte mit den Fäusten auf seinen Rücken.

Plötzlich klopfte es an der Tür.

»Alessandro?«, rief die Stimme seiner Mutter. »Bist du schon wach? Ich habe Stimmen bei dir gehört.« Die Türklinke ging nach unten. Zum Glück war abgeschlossen.

Jule sprang aus dem Bett, zog sich hastig an und kletterte auf die Fensterbank.

»Mutter?«, Sandro bemühte sich um einen schlaftrunkenen Tonfall und eilte nackt hinter Jule her. Dabei küsste er sie überall dorthin, wo er sie zu fassen bekam. »Ich schlafe noch.«

»Frühstück bei mir unten, in einer halben Stunde?«, flüsterte Jule und stieg auf die Feuerleiter vor dem Fenster. Sandro küsste sie leidenschaftlich, während seine Mutter an die Tür klopfte.

»Was machst du da, Junge?«

Sandro musste beim Küssen lachen.

»Lass mich, Mutter, ich schlafe.«

»Du küsst gut im Schlaf«, flüsterte Jule und trat lächelnd den Rückzug in ihr Zimmer an.

Anja und Kalle schliefen noch. Jule schlich ins Badezimmer und nahm eine heiße Dusche. Sie überlegte, was sie nun tun sollte. Mit Steve war nicht zu scherzen. Wenn er Emma in seiner Gewalt hatte, konnte das böse ausgehen. Immerhin war sie eine alte Frau, die wahrscheinlich nicht mit der Brutalität dieses Typen rechnete. Alte Leute sahen doch immer das Gute in den Menschen, predigten ständig über Werte und Ideale und solchen Mist. Als ob man mit Steve reden oder gar an seine Nächstenliebe appellieren konnte. Bei ihm galt das Faustrecht. Wer nicht das tat, was er wollte, bekam einen Schlag auf die Glocke. Und manchmal gab es in seiner Clique, zu der Jule früher auch gehört hatte, wahres Glockengeläut. Er war einfach ein Arschloch, der seinen Respekt mit Gewalt einforderte. Der Stärkere gewann und hatte somit das Sagen im Rudel. Das war schon immer so gewesen.

Jule stieg unter den heißen Wasserstrahl und spülte den letzten Duft von Sandro in den Ausguss. Eigentlich sollte sie sich nie wieder waschen, denn sie liebte seinen Duft. Er beruhigte sie und ließ ihr Herz gleichermaßen schneller schlagen. Wie gerne würde sie seine Sklavin sein. Jule schmunzelte und rieb ihren Körper mit rosafarbenem Schaum ab.

Das Badezimmer war wohlig warm. Jule stieg aus der Dusche, wickelte sich in ein großes Handtuch und wischte mit der Handfläche ein Guckloch auf dem beschlagenen Spiegel frei. Sie putzte die Zähne, legte Make-up auf und überlegte fieberhaft, wo Emma jetzt sein konnte. Sie mochte die Alte, sie war anders als die eierfarben-beige gekleideten Omas mit ihren Dauerwellen. Sie hatte ein Funkeln in den Augen, das noch lange nicht in ein Altersheim gehörte.

Jule ging in die Küche, stellte Teller auf den Tisch und brühte Kaffee auf. Anjas und Kalles Zimmertüren öffneten sich synchron. Die WG erwachte zum Leben. Während Anja im Nachthemd mit einem müden Gruß in den Flur trat, trug Kalle einen weinroten Frotteebademantel, unter dem seine weißen, stoppeligen Beinchen hervorlugten. Jule schüttelte sich. Kalle lief aufgeregt zu ihr, wollte etwas sagen. Im selben Moment klingelte es. Jule ließ ihn stehen und schoss wie ein Pfeil zur Wohnungstür. Sie öffnete und fiel Sandro in die Arme. Er hatte zwischenzeitlich auch geduscht und roch unwiderstehlich gut. Seine braunen Locken waren noch feucht. Er schob Jule in den Flur und schloss die Tür hinter sich.

»Ich kann das Geturtel nicht ertragen, zumindest nicht vor dem Frühstück«, murrte Anja, als sie die beiden knutschen sah. Sie hielt sich die Hand vor die Augen und verschwand im Badezimmer.

Kalle kam aus der Küche gelaufen.

»Jule, ich habe …«

»Ja, dir auch einen wunderschönen guten Morgen«, lachte Sandro, schob ihn achtlos zur Seite und ging mit Jule in die Küche. Er mochte Kalle nicht. Ein halbes Hemd, nannte er ihn, verklemmt und spießig. Er hatte recht, aber im Grunde war Kalle ein friedlicher Zeitgenosse, der pünktlich seinen Mietanteil bezahlte, putzte und auch einkaufte. Nur dass er das eine oder andere Mal versuchte, zu Jule ins Bett zu steigen, musste sie ihm noch abgewöhnen. Wenn Sandro davon erfuhr, würde er ihn auf der Stelle aus dem Fenster in den Hof hinunterwerfen. In solchen Dingen kochte sein italienisches Blut gerne über.

Der Kaffee verströmte einen herrlichen Duft. Croissants und Brötchen wären jetzt perfekt gewesen, doch stattdessen mussten trockenes Brot, Käse mit leicht vertrocknetem Rand, Marmelade und Nusscreme herhalten. Solange Sandro mit ihr aß, wurde jedes Gericht zu einem Festmahl.

»Jule, ich habe …«

»Ja, was denn«, fiel Sandro ihm abermals ins Wort, »sprich schneller, du verklemmter Selbst-Hand-Anleger.«

Jules Fuß schoss unter dem Tisch gegen Sandros Schienbein. Sie verabscheute es, wenn er sich über Kalle und seine sexuellen Tätigkeiten lustig machte. Kalles Kopf wurde so rot wie sein Bademantel. Jule schnellte vom Stuhl und griff nach Kalles Hand. Sandro verzog sein Gesicht. Sie wusste, was er dachte. Er würde darauf bestehen, dass sie ihre Hand wusch, ehe sie ihn damit wieder liebkosen durfte. Sandro blieb nun mal ein Spinner.

»Was hast du?«, fragte sie Kalle.

»Der Typ gestern Abend – er hat die Alte mitgenommen und mich recht grob angepackt …«

»Das sollte öfter mal einer mit dir tun, da stehst du doch drauf«, sagte Sandro und biss in sein Brot.

»Halt doch mal die Klappe«, fauchte Jule ihn an und wandte sich wieder ihrem Mitbewohner zu. »Das hast du mir gestern schon erzählt.«

»Aber ich habe vergessen zu sagen, dass du keine Kopien von der Karte machen sollst, keine Polizei oder sonstige Dummheiten, wenn dir das Leben deiner Großmutter lieb sei.« Kalles Gesichtsfarbe hatte sich wieder normalisiert.

»Sonst noch etwas?«, fragte Jule.

Er schüttelte den Kopf.

Sie klopfte ihm freundschaftlich auf die Schulter. »Danke. Mach dir keine Sorgen, das wird sich alles regeln.«

Kalle grinste verlegen und zog sich in sein Zimmer zurück.

»Der Kerl ist doch ein einziger Komplex«, sagte Sandro und stopfte sich sein Marmeladenbrot in den Mund.

»Was man von dir nicht behaupten kann, du alter Macho.« Jule trat hinter ihn und schlang ihre Arme um seinen Hals. Sandros angewiderter Blick folgte Jules Hand, mit der sie Kalle berührt hatte.

»Du bist echt blöd, musst du den armen Kerl immer fertigmachen?« Jule streichelte Sandro demonstrativ mit besagter Hand über die Wange. Sie lief um den Tisch herum und setzte sich wieder.

»Spaß beiseite, wir müssen Emma retten.«

»Wir?« Sandro zog eine Braue hoch.

»Ja, wir.«

»Ich hab selbst so eine Alte zu Hause, die reicht mir mit ihrem Gezeter. Soll ich mich nun auch noch um Fremde kümmern?«

»Dann lass es halt, du Schlappschwanz.«

Dieses Mal erhob sich Sandro, ging um den Tisch und zog Jule zu sich.

»Meinst du, ich lasse dich mit diesem Steve alleine? Natürlich werde ich bei der Übergabe dabei sein und dich beschützen.«

»Vielleicht hält er Emma in unserem alten Versteck gefangen«, überlegte Jule. »Das ist ein ziemlich verfallenes Haus außerhalb der

Stadt. Dort haben wir uns früher versteckt, wenn die Luft in der City zu heiß wurde und die Bullen Jagd auf Penner und Junkies machten.«

Sandro goss sich heißen Kaffee nach und füllte die Milch versehentlich bis zum Tassenrand hinzu.

»Merda!« Er beugte sich zur Tasse hinunter und schlürfte einen großen Schluck ab.

»Alter Gierhals, randvoll genügt.« Jule lachte.

»Ha, ha.«

»Steve ist nicht besonders hell im Kopf. Er setzt lieber auf Muskelkraft statt auf graue Zellen. Deswegen vermute ich, dass er Emma dort gefangen hält.«

Sandro nickte und deutete mit dem Zeigefinger auf Jule.

»Und du, mein Satansbraten, hast nun nichts Besseres vor, als dort hinzufahren und Emma mit Brecheisen und Dietrich einfach rauszuholen, falls sie wirklich dort sein sollte?«

Jules Augen strahlten. »Genau – und du hilfst mir.«

Sandro seufzte. »Warum habe ich das nur gewusst? Ich muss zur Uni und habe keine Lust, mich mit Muskelprotzen herumzuschlagen.«

Jule sprang von ihrem Stuhl auf, setzte sich rittlings auf Sandros Schoß und liebkoste ihn mit tausend Küssen.

»Bitte, du kannst mich doch nicht alleine da rausfahren lassen. Steve könnte mich erwischen. Das ist doch viel zu gefährlich für eine hilflose Frau. Da braucht es einen starken Mann …«

Sandro grinste.

»Ist ja gut, du schwaches Weib. Ich bin dabei. Du schaffst es immer wieder, mich um den Finger zu wickeln.«

Jule grinste.

»Lass uns am besten gleich losfahren. Ich frage Kalle, ob wir seinen Wagen bekommen können.« Jule eilte aus der Küche. Auf der Schwelle blieb sie stehen.

»Verdammt, der Wagen kommt erst heute Mittag aus der Werkstatt, und außerdem muss ich noch auf Steves Anruf warten. Aber einen Wagen brauchen wir trotzdem. Wie sollen wir sonst zum Übergabeort kommen, wo auch immer der sein mag. Ich glaube nicht, dass Steve Rücksicht auf eine öffentliche Verkehrsanbindung nimmt.«

Im selben Moment kam Anja aus dem Badezimmer. Sie hatte ein Handtuch, das farblich zu ihrem lila Bademantel passte, um ihren Kopf zu einem Turban gewickelt. Jule grinste und überlegte, wie sie ihr Anliegen am besten formulieren sollte. Sie kannte Anja und war sich ihrer ablehnenden Antwort bereits sicher. Anja bemerkte Jules Blick und blieb stehen. High Noon im WG-Flur. Die Frage war noch nicht ausgesprochen, und schon antwortete Anja auf das, was kommen mochte.

»Vergiss es, was auch immer es ist!« Sie stopfte einen losen Zipfel des Handtuchs unter den Turban und marschierte vornübergebeugt, als ob sie Jule mit Hörnern rammen wollte, in Richtung ihrer Zimmertür.

»Warum denn? Anja, bitte, ich bringe dir deinen Wagen gegen Mittag wieder zurück.« Jule tänzelte neben der pummeligen Frau den Flur entlang.

»Meinen Wagen?«, schrie Anja auf. »Nach dem Desaster mit Kalles Auto hast du noch die Dreistigkeit, mich nach meinem zu fragen? Niemals!« Sie verschwand in ihrem Zimmer, und Jule hörte den Schlüssel im Schloss.

»Anja, bitte, es geht doch nicht um mich, ich muss Emma retten.«

Stille.

»Bitte, Sandro kommt auch mit, und wenn du willst, dann fährt er. Ich übernehme dafür auch eine Woche lang deinen Küchendienst.« Jule wartete.

Plötzlich riss Anja die Tür auf.

»Gut«, sagte Anja, »aber ich fahre selbst und nehme den Wagen anschließend mit zur Arbeit. Zurück könnt ihr den Bus nehmen.«

Die Tür flog wieder zu.

»Anja«, Jule hämmerte gegen ihre Tür, »was ist das denn für eine erbärmliche Aktion.«

Sandro stand im Türrahmen zur Küche, hielt die Arme vor der Brust verschränkt und grinste.

»Komm schon. Ich putze dafür auch noch das Treppenhaus, und wenn am Wagen auch nur ein Kratzer sein sollte, dann zahle ich das natürlich.« Sie ließ ihre Stirn gegen das Türblatt fallen.

»Also gut«, sagte Anja und öffnete abermals die Zimmertür, »aber gnade dir Gott, wenn dem Wagen etwas passiert.«

Anja hatte ihre Haare zu einem strengen Dutt gebunden und war in einen grauen Hosenanzug geschlüpft. Sie trug eine modische Brille mit Fensterglas, was ihr einen intelligenten Ausdruck verlieh. Sie trat in den Flur und legte Jule die Autoschlüssel in die Hand. Dabei lächelte sie.

»Klar, kannst du ihn haben, ich werde heute sowieso von meinem Kollegen abgeholt. Ich wollte nur mal sehen, was ich dir dafür aus den Rippen leiern konnte.« Sie lächelte und rauschte zur Wohnungstür.

»Danke, du Mistbiene«, schimpfte Jule mit gespielter Empörung, »und viel Spaß mit deinem Kollegen.« Dabei schnalzte sie mit der Zunge. Anja verließ die Wohnung und kickte die Zeitung vom Fußabtreter in den Flur.

»Bleibt sauber, ihr Lieben. Ciao.«

Die Tür flog ins Schloss.

»Wir haben ihn«, jubelte Jule und wedelte mit dem Schlüsselbund vor Sandros Nase herum. »Noch einen Kaffee?«

Sandro goss zwei Tassen nach.

Jule schnappte sich die Zeitung, machte es sich am Küchentisch bequem und schlug den Lokalteil auf. Ihre Gesichtsfarbe wich einem fahlen Grau.

»Scheiße!« Sie schlug die Hände vor ihren Mund.

»Was ist los?« Sandro setzte seine Tasse auf dem Tisch ab und trat hinter Jules Stuhl, um ebenfalls einen Blick in die Zeitung werfen zu können.

Neben dem Foto eines jungen Mannes, der in die Kamera strahlte, war das Foto eines Hauses mit geöffneter Verandatür abgebildet. In fetten Lettern wurde über den Mord an Detektiv Horst Lehmann berichtet. Eine Nachbarin hatte den jungen Mann am vergangenen Nachmittag tot in seinem Badezimmer aufgefunden. Es wurde von Kampfspuren berichtet. Der Täter musste mit unsäglicher Gewalt sein Opfer zuerst krankenhausreif geschlagen und anschließend erstochen haben. Die Wohnung war durchwühlt worden. Man vermutete, dass Horst Lehmann an einem brisanten Fall gearbeitet hatte. Die Polizei bat um sachdienliche Hinweise.

»Das«, Jule schluckte, »das ist das Haus, in das ich vorgestern Abend eingestiegen bin.«

Sandro las die letzten Zeilen des Artikels.

»Verdammter Mist«, stöhnte Jule. »Mit einem Mord habe ich nichts zu tun. Ehrlich!«

»Ich weiß.« Sandro strich ihr zärtlich über die Wange. »Hast du denn nichts Auffälliges gesehen?«

»Als ich ankam, war die Terrassentür angelehnt, und ich bin rein. Steve sagte mir … oh Mann, Emma hatte recht, da stimmte etwas nicht … Steve sagte mir, der Typ sei nicht zu Hause, ich brauchte keine Angst haben, dass mich jemand erwischt.« Jule unterbrach sich selbst und atmete tief durch. »Mich hat nur die Unordnung in seiner Bude gewundert. Irgendjemand war schon vor mir auf der Suche nach dieser Karte gewesen. Zettel flogen durcheinander auf Lehmanns Schreibtisch herum, Schubladen waren herausgerissen und ihr Inhalt war auf dem Boden verstreut. Ich habe trotzdem weitergesucht, weil ich hoffte, die Karte sei noch in diesem ganzen Durcheinander, und ich habe sie auch gefunden. Steve wollte mir immerhin einen Riesen dafür zahlen. Auf dem Tisch entdeckte ich dann einen Kalender mit diesem merkwürdigen Termin. Der Typ wollte sich mitten in der Nacht vorm Altersheim mit Emma von Stratnitz treffen. Als ich dann einen Stapel Visitenkarten auf seinem Schreibtisch fand und sah, dass er Detektiv war, wurde ich neugierig, kennst mich ja. Die Seniorenresidenz lag sowieso auf meinem Heimweg, also beschloss ich, dort vorbeizufahren und nachzusehen, was vor sich ging. Ob ich Steve nun eine halbe Stunde früher oder später anrief und ihm sagte, dass ich die Karte hatte, war doch egal.«

»Da war wohl noch jemand scharf auf diese Karte.« Sandro überlegte. »Woher wusste Steve, dass dieser Lehmann nicht zu Hause war? Hat er den Kerl observiert?«

»Keine Ahnung.« Jule legte den Kopf in den Nacken und presste die Handflächen gegen ihre Schläfen. »Je länger ich darüber nachdenke, desto eigenartiger kommt es mir vor, dass er mich dorthin geschickt hat. Er sagte mir, ich müsse ihm dringend einen Gefallen tun.«

»Und du hast gleich Ja gerufen!«

»Ich war ihm noch etwas schuldig. Er hat mich immerhin während meiner Zeit in seiner Clique beschützt, als ich auf der Straße lebte. Ohne ihn wäre ich heute vielleicht gar nicht mehr am Leben.«

»Klar, so etwas verbindet, ich vergaß«, sagte Sandro sarkastisch.

Jule boxte ihm in die Seite.

»Hör auf, ich weiß, dass ich schon jede Menge Scheiße gebaut habe, aber ich habe ihm wirklich einiges zu verdanken. Für mich war es keine Frage, dass ich ihm diese Karte besorge. Es war ja kein großes Ding. Einsteigen, Karte holen und wieder raus. Nichts, was ich nicht schon öfter getan habe.«

»Langsam verstehe ich die Bedenken meiner Mutter.« Sandro grinste und erntete sofort einen zweiten Boxhieb in die Seite.

»Mensch, mir ist nicht zum Lachen zumute. Steve musste gewusst haben, dass der Mann tot war. Wieso hätte er sonst von der offenen Verandatür gewusst?«

»Was genau hat er zu dir gesagt?« Sandro ging neben Jule in die Hocke, packte ihre Hände und schaute sie eindringlich an. Die Sorgenfalte zwischen seinen Augen war tiefer als sonst.

»Er rief mich an, gab mir Instruktionen und eine Adresse. Er sagte, dass ich eine SD-Karte suchen müsse, die wahrscheinlich gut versteckt sei.«

»Klar, weil er sie nicht gefunden hatte.«

»Du meinst, Steve war vor mir dort und hatte bereits gesucht?«

»Kann doch sein. Du sagtest, dass die Wohnung schon ziemlich durcheinander war.«

»Aber das hieße ...« Jule mochte den Gedanken nicht aussprechen.

»Das hieße, dass Steve bei seiner Suche von dem Detektiv erwischt wurde. Er packte sich den Mann und wollte die Karte von ihm haben. Der wiederum rückte sie sicherlich nicht so einfach raus, weil die Fotos höchst brisant sind. Immerhin konnte er Steve damit als den Mörder bei diesem Tierschmuggel entlarven. Na ja, den Rest kann man sich denken. Steve gewann das Handgemenge und tötete den Mann.«

Jule wurde übel.

»Steve ist brutal und schnell mit den Fäusten, aber dass er gleich zwei Menschen auf dem Gewissen hat, kann ich einfach nicht glauben.«

Sie schnellte hoch, und ihr Stuhl kippte nach hinten. Sandro stellte ihn wieder auf und folgte ihr. Jule stützte sich an der Fensterbank ab und starrte hinaus auf die Straße.

»Wenn das wirklich Steve war, dann hat er mich wissentlich ins offene Messer laufen lassen, weil er kalte Füße bekommen hat. Ich meine, ich suche in aller Ruhe nach dieser beschissenen SD-Karte, während nebenan im Badezimmer ein Toter liegt. Wenn die Polizei gekommen wäre, die hätte mich wegen Mordes eingebunkert.« Jule lehnte ihre Stirn an das kühle Glas. Ihr Atem beschlug an der Scheibe.

»Hast du eigentlich Handschuhe angehabt, als du in der Wohnung warst?« Sandro sprach ruhig.

Jule erschrak und drehte sich um.

»Du meinst, die Polizei könnte meine Fingerabdrücke oder sonst was finden und mich als Tatverdächtige ausmachen? Oh mein Gott, mir wird schlecht.«

Jule sprang zum Spülbecken und übergab sich. Sandro war sofort zur Stelle, hielt ihre Locken zur Seite und wischte ihr die Stirn mit einem feuchten Küchentuch.

»Schwanger?«, fragte Kalle, der plötzlich im Türrahmen auftauchte. Inzwischen trug er einen karierten Pullover und ein weißes Hemd.

»Verpiss dich!«, rief Sandro und schleuderte das Handtuch nach ihm. Kalle stibitzte Jules Marmeladenbrot von ihrem Teller und ihre Tasse Kaffee und trollte sich wieder in sein Zimmer.

»Sandro, ich war das nicht.«

»Weiß ich doch, aber hast du nun Handschuhe getragen?«

Jule nickte mechanisch und stützte sich auf dem Waschbecken ab. Sandro führte sie zum Tisch zurück und drückte sie sanft auf ihren Stuhl.

»Ich trage immer Handschuhe. Das hat Steve mir damals als erste Lektion beigebracht.«

»Also, lass uns das rekapitulieren.« Sandro ging nachdenklich in der Küche auf und ab. »Allem Anschein nach war Steve vor dir in der Wohnung. Er hat nichts gefunden und wird von dem Detektiv überrascht. Es gibt eine Rauferei, Steve tötet den Mann, findet diese SD-Karte nicht und haut irgendwann ab, weil ihm die Luft zu dünn wird. Doof, aber nachvollziehbar.«

»Steve ist kein Mörder. Vielleicht war es nur ein Unfall.«

»Ein Unfall?« Sandro zog eine Braue hoch. »Du hast die Fotos gesehen. Er ist sehr wohl ein Mörder. Die Zeitung schreibt, Lehmann sei erstochen worden. Das passiert nicht mal eben so. Aber wie auch immer. Das Seelenleben deines Steves ist mir egal. Fakt ist, er hat einen Mord begangen und ist abgehauen, ohne weiter nach der Karte zu suchen. Weil er die Karte aber dringend braucht, erinnert er sich an seine alte, ihm zu Dank verpflichtete Freundin Jule.«

Sie seufzte.

»Er schickt dich in die Wohnung, damit du die Suche für ihn erfolgreich abschließt und, falls etwas schiefgeht, man dich als Mörderin verknackt.«

»Ich könnte kotzen vor Wut.«

»Hast du schon, Baby, hast du schon.« Sandro öffnete das Fenster. Straßenlärm drang zu ihnen herauf.

»Und was jetzt? Ich meine, wenn die Polizei Spuren von mir findet.

Ich habe mal gehört, dass man alle Viertelstunde ein Haar verliert, oder vielleicht habe ich Fußabdrücke im Garten hinterlassen.« Jule legte den Kopf auf die Tischplatte.

»Überleg ganz genau. Bist du über den Rasen oder durch ein Blumenbeet gelaufen?« Sandro nahm ihr Gesicht zwischen seine Hände und schaute ihr in die Augen.

»Ich bin nur über den Plattenweg von der Einfahrt zur Veranda gegangen.«

»Also keine Fußabdrücke.«

»Nein.«

»Hat dich jemand gesehen?«

»Auch nicht, ich habe vorher geschaut, ob irgendwo Überwachungskameras installiert waren oder Nachbarn hinter Gardinen standen.«

»Keine Videoaufzeichnung und keine Augenzeugen.«

»Im Zimmer musste ich nicht lange suchen. Da Steve nur wenige Ecken unberührt gelassen hatte, habe ich dort zuerst nachgesehen. Ich habe die Fototasche neben dem Sofa gefunden, aber in der Kamera war keine Karte mehr drin. Da der Schreibtisch schon durchsucht worden war, habe ich mir den Wohnzimmerschrank vorgenommen, aber nichts gefunden. Auf dem Bücherregal stand eine Keksdose. Ich dachte, wenn schon Dieb, dann kann ich mir auch einen Keks nehmen, und in der Dose fand ich dann die SD-Karte. Ich nahm sie mit und verschwand.«

Sandro legte die Stirn in Falten und dachte nach.

»Eigentlich kann man dich mit dem Mord nicht in Verbindung bringen. Du hast keine Spuren hinterlassen, und niemand hat dich gesehen. Selbst wenn man etwas findet, du bist nicht in der Kartei der Polizei registriert. Wie sollte man Rückschlüsse auf dich ziehen?«

Jule schmiegte sich an Sandro und klammerte ihre Arme fest um ihn. Sein Herzschlag und seine Wärme beruhigten sie.

»Dieser Mistkerl. Das wird er bezahlen.«

Emma erwachte aus einem unruhigen Schlaf. Bizarre Traumfetzen ließen sich nicht mehr greifen und lösten sich auf. Sie fror, und ihre Zähne schlugen aufeinander. Jede Faser ihres Körpers schmerzte und protestierte bei dem Versuch aufzustehen. Altwerden, welch grausames Spiel der Natur.

Durch den Türrahmen stahl sich ein schmaler Lichtschein. Er reichte allerdings nicht aus, um das Gefängnis genauer erkunden zu können. Emma rappelte sich auf, dehnte ihre Gelenke und tastete sich zur Tür. Durch das Schlüsselloch entdeckte sie einen Stapel Vierkanthölzer mit rostigen Zimmermannsnägeln, die wie junge Keimlinge in die Höhe ragten, und ein altes, mit Spinnweben überzogenes Fahrrad. Das Licht fiel von oben eine Treppe hinab. Wenn es draußen hell war, folgerte Emma, würde es nicht mehr lange dauern, bis Jule kam.

Ihr Magen knurrte. Sie hämmerte gegen die Tür.

»Hallo, hört mich jemand?« Sie lauschte. »Hallo?«

Nichts. Die Tür blieb verschlossen. Emma legte ihre Stirn gegen das raue Holz und seufzte.

Das Warten nahm kein Ende. Emma versuchte vergebens, das Zifferblatt ihrer Uhr zu erkennen. Diese Ungewissheit, wie lange sie noch eingesperrt blieb, ob man sie vergessen hatte oder absichtlich zurückließ, war grausam. Ihre Gedanken kreisten immer wieder um die Frage, ob Jule sie retten würde, und ihr Verstand malte finstere Horrorszenarien. Eine Disziplin, die sie mit Bravour beherrschte.

Oft, wenn sie abends wach im Bett lag, grübelte sie über dieses und jenes, ließ sich von ihren Befürchtungen tragen und fand keinen Schlaf. Der ewige Streit mit Barbara und Konstantin belastete sie. Barbara verstand es mit einer beeindruckenden Perfektion, Tatsachen zu ihren Gunsten zu verdrehen, nur um Emmas Unzurechnungsfähigkeit zu demonstrieren. Wahrscheinlich war es ihre Idee gewesen, sie in ein Altenheim abzuschieben. Sie hatte jedenfalls nichts unversucht gelassen, um Emma an ihre nervliche Belastungsgrenze zu treiben.

Eines Tages marschierte Barbara mit einem dicken Katalog voller

Tapetenmuster durch die Villa. Für jeden Raum wählte sie ein neues Design und notierte sich die Artikelnummern für den Raumausstatter. Auf die Frage, was das solle, lachte Barbara nur und sagte, dass sie ihre Bestellung frühzeitig aufgeben wolle, damit sie nach Emmas Auszug nicht so lange bis zu ihrem eigenen Einzug warten müsse. Emma war schockiert und warf ihre Schwiegertochter aus dem Haus. Abends kam Konstantin vorbei und beschwerte sich, dass Emma gegen seine Frau handgreiflich geworden sei. Barbara hätte es nur gut gemeint, als sie vorschlug, die Räume für Emma neu zu gestalten. Seine Frau würde sich aufopfern, und zum Dank musste sie Gemeinheiten von Emma ertragen. Ihr Handgelenk sei ganz blau und geschwollen.

Emma blieb der Mund offen stehen angesichts von so viel Dreistigkeit. Konstantin wollte nicht hören, dass seine Frau ganz andere Pläne verfolgte. Er glaubte seiner Mutter kein Wort, als sie ihm die wahre Geschichte erzählte, wie Barbara mit ihrem Arm in der Schlaufe des schweren Musterkatalogs hängen geblieben war und ihn vom Tisch zu Boden gerissen hatte. Der blaue Striemen war unausweichlich gewesen, aber nicht von Emma verursacht.

Konstantin beschimpfte sie, weil sie nicht einmal zu ihren Schandtaten stand. Emma konnte sich vorstellen, wie diese Schlange tränenüberströmt in seine Arme gefallen war und ihn mit Lügen überschüttet hatte.

Solche Vorfälle häuften sich von Tag zu Tag. Emma war es leid, sich ständig für Dinge rechtfertigen zu müssen, die gar nicht vorgefallen oder zumindest ganz anders abgelaufen waren, als Konstantin zu glauben bereit war. Emma begriff schnell, was Barbara vorhatte und legte sich Abwehrstrategien zurecht.

Sobald ihre Schwiegertochter mit dem Wagen vorfuhr, ging Emma auf Tauchstation und versteckte sich. Es kam nicht selten vor, dass Barbara ums Haus lief und durch die Fenster spähte, wenn niemand aufmachte. Konstantin erzählte sie etwas von wegen Fürsorge.

Einmal hatte sich Emma hinter ihrem Wohnzimmersofa auf dem Boden versteckt und abgewartet, bis Barbara wieder fortfuhr.

Doch sie fuhr nicht, sondern entdeckte die Fußspitzen ihrer Schwiegermutter und alarmierte sofort den Rettungswagen. Sie setzte sich als besorgte Schwiegertochter in Szene, die glaubte, der alten Dame sei etwas zugestoßen. Emmas Beteuerungen, es ginge ihr gut, glaubte der Notarzt erst, als er alle notwendigen Untersuchungen vorgenommen hatte. Seitdem bestand Konstantin darauf, dass er einen Zweitschlüssel zur Wohnung bekam. Emma tobte. Barbara lächelte.

Sie infiltrierte Emmas Leben und tat alles, um sie als unglaubwürdig darzustellen und Konstantin zu beweisen, wie wichtig eine professionelle Betreuung in einem Heim sei. Diese Aufgabe könne sie alleine nicht mehr bewältigen. Wahrscheinlich hatte sie ihm zu diesem Zeitpunkt die Augen geöffnet und ihn in ihr teuflisches Spiel eingeweiht.

Dieser Kleinkrieg zog sich über Monate. Anfangs war Emma kampfbereit und versuchte, Barbara mit ihren eigenen Waffen zu schlagen, doch es gelang ihr nie. Die junge Frau war ihr stets einen Schritt voraus und hatte Konstantins volle Unterstützung. Emmas Weg in die Unzurechnungsfähigkeit wurde geschickt mit jeder weiteren Intrige gepflastert.

Ihre Fingerspitzen waren eiskalt. Emma schwang ihre Arme vor und zurück, um sich aufzuwärmen. Plötzlich hörte sie ein Geräusch. Ein Auto stoppte ganz in der Nähe. Eine Wagentür schlug zu, und Schritte näherten sich. Jemand kam die Treppe herunter. Der Lichtschein vor der Türschwelle verdunkelte sich. Der Schlüssel wurde in das Schloss geschoben. Emma wich einen Schritt nach hinten und stolperte über ihre Matratze. Sie stützte sich an der Wand ab und wartete, was nun geschehen mochte.

Die Tür flog auf. Im Gegenlicht erkannte Emma Steves Silhouette: breites Kreuz, kleiner Kopf und vom Körper abgespreizte Arme.

»Los, komm«, sagte er und griff nach ihr. Seine Hand war warm und krallte sich wie ein Schraubstock um ihren Unterarm. Er zerrte sie aus dem dunklen Keller, nahm keine Rücksicht, dass sich ihre

Augen erst an die Helligkeit gewöhnen mussten, und eilte mit ihr im Schlepptau die Treppe nach oben. Emma kniff die Augen zusammen und blinzelte. Sie übersah eine Stufe und fiel auf die Knie.

»Au!«

»Stell dich nicht so an und komm!«

Emma rappelte sich wieder auf und folgte Steve, so gut es ging, nach oben. Das Haus, in dem sie sich befanden, war unbewohnt und heruntergekommen. Spinnweben hingen in den Winkeln der Türrahmen und an der Decke. Staub bedeckte den Boden, die letzten vergammelten Möbelstücke und Gardinen, die niemals abgenommen worden waren. Wild gemusterte und verblichene Tapeten lösten sich von der Wand, rollten sich nach unten. Die Fensterscheiben waren zum Teil eingeschlagen oder mit Pappe notdürftig verkleidet.

Steve führte Emma durch ein Zimmer, in dessen Mitte zwei ramponierte Stühle an einem staubigen Tisch standen. Darauf lagen umgekippte Bier- und Rotweinflaschen und mehrere Tropfkerzen.

»Mach schon«, befahl Steve und stieß Emma derb in ein weiteres Zimmer.

Hier lagen drei vor Dreck und Flecken strotzende Matratzen auf dem Boden. Dazwischen waren ebenfalls Kerzen auf dem Dielenboden festgewachst. Das Wachs hatte sich eine Bahn entlang der Holzmaserung gesucht. Es stank erbärmlich. Emma blickte zum Fenster, hatte den Wunsch, es zu öffnen und ihre Lungen mit frischer Luft zu füllen. Die Scheibe war so staubig, dass man im Gegenlicht nicht hindurchschauen konnte.

»Wo sind wir?«

Steve schwieg. Er zog einen Stuhl in die Mitte des Zimmers und drückte Emma auf den Sitz. Weiterhin schweigend, riss er ihre Arme hinter die Lehne und fesselte ihre Handgelenke brutal mit einem Strick. Sie schrie auf. Steve schlug ihr auf die Wange, sodass ihr Kopf zur Seite kippte. Sein Handabdruck brannte höllisch und würde sicherlich krebsrot anlaufen.

»Das ist nur ein Vorgeschmack. Wenn du noch einen Mucks von

dir gibst, dann kannst du was erleben.« Steve erhob seinen Zeigefinger wie bei einem kleinen Kind und funkelte sie böse an. Emma zweifelte keine Sekunde daran, dass er sie noch einmal schlagen würde, und musste sich beherrschen, um nicht in Tränen auszubrechen. Den letzten Rest von Stolz wollte sie sich nicht nehmen lassen.

Steve betrachtete sie einen Moment, um die Wirkung seiner Worte abzuschätzen, und verließ das Zimmer. Gleich darauf kam er wieder zurück. Er zog ein Tuch aus seiner Hosentasche und knebelte Emma. Den Knoten zog er so fest, dass der Stoff in ihre Mundwinkel einschnitt. Viel schlimmer als der Schmerz war der Gedanke, wo dieses Tuch überall schon gewesen sein mochte und mit was es in Berührung geraten war. Emmas Magen hob sich. Sie kämpfte gegen die aufsteigende Übelkeit an. Musste sie sich jetzt erbrechen, würde sie ersticken. Sie atmete tief durch die Nase ein und aus und ließ die Tränen über ihre Wangen rollen.

Steve ging in das Nachbarzimmer und schaute durch die verdreckte Fensterscheibe nach draußen. Mit jeder Minute wurde er nervöser, lief auf und ab, blickte auf die Uhr und bedachte Emma immer wieder mit einem finsteren Blick.

Sie saß still auf dem Stuhl und wagte kaum zu atmen. An Rebellion war nicht zu denken. Sie hatte Angst und würde nichts tun, was sie noch weiter in Schwierigkeiten brachte. Mit Steve war nicht zu spaßen. Er tigerte ungeduldig umher und schaute ständig auf die Uhr oder durchs Fenster. Es schien, als ob er Jule jeden Moment erwartete. Plötzlich blieb er stehen und starrte Emma an. Sie senkte rasch den Blick, um ihn nicht zu provozieren. Zu spät, er marschierte geradewegs auf sie zu. Sie kniff ihre Augen zusammen, schon auf den nächsten Schlag gefasst, doch Steve blieb an der Schwelle stehen und schloss einfach nur die Tür. Emma war erleichtert und lauschte, wie er mit seinen schweren Stiefeln nebenan wieder auf und ab marschierte.

Nach ein paar Minuten wurde es still. Dann riss er die Haustür auf und brüllte: »Warum hat das so lange gedauert?«

»Was willst du denn? Ich bin doch da.«

Jule. Emma hätte am liebsten laut gerufen. Sie hatte gewusst, dass die junge Frau sie nicht im Stich ließ. Es war mutig von ihr, hierherzukommen. Wer weiß, was dieser Prolet mit ihr vorhatte, sobald er die Karte bekam. Emma traute ihm alles zu, und Jule war alles andere als vorsichtig.

Emma zerrte an ihren Fesseln. Trotz höllischer Schmerzen, weil der Strick die Haut aufscheuerte, gab sie nicht auf und drehte und wandte ihre Hände, um den Knoten zu lockern.

»Her mit der Karte«, befahl Steve und packte Jule an ihrem T-Shirt.

»Nicht so schnell, wo ist die Alte?«, fragte sie und schlug Steves Hände von sich. »Du glaubst doch nicht, dass ich dir die Karte gebe, solange ich nicht weiß, ob sie überhaupt noch lebt.«

Steve kniff die Augen zusammen.

»Sie lebt und fertig.«

»Das will ich sehen.«

Die beiden standen sich reglos wie zwei lauernde Wildkatzen gegenüber. Es war ein Machtspiel, bei dem keiner seinen Trumpf zuerst ausspielen wollte.

»Du hast mich absichtlich ins Messer laufen lassen«, sagte Jule. »Du Vollhonk hast diesen Detektiv umgebracht!«

Steves Augenbrauen zogen sich zusammen. »Quatsch keine Opern, her mit der Karte.« Dabei streckte er seine Hand aus und wartete.

»Wo ist die Alte?« Jules Puls raste.

Steve schoss nach vorn, legte die Hände um ihren Hals und drückte zu.

»Du glaubst doch nicht«, sie keuchte und versuchte, sich aus seinen Pranken zu befreien, »dass ich so locker mit der Karte hier hereinspaziere?«

Steve stieß Jule zu Boden. Sofort stellte er seinen Fuß quer auf ihre Brust. Er trug schwere Armeestiefel.

»Lass mich los, sonst bekommst du die Karte überhaupt nicht.« Jule versuchte, sich unter seinem Gewicht herauszuwinden. »Mein

Freund gibt dir die Karte, sobald ich mit der Alten hier aus dem Haus komme.«

Er trat zu. Jule stöhnte.

»Überleg's dir, Alter«, japste sie. »Ich weiß, dass du den Detektiv erstochen hast. Sag schön bitte, bitte und benimm dich gefälligst, dann gebe ich dir die Karte und schweige für den Rest meines Lebens.« Jule konnte sich ein Kichern nicht verwehren. Da stand dieser Koloss über ihr und täte nichts lieber, als sie wie eine Ameise zu zertreten, doch wenn er es tat, bekam er keine SD-Karte, dafür aber die Polizei wegen des Mordes an dem Tierhändler auf den Hals geschickt.

Steve überlegte und änderte seine Strategie. Er nahm den Fuß von Jules Brust und zog seine Waffe. Mit beiden Händen umfasste er die Pistole, stellte sich breitbeinig über Jule und zielte auf sie.

Wenn Sandro sich draußen nur ruhig verhalten und auf ihr Zeichen warten würde. Er hatte bereits getobt, als sie ihm ihren Plan erklärte. Sie wusste, was sie tat. Steve konnte sie nicht erschießen, solange sie die Karte hatte. Jule starrte in seine Augen.

»Na los, schieß doch, du Weichei, aber dann bekommst du die Karte erst recht nicht, und wer weiß, vielleicht habe ich eine Kopie der Daten bei einem Rechtsanwalt hinterlegt, die nach meinem Tod direkt an die Polizei geht und dich ganz schön belastet. So machen die das im Film doch auch immer.« Jule lachte.

Steve schnaubte.

»Du spinnst doch«, schnauzte er.

»Probier's aus.«

Steve kaute auf seiner Unterlippe und tippelte von einem Fuß auf den anderen. Dann beugte er sich zu Jule hinab und drückte den Lauf seiner Pistole direkt zwischen ihre Augen. Mit einem Mal war sie nicht mehr sicher, ob er nicht doch abdrücken würde, und bereute ihren Plan. Sandro hatte recht, es war eine Schnapsidee, die Heldin zu spielen. Das hier war nun mal kein Hollywood.

Plötzlich schwang die Haustür auf, und Sandro stand im Türrahmen. Jule drehte ihren Kopf. Stand er nicht breitbeiniger im Gegenlicht als sonst? Es fehlte nur noch der Revolvergürtel um seine Taille.

»Lass sie sofort los!«, schrie er und hielt die SD-Karte in die Höhe. »Hier, nimm das Ding und lass uns zufrieden.«

Irgendwie war Jule stolz, dass Sandro ihr als Retter zu Hilfe eilte, aber er brauchte die Karte doch nicht gleich auf dem Silbertablett servieren.

Steve ließ von Jule ab und grinste.

»Geht doch«, sagte er und schnappte sich die Karte.

»Gar nichts geht«, fauchte Jule und sprang auf die Füße, »wo ist die Alte?«

Sandro trat neben sie und legte seinen Arm um ihre Taille. Steve steckte die Karte in seine Hosentasche und zielte mit der Pistole auf die beiden.

»Tür zu!«, befahl er. Sandro gehorchte.

»Hey, mach keinen Scheiß«, sagte Jule und streckte ihre Hände abwehrend vor sich. »Du hast die Karte, ich will die Alte, und alle sind zufrieden.«

Der Staub tanzte im Gegenlicht durch das Zimmer.

»Ich meinte das ernst, wenn wir hier nicht heil rauskommen, bekommt die Polizei einen Hinweis, dass du den Detektiv abgestochen hast, und die Fotos, die auf der Karte sind.«

Steve lachte.

»Puh, da bekomme ich aber Angst. Du warst nie und nimmer bei den Bullen, dafür kenne ich dich zu gut, und mit den Fotos macht ihr gleich gar nichts mehr. Los, runter da!« Steve deutete mit dem Lauf seiner Pistole auf die Kellertür.

»Was hast du vor?«, fragte Jule.

»Nenn es Müllentsorgung oder Spurenbeseitigung.«

»Nein!« Jule trat ihm trotzig in den Weg.

Steves Augen verengten sich zu kleinen Schlitzen. Er positionierte sich dicht vor ihr, legte den Kopf schief und drückte die Mündung seiner Pistole gegen ihre Stirn. Sie roch seinen üblen Atem, seinen Körpergeruch.

»Du wirst sehr wohl da runtergehen, sonst kannst du deine Oma von den Wänden kratzen, wenn ich mit ihr fertig bin.« Er starrte ihr in die Augen.

Jule bebte vor Wut. Wenn sie Emma nicht unnötig in Gefahr bringen wollte, musste sie wohl oder übel gehorchen. Sie biss die Zähne aufeinander und ballte die Fäuste.

»Damit kommst du nicht durch. Kalle weiß Bescheid«, holte sie zu einem letzten verzweifelten Schlag aus. Steve grinste.

»Du meinst das halbe Hemd aus eurer WG? Um den werde ich mich kümmern, bis er alles vergessen hat, was er jemals wusste.«

Jule seufzte. Jetzt hatte sie auch noch Kalle in Gefahr gebracht.

»Los, jetzt!«

Jule drehte sich um und griff nach Sandros Hand. Sie liefen langsam über den knarrenden Holzboden auf die Kellertür zu. Gegen Steve und seine Pistole konnten sie nichts ausrichten. Sie mussten Zeit gewinnen, denn wenn die Kellertür erst einmal hinter ihnen verriegelt war, gab es kein Entkommen mehr. Jule warf Sandro einen Blick zu. Er zuckte mit den Schultern.

Der erste Schritt über die Türschwelle auf die oberste Sandsteinstufe kam Jule wie die Besiegelung ihres Todesurteils vor. Stufe um Stufe stiegen sie tiefer in den dunklen Keller, die Luft wurde kühler, die Panik größer.

Emma zerrte an ihren Fesseln, drehte und bog ihre Handgelenke, bis sich der Knoten lockerte. Ihre Haut war wund gescheuert und brannte höllisch. Kaum hatte sich das Seil gelöst, zog sie ihre Arme nach vorne und betrachtete die dunkelroten Striemen. Darum würde sie sich später kümmern. Zuerst nahm sie diesen ekelhaften Knebel aus ihrem Mund und warf ihn angewidert zu Boden.

Sie hatte Jule kommen hören und auch ihren Streit mit Steve belauscht. Das Mädchen war mutig, aber was hatte sie sich dabei gedacht, die Heldin zu spielen? Das konnte nicht anders als schiefgehen. Zumindest war sie nicht alleine gekommen und hatte ihren Freund mitgebracht. Emma zweifelte keinen Moment daran, dass

Steve die beiden tatsächlich in den Keller sperrte und sie ihrem Schicksal überließ. Emma würde auch nicht ungeschoren davonkommen. Wenn Steve nicht Gefahr laufen wollte, dass sie ihn bei der Polizei verriet, musste er sie ebenfalls beseitigen. Es war nicht die Frage, ob, sondern wie er sie töten würde.

Die Stimmen vor der Tür wurden leiser. Sobald Steve Jule und ihren Freund im Keller eingesperrt hatte, würde er bestimmt zu ihr zurückkehren. Sie musste etwas unternehmen, aber was? Verzweifelt schaute sie sich im Zimmer um. Sie suchte nach einem Gegenstand, den sie Steve über den Kopf schlagen konnte, um ihn wenigstens zum Straucheln zu bringen und ihm die Pistole abzunehmen. Emma seufzte. Im Fernsehen sah so etwas immer einfach aus, und es gab meistens eine Garantie auf ein Happy End.

Im Zimmer befand sich nichts, womit sie Steve hätte gefährlich werden können. Die Matratzen waren zu sperrig, um ihn damit zu erschlagen, und die Kerzen auf dem Boden waren auch keine Hilfe. Der Stuhl. Emma stand auf, hob ihn an der Lehne an und versuchte, ihn auf ein imaginäres Opfer niederzuschlagen. Der war ziemlich unhandlich. Emma würde nicht unbemerkt mit erhobenem Stuhl hinter Steve herschleichen können. Sie spähte durch das Schlüsselloch. Jule und ihr Begleiter waren nicht mehr zu sehen. Ihre Stimmen entfernten sich und wurden immer leiser. Emma öffnete die Tür einen Spalt, vorsichtig darauf bedacht, keinen Lärm zu machen. Ihre Leinenhose war schmutzig. Sie ärgerte sich über einen schwarzen Schmierfleck auf ihrem Knie und schalt sich sogleich dafür. Jetzt gab es Wichtigeres als dreckige Hosen.

Sie streckte ihren Kopf vorsichtig durch den Türrahmen. Steve war bereits einige Stufen in den Keller hinabgestiegen. Auf Zehenspitzen balancierte Emma zum Küchentisch und griff nach einer verstaubten Rotweinflasche. Sie packte sie am Hals, hob sie in die Höhe und probte das Zuschlagen. Dann folgte sie leise dem Dreiergespann und achtete darauf, dass die Bodendielen nicht knarrten. Die staubige Luft kratzte in ihrem Hals.

Als Emma die Kellertreppe erreichte, waren Jule und ihr Freund bereits unten angekommen. Steve hatte die Hälfte der Stufen zurückgelegt.

Emma schlich hinter ihnen her, die Flasche in Schlagposition erhoben. Jule drehte sich kurz um und entdeckte Emma. Um Steve abzulenken, begann sie mit ihm zu quasseln. Sie schlug vor, sie wolle alles vergessen, immerhin seien sie früher Freunde gewesen, und sie habe ihm einiges zu verdanken. Steve ließ sich von ihrem Geplapper nicht beirren. Emma kam ihm immer näher und überlegte, ob ein Schlag mit einer leeren Rotweinflasche ausreichen würde, um solch einen Bär von Mann niederzustrecken. Was wenn es ihr nicht gelang, und Steve erst richtig wütend wurde? Sie waren immerhin zu dritt, und Emma hatte das Überraschungsmoment auf ihrer Seite. Sie war noch nie gewalttätig gewesen und zweifelte plötzlich, ob sie überhaupt den Mut hatte, fest zuzuschlagen. So etwas hatte sie zuvor genauso wenig ausprobieren können wie ihre Flucht aus dem Heim.

Emmas Hände wurden feucht. Sie umklammerte den Flaschenhals mit beiden Händen. Steve kam unten an der Treppe an. Jule stand vor der Kammer, in der Emma gefangen gehalten worden war. Ihr Freund lief rückwärts an dem Stapel Dachlatten und Vierkanthölzern vorbei, blieb an einem der hervorstehenden Zimmermannsnägel hängen und kam ins Straucheln. Emma war nur noch vier Stufen von Steve entfernt. Sie atmete schwer. Vielleicht hatte er sie gehört, oder eine Scherbe knirschte unter ihren Füßen, was Steve herumwirbeln ließ. Danach ging alles rasend schnell.

Steve richtete seine Pistole auf Emma. Sie erstarrte. Das Einzige, was ihr in diesem Moment auffiel, waren Jules Augen. Blankes Entsetzen spiegelte sich darin. Noch ehe Steve reagieren konnte, packte Jules Freund eines der Vierkanthölzer vom Boden und schlug es mit beiden Händen und voller Kraft seitlich gegen Steves Schädel. Steve schrie bestialisch laut und stürzte durch die Wucht des Schlages zu Boden. Mit seinem Kopf knallte er auf den Steinboden und blieb reglos liegen, die Augen weit aufgerissen. Es war totenstill. Keiner von ihnen wagte zu atmen, und jeder starrte ungläubig auf den Verletzten.

Das Vierkantholz lag noch genau an der Stelle, an der Sandro sein Opfer getroffen hatte. Wie ein Telefonhörer lag es auf Steves Ohr.

»Warum liegt das Holz so komisch auf ihm?«, fragte Jule tonlos. »Das hätte bei der Wucht durch den Raum fliegen müssen.«

Sie starrten auf die Szenerie zu ihren Füßen. Blut quoll aus Steves Kopf, strömte über sein Gesicht und sammelte sich zu einer Lache auf dem Boden.

Sandro stieß mit dem Fuß gegen den Balken. Er blieb liegen. Jule ging in die Hocke und betrachtete ihn genauer. Dann schrie sie auf.

»Boah, an dem Balken ist ein riesiger Nagel, der hat sich direkt in sein Ohr gebohrt und ist dort stecken geblieben!«

Sandro blickte zu dem Stapel Holz, von dem er seine Tatwaffe genommen hatte. Zimmermannsnägel ragten aus fast allen Balken hervor. Er zitterte und lehnte sich gegen die kalte Steinwand.

»Ist er tot?«, fragte Emma.

Jule trat mit dem Fuß gegen Steves Knie.

»Ich denke schon«, antwortete sie, beugte sich über ihn und betrachtete seine leblosen Augen.

Emma stieg die letzten Stufen nach unten. Die Rotweinflasche stellte sie auf den Boden und eilte zu Jules Freund, der langsam in die Knie ging. Sie versuchte, ihn zu stützen. Selbst im Halbdunkel erkannte sie, dass sein Gesicht kreidebleich war. Schweiß stand auf seiner Stirn, und er zitterte am ganzen Leib. Fürsorglich legte sie ihre Hand auf seine Schulter. Kaum hatte sie ihn berührt, beugte er sich nach vorne und übergab sich.

»Oh mein Gott«, stieß Jule hervor und kauerte sich neben ihn. »Sandro, mein Schatz.« Sie wischte ihm die Locken aus der Stirn. »Es ist in Ordnung, du musstest uns retten. Das war nicht deine Schuld, dass sich der Nagel direkt in sein Ohr gebohrt hat.«

Sandro übergab sich erneut.

»Jule!«, ermahnte Emma. Ihre Beine gaben nach, sie musste sich auf die Treppenstufen setzen.

Es wurde still im Keller. Nur Sandros Würgen unterbrach die Atmosphäre aus Ratlosigkeit und Schock.

Plötzlich sprang Jule auf.

»Mann, du hast uns das Leben gerettet«, sagte sie und zog Sandro hoch. »Ohne dich säßen wir jetzt zu dritt in diesem verdammten Keller und würden elendig krepieren.« Sie küsste ihn auf die Stirn.

Sandros verzweifelter Versuch, zu lächeln, misslang.

»Jule hat recht«, sagte Emma und erhob sich. »Sie haben uns gerettet, junger Mann. Danke.«

Jule war die Erste, die sich wieder im Griff hatte und überlegte, was nun zu tun sei. »Steve hat es nicht anders verdient. Du hast aus Notwehr gehandelt, Sandro. Er oder wir – und diese Lösung ist mir tausendmal lieber.«

Sandro nickte mechanisch.

»Jetzt müssen wir nur einen kühlen Kopf bewahren und alles beseitigen, was uns verraten könnte. Fingerabdrücke, Fußspuren, Reifenspuren und so weiter.«

Systematisch überlegten Jule und Emma, wo sie überall in diesem Haus gewesen waren, was sie angefasst hatten. Sie machten sich akribisch an die Arbeit und beseitigten alles, was auf sie hätte hindeuten können. Sogar die SD-Karte fischte Jule aus Steves Hosentasche, was bei Sandro einen erneuten Würgereiz hervorrief.

Emma führte ihn nach draußen, setzte ihn auf eine verwitterte Holzbank vor dem Haus und wartete. Er war noch immer kreidebleich.

Emma hatte noch nie zuvor mit einem Verbrechen zu tun gehabt und verabscheute Gewalt aufs Äußerste. Eigentlich müsste sie über diesen Mord entsetzt sein. Er widersprach all ihren moralischen Vorstellungen. Trotzdem rief dieser Vorfall bei ihr nicht die Reaktion hervor, die sie erwartet hatte. Sie fühlte sich aufgewühlt, aber nicht schuldig. Während sie mit Jule zusammen die Fußspuren auf dem staubigen Boden verwischte und die Fingerabdrücke auf der Flasche, auf der Stuhllehne und den Türgriffen entfernte, keimte eine tiefe Verbundenheit zu Jule und ihrem Freund auf.

»Sandro wird noch eine Weile daran zu knabbern haben«, sagte

Emma und schaute durch die offene Haustür zu ihm hinaus. Es tat ihr in der Seele weh, den jungen Mann so leiden zu sehen. »Dabei sollte auf seinem hübschen Gesicht ein Lächeln liegen.«

»Emma! Geht das schon wieder los?«

»Sei nicht albern.« Emma errötete.

Nachdem die beiden Frauen sorgfältig alle Spuren beseitigt hatten, verließen sie das Haus und schlossen die Tür.

»Wie fühlst du dich?«, Jule ging vor Sandro in die Hocke und legte ihre Hände auf seine Oberschenkel. Seine Gesichtsfarbe war wieder zurückgekehrt, und er lächelte müde. »Wir müssen schleunigst verschwinden.«

»Wo sind wir hier?«, fragte Emma und schaute sich um. Das schäbige Haus stand direkt am Waldrand. Die Holzläden hingen windschief an den Fenstern. Der grüne Lack war schon lange abgeblättert und hatte nur vereinzelte Farbreste zurückgelassen. Verwelktes Unkraut wucherte entlang der Hauswände, und eine trockene Efeuranke kletterte über die Fassade bis hinauf zum Dach. Die einzige Zufahrt zum Haus war ein schmaler Wirtschaftsweg, der keine 50 Meter weiter im Gebüsch endete. Weit und breit waren keine anderen Häuser zu sehen.

Jule half Sandro auf die Füße und legte ihren Arm um seine Taille, als ob sie ihn stützen wollte.

»Das war früher unser Treffpunkt, als ich noch auf der Straße abhing.«

»Und was habt ihr hier in dieser Wildnis gemacht?«

»Was wohl?« Jule schüttelte den Kopf. »Wir haben uns vor den Bullen versteckt und heiße Orgien gefeiert und so'n Zeug. Ist nicht so gut, wenn man zugedröhnt erwischt wird.«

Emma nickte und wollte keine weiteren Details hören.

»Steves Auto«, sagte Sandro leise und deutete auf eine dunkle Limousine, die schon bessere Tage gesehen hatte. »Was machen wir damit?«

»Shit, daran habe ich nicht gedacht.« Jule kaute auf ihrer Unterlippe. »Kein Problem, ich hab's.« Sie verschwand im Haus und kam gleich darauf mit Steves Wagenschlüsseln aus seiner Hosentasche wieder. »Sandro, du fährst mit Emma in Anjas Wagen, und ich nehme Steves Rostschüssel und parke sie irgendwo mitten in der Stadt. Es wird eine ganze Weile vergehen, ehe jemand fragt, wo der Besitzer abgeblieben ist. Bis ihn jemand findet und feststellt, dass er mausetot ist, wird Steves Verwesung schon voll im Gange sein.«

Sandro stöhnte.

»Sorry, Schatz.« Jule küsste ihn auf die Wange.

Sandro und Emma stiegen in Anjas Wagen und folgten Jule. Emma beobachtete Jules Freund aus dem Augenwinkel. Wie hübsch er war. Trotz seiner Traurigkeit sah er wunderschön aus. Ein Bild von einem Italiener mit seinen dunklen Locken. Die Fältchen in seinen Augenwinkeln verrieten, dass er viel lachte. Emma seufzte und schämte sich ihrer Fantasien.

Sandro war in Gedanken versunken und folgte Jule mechanisch bis in die Innenstadt. Es war früher Nachmittag. Die Menschen flanierten im Sonnenschein entlang der Schaufenster. Die Parkbänke waren mit Eis essenden Touristen besetzt, und eine Kolonne von Autos schob sich von Ampel zu Ampel durch die Straßen. Irgendwann bog Jule in die City ab, dorthin, wo der Verkehr am dichtesten war. Sie lenkte den Wagen in eine Seitenstraße. Die Gehwege waren mit Platanen und Autos gesäumt. Es schien aussichtslos, auf einen freien Parkplatz zu hoffen. Geduldig kurvten sie hintereinander her durch die Straßen, bis Jule endlich eine Lücke fand. Ein Parkplatz ohne Parkuhr und ohne begrenzte Parkdauer, die man hätte überschreiten können. Jule manövrierte das Ungetüm mit wenigen Zügen auf die Bordsteinkante. Sie wischte die Fingerabdrücke vom Lenkrad und vom Türgriff, setzte die Kapuze ihres Shirts auf, damit sich später niemand an eine Frau mit Rastalocken erinnern konnte, und stieg aus. Sie schloss ab, beseitigte auch außen unauffällig ihre Spuren und stieg zu Emma und Sandro in den Wagen. Sandro gab Gas und fädelte sich in den Verkehr ein. Jule schaute durch das Rückfenster.

»Wenn das nur gut geht«, jammerte Emma. Der zweite Tag ihres neuen Lebens war noch verrückter als der erste, und sie fragte sich, was noch alles geschehen würde.

Sandro starrte auf die Straße und lenkte den Wagen durch den dichten Verkehr. Als er den Motor im Hinterhof der WG abgestellt hatte, legte er die Stirn auf seine Hände am Lenkrad.

»Ich bin ein Mörder.«

»Nein, du hast uns allen den Arsch gerettet«, fuhr Jule dazwischen und strich ihm über seine braunen Locken.

»Auch wenn Jules Wortwahl nicht der meinen entspricht, kann ich ihr nur zustimmen«, sagte Emma. Sandros braun gebrannte Haut, seine muskulösen Unterarme waren verführerisch. Emma hätte ihn zu gerne berührt. »Ohne Sie säßen wir jetzt ganz schön in der Klemme. Es wäre unser Todesurteil gewesen. Glauben Sie mir, diesem Flegel ist unser Verbleib vollkommen egal gewesen. Danke.«

Sandro hob den Kopf und starrte Emma an.

»Danke?«

»Mensch, Sandro, sie hat recht«, setzte Jule hinterher. »Wir hatten keine Wahl. Steve war ein mieses Schwein. Niemand wird ihn vermissen. Weißt du, wie oft er mich schon brutal zusammengeschlagen hat, als ich noch mit der Clique abhing? Er hat es verdient.«

»Totgeschlagen zu werden, hat niemand verdient!« Sandros Augen funkelten böse.

»Krepieren im Keller auch niemand«, fauchte Jule und stieg aus. Sie knallte die Tür zu und lief ins Haus.

Die Sonne war bereits hinter die Fassaden der Nachbarhäuser gesunken. Der Hof lag im Schatten. Drei Jungs brausten nacheinander mit ihren Fahrrädern auf die Straße hinaus. Eine Frau schüttelte ihren Teppich aus einem der Fenster, legte ihn über die Fensterbank und malträtierte ihn mit einem Teppichklopfer. Feine Staubwolken verteilten sich in der heißen Spätnachmittagsluft.

»Sandro«, Emma konnte nicht anders und legte ihre Hand auf

seinen Arm, »bitte, machen Sie sich keine Vorwürfe. Sie sind kein Mörder.«

Seine Wangenknochen bebten.

»Nicht? Was denn dann?«

Er starrte ihr ins Gesicht. In seinen dunklen Augen spiegelten sich Verzweiflung und Angst wider. Emma hätte ihm diese Bürde gern abgenommen. Nichts konnte die Tat ungeschehen machen, und alle tröstenden Worte waren nur Schall und Rauch. Ob nun Halunke oder nicht, Steve war tot, und mit dieser Schuld würde Sandro leben müssen.

»Wir sollten nach oben gehen«, sagte sie und strich über seine Wange. Warum fühlte sich das nur so verdammt gut an?

Im Treppenhaus roch es immer noch muffig. Sandro eilte mit großen Schritten nach oben, und Emma folgte ihm, so gut es ging. Sie waren gerade in der dritten Etage angelangt, da kam ihnen eine mollige Frau entgegen. Als sie Sandro entdeckte, blieb sie auf dem Treppenabsatz stehen.

»Wo warst du, Junge?«, fuhr sie ihn an. Sie sprach akzentfrei deutsch und gestikulierte mit beiden Armen temperamentvoll. »Ich habe dich schon überall gesucht, und an dein Handy gehst du auch nicht. Was soll das?« Ihr Gesicht lief rot an.

Sandro marschierte an ihr vorbei, als ob sie unsichtbar wäre.

»Alessandro!«, rief sie empört. »Bleib gefälligst stehen, wenn ich mit dir rede!« Sie drehte sich um und wollte ihm hinterherlaufen, doch als er durch die offene Tür in die WG verschwand, hielt sie inne und schnaubte wütend.

»Hab ich dir nicht gesagt, du sollst dich von diesem Flittchen fernhalten?«, rief sie und fuchtelte mit erhobenem Zeigefinger. »Diese verlotterte Dirne bringt dich nur in Schwierigkeiten.«

Emma keuchte die Stufen hinauf und blieb vor der wütenden Frau stehen. Sie war ein wenig kleiner als Emma und korpulenter. Silberne Strähnen zogen sich durch ihr Haar, das sie zu einem festen Knoten gebunden hatte. Die Ähnlichkeit mit Sandro war verblüffend. Das konnte niemand anderes sein als seine Mutter! Es war nicht zu überhören, dass sie Jule nicht mochte, und noch weniger, dass ihr Sohn mit ihr verkehrte. Obwohl Sandro schon längst im Flur der WG verschwunden war, schimpfte die Italienerin munter weiter und fand in Emma eine neue Adressatin für ihren Unmut.

»Wie oft habe ich ihm gesagt, er soll sich ein ordentliches Mädchen suchen, nicht so eine herumstreunende Katze, bei der man nicht weiß, ob sie vielleicht auch noch Flöhe hat. Haben Sie ihre Frisur gesehen?« Der üppige Busen der Frau hob und senkte sich aufgebracht. »Kennen Sie diese Person?«

Emma überlegte nicht lange, was sie antworten sollte. Die Wahrheit wäre sowieso viel komplizierter gewesen, als die Frau im Moment zu hören bereit war. Sie suchte in Emma nur ein Ventil, da sie bei ihrem Sohn auf taube Ohren stieß.

»Ja, sie ist meine Enkelin«, log Emma und fand es einen wunderbaren Gedanken, wenn es wirklich so gewesen wäre.

»Oh«, sagte die Frau irritiert, »ich meinte ja nur …«

»Sie ist ein gutes Mädchen«, fügte Emma hinzu.

»Aber sie ist nicht die Richtige für meinen Sohn. Sie ist verlottert, und wenn ich mir Sie anschaue, glaube ich, liegt das in der Familie.« Die Italienerin betrachtete Emma, ihre dreckige Hose und die aufgescheuerten Handgelenke. Sie zog die Nase ein wenig in die Höhe und war enttäuscht, in Emma keine Komplizin gefunden zu haben, sondern nur die Bestätigung, dass weder sie noch ihre Enkelin der richtige Umgang für ihren Sohn waren. Sie verschränkte die Arme vor ihrem Busen und beobachtete Emma genauer.

»Meinen Sie nicht«, Emma schob sich an der Frau vorbei und stieg die letzten Stufen zur WG empor, »die beiden sollten selbst entscheiden, ob sie zueinanderpassen oder nicht?«

»Sandro soll sofort nach oben kommen, ich will mit ihm reden.« Sie folgte Emma und spähte neugierig durch den Türspalt.

»Da werden Sie sich noch ein Weilchen gedulden müssen.« Emma versperrte ihr die Sicht in die Wohnung und verschränkte ebenfalls die Arme vor der Brust.

»Was erlauben Sie sich? Sie sind keinen Deut besser als Ihre Enkelin«, ereiferte sich die Frau und deutete mit einer abfälligen Handbewegung auf Emmas Erscheinen. Ehe sie Gelegenheit bekam, ihre Selbstdarstellung lauthals im Treppenhaus zu inszenieren, nickte Emma ihr kurz zu, schlüpfte in den Flur und schloss die Tür. Diese keifende Furie war das Letzte, was Sandro nun brauchte.

In der WG war es auffallend ruhig. In der Küche hantierte jemand mit Geschirr. Jules Zimmertür war angelehnt. Emma erhaschte einen Blick und sah Sandros Füße über die Bettkante herausragen. Vorsichtig trat sie auf die Türschwelle. Der junge Mann lag bäuchlings auf dem Bett, hatte seine Arme unter dem Kopf verschränkt. Leise schlich sie zurück in den Flur, schloss die Tür und ging in die Küche.

Jule brühte Kaffee auf.

»Es wird eine Weile dauern, bis er das verkraftet«, sagte Emma.

»Mann, er hat uns das Leben gerettet, was stellt er sich so an?«

»Das sieht er anders, Jule, gib ihm Zeit.«

Sie rollte die Augen und goss Kaffee in zwei Bechertassen.

»Willste auch eine?«

»Danke, gerne.«

Emma legte ihre Hände um die warme Tasse und sog den Duft ein. Seit gestern Abend hatte sie nichts mehr gegessen. Ihr Magen knurrte.

»Ach du liebe Zeit«, rief Jule. »Vor lauter Aufregung habe ich ganz vergessen zu fragen, wie es dir geht. Was hat Steve mit dir gemacht?« Sie deutete auf Emmas Handgelenke. »Komm erzähl, was ist passiert?«

Emma setzte sich an den Küchentisch und berichtete von ihrer Entführung, der Nacht im Keller – bis zum bitteren Finale. Jule hörte aufmerksam zu, unterbrach Emmas Ausführung nur mit wütenden Einwürfen.

»Jetzt würde ich gerne eine heiße Dusche nehmen. Ich friere und bin schmutzig«, beendete Emma ihren Bericht.

»Ich werde uns in der Zwischenzeit etwas zu essen machen.« Jule umarmte Emma und drückte ihr einen flüchtigen Kuss auf die Wange.

Emma errötete. Seit einer gefühlten Ewigkeit war das die erste zärtliche Berührung durch einen fremden Menschen. Vertrautheiten zwischen ihr und Konstantin oder ihrer Enkeltochter waren tabu. Berührungen im Altenheim gab es nicht. Jeder wurde dort zu einer Art Kunde degradiert und nicht als empfindendes Individuum gesehen. Und diese junge Frau, die sie kaum kannte, ließ ihren Gefühlen freien Lauf und wusste wahrscheinlich nicht einmal, was sie soeben getan hatte. Sie schenkte Emma Herzenswärme. Sie blinzelte Tränen der Rührung fort und ging ins Badezimmer.

»Kaffee?« Jule setzte sich zu Sandro auf die Bettkante und hielt ihm eine dampfende Tasse vor die Nase.

Er öffnete seine Augen und versuchte sich mit einem missglückten Lächeln.

»Das ging heute früh aber viel besser«, sagte Jule und küsste ihn in die Halsbeuge.

»Heute früh war die Welt auch noch in Ordnung«, antwortete er und setzte sich auf. Er nahm den Kaffee, und Jule rutschte dicht neben ihn.

»Glaub mir, das wird schon wieder.« Sie stellte ihre Tasse zur Seite, fuhr mit den Händen unter Sandros T-Shirt und küsste ihn. Er stellte seine Tasse auf den Boden und zog Jule an sich.

»Wegen dir komme ich noch in die Hölle.«

»Bei deiner Mutter bist du doch schon in der Hölle.«

Er lächelte müde.

»Komm mit in die Küche, wir kochen etwas. Emma hat seit gestern Abend nichts mehr bekommen, und ich weiß nicht, wie das bei alten Leutchen so ist, ob sie Unterzucker oder Kreislaufzusammenbrüche bekommen, wenn sie nicht regelmäßig gefüttert werden.« Sie lachte und zog Sandro hoch.

»Jule, du bist unmöglich.«

»Klar, und deswegen liebst du mich auch so abgöttisch.«

Das heiße Wasser prasselte auf Emmas Körper. Ihre Lebensgeister erwachten zu neuem Leben. Sie war noch keine zwei Tage aus dem Altenheim geflohen und schon steckte sie in Schwierigkeiten. Ihre Flucht, eine Entführung und ein Mord – das war die traurige Bilanz, die sie bis jetzt verbuchen konnte, und wer weiß, was noch geschehen mochte. Nichts von alldem hatte sie sich so vorgestellt, als sie ihren Ausbruch geplant hatte. Genauso wenig war sie auf eine Person wie Jule gefasst gewesen, die sie mit ihrer erfrischenden Art einfach umhaute. Mochte diese verbitterte Italienerin von ihr halten, was sie wollte. Jule war auf ihre Art perfekt.

Emma seifte sich mit rosafarbenem Duschgel ein. Der Schaum brannte an ihren aufgescheuerten Handgelenken. Emma dachte über die Entführung nach, spielte jede Minute nochmals durch, auch Steves Tod. Sie war erstaunt, dass sie das relativ gleichgültig ließ. Dieser Mann war selbst ein Mörder gewesen. Er hatte Jule kaltblütig ins offene Messer rennen lassen und Emma brutal niedergeschlagen. Seinen Tod akzeptierte sie, aber es tat ihr unendlich leid, dass diese Schuld schwer auf Sandro lastete.

Der Wasserdampf beschlug das Badezimmer. Emma stieg aus der Duschkabine und wickelte sich in ein großes Handtuch. Instinktiv blickte sie zur Toilette, um sicherzugehen, dass Kalle nicht wieder im Badezimmer war. Was war das für eine verrückte Welt. Damals, in ihrer Villa, lebte sie bis auf Barbaras Terrorattacken friedlich und harmonisch.

»Viel eher langweilig und leblos.« Sie wischte mit dem Handballen den Spiegel frei und lächelte der Frau entgegen, die ihr mit neuer Haarfarbe entgegenblickte.

Frisch geduscht trat Emma in einer neuen Jeans und einer orangefarbenen Tunika aus dem Bad in den Flur. Der Duft von Essen und Geborgenheit lag in der Luft. Sie atmete tief ein und schloss die

Augen. Im selben Moment kam Kalle nach Hause und öffnete die Wohnungstür. Emma fuhr zusammen und zwang sich zu einem Lächeln. Mit einem knappen »Hallo« marschierte er an ihr vorbei und verschwand in seinem Zimmer.

»Essen ist fertig«, rief Jule aus der Küche.

Sie hatte Spaghetti mit Tomatensoße gekocht, die einfach köstlich schmeckten. Emma war ausgehungert und verschlang gleich zwei Portionen, bis sie schließlich den Mund an ihrer Papierserviette abwischte und sich satt zurücklehnte.

Sandros Gesichtsfarbe war wieder zurückgekehrt, sogar ein Lächeln huschte über seine Lippen.

»Meine Güte«, seufzte Emma, »war das ein verrückter Tag.«

»Anders als bei dir im Altersheim, was?« Jule lachte.

»Das kannst du laut sagen.« Emma nickte. »Ich bin übrigens Emma.« Sie reichte Sandro die Hand.

Er legte seine warme Hand um die ihre und lächelte ihr zu.

»Sandro.«

Warum hatte sie diesen Mann nicht Jahre früher getroffen? Er hätte Kurt ein Konkurrent werden können. Seine dunklen Augen, sein wunderschöner Mund …

»Alles paletti?« Jule trat unter dem Tisch auf Emmas Fuß. »Pass bloß auf, Sandro, sie hat ein Faible für knackige …«

»Jule!«, schoss Emma dazwischen. Die Röte in ihrem Gesicht war nicht zu übersehen. Hastig stapelte sie die Teller zusammen und trug sie zur Spüle.

Jule kicherte.

»Wisst ihr inzwischen, was es mit dieser dubiosen SD-Karte auf sich hat? Du sagtest, da seien Fotos drauf«, versuchte Emma, das Gespräch in eine andere Richtung zu lenken.

Kalle betrat die Küche.

»Wass'n?«, fauchte Jule ihn an und ließ ihn spüren, dass er störte.

»Ich habe Hunger«, sagte er und schaute sehnsüchtig nach den übrig gebliebenen Nudeln in der Schüssel auf dem Tisch. Jule stand auf, rollte die Augen.

»Du weißt, wer zum Resteessen kommt und nicht gekocht hat, der muss den Abwasch übernehmen, alte WG-Regel.«

»Davon habe ich noch nie gehört.« Kalle schaute irritiert aus seinem hellblauen Hemd.

»Ist aber keine schlechte Idee.« Jule stand auf und winkte Sandro und Emma, ihr zu folgen. »Kommt, Leute, wir gehen in mein Zimmer.«

Jule schloss die Tür hinter sich und fuhr den PC hoch. Sandro legte sich auf das Bett und verschränkte die Arme im Nacken. Emma zog den Stuhl neben den Schreibtisch und setzte sich. Von Computern verstand sie nicht viel, um nicht zu sagen gar nichts. Sie wartete geduldig, bis der Rechner betriebsbereit war.

»Auf den Fotos sind Bilder einer Übergabe und ein Mord zu sehen«, erklärte Jule knapp. Sandro fuhr zusammen, als er das Wort *Mord* hörte.

»Was für eine Übergabe?« Emma verstand nichts.

Jule zeigte ihr die Fotos. Die Männer, Steve und die Kisten. Sie erklärte, dass sie vermuteten, dass es sich hier um die Übergabe von illegal importierten Tieren handelte und der Wortführer den Lieferanten umbringen ließ, weil irgendetwas nicht nach Plan gelaufen war.

Emma schaute sich die Bilder an und erstarrte. Jules Worte drangen in ihr Bewusstsein, doch ihre Aufmerksamkeit gehörte etwas anderem.

»Hörst du mir überhaupt zu? Oder war das alles zu viel für dich in den letzten Stunden?«, fragte Jule und tätschelte Emmas Unterarm.

Sandro setzte sich auf die Bettkante und schaute Emma ebenfalls besorgt an.

»Siehste, ich hab doch gesagt, mit den alten Leutchen ist nicht zu scherzen. Die verkraften nicht so viel, und dann fallen sie plötzlich um.« Jule schien besorgt um Emmas Wohl oder auch nur wegen den Scherereien, die sie haben würde, wenn eine Tote in ihrem Zimmer läge.

Emma schüttelte den Kopf, blies die Wangen auf und entließ die Luft mit einem leisen Zischen.

»Nein, es ist alles in bester Ordnung.« Ihr Ton war giftig.

»Ich bin kein Spezialist für beste Ordnung«, sagte Jule, »aber die hört sich anders an. Was ist los?«

Emmas Gedanken überschlugen sich. Der Mann im Anzug am Bildrand war ihr Sohn Konstantin. Diese Bilder musste Lehmann am Tag ihrer Flucht aus der Residenz gemacht haben und waren bestimmt bei seiner Überwachungsaktion entstanden, von der er Emma erzählt hatte. Sie war auf alles Mögliche gefasst gewesen, aber nicht darauf, dass ihr Sohn etwas mit kriminellen Machenschaften wie Tierschmuggel und Mord zu tun hatte. Sein gieriger Gesichtsausdruck, als er sich über die Kiste mit dem Tigerfell beugte, war ekelhaft. Wahrscheinlich musste das arme Tier nur sterben, damit Barbara und er sich auf diesem Fell vor ihrem Kamin rekeln konnten. Dekadent war das und eine Schande, aber durchaus Barbaras Stil. Emmas Wangen färbten sich rot vor Zorn und Scham.

»Emma, was ist los?«, fragte Sandro.

Sie streckte ihren Finger aus und deutete auf den Mann im Anzug.

»Das ist mein Sohn.« Ihre Stimme zitterte.

»Der da?« Jule zoomte ihn auf dem Bildschirm größer.

»Ja.« Emma schlug die Hände vors Gesicht.

»Langsam werden du und deine Familie mir unheimlich. Du seilst dich aus dem Heim ab, dein Sohn ist in illegalen Tierhandel verstrickt. Was kommt als Nächstes?«

»Erpressung!«, antwortete Emma wie aus der Pistole geschossen.

Jule und Sandro schauten sich an und lachten. Emma verzog keine Miene. Ihr war nicht nach Scherzen zumute. Mit diesem neu gewonnenen Wissen konnte sie ihr Ziel schneller erreichen als erwartet.

»Erpressung?« Sandro schüttelte den Kopf.

Emma sah ihn zum ersten Mal herzlich lachen. Sie erhob sich, ging zum Fenster und schaute hinaus. Es war Abend geworden. Der Hof lag im Dunkeln, Kalles Auto stand mit reparierter Seitenscheibe auf seinem Parkplatz. Eine Amsel sang ihr Abendlied auf der Dachrinne des Hauses gegenüber.

»Ich muss Herrn Lehmann anrufen«, sagte Emma. »Darf ich dich nochmals um dein Telefon bitten?«

Jule räusperte sich und erzählte, dass der Detektiv tot war.

Emma setzte sich wieder.

»Du liebe Zeit, das darf doch alles nicht wahr sein«, seufzte sie. »Ihr meint, er wurde von Steve getötet, weil er meinen Sohn beschattet hat?«

Jule nickte und griff nach Emmas Hand.

»Jetzt mach dir bloß keine Gedanken. Du bist nicht schuld, dass er sich von Steve hat erwischen lassen. Das ist Berufsrisiko. Bei seinem Job kann immer etwas schiefgehen.«

Jule hatte recht, sie konnte nichts für den Tod des Detektivs, aber trotzdem fühlte es sich eigenartig an, zu wissen, dass dieser Mann noch leben könnte, hätte sie ihm nie den Auftrag erteilt, hinter Konstantin und Barbara herzuschnüffeln.

»Nach Kurts Tod«, versuchte sie zu erklären, »lebte ich alleine in meiner Villa. Obwohl ich eine Haushälterin und einen Gärtner beschäftigte, wurde das Haus im Laufe der Zeit einfach viel zu groß für mich. Da hatte Barbara ausnahmsweise sogar recht, aber was mich viel mehr belastete, das waren ihre Lügen und gemeinen Spielchen. Sie wurden immer infamer und unerträglicher.« Emma seufzte. »Es war nur eine Frage der Zeit, bis Barbara mich so weit hatte, dass ich freiwillig auszog, weil ich diesem ewigen Streit nicht länger gewachsen war.«

»Klingt nach einer echt beknackten Schnalle«, stellte Jule fest.

»Diese Schnalle verstand es jedenfalls, mir das Leben zur Hölle zu machen.«

»Warum hast du dir das gefallen lassen? Warum hast du die Tussi nicht einfach rausgeschmissen? Das war doch deine Villa.« Jule begriff nicht.

»Das hätte ich liebend gern getan, aber du weißt nicht, wie viel Kraft es gekostet hat, mich ständig gegen ihre Spielchen zur Wehr zu setzen. Sie intrigierte mit einer Perfektion, die ihresgleichen suchte. Egal, was ich tat, alles war meine Schuld, oder sie drehte die Dinge, dass man glauben musste, ich sei wirklich unzurechnungsfähig.« Emma rieb sich über das Gesicht. Sie erinnerte sich an die peinliche

Situation, als Konstantin sie nur mit einem Badehandtuch um ihren Körper geschlungen im Gebüsch gefunden hatte. Konstantin hatte von einem Anfall geistiger Umnachtung gesprochen. Was hätte sie anderes sagen können außer der Wahrheit? Und die wollte sie lieber für sich behalten. Eduardo blieb ihr Geheimnis.

»Eines Tages brachte er mir Prospekte von dieser Seniorenresidenz mit. Die Menschen darin schienen glücklich und unbeschwert zu sein. Konstantin malte mir alle Vorteile aus, die ich dort hätte. Er redete auf mich ein, und ich wollte ihm gerne glauben. Was hätte mich in meiner Villa erwartet, wenn ich geblieben wäre? Barbaras Intrigen hätte ich auf Dauer nicht mehr ertragen. Außerdem bin ich nicht mehr die Jüngste, und ihr glaubt doch nicht, dass sie mich jemals in Ruhe gelassen hätte.«

»Wahrscheinlich nicht. Mann, der Alten würde ich gerne mal die Meinung geigen.«

Emma schmunzelte, sie konnte sich eine Konfrontation der beiden Frauen lebhaft vorstellen.

»Konstantin wollte mir ein kleines Appartement in der Residenz anmieten, in das ich wenigstens meine eigenen Möbel hätte mitnehmen können«, fuhr sie fort. »Wenn es mir einmal nicht gut ginge, wäre sofort jemand zur Stelle, der sich um mich kümmert. Das war keine schlechte Option, und mit der Zeit gewöhnte ich mich an den Gedanken. Konstantin versprach, sofort mit dem Heimleiter, einem Golffreund, zu sprechen und seine Beziehungen spielen zu lassen. Ich verließ mich auf ihn und war erstaunt, wie schnell er einen Platz für mich organisieren konnte. Normalerweise sind diese Appartements heiß begehrt, und es gibt eine ewig lange Warteliste.«

»Das hat dann nicht wirklich geklappt, oder?«, fragte Sandro.

»Das hat ganz und gar nicht geklappt. Als ich einzog, wunderte ich mich, dass Konstantin den Möbelwagen hinter meinem Rücken wieder abbestellt hatte. Er sagte, ich solle erst einmal nur mit meinen beiden Koffern anreisen. Den Rest würde man später nachliefern.«

»Scheißkerl.« Jule verzog den Mund zu einer Grimasse.

»Als man mir im Heim mein neues Domizil zeigte, zog es mir den

Boden unter den Füßen fort. Das war kein Appartement, sondern ein winziger Raum mit Bett, Tisch, Stuhl und einer kleinen Kommode. Zuerst ging ich von einer Verwechslung aus und bat darum, mich in mein richtiges Zimmer zu bringen. Schwester Waltraude, die mich seit jenem Tag immer wieder zur Raserei brachte, erklärte mir, dass es für diese Zweiraumwohnungen lange Wartezeiten gäbe, da dort die rüstigen Rentner alleine lebten. Bis die starben, würde es eine Weile dauern, und so lange müsste ich mich gedulden.« Emma seufzte. »Konstantin hatte mich hereingelegt und belogen. Er wusste ganz genau, dass alle Appartements bewohnt waren. Warum sonst hatte er den Möbelwagen abbestellt? Hatte er ihn überhaupt bestellt? Ich weiß es nicht. Zurück in meine Villa konnte ich nicht mehr, denn Barbara war direkt nach meiner Abreise eingezogen, zusammen mit Konstantin und meiner Enkeltochter Trixi.«

»Boah, das ist krass.« Jule setzte sich neben Sandro aufs Bett und schlang ihren Arm um seine Taille.

»Das war im Groben meine Geschichte«, sagte Emma und schmunzelte, »also zumindest war das der Anfang, denn jetzt muss sich Konstantin warm anziehen.«

»Was hast du vor?«, fragte Jule neugierig.

Emma setzte sich auf ihren Stuhl und beugte sich vor.

»Das kann ich dir sagen, mein Kind. Ich werde eine nette, kleine Wohnung in der Stadt anmieten und mir eine Gesellschafterin suchen. Alles, was ich will, ist doch nichts anderes als endlich meine Ruhe, meine eigenen vier Wände und jemanden, der für mich sorgt. Vorher werde ich mir allerdings noch etwas Besonderes für meinen lieben Herrn Sohn und seine Frau einfallen lassen. So ungeschoren kommen die mir nicht davon.«

»Das klingt klasse, aber warum musstest du deswegen so spektakulär aus dem Heim ausbrechen? Hättest du nicht einfach ausziehen können? Ich meine, du bist doch nicht entmündigt oder so etwas.«

»Wenn ich die Residenz auf ganz normalem Weg verlassen und mir eine Wohnung in der Stadt gesucht hätte, wäre das meinem Sohn im Grunde genommen egal gewesen. Er hat die Villa und ist mich los.« Emma schüttelte den Kopf. »Nein, ich will ihn eine Weile schmoren lassen, er soll für den Betrug an mir bezahlen.« Emma grinste. »Wenn seine Mutter aus der Seniorenresidenz verschwindet, kann er nicht so tun, als ob ihn das nicht kümmert. Das wird ein gefundenes Fressen für die Presse. Der Herr Stararchitekt kommt ganz schön in die Bredouille und muss nach mir suchen, den besorgten Sohn mimen, was ihm äußerst lästig sein und mir einen Heidenspaß bereiten wird. Außerdem hatte ich Herrn Lehmann beauftragt, etwas über Barbara oder Konstantin herauszufinden, mit dem ich die beiden ein wenig, nun, sagen wir, unter Druck setzen kann.«

»Unter Druck? Wie meinst du das?« Jule hing aufmerksam an Emmas Lippen.

»Glaubst du, ich überlasse ihm freiwillig die Villa? Ich habe noch keine Ahnung, was aus ihr werden soll, aber mein Sohn und seine gierige Gattin bekommen sie auf keinen Fall! Natürlich könnte ich sie ohne Probleme einklagen, aber das wäre viel zu einfach. Barbara soll ruhig sehen, wie es ist, wenn jemand Spielchen mit einem treibt. Auge um Auge, Zahn um Zahn. Dank dieser Fotos habe ich nun die Sicherheit, dass er auch das tun wird, was ich verlange.«

»Glaubst du, dass dein Sohn sich so einfach einschüchtern lässt?«

»Eine Vorstrafe kann er in seinem Job nicht gebrauchen, zumindest nicht jetzt. Er steht kurz davor, befördert zu werden. Sein Seniorchef will ihn zum Juniorpartner seines Architekturbüros befördern. Es hat Konstantin verdammt viel Arbeit und Bestechungsgelder gekostet, dass dieser Traum für ihn endlich in greifbare Nähe rückt. Glaub mir, sein Nebenbuhler würde sich über nichts mehr freuen, als diese Fotos in den Händen der Presse zu wissen … verstehst du, was ich meine?« Emma grinste und zog mit dem Finger das Auge nach unten. »So etwas kann seinem Image als Strahlemann mächtig schaden. Seine Karriere in der Firma wäre ruiniert. Ich glaube nicht, dass er das riskieren wird.«

»Du willst also untertauchen, ihn zappeln lassen und dann aus der Villa jagen? Deswegen bist du bei Nacht und Nebel abgehauen und hast dir diese ganze Maskerade ausgedacht?« Jule lachte. »Der Plan hätte von mir sein können.«

Emma zupfte an ihren gefärbten Haaren und nickte.

»Dass ich auf dich gestoßen bin, Jule, war der größte Segen überhaupt. Egal, wo er mich suchen wird, hier in eurer WG vermutet mich niemand.«

»Habt ihr schon in der Zeitung nachgeschaut, ob etwas über Emma berichtet wurde?«, fragte Sandro.

Jule schoss aus ihrem Zimmer und kam gleich darauf mit der Tageszeitung wieder. Sie legte sie auf ihr Bett und blätterte den Lokalteil durch.

»Nichts.«

»Das wird nicht so schnell gehen«, folgerte Sandro. »Ich denke, dass wir frühestens morgen mit einem Artikel rechnen können.«

»Manchmal tut mir Konstantin leid. Mit einer anderen Frau an seiner Seite hätte er durchaus ein guter Junge sein können.«

»Hallo? Ein guter Junge bringt seine Mutter aber nicht ins Altersheim und haut sie dabei auch noch übers Ohr«, stellte Jule fest.

Sandros Handy klingelte. Er zog es aus der Gesäßtasche seiner Jeans, schaute auf das Display und drückte den Anrufer weg.

»Deine Mutter?«, fragte Jule.

Er nickte.

»Obwohl, wenn ich es mir recht überlege«, Jule grinste, »kann ich verstehen, dass man nervige Mütter ins Altersheim stecken möchte.« Sandro griff eines der Kissen und schlug spielerisch nach ihr. Emma lachte.

»Dann macht euch auf die Rache der Mutter gefasst«, sagte Emma und drohte mit dem Zeigefinger.

»Diesen Blick kenne ich inzwischen. Was hast du vor?«, fragte Jule.

Emma erhob sich, trat ans Fenster und blickte hinaus. Es wurde dunkel. Ihr Spiegelbild starrte zurück. Sie drehte sich um und lehnte sich gegen die Fensterbank.

»Mein Sohn und Barbara haben mich unterschätzt. Ich werde es ihnen heimzahlen. So nicht!«

Jule juchzte und stieß Sandro den Ellenbogen in die Seite.

»Hab ich dir nicht gesagt, dass sie noch nicht in ein Altersheim gehört? Die Frau ist echt cool.«

»An was denkst du konkret?«, fragte Sandro.

»Was auch immer, wir sind dabei.« Jule kniete sich auf ihr Bett und streckte ihre Hand aus.

Sandro erhob sich und legte seine Hand auf die ihre. Wie die Musketiere standen sie vor Emma und warteten, dass sie ebenfalls einschlug.

»Habe ich euch nicht schon genug Scherereien beschert? Das müsst ihr nicht tun.« Emma war gerührt.

»Nun schlag schon ein. Das ist Ehrensache«, rief Jule.

Emma zögerte und schaute Sandro an. Ein Mord war genug. Wie konnte sie die beiden nun in etwas hineinziehen, dessen Ausmaß sie selbst noch nicht kannte? Illegaler Tierhandel und Erpressung waren große Worte. Nein, Emma wollte nicht, dass die beiden jungen Leute noch weiter in Schwierigkeiten gerieten.

»Nein, ich werde eure Hilfe nicht annehmen.«

»Red keine Opern«, sagte Jule und griff nach Emmas Hand. »Wenn du unsere Hilfe nicht willst, dann operieren wir auf eigene Faust.«

Sandro stutzte.

»Was meinst du damit?«

»Baby, wir haben geniales Beweismaterial. Richtig eingesetzt, bringt das bares Geld.« Sie deutete auf die Fotos der Tierhändler.

»Stopp, du meinst, du willst diese Typen ausfindig machen und sie erpressen?« Sandros Lächeln wich aus seinem Gesicht.

»Geil, was?«

»Jule, du bist verrückt. Das ist eine Nummer zu groß.«

»Mann, sei doch keine Lusche, wenn wir das clever anstellen, können wir eine Menge Kohle absahnen.« Jules Augen glänzten.

Emma löste ihre Hand, und auch Sandro ließ seinen Arm sinken.

»Nein«, sagte Emma kategorisch, »wir werden uns von diesen Verbrechern fernhalten.«

Jule brauste auf, wollte etwas sagen, aber Emma fuhr dazwischen:

»Es ist eine Sache, wenn ich meinem Sohn einen Denkzettel verpassen will, aber sich mit Tierhändlern anzulegen, das ist der blanke Wahnsinn.«

»Sie hat recht, Jule, diese Leute sind organisiert wie Drogen- und Waffenhändler. Da geht es um richtig viel Geld. Du glaubst doch nicht, dass die sich von einem Greenhorn wie dir erpressen lassen. Sobald du sie bedrohst, lauert ein neuer Steve hinter der nächsten Ecke und sticht dich ab.«

»Sandro …«

»Nein«, er packte Jule an den Schultern, »wir werden uns da nicht einmischen. Hast du verstanden? Das heute hat gereicht. Was willst du denn noch riskieren?«

Im Zimmer war es totenstill geworden. Sandro starrte Jule an, als ob er sie hypnotisieren wollte.

»Aber …«

»Nichts aber!« Sandro schüttelte sie, um seinen Worten Nachdruck zu verleihen. »Bitte, versprich mir, dass du keinen Unsinn machst. Ich kenne dich, aber noch viel mehr brauche ich dich. Bitte.«

Jule nickte tonlos.

»Gut.« Sandro erhob sich und gähnte. »Lasst uns morgen überlegen, was wir tun. Ich muss ins Bett.«

Jule sprang auf und schlang ihre Arme um seine Taille.

»Soll ich mitkommen?« Sie lächelte vielsagend und knabberte an seinem Ohrläppchen.

Emma fühlte sich unbehaglich und versuchte, ihren Blick von dem jungen Mann zu lösen.

»Heute nicht.« Er schob Jule von sich und ging in den Flur.

Jule folgte ihm und versetzte ihrer Zimmertür einen leichten Stoß, damit sie im dunklen WG-Flur das tun konnte, wonach ihr die ganze Zeit schon zumute war. Sie drückte Sandro sanft gegen die Wohnungstür und küsste ihn leidenschaftlich. Dabei fuhr sie mit ihren Händen unter sein Shirt und strich über seine warme Haut. Er roch unwiderstehlich gut.

»Bist du sicher«, murmelte sie zwischen weiteren Küssen, »dass du alleine ins Bett gehen willst?« Sie presste ihren Körper gegen seinen und erschrak, als Sandro sie plötzlich fest an den Schultern packte und eine Armlänge von sich schob.

»Jule, ich habe heute einen Mann erschlagen. Da kann ich nicht einfach zur Tagesordnung übergehen.«

»Tagesordnung? Ich verstehe«, sagte Jule beleidigt und löste sich aus seinem Griff. Sie öffnete die Wohnungstür. »Gut, dann geh jetzt besser.« Sie blickte demonstrativ zur Seite.

»Jule!«

»Wass'n?«

»Nichts.« Sandro schüttelte den Kopf und rannte die Treppe nach oben. Jule schlug die Wohnungstür zu. Sie blieb einen Moment im Dunkeln stehen und kehrte dann in ihr Zimmer zurück.

»Entschuldige«, sagte Emma, »aber ich habe unfreiwillig euren Streit gehört.«

»Und?« Jule warf sich auf ihr Bett und verschränkte die Arme hinter dem Kopf.

»Das ist nicht einfach für Sandro. Er hat einen Menschen getötet und muss damit erst einmal zurechtkommen. Gib ihm Zeit.«

»Und wie lange?«

»So lange, wie er braucht, um diesen Vorfall zu verarbeiten.«

»Na super, die besten Jahre ziehen an mir vorüber.« Jule drehte sich zur Seite und schmollte.

Samstag

Orangefarbene Wolkenschlieren zogen sich durch den zartblauen Himmel. Ein neuer Morgen erwachte. Jule lag zusammengerollt in ihrem Bett und atmete gleichmäßig. Emma lag neben ihr. Sie fühlte sich in Jules Nähe geborgen und hatte das Gefühl, als ob sie schon seit Jahren hier wohnte. Die Selbstverständlichkeit, mit der sie von den jungen Leuten aufgenommen worden war, beeindruckte Emma zutiefst, doch ihr Aufenthalt in der WG war kein Zustand auf Dauer. Sie musste so schnell wie möglich nach einer eigenen Wohnung Ausschau halten, am besten heute noch damit beginnen.

Sie schlug die Decke zurück und trat ans Fenster. Die roten Ziffern des Radioweckers sprangen auf halb sechs. Emma betrachtete ihre aufgescheuerten Handgelenke. Die Wunden waren noch sehr empfindlich, und jede Berührung schmerzte. Sie öffnete das Fenster und ließ die kühle Luft ins Zimmer.

Der Morgen war noch jungfräulich und makellos, wusste noch nichts von den Freuden oder Tragödien, die der Tag bescheren mochte. Das zarte Blau des Himmels, das Zwitschern der Vögel, als ob es einen Wettstreit zu gewinnen galt, vereinzelte Rollläden, die irgendwo in die Höhe gezogen wurden, und sogar der monoton brummende Straßenlärm hatten etwas Beruhigendes, etwas ständig Wiederkehrendes. Es fühlte sich alles richtig an, bis auf die Tatsache, dass sie Steve getötet hatten. Emma empfand eine Mitschuld, auch wenn sie den tödlichen Schlag nicht selbst ausgeführt hatte. Die Verantwortung für diese Tat trugen sie alle drei. Emma lehnte sich über die Fensterbank nach draußen und schaute zu Sandros Fenster hoch. Es stand offen.

»Was machst du denn da?«, murmelte Jule schlaftrunken.

Emma wirbelte herum.

Jule stützte sich auf ihren Unterarmen ab und rieb mit einer Hand ihre Augen. Plötzlich sagte sie mit gespielt ernster Miene: »Lass die Finger von Sandro. Er ist mein Freund.«

»Aber, ähm«, stammelte Emma. Ihre Wangen wurden rot.

Jule grinste.

»Hab ich wohl ins Schwarze getroffen? Du scheinst wirklich eine Vorliebe für knackige Südländer zu haben.«

»Jule, bitte!«

»Ich schmeiß mich weg, wie geil ist das denn.« Jule ließ sich auf das Bett zurückfallen und lachte.

Emma schämte sich, denn Jule hatte genau das auf den Punkt gebracht, was sie nicht ausgesprochen haben wollte. Bei Sandros Anblick wünschte sie sich in der Tat 50 Jahre jünger, aber es war ihr unangenehm, wenn Jule so offen darüber sprach. Emma zupfte an ihrem Ohr und suchte verzweifelt nach einem anderen Gesprächsthema.

»Was ist eigentlich in diesem roten Papphefter, den ich vorgestern beim Aufräumen unter deinem Bett gefunden habe?«

Jule erstarrte. Ihr Lachen gefror zu einer Grimasse. Emma schämte sich im selben Moment für diesen unfairen Gegenschlag.

»Ich meine …«, sie brach mitten im Satz ab und wusste nicht, was sie sagen sollte.

Jule schoss in die Höhe und setzte sich im Schneidersitz auf. Sie starrte an Emma vorbei in den Morgenhimmel.

»Das ist Privatsache«, blaffte sie.

»Entschuldige, ich hätte nicht fragen sollen. Aber mir schien er sehr wichtig für dich, weil er so sorgfältig und liebevoll mit einer weißen Schleife zugebunden war.« Emma erinnerte sich plötzlich an noch zwei weitere Dinge, die sie gefunden hatte, nämlich das kleine Superman-T-Shirt und das Buch mit der Kinderhandschrift darin. »Wer ist Daniel Diemers?«

Jule eilte aus dem Zimmer, direkt ins Bad.

Emma hörte den WC-Deckel an die Fliesen schlagen und Jule würgen. Sie hätte sich für ihre Unverfrorenheit ohrfeigen mögen. Was war nur in sie gefahren?

Danach sprachen sie kein einziges Wort mehr über dieses Thema. Emma schämte sich für ihre Taktlosigkeit und platzte gleichzeitig vor Neugier.

Jule trat ihre Schicht im Bistro an, und Emma machte es sich an einem Ecktisch im Gastraum gemütlich. Sie legte eine Tageszeitung vom Tresen auf den Tisch und suchte sich ein ausgiebiges Frühstück aus der Speisekarte aus.

Jule nahm ihre Bestellung auf.

»Entschuldige, Jule. Das vorhin war nicht in Ordnung von mir. Können wir das Kriegsbeil begraben?«, fragte Emma und drückte liebevoll ihre Hand. »Mir ist das einfach so rausgerutscht, weil es mir unangenehm war, dass du dich über mich lustig gemacht hast. Das war dumm von mir. Ich hätte das nicht tun dürfen. Verzeihst du mir?«

Jule runzelte die Stirn, schaute zuerst mürrisch, und dann grinste sie.

»Frieden!« Sie klappte die Speisekarte zu und streckte Emma die Hand entgegen, die diese dankbar ergriff. »Lass dich überraschen, ich serviere dir etwas ganz Besonderes.«

Jule schaukelte mit ihrem Tablett in der Hand zwischen den Stühlen hindurch und verschwand durch zwei Schwingtüren in die Küche. Giorgio war am Kaffeeautomaten zugange und trällerte ein italienisches Lied.

Es war noch früh. Er hatte das Bistro gerade erst aufgesperrt. Die ersten Stammkunden setzten sich an die Theke, bestellten Cappuccino und blätterten hastig durch ihre Zeitungen oder tippten geschäftig auf der Tastatur ihrer Laptops.

Emma lehnte sich zurück, sog den Kaffeeduft ein und blickte nach draußen auf die Straße. Ein Tag wie jeder andere und doch einzigartig. Die Autos schoben sich im Berufsverkehr durch die Innenstadt, Fußgänger hetzten mit Aktentaschen und Handy am Ohr auf dem Trottoir vorbei. Emmas Leben schlug Kapriolen und pulsierte wie lange nicht mehr.

Konstantin und Barbara sollten ihr blaues Wunder erleben, denn sie würde sich für ihre Gemeinheiten revanchieren. Als Erstes wollte sie sich nach einer kleinen Wohnung in der Stadt umschauen. Dort konnte sie für eine Weile untertauchen und Konstantin über ihren Verbleib weiter im Ungewissen lassen. Das einzige Problem war ihr Bargeldbestand. Er ging zur Neige. Wenn sie mit ihrer Kreditkarte zahlte, konnte Konstantin sie ausfindig machen. Dieses Risiko wollte sie nicht eingehen. Emma musste an ihre Möbel gelangen, die im Keller der Villa lagerten. Denn in Kurts altem Sekretär befand sich ein Geheimfach, in dem sie eine kleine Summe Bargeld und Wertpapiere deponiert hatte. Emma schmunzelte.

Kurt und Emma besaßen Bankschließfächer, einen Safe im Wohnzimmer und einen auf dem Dachboden. In beiden Tresoren bewahrten sie seinerzeit nur kleine Bargeldsummen, einige Wertgegenstände und Papiere auf. Den größeren Teil ihres Vermögens, den sie zu Hause deponiert hatten, versteckten sie im Sekretär. Damit glaubten sie, potenzielle Einbrecher in die Irre zu führen, weil diese wahrscheinlich nur in den Safes suchten. Dass diese Rechnung nicht bei einem Einbrecher, sondern beim eigenen Sohn aufging, fand Emma äußert amüsant. Konstantin wusste, wo sich die beiden Tresore befanden, und als er sie nach Kurts Tod öffnen ließ, war er einigermaßen enttäuscht über seinen mageren Fund, den er dann auch noch gezwungenermaßen mit Emma teilen musste. Von dem Versteck im Sekretär hatte Emma ihm nie erzählt. Als sie auszog, wollte sie das wertvolle Möbelstück in die Seniorenresidenz mitnehmen, ohne das Geheimnis zu lüften. Ihr Plan ging schief. Konstantin hatte den abgelebten Sekretär und alle anderen Möbel im Keller der Villa eingelagert. Barbara bevorzugte moderne Möbel, klare Linien, kalt und nüchtern.

Letztendlich hatte alles sein Gutes. Konstantin kannte das Geheimfach nicht und konnte sich die Wertgegenstände nicht unter den Nagel reißen, was er sonst ohne mit der Wimper zu zucken getan hätte. Dessen war sich Emma sicher. Sie musste schleunigst ihr Eigentum aus dem Keller holen, bevor Barbara auf die unselige Idee kam, das Mobiliar zu versteigern.

»Signora«, trällerte Giorgio und riss Emma aus ihren Gedanken. Er stellte das Tablett auf ihrem Tisch ab, servierte eine Tasse Milchkaffee. »Jule habe gesagt, Sie brauche heute besondere Aufmunterung.« Dabei zwinkerte der Italiener ihr vielsagend zu und lächelte, als ob es kein Morgen mehr gäbe. Emma blieb beinahe das Herz stehen. Sie starrte ihn an und entdeckte Jule kichernd und mit verschränkten Armen an die Theke gelehnt.

Giorgio lud Croissants, Marmelade, Müsli, Orangensaft und alles, was das Frühstücksherz sonst noch begehrte, vor ihr auf den Tisch.

»Kann ich Ihne erfülle noch eine Wunsch?« Er beugte sich ein Stückchen tiefer zu Emma herunter und legte seine Hand auf ihren Unterarm. Sein Duft war unwiderstehlich. Er zwinkerte ihr zu und wartete auf eine Antwort. Emma wurde rot. Sie versank in seinen dunkelbraunen Augen, brachte keinen Ton über die Lippen und schüttelte nur den Kopf. Sie kam sich wie ein dummes Schulmädchen vor.

Jule verkniff sich das Lachen.

»Die neue Haarfarbe Ihne stehe besonders gut, mache Sie gleich 20 Jahre jünger. Bellissimo«, flüsterte er ihr ins Ohr und berührte ihre Haarspitzen mit seinen Fingern ganz zart. »Signora, wenn Sie habe noch eine Wunsch?«

Emma bebte und schüttelte nur den Kopf. Giorgio richtete sich wieder auf, zwinkerte ihr abermals zu und verschwand hinter der Theke. Sein Duft blieb zurück. Emma schaute zu Jule, die amüsiert die Schultern hochzog und damit signalisierte, dass sie nichts mit alldem zu tun habe. Von wegen! Emma lächelte. Sie hatte es nicht besser verdient.

Im Immobilienteil der Zeitung fand Emma nur zwei interessante Annoncen. Das eine Appartement am Rand des Stadtparks in Südlage hatte eine Bushaltestelle direkt vor der Haustür und mit Stuck verzierte Decken, lag allerdings in der vierten Etage ohne Aufzug. Die zweite Wohnung war nur einige Häuserblocks vom Bistro und wenige Gehminuten von der Fußgängerzone entfernt. Der Preis schien Emma durchaus angemessen. Sie beschloss, gleich nach dem Frühstück bei der zweiten Adresse vorbeizugehen.

Gedankenverloren blätterte sie im Lokalteil der Tageszeitung. Ihr Augenmerk fiel auf einen kleinen Artikel über ihr Verschwinden aus der Seniorenresidenz. Sie strich mit dem Handballen über die Seite und las. Es war kein großer Bericht, dennoch war daneben ein Bild von ihr abgedruckt, das noch vor Kurts Tod aufgenommen worden war. Das war gut, denn nun würde sie zweifelsohne niemand mehr erkennen. Damals trug sie ihr graues Haar noch zu einem Knoten hochgesteckt und sah viel älter aus. Heute waren ihre Haare kurz und wieder braun. In dem Artikel wurden Konstantin und seine Spenden für soziale Einrichtungen hervorgehoben. Es wurde berichtet, dass er sich zutiefst über den Verbleib seiner Mutter sorgte und alles daran setzte, sie wieder wohlbehalten in die Arme schließen zu dürfen. Es wurde sogar eine Belohnung für sachdienliche Hinweise in Aussicht gestellt. Emma schlug mit der flachen Hand auf den Tisch und schüttelte fassungslos den Kopf.

Jule kam sofort herbeigelaufen.

»Was ist los?«

»Da, lies!« Sie schob ihr die Zeitung hin.

»Er setzt eine Belohnung aus, als ob er seinen Geldbeutel verloren hat, dieser Heuchler.« Emma schnaubte. »Warte nur ab, mein Lieber, so leicht kommst du mir nicht davon.« Sie erhob sich und drückte Jule Geld für das Frühstück in die Hand. »Ich werde mir jetzt eine Wohnung in der Stadt anschauen und danach muss ich unbedingt an meine Möbel gelangen.«

»An deine Möbel?«

»Das erzähle ich dir nachher. Ich muss los.«

Emma genoss die frische Luft, die warme Sonne auf ihrer Haut und fühlte sich zufrieden. Nicht nur wegen der neuen Haarfarbe und Giorgios Schmeicheleien fühlte sie sich jünger, sondern sie hatte ein Ziel, das ihr neue Energie verlieh. Sie würde ihr Leben fortan selbst in die Hand nehmen und nicht länger in dem Alte-Oma-Mief auf ihr

Lebensende warten. Das kam früh genug, und wenn sie sich weiter in solche Abenteuer verstrickte, dann wahrscheinlich noch viel eher, als ihr lieb war. Emma blieb neben einem roten Wasserhydranten stehen und beobachtete eine Krähe, die auf dem Überschlagbügel eines geparkten Cabrios mit offenem Verdeck saß. Plötzlich flog der Vogel hoch und verrichtete sein Geschäft quer über den Ledersitzen des Wagens. Emma lachte.

»Genau so, mein lieber Sohn. Du wirst dich noch über deine Mutter wundern.«

Getragen von der neu erwachten Lust am Leben bog Emma in eine Seitenstraße. Sie kam ihr bekannt vor. Die inserierte Wohnung lag keine fünf Gehminuten entfernt. Emma hielt nach der Hausnummer Ausschau. Das dichte Blätterdach der Platanen spendete herrlichen Schatten, und die schmiedeeisernen Laternen verströmten trotz der überquellenden Parkbuchten ein Flair von Nostalgie.

Hatten sie nicht Steves Auto in dieser Straße geparkt? Emma überlegte und rief sich den Moment ins Gedächtnis zurück, wie sie Jule beobachtete, die ihre Fingerabdrücke an der Limousine entfernte. Da war ein gelber Postkasten gewesen, direkt an der Hauswand neben dem Parkplatz. Emma drehte sich um ihre eigene Achse. Es gab nur einen Briefkasten weit und breit, und der hing etwa drei Häuser weiter. Als sie ihn entdeckte, schoss ihr Puls in die Höhe. Sie atmete tief durch und überlegte, was sie nun tun sollte. Wenn sie an ihm vorbeilief, kam sie auch an Steves Wagen vorbei. Was, wenn er ausgerechnet vor der Wohnung parkte, die sie sich anschauen wollte? Würde Emma dort einziehen, müsste sie das Auto dann jeden Tag sehen und würde immer wieder an die entsetzliche Tat erinnert. Sie zögerte und überlegte, ob sie nicht einfach umkehren und nach einer anderen Wohnung in der Zeitung suchen sollte. Aber das war Unsinn, denn niemand konnte sie mit der Limousine in Verbindung bringen, was sollte schon passieren? Ihre Hände wurden feucht. Vier, drei, zwei Parkplätze – und dann stand Emma genau an der Stelle, an der Jule gestern geparkt hatte. Die Limousine war verschwunden, und stattdessen parkte dort ein roter Mini Cooper. Wo war Steves Wagen?

»Schönes Auto, nicht wahr?«, sagte eine junge Frau, die gerade die Tür ihres Fahrzeugs aufschloss und Emmas entrückten Gesichtsausdruck bemerkt hatte.

»Bitte?«, schreckte sie auf.

»Sie haben mein Auto angestarrt, und ich fragte mich, ob es Ihnen genauso gut gefällt wie mir.« Sie lachte.

»Ja, wunderschön«, stammelte Emma und hetzte weiter. Zeugen! Um Himmels willen, was hatte sie sich nur dabei gedacht? Diese Frau würde sich sicherlich an Emma erinnern, wenn die Polizei Nachforschungen anstellte. Wo war bloß die Limousine geblieben? War Steve doch nicht tot? Unsinn, einen Zimmermannsnagel im Kopf konnte keiner überleben.

Emma hetzte ohne einen weiteren Gedanken an die neue Wohnung ins Bistro zurück, setzte sich auf einen der Barhocker und bestellte bei Giorgio einen Grappa. Ihr Gesicht war leichenbleich.

»Alles in Ordnung, Signora?« Giorgio lächelte nicht mehr, dafür winkte er Jule herbei, die an einem Tisch die Bestellung eines kugelrunden Mannes entgegennahm.

»Emma«, rief sie erschrocken. »Was ist los? Geht es dir nicht gut?«

»Der Wagen«, flüsterte sie. »Steves Wagen ist fort.«

»Was? Bist du sicher?«

»Absolut!«

»Das kann nicht sein.« Jule tigerte auf und ab, dann knotete sie die bodenlange Schürze auf und legte sie über die Theke. Sie packte Emma an der Hand.

»Notfall, Giorgio. Ich muss weg.«

Ehe er antworten konnte, rannte Jule mit Emma im Schlepptau los und überzeugte sich selbst von dem Verschwinden des Autos. Unauffällig schlenderten sie auf der anderen Straßenseite entlang. Dort, wo vorhin der rote Mini gestanden hatte, parkte inzwischen ein blauer Kombi.

»Scheiße«, fluchte Jule und boxte gegen die Hauswand neben ihr.

»Lass uns weitergehen«, drängte Emma. »Ich war vorhin schon unvorsichtig genug.«

Sie liefen bis zur nächsten Straßenecke und bogen in die Fußgängerzone ein.

Jule lehnte sich gegen eine Wand und stellte ihre Fußsohle gegen die Fassade. Ihr Knie schaute durch einen Riss in der Jeans hervor. Das war kein Loch, sondern modern, hatte Emma sich belehren lassen. Jule trommelte mit den Fingerspitzen gegen den Rauputz und überlegte.

»Wo soll denn die Karre abgeblieben sein? Das Ding fährt doch nicht von alleine weg.«

»Vielleicht ist es gestohlen worden?«

»Unwahrscheinlich. Warum sollte jemand diese alte Rostlaube klauen, wenn daneben jede Menge neue Wagen stehen. Das macht kein Dieb, und damit kenne ich mich aus.« Jule rang sich ein Lächeln ab.

»Vielleicht hast du nicht abgeschlossen?«

»Doch das habe ich, und ...«, Jule schlug sich gegen die Stirn, »den Schlüssel habe ich sogar noch in meiner Tasche, statt ihn wegzuschmeißen. Mann!« Sie drehte sich um und kickte mit dem Fuß zornig gegen das Haus.

»Meinst du, irgendjemand ist uns auf die Schliche gekommen?« Emma flüsterte. Eine Frau mit bunten Einkaufstüten schlenderte an ihnen vorbei.

»Ich werde mich bei meinen Kumpels von früher auf der Straße umhören.«

»Jule, mach das nicht«, bat Emma. »Das ist viel zu gefährlich. Du würdest nur die Aufmerksamkeit auf uns lenken. Vielleicht hat das Verschwinden des Wagens einen ganz einfachen Grund. Und wenn du jetzt nachforschst, wirbelst du unnötig Staub auf.« Sie hielt Jule am Arm fest, doch sie riss sich los und marschierte zielstrebig die Straße entlang.

Emma überlegte, was sie tun sollte. Sandro anrufen, ihn informieren oder Jule in sicherem Abstand folgen und sie im Auge behalten? Jule verschwand zwischen den Fußgängern. Emma hatte keine Zeit zum Überlegen. Sie folgte ihr.

Der Marktplatz glühte in der Mittagssonne. Skateboarder schlängelten sich zwischen Passanten hindurch und vollführten ihre Kunststücke auf dem Asphalt. Fachwerkhäuser und Straßencafés mit bunten Sonnenschirmen säumten den Platz. Die Pforten einer angrenzenden Kirche standen offen. Sie bot den Menschen einen Ort der Ruhe und Besinnlichkeit inmitten des Einkaufstrubels.

Jule marschierte auf eine Gruppe junger Leute zu. Sie lümmelten auf großen Betonstufen rund um einen Springbrunnen herum. Einige von ihnen dösten in der Sonne, genossen die kühlen Spritzer der Wasserfontänen, die emporschossen und über eine Skulptur aus Stein und Metall wieder niederklatschten. Andere tranken Bier aus Flaschen, rauchten oder spielten mit ihren Hunden.

Jule spürte die neugierigen Blicke der Obdachlosen, die Skepsis, die jedem Fremden entgegengebracht wurde, der ihren Dunstkreis betrat. Als sie noch auf der Straße gelebt hatte, war es nicht anders gewesen. Jeder Tag war ein einziges Ankämpfen gegen Trostlosigkeit, Rebellion und Angst gewesen.

Mit 16 war sie mit nichts außer ihrem Rucksack und ihrem Schlafsack in die Stadt gekommen und auf eine Gruppe Jugendlicher gestoßen. Naiv fragte sie, wo man billig übernachten könne. Steve erklärte ihr das Leben auf der Straße. Er beschützte sie und zeigte ihr, wie man überlebte, wie man sich gegen aufdringliche Typen zur Wehr setzte, wie man der Polizei durch die Lappen ging und vor allem, wie man zu Geld und Essen kam.

Jule seufzte. Ohne seine Hilfe wäre sie damals verloren gewesen, vielleicht hätte sie nicht einmal die erste Woche überlebt oder wäre schneller als gedacht wieder bei ihren Eltern zu Hause gelandet – dann doch lieber tot.

Steve brachte ihr bei, wie man Passanten das Geld aus den Taschen zog und was man sonst zum Überleben brauchte. Er war damals 21 Jahre alt gewesen, und Jule verliebte sich Hals über Kopf in ihn. Sie wusste nicht viel vom Leben und glaubte, mit ihm das große Glück gefunden zu haben. Sie war naiv und wollte nicht wahrhaben, welch lausiges Leben sie tatsächlich dort draußen führte. Steve war brutal und schlug zu, wenn sie nicht das tat, was er von ihr verlangte. Er schlug alle, die sich ihm widersetzten. Er war der Anführer der Gruppe und wurde seinem Ruf als Mister Eisenfaust mehr als gerecht.

Jule lief über den Platz, die Sonne brannte auf ihrer Haut, der Asphalt glühte. Sie schaute sich nach bekannten Gesichtern unter den Jugendlichen um.

»Jule?« Ein dürrer junger Mann mit einer grünen John-Lennon-Brille richtete sich auf und erhob sich. »Ich fass es nicht, ey Alte, was machst du denn hier?«

Er kam auf sie zu, ergriff ihre Hand, umarmte sie und schlug ihr dabei auf den Rücken, dann löste er sich wieder von ihr.

»Hey, Mike, du altes Sackgesicht, was geht?«

Er betrachtete sie von oben bis unten, ihre Locken, ihre zerrissene Jeans und grinste.

»Bist ja 'ne richtige Lady geworden.« Er zog sie neben sich auf die Stufen und bot ihr seine fast leer getrunkene Flasche Bier an.

»Sorry, hab keine andere mehr.«

Jule lehnte ab und kramte aus ihrer Hosentasche zwei Eurostücke hervor, die sie ihm in die Hand drückte. Ein Strahlen huschte über sein Gesicht. Er lehnte sich zurück und schaute über seine Brille. Er roch aus dem Mund und stank nach Schweiß.

»Mann, wie ich die ganze Scheiße hier vermisse.« Jule lachte und meinte nicht, was sie sagte, doch sie musste sein Vertrauen gewinnen, wenn sie etwas über Steve in Erfahrung bringen wollte.

Mike lachte mit.

»Hat sich viel verändert, seit du weg bist.« Er zog an einem Joint und streckte ihn Jule entgegen. »Willste 'nen Zug?«

»Nein danke, ich bin von dem Mist weg.« Sie stützte sich mit den Ellenbogen auf der Treppenstufe hinter sich ab und reckte das Gesicht der Sonne entgegen. Dann schaute sie sich suchend um und fragte: »Ist noch jemand von damals bei euch? Ich kenne die Typen hier gar nicht mehr.«

»Nee, ich glaube nicht. Joey und Flitzer sind eingefahren. Pia hat sich den goldenen Schuss gesetzt.«

»Shit, das ist übel.« Pia war genauso alt wie Jule und ihre beste Freundin gewesen. Sie war drogenabhängig und ging irgendwann auf den Strich, um ihren Konsum zu finanzieren.

»Doch, einer ist noch da – Steve. Mann, er wird sich freuen, dich zu sehen.« Mike nahm einen kräftigen Zug und blies den Rauch genüsslich in die Luft.

»Ja, hey, Steve«, lachte Jule gekünstelt. »Wie geht es ihm? Wo ist er? Ich sehe ihn gar nicht.« Dabei hielt sie ihre Hand wie einen Sonnenschutz an die Stirn und schaute sich um.

»Ach der, der hat irgendein großes Ding am Laufen und ist ständig unterwegs.«

Einer der Hunde kam auf Jule zugelaufen und schnüffelte an ihren Füßen, wedelte mit dem Schwanz und wollte ihr Gesicht abschlecken. Jule wehrte ihn ab. Er trollte sich und suchte sein nächstes Opfer aus der Clique. Sie konzentrierte sich wieder auf Mike und fragte: »Kommt Steve heute noch?« Mit einem Nagel im Ohr wahrscheinlich eher nicht, beantwortete sie sich die Frage in Gedanken selbst. Sie musste unbedingt herausfinden, was hier vor sich ging, mit wem Steve Kontakt hatte und ob sein Auftraggeber schon nach ihm suchte. Immerhin wollte dieser die SD-Karte von Steve und würde nicht ewig warten, bis er sie bekam.

»Keine Ahnung, Baby«, Mike beugte sich vertrauensvoll zu ihr, »aber du kannst hier auf ihn warten.« Sein Atem roch säuerlich. Jule spiegelte sich in seinen Brillengläsern.

»Arbeitet er mit jemandem zusammen?« Jetzt war Vorsicht geboten, wenn Mike nicht misstrauisch werden sollte. »Ich meine …«

Ein Streifenwagen fuhr am Rande des Marktplatzes Patrouille. Jule zog die Kapuze ihres Shirts über, damit man ihre rotbraunen Rastalocken nicht schon von Weitem erkannte, und sackte ein wenig in sich zusammen. Sie ließ das Polizeiauto nicht aus den Augen. Der Beamte auf der Beifahrerseite hatte die Scheibe heruntergedreht und seinen Arm lässig abgelegt. Er trug eine Sonnenbrille und beobachtete die Jugendlichen am Brunnen.

»He«, sagte Mike und stieß Jule in die Seite, »mach dir mal nicht ins Hemd, die waren heute Früh schon bei uns. Papiere kontrollieren. Zweimal am Tag kommen sie selten. Außer es liegt etwas an.«

»Außer es liegt etwas an«, wiederholte Jule mechanisch und beobachtete den Streifenwagen, bis er an der nächsten Ampel abbog. Und ob was anlag!

Jule atmete auf. Als sie sich Mike wieder zuwandte, entdeckte sie aus dem Augenwinkel eine Frau an einem der Souvenirläden. Sie huschte hinter einen Postkartenständer und drehte ihn viel zu schnell. Vorsichtig schob sie ihren Kopf aus der Deckung hervor und schaute direkt zu Jule herüber. Es war Emma.

»Ey, was machste denn jetzt? Haste den Absprung ins Spießbürgertum gewagt?« Mike legte seine Hand auf Jules Knie und grinste lüstern. Das Gespräch verlief in eine Richtung, die ihr nicht behagte.

»Nee, ich hab mir 'ne Krankheit eingefangen, die ist ganz schön fies. Muss echt aufpassen, dass ich niemanden anstecke.«

Mike zog seine Hand zurück.

»Echt jetzt?«

»Sag mal, wie viele von den Dingern hast du heute schon geraucht?« Dabei deutete sie auf Mikes Joint. »Lass gut sein, Alter, ich verpiss mich mal wieder.«

Mike konnte sie keine Informationen über Steve entlocken, und die anderen Leute aus der Clique kannte sie nicht. Fragen von Fremden wurden nicht gern gesehen. Jule griff nach ihrer Kapuze, wollte sie herunterziehen und gehen.

Im selben Moment marschierten zwei Männer direkt auf die Gruppe zu. Jule traute ihren Augen nicht. Sie hatte den einen von ihnen auf den Fotos gesehen. Es war der Tierhändler. Steves Auftraggeber.

Emma musste sie auch entdeckt haben. Sie gab Jule Zeichen, zu ihr zu kommen. Dafür war es zu spät. Wenn Jule jetzt aufstand, würden die beiden auf sie aufmerksam werden. Sie konnten sie zwar nicht mit Steve in Verbindung bringen und wussten auch nicht, dass sie die Beweisfotos besaß, hinter denen sie her waren, aber sie würden sich ihr Gesicht merken.

Jule rutschte nervös auf ihrem Hintern hin und her und wandte ihr Gesicht ab. Sie schaute zu Mike. Der grinste nur beseelt und sog am letzten Rest seines Joints.

»Wo ist Steve?«, fragte der Tierhändler mit fester Stimme in die Runde. Niemand antwortete. Wenn es irgendwelche Schwierigkeiten gab, wusste niemand irgendetwas, das war früher schon so gewesen. Nichts sehen, nichts hören, nichts sagen. Die beste Lebensversicherung auf der Straße.

»Ich hab euch etwas gefragt«, schnauzte er und trat grob in die Seite eines jungen Mannes, der auf der Treppe lag und mit dem ganzen Geschehen nichts zu tun hatte. Er krümmte sich und stöhnte vor Schmerz.

»Was soll das?«, fragte Mike in seinem Rausch und kicherte.

»Halt's Maul«, zischte Jule leise und senkte den Blick.

Der Tierhändler kam direkt auf Mike zu. Er packte ihn am Kragen, zog ihn hoch und fauchte: »Was das soll?« Er stieß ihn derb auf die Treppe zurück. »Ich will wissen, wo Steve ist.«

Mike schlug mit den Armen auf den Betonboden und kicherte.

Jule starrte auf ihre Füße. Zum Glück hatte sie die Kapuze noch auf und ihre Locken versteckt. Der Tierhändler blieb genau vor ihr stehen. Jules Puls hämmerte.

»Was ist denn mit der los?«, fragte der Mann, und Jule spürte, wie er sich zu ihr herunterbückte. Jetzt war alles vorbei. Sie überlegte, dass sie ihn anschreien und kratzen könnte, sobald er sie anfasste, um so den Überraschungsmoment für ihre Flucht zu nutzen.

»Hey«, schrie Mike plötzlich, »nicht anfassen, die hat 'ne ansteckende Krankheit.«

»Du solltest weniger von dem Zeug kiffen«, sagte der Mann, zögerte dennoch und richtete sich wieder auf. Er lief an der Clique entlang und stieß jede Menge Drohungen aus.

»Und noch was, wenn Steve seinen Wagen sucht, den haben wir gefunden und sichergestellt. Er wird schon wissen, warum.«

Er drehte sich um, und sein Bodyguard folgte ihm wortlos.

Jule sackte erleichtert in sich zusammen.

»Danke, Mike«, sagte sie, als die Luft wieder rein war.

»Wofür?« Er ließ sich zur Seite kippen und sog benebelt an seiner Tüte.

»Egal, was du da rauchst, für meine Gesundheit gab es eben nichts Besseres. Danke, Mann.« Sie erhob sich und rannte quer über den Platz zu Emma.

»Emma, Ihr Essen war spitze.« Anja wischte sich mit der Serviette die letzten Reste der Gemüselasagne von den Lippen.

»Hm«, brummelte Kalle zustimmend und schob sich einen Bissen in den Mund.

»Gern geschehen. Nach all den Unannehmlichkeiten, die ich euch bereitet habe, ist meine Einladung zum Essen wohl das Mindeste gewesen, was ich tun konnte.«

Jule blickte zu Sandro. Er stocherte lustlos auf seinem Teller herum. Die Nachricht, dass die Limousine verschwunden war und der Tierhändler nach Steve suchte, hatte ihm zugesetzt. Es war nur eine Frage der Zeit, bis man Steve fand und seinen Mörder ausfindig machte.

Anja musste seine schlechte Laune bemerkt haben und fragte: »Sandro, was ist los mit dir? Du bist heute so still. Du machst keine Scherze, dein Lachen ist verschwunden, und du hast noch mit keinem Wort über Kalle gelästert. Das bin ich von dir nicht gewohnt.« Sie schaute über ihren Brillenrand hinweg direkt in Sandros Gesicht und wirkte wie eine strenge Lehrerin.

Er brummte nur und schob sich Lasagne in den Mund, um nicht antworten zu müssen.

»Jule, was meinst du«, versuchte Emma, die Situation zu retten, »wollen wir beide den Abwasch machen?«

»Ja, ja, schon verstanden. Das war unser Stichwort.« Anja erhob sich, stellte ihren Teller auf die Spüle und blieb neben Kalle stehen.

Er hob seinen Kopf und schaute sie an.

»Was denn?«

»Du bist jetzt satt.« Dabei zeigte sie mit ihrem Kopf Richtung Flur.

»Ich bin jetzt satt?«, fragte er in die Runde und wusste nicht, was damit gemeint war.

Anja zog die Papierserviette aus seinem Kragen, legte sie auf den Tisch und zerrte ihn am Ellenbogen in die Höhe.

»Komm schon. Du hast bestimmt noch etwas zu erledigen.«

Anja schubste ihn vor sich her und verschwand mit ihm aus der Küche. Sie schloss die Tür hinter sich.

»Und so einer studiert BWL.« Jule schlug sich mit der flachen Hand gegen die Stirn.

Sandro saß schweigend vor seinem Teller. Es tat Emma weh, ihn leiden zu sehen. Sein hübsches Gesicht sollte lachen und fröhlich sein.

»Ich werde heute Abend alleine gehen«, beschloss sie mehr zu sich selbst und erhob sich. Sie stapelte die schmutzigen Teller und trug sie zur Spüle.

»Wohin?«, fragte Jule erstaunt.

»Ich hatte dir doch gesagt, dass ich an meine Möbel im Keller der Villa muss.«

Emma erklärte den beiden, dass sie ihre Wertkassette aus dem Sekretär holen wollte, ehe ihr Sohn oder Barbara sie entdeckte. Außerdem brauchte sie das Geld, wenn sie sich eine neue Wohnung in der Stadt leisten wollte. Jule war von dem Plan, in die Villa einzusteigen, begeistert.

»Nein, Mädchen, ich will euch nicht noch mehr in Schwierigkeiten bringen.«

»Unsinn«, brauste Jule auf und stellte sich neben Emma. Sie nahm ihre Hände und strich liebevoll mit dem Daumen über die Handrücken. »Du hast doch keine Ahnung, wie man einbricht. Wir helfen dir natürlich.« Jule drehte sich zu Sandro um und erwartete eine Zustimmung, doch er starrte nur auf seinen Teller.

»Nein, Jule, ich glaube, du solltest bei deinem Freund bleiben. Er braucht dich. In den Keller meiner Villa komme ich auch alleine. Ich weiß, wo der Ersatzschlüssel versteckt ist.«

»Aber …«

»Kein aber, ich gehe alleine.« Emma lächelte und strich über Jules filzige Locken. Doch ihre grünen Augen funkelten, und noch ehe sie etwas erwiderte, wusste Emma, dass es keinen Sinn hatte, sie von ihrem Vorhaben abzubringen.

»Wer ist die Diebin von uns beiden? Du oder ich? Ich komme mit – und jetzt Ende der Diskussion.« Sie ließ Wasser ins Waschbecken ein, goss Spülmittel hinzu und verquirlte es mit der Hand.

Es war Nacht. Jule parkte Anjas Wagen in einer Seitenstraße, nicht weit von der Villa entfernt. Emmas Magen rumorte.

»Willkommen in der Welt der Einbrecher und Diebe.« Jule lachte.

Emma war alles andere als zum Lachen zumute. Es wurde langsam zur Gewohnheit, dass sie bei Nacht und Nebel durch die Gegend schlich und dabei immer die Angst im Nacken hatte, entdeckt zu werden.

»Mir ist schlecht«, sagte sie.

»Das geht gleich vorbei.« Jule stieg aus dem Wagen und öffnete die Beifahrertür. »Darf ich bitten?«

Sie hatte darauf bestanden, dass sie sich schwarz kleideten, um in der Dunkelheit möglichst unsichtbar zu bleiben. Kleines Einbrecher-ABC hatte sie behauptet, und Emma fragte sich, ob es so etwas tatsächlich gab. Gebunden und im Buchhandel zu erwerben? Emma stieg aus.

Schmiedeeiserne Zäune mit spitzen Gitterstäben zogen sich um die Grundstücke der teuren Villen. Emma erinnerte sich an die Seniorenresidenz und ihre Flucht. Zum Glück mussten sie heute über keine Zäune klettern. Die Fassaden der Häuser waren mit Stuckarbeiten verziert und in zarten Pastelltönen gestrichen. Jedes Gebäude glich einem kleinen Kunstwerk.

»Und wohin jetzt?«, fragte Jule.

»Da vorne, die nächste Straße rechts rein und dann das dritte Haus auf der rechten Seite.«

Es war Samstagabend und bereits nach zwölf Uhr. Die Schlafzimmer befanden sich im Obergeschoss der Villa. Wenn Jule und Emma nur leise genug waren, würden Konstantin und Barbara nichts von ihrem Einbruch mitbekommen. Trixis Zimmer befand sich ganz oben unter dem Dach, in einem ehemaligen Abstellkämmerchen. Pubertierende Rebellion und ihr Wunsch nach einem eigenen Reich, das nur die Putzfrau betreten durfte, waren ausschlaggebend für diese Zimmerwahl gewesen.

»Was machen wir, wenn sie noch nicht ins Bett gegangen sind?« Emma kaute nervös auf ihrer Unterlippe.

»Lass uns erst einmal nachschauen, dann sehen wir weiter.«

»Oder wenn Konstantin uns entdeckt, weil er eine Flasche Wein aus dem Keller holen will, oder wenn …«

»Psst.« Jule drehte sich um und legte ihre Hand sanft auf Emmas Mund. »Mach dir keine Sorgen, wir schauen uns erst einmal um und entscheiden dann, wie wir vorgehen.«

Emma nickte, war aber nicht wirklich beruhigt.

Jule drückte sich gegen die Gartenzäune und gab Emma Zeichen, ihr zu folgen. Sie huschten bis an die Einmündung der Straße. Jule blieb stehen und spähte um die Ecke. Dann zog sie plötzlich den Kopf zurück.

»Das dritte Haus rechts, sagtest du?«

»Ja«, flüsterte Emma.

Jule beugte sich wieder nach vorne, beobachtete und lehnte sich wieder zurück. Sie presste sich mit dem Rücken gegen die Eisenstäbe.

»Hm. Ich weiß nicht.«

»Was ist los?«

»Ich kann mich täuschen, aber ich habe Stimmen und Lachen gehört. Musik?«

»Das hatte ich vergessen«, stöhnte Emma.

»Was?«

»Die Einweihungsparty!« Emma schlug sich an die Stirn. »Seit Wochen erzählte mir Barbara von diesem Fest und kannte kein anderes Thema. Wie konnte ich nur vergessen, dass sie ausgerechnet heute stattfindet? Was machen wir jetzt?«

Jule überlegte fieberhaft.

»Lass uns gehen«, wimmerte Emma, »das wird mir zu gefährlich.

Ich will nicht, dass Konstantin uns bemerkt.« Sie vermochte sich das ganze Ausmaß dessen, was dem folgen würde, nicht auszumalen. »Das wäre ein gefundenes Fressen für ihn. Er würde mich sofort als unzurechnungsfähig entmündigen lassen – oder was weiß ich, was mit kriminellen Senioren passiert. Komm, wir gehen. Ich überlege mir etwas anderes.« Sie zerrte an Jules Ärmel.

»Hey, bleib locker.« Jule lachte und drückte Emmas Hand. »Du hast doch mich dabei. Glaubst du, ich breche einen Job mittendrin ab?« Sie löste sich von Emma, lief gebeugt in die Seitenstraße, in der Emmas Villa stand, und schlich an den Gartenzäunen entlang.

Emma biss auf ihre Fingernägel, wollte nicht alleine im Dunkeln zurückbleiben und folgte Jule. Vor dem Nachbargrundstück blieben sie stehen, drückten sich in die Forsythienzweige, die durch den Zaun wucherten. Im Haus hinter ihnen waren zwei Fenster hell erleuchtet. Bücherregale reichten bis hinauf zur Decke. Emmas Nachbarin Frau Häkelsbacher hatte eine verschiebbare goldene Leiter an den Regalen anbringen lassen, damit sie die oberen Bücher erreichen konnte. Eine geschwungene Stehlampe streckte ihren Lampenschirm bis in die Zimmermitte. Auf der Fensterbank standen Grünpflanzen und verdeckten den Blick ins Innere der Wohnung. Die Erinnerung an Hanne Häkelsbacher versetzte Emma einen Stich. Sie war eine herzensgute Frau, die sich mit Hingabe um ihren an den Rollstuhl gefesselten Mann kümmerte. Emma schüttelte den Kopf. Sie war hier zu Hause und schlich wie eine Diebin nachts auf der Straße umher.

Aus Konstantins Garten drangen leise Musik und Gelächter zu ihnen hinaus. Durch die Ziersträucher blitzten die Lichter bunter Lampions. Emma seufzte.

»Alles in Ordnung?«, fragte Jule.

»Ja, es ist nur merkwürdig, dass ich in mein eigenes Haus einbrechen muss. Das weckt Erinnerungen, und …«, Emma senkte den Kopf, »ich habe Heimweh.« Dabei presste sie ihre Faust vor den Mund und blinzelte Tränen fort.

Jule drehte sich um und nahm Emma in den Arm.

»Das kriegen wir wieder hin. Wir werden deinem Sohn die Villa unter seinem Ar…, also ich meine, unter seinem Wertesten wegnehmen.«

Emma war überwältigt von Jules Herzlichkeit und konnte die Tränen nicht länger zurückhalten.

»Danke.«

Ein Wagen bog in die Straße. Für einen kurzen Moment standen sie im Fokus der Scheinwerfer. Jule löste sich von Emma und drehte sich zur Seite, damit man ihr Gesicht nicht erkennen konnte. Sie griff nach Emmas Hand und tat so, als ob sie die Straße entlangspazieren wollten. Das Auto stoppte vor dem Anwesen der Familie von Stratnitz. Ein Mann in elegantem Anzug stieg aus dem Taxi, eilte um den Wagen herum und öffnete eine der hinteren Türen. Zuerst kam ein zierliches Damenbein mit rotem High Heel zum Vorschein und dann eine junge Frau. Sie trug ein rotes Abendkleid und eine Stola um die Schultern. Ihr Collier funkelte im Schein der Straßenlaterne. Der Mann reichte ihr die Hand und führte sie galant durch das Gartentor. Das Taxi fuhr weiter.

»Wir kommen morgen wieder, Jule.«

»Warum denn?«

»Es ist viel zu gefährlich. Man wird uns sofort entdecken, wenn wir da jetzt hineingehen.« Emma zog an Jules Jacke und wollte sie zum Gehen drängen.

»Warte, lass mich erst nachschauen, was da abgeht.« Jule löste sich aus ihrem Griff und schlich zurück an das Gartentor, das hinter den beiden Besuchern wieder ins Schloss gefallen war. Vorsichtig streckte sie den Kopf nach vorne und spähte in den Garten.

Emma trat dicht hinter Jule und linste über ihre Schulter. Elegant gekleidete Menschen standen auf der Veranda rechts neben dem Haus, stießen mit Champagner an und ließen sich von livrierten Kellnern kleine Häppchen reichen. Aus dem Wohnzimmer fiel Licht auf den Rasen. Bunte Lampions erhellten den Rest des Gartens. Die Gäste lachten und amüsierten sich. Aus dem Salon erklang Klaviermusik. Am Terrassenrand war eine kleine Cocktailbar aufgebaut. Ein Barkeeper werkelte mit bunten Spirituosen, Eis und einem Shaker.

Daneben stand ein runder Tisch, auf dem eine riesige Eisskulptur thronte.

»Das ist ein Abbild meiner Villa. Ich fasse es nicht.« Emma starrte mit offenem Mund auf das Gebilde, das in ständig wechselnden Farben von unten beleuchtet wurde.

»Wer ist denn nun diese Barbara? Ich wette, die da.« Jule deutete auf eine Frau, die ein cremefarbenes, mit Perlen besetztes Kleid trug, das bis zum Knie hin eng geschnitten war und nach unten bis zum Boden in Volants auslief. Sie trug ein Collier und das passende Diadem dazu. Die Haare der Frau waren zu einer Hochfrisur zusammengesteckt und mit einzelnen Perlen verziert. Es war tatsächlich Barbara, wie sie leibte und lebte. Ein Kichern hier, ein Kichern da, kokettierende Augenaufschläge bei den richtigen Persönlichkeiten und scheinheilige Komplimente für die Damen.

»Das ist sie, und dort hinten steht Konstantin.« Emma deutete auf einen Mann, der etwas abseits mit einer attraktiven Frau redete. Sie schien sich in dem Gewühl der Menschen nicht wohlzufühlen. Ihr Blick huschte nervös zwischen den Gästen umher. Konstantin beugte sich zu ihr und flüsterte ihr etwas ins Ohr. Sie lächelte.

»Sieht aber nicht schlecht aus, dein Sohn«, bemerkte Jule, »vielleicht ein bisschen spießig, aber ansonsten recht knackig.«

Emma kicherte hinter vorgehaltener Hand.

Konstantin trug eine schwarze Hose und ein cremefarbenes Jackett, das Barbara sicherlich für ihn ausgesucht hatte. Seine dunklen Haare waren lässig mit Gel nach hinten gekämmt. Sein markantes, gut aussehendes Gesicht, dessen er sich bewusst war, stellte er eitel zur Schau, stets darauf bedacht, sich von der besten Seite zu präsentieren. In seiner rechten Hand hielt er ein Glas Whisky, und mit der linken griff er sachte nach dem Ellenbogen der Brünetten.

»Was geht denn da ab?«, fragte Jule. »Ist das seine Geliebte?«

»Nein, das glaube ich nicht.« Emma fragte sich, ob Jule recht hatte. Verwundern würde sie es nicht. Sie traute Konstantin alles zu.

Aus dem Wohnzimmer trat ein junges Mädchen. Sie trug ein tannengrünes Abendkleid mit Spaghettiträgern. Ihre Haut wirkte blass.

Die blonden Haare fielen ihr gleißend über die knochigen Schultern. Sie hob das Kinn ein wenig, blieb an der Türschwelle stehen und schaute sich im Garten um, als ob sie jemanden suchte.

»Das ist meine Enkeltochter Trixi.«

»Die? Aua, das ist ja ’ne Zicke wie aus dem Bilderbuch.« Jule pfiff leise durch die Zähne.

Ein junger Mann bot Trixi einen Cocktail an. Sie ignorierte ihn und rief ganz und gar nicht ladylike über die versammelte Gesellschaft ihrer Mutter zu: »Mama, Telefon!« Dann verschwand sie im Wohnzimmer, ohne den jungen Mann auch nur eines Blickes zu würdigen.

»Die ist ja voll krass drauf.«

»Eine verzogene Göre ist sie und steht ihrer Mutter in nichts nach.«

»Wo geht’s zum Keller?«

»Wir müssen die Einfahrt entlang und dann nach links. Aber wir können nicht einfach durch das Gartentor spazieren. Man wird uns sofort entdecken.«

Jule überlegte.

»Du hast recht. Wir sollten von der Seite über das Nachbargrundstück einsteigen. Die Party findet auf der gegenüberliegenden Seite der Villa statt. Das ist perfekt. Viel Ablenkung – und niemand achtet auf uns.« Jule blickte Emma ins Gesicht.

»Niemals! Ich klettere kein zweites Mal über einen Zaun und schon gar nicht aus dem Garten meiner Nachbarn. Was meinst du, was los ist, wenn man uns entdeckt?« Emma trat einen Schritt zurück.

»Komm schon, das wird lustig.«

»Jule!«

»Ja, bitte?«, fragte diese scheinheilig und lachte. Sie huschte am Gartentor vorbei und inspizierte das Anwesen der Familie Rittmansperger, durch deren Garten der Einstieg geplant war.

»Komm schon, auf was wartest du?«

»Bitte, sag mir, dass ich das hier nicht tue«, flehte Emma und folgte Jule.

In der Villa Rittmansperger brannte kein Licht, auch kein Fernsehflimmern war zu sehen. Entweder waren die Bewohner schon im Bett, oder sie feierten mit Konstantin und seinen Gästen. In beiden Fällen war die Luft für Jule und Emma rein. Trotzdem grummelte Emmas Magen unbehaglich. Der Zaun, den es zu überwinden galt, machte ihr Sorgen. Aus einem meterhohen Betonsockel ragten schmiedeeiserne Stäbe mit spitzen Enden nach oben in den Nachthimmel. Jule ging vor, schlich durch das Gartentor, vorbei an einer Rosenhecke und entlang des Zaunes zu Emmas Grundstück. Die Kellertür befand sich hinter der Garage, etwa in der Mitte der Hauswand im Souterrain.

»Los geht's!«, raunte Jule und kletterte über die Querverstrebungen nach oben und auf der anderen Seite wieder nach unten. Emma seufzte und folgte ihr schwerfällig.

»Wo ist der Schlüssel versteckt?«, flüsterte Jule.

Emma lief auf die kleine Sandsteinmauer zu, hinter der eine Treppe nach unten zum Keller führte. Auf ihr standen fünf Terrakottatöpfe mit Rosen- und Lavendelstöcken. Emma hob den ersten Topf an und tastete nach dem Kellerschlüssel. Nichts. Hastig hob sie den zweiten Topf an, den dritten, den vierten und auch den fünften. Der Schlüssel war verschwunden.

»Er lag immer dort. Was machen wir jetzt?« Es sollte nicht sein, dachte Emma und wäre am liebsten auf der Stelle wieder gegangen, doch Jule sprang schon die Stufen zum Keller hinab. Sie drückte die Klinke hinunter und lehnte sich mit der Schulter dagegen. Es war abgeschlossen.

»Bitte, lass uns gehen«, flehte Emma gerade so laut, dass nur Jule sie hören konnte.

»Warte mal.« Jule bückte sich und hob den Fußabtreter an einer Ecke hoch. »Ha! Das Versteck ist schon so blöd, dass ich beinahe nicht nachgeschaut hätte. Sehr clever, die Herrschaften.«

Jule griff nach dem Schlüssel und hielt ihn stolz in die Höhe.

Emma traute ihren Augen nicht.

»Dann mal rein in die gute Stube«, flüsterte Jule und öffnete die Tür.

Emma tastete nach dem Lichtschalter. Die Neonröhre flammte auf. Jule schlug sofort auf den Schalter und löschte das Licht wieder.

»Bist du verrückt?«

»Wieso?«, fragte Emma erschrocken.

»Wieso? Weil du wie ein Leuchtturm Signale in die Nacht sendest.«

Emma ärgerte sich über ihre Dummheit und lauschte, ob jemand kam. Nichts, alles blieb still.

Jule zog eine Taschenlampe aus ihrer Umhängetasche, die sie diagonal über die Brust gehängt hatte, und leuchtete auf den Boden des Kellers. Direkt neben dem Eingang befand sich rechts eine Tür, die in den Vorratskeller führte. Gegenüber lag der Geräteraum des Gärtners. Jule ging auf Emmas Anweisung hin geradeaus, vorbei am Heizungskeller, bis sie an eine Tür gelangten, die nur angelehnt stand. Jule tippte mit der Fingerspitze dagegen. Die Scharniere quietschten leise.

»Hier drin stehen meine Möbel«, sagte Emma und nahm Jule die Taschenlampe aus der Hand. Sie ließ den Lichtkegel über das Mobiliar huschen. »Das darf doch nicht wahr sein.«

»Was?«

»Konstantin hat es nicht einmal für nötig befunden, die wertvollen Schränke mit Laken abzudecken. Sie stehen hier alle kreuz und quer, achtlos, als ob es billiger Trödel sei.« Emma strich traurig über einen runden Tisch aus Kirschholz. Wie oft hatte sie mit Kurt an ihm gesessen, hatte Tee mit ihm getrunken und die Erlebnisse des Tages besprochen? Ihr rotes Sofa stand in der Mitte der Kammer. Obwohl es seit einigen Wochen schon hier unten lagerte, war es im Gegensatz zu den anderen Möbeln nicht staubig. Emma wunderte sich. Sie setzte sich darauf und ließ den Lichtkegel der Taschenlampe durch den Raum gleiten. Ihr ganzes Leben, ihre Erinnerungen, ruhten hier auf wenige Quadratmeter zusammengepfercht im Dunklen. Achtlos beiseitegeschoben, bis alles irgendwann auf dem Sperrmüll landete.

»Was ist denn das?«, fragte Jule und trommelte mit den Fingerspitzen auf einen kleinen Glastisch, dessen Sockel ein blauer Elefant aus

Porzellan bildete. Er streckte sein vorderes Bein in die Höhe und balancierte wie ein Kellner die runde Glasplatte. »Das ist ja grässlich.«

»Das war ein Abschiedsgeschenk eines indischen Kollegen, als mein Mann in Rente ging.« Emma lachte. »Ich mochte das Teil noch nie, aber Kurt liebte es. Er stellte den Tisch neben seinen Fernsehsessel und meinte, er sei so praktisch, um ein Glas Rotwein darauf abzustellen.« Es tat weh, an Kurt und die alten Zeiten zu denken, aber noch viel mehr schmerzte es zu sehen, was von ihrem Leben übrig geblieben war.

»Ist das der Sekretär, von dem du gesprochen hast?« Jule deutete auf ein Möbelstück, das hinter dem Sofa aufragte.

Sie zwängten sich zwischen Sesseln, Kommoden, Kisten und Stühlen durch den Raum. Emma leuchtete mit der Taschenlampe. Da stand er, ihr geliebter Sekretär, mit seinen kleinen Schublädchen und Türknäufen aus bemaltem Porzellan. Wie oft hatte sie abends an ihm gesessen und Briefe geschrieben oder Fotos in bunte Alben geklebt.

»Das ist er«, flüsterte sie. Ihre Stimme zitterte. Sie bückte sich und öffnete ein Seitenfach. Ihre Fotoalben standen tatsächlich noch dort, wo sie diese einst verstaut hatte. Die Buchrücken säuberlich beschriftet. Sommer 1970 oder Indien 1988.

»Ich will dich ja nicht drängen, aber wir sollten uns beeilen und das suchen, weswegen wir gekommen sind.«

»Du hast recht«, stimmte Emma ihr zu und schloss das Fach. Ihre Wertpapiere, ihr Bargeld und ein paar Ketten befanden sich in einem Versteck unter der Bodenplatte des Sekretärs. Emma ging auf die Knie und reichte Jule die Lampe. Sie mussten nur eine Zierleiste aus ihrer Fassung hebeln und konnten dann eine flache Metallkiste mit ihren Schätzen hervorziehen. Da der Sekretär dicht an der Wand stand, hatten sie kaum Platz zum Hantieren.

Emma hatte noch nicht einmal die Leiste berührt, als sie Geräusche hörten. Jemand kam in den Keller. Jule knipste die Taschenlampe aus. Sie kauerten sich nebeneinander auf den Boden und lauschten. Emmas Puls raste. Ihre Hände wurden feucht. Wahrscheinlich wollte Konstantin Nachschub aus dem Weinkeller holen. Ihr Versteck war eng und der Boden eiskalt. Lange konnte sie hier nicht sitzen bleiben, ihre Füße würden einschlafen, weil sie die Beine nicht ausstrecken konnte, oder sie würde sich eine Blasenentzündung zuziehen.

Die Schritte kamen näher. Es waren zwei Personen. Eine davon musste eine Frau sein. Die Absätze klackerten auf den Betonstufen. Der Weinkeller lag gleich neben der Treppe, doch die Schritte kamen direkt auf die Abstellkammer zu. Ein Mann sagte etwas, eine Frau kicherte. Plötzlich flammte die uralte, mit Spinnweben überzogene Glühbirne an der Decke des Raumes auf. Ihr dämmriges Licht verlor den Wettkampf mit der Dunkelheit und brachte nur einen fahlen Lichtschein direkt über dem Sofa zustande. Emma zog den Kopf tief zwischen die Schultern und war froh, dass sie im Schatten des großen Sekretärs verborgen blieben.

Jule gestikulierte fragend, ob das Konstantin sei. Emma wagte nicht nachzusehen. Die Tür wurde zugestoßen, und die beiden Personen warfen sich leidenschaftlich auf das Sofa. Der Aufprall wurde an den Sekretär und an Jule und Emma, die sich dahinter versteckten, weitergegeben.

Die Frau seufzte und atmete schwer. Der Mann flüsterte ihr ins Ohr. Ihre Schuhe fielen zu Boden. Das Geräusch von Kleidungsstücken, die eilig von Körpern gerissen wurden und zu Boden glitten, und das leise Stöhnen der Frau verhießen nichts Gutes. Emma war entsetzt. Ihr Sofa, missbraucht als schäbiges Liebesnest! Deswegen war es nicht staubig gewesen.

»Konstantin, mein Bubu …«, hauchte die Frauenstimme.

Wie vom Blitz getroffen, setzte sich Emma kerzengrade auf, mit dem Rücken gegen den Schreibtisch gelehnt.

»Bubu?«, sagte sie tonlos und verzog ihr Gesicht.

Jule presste sich die Hand vor ihren Mund und hatte alle Mühe, nicht zu lachen.

Liebesschwüre, Küsse und das Keuchen ihres Sohnes setzten Emma zu. Das Lustspiel näherte sich seinem Höhepunkt. Jule grinste, schaute auf die Uhr und inspizierte demonstrativ gelangweilt ihre Fingernägel, einen nach dem anderen. Das Treiben wurde immer wilder. Das Sofa gab jede Bewegung rhythmisch an Emmas Rücken weiter. Sie hielt sich die Ohren zu und schloss die Augen. Es gab Dinge, die wollte eine Mutter nicht miterleben.

Jule tätschelte ihren Arm. Sie schien sich zu amüsieren. Emma wäre am liebsten aufgesprungen und dazwischengefahren. Zum Glück fand der Akt ein baldiges Ende, und Emma bekreuzigte sich. Wenn ihr Sohn und sein Flittchen sich doch nur endlich wieder anziehen und aus dem Keller verschwinden würden. Stille auf der anderen Seite des Sekretärs. Emma wurde ungeduldig, konnte nicht mehr sitzen und wollte einfach nur noch raus an die frische Luft.

Plötzlich hörte sie erneutes Flüstern und Stöhnen, das Treiben ging in eine zweite Runde. Emma war versucht aufzuspringen, ihrem Sohn den Schrecken seines Lebens einzujagen. Doch den versetzte ihm jemand anders.

Die Tür flog auf und schlug mit einem lauten Knall gegen die Wand. Konstantin fuhr hoch und fluchte. Die Frau schrie. Emma nutzte den Tumult und kam leise auf die Knie. Sie spähte zwischen dem Sekretär und einer Kommode hindurch und sah Konstantins Gespielin ihre Kleidung zusammensammeln. Es war die junge Frau, mit der er sich im Garten unterhalten hatte. Sie schlüpfte in ihr Cocktailkleid, packte ihre Schuhe und rannte barfuß hinaus. Konstantin stieg umständlich in seine Hose und streifte sein Hemd über.

»Was soll das?«, fluchte er.

Vor ihm standen zwei Männer. Emma erschrak, als sie den Tierhändler und einen seiner Schläger erkannte. Breitbeinig und mit verschränkten Armen standen sie an der Tür. Sie beobachteten Konstantins verzweifelte Versuche, sich anzuziehen.

»Nettes Zuhause hast du.« Der Tierhändler grinste. Emma kam sein Gesicht bekannt vor. Er war ihr bereits auf den Fotos aufgefallen, aber sie konnte ihn nirgends zuordnen.

»Wieso bist du hier, Paul?«

Paul Behnke, natürlich! Emma kannte ihn als Kind und noch als Jugendlichen. Er war lange Zeit mit Konstantin in die Schule gegangen. Ein zwielichtiger Bursche. Kurt und sie hatten alles versucht, ihren Sohn von ihm fernzuhalten, und trotzdem – oder vielleicht gerade deswegen – hatte Konstantin seine Nähe gesucht. Paul war es zu verdanken, dass Konstantin erwischt wurde, als er mit einer Spraydose in der Hand Graffiti auf Brückenpfeiler schmierte oder aus Langeweile Autoreifen zerstach. Kurt hatte damals streng durchgegriffen und seinen Sohn in ein Internat nach Frankreich geschickt. Keine elegante Lösung, musste Emma sich eingestehen, aber sie hatte ihre Wirkung nicht verfehlt. Der Kontakt zwischen den beiden Jungs riss ab. Paul schien seit dieser Zeit wie vom Erdboden verschwunden. Dass er Konstantin jetzt wieder in seine schmutzigen Geschäfte zog, schockierte Emma. Er war gewiss kein Unschuldslamm, gefälschte Baugenehmigungen und Bestechungsversuche waren ihm nicht fremd, aber Kriminelles, wie Tierhandel oder Mord, waren definitiv eine Nummer zu groß für ihren Jungen.

»Warum so giftig? Ich wollte nur schauen, wie es dir geht.« Paul grinste. »Eine hübsche Frau hast du. Weiß sie von deinen … Kellereskapaden?«

»Lass Barbara aus dem Spiel. Was willst du?« Konstantin stopfte sein Hemd in den Hosenbund.

»Was wohl?«

Der Bodyguard versperrte den Türrahmen und bewegte sich keinen Millimeter. Paul steckte seine Hände in die Hosentaschen und wippte auf seinen Fußsohlen vor und zurück.

»Ich habe dir gesagt, mit dem Mord an dem Tierschmuggler will ich nichts zu tun haben.«

»Was du willst und was nicht, interessiert mich nicht. Du hängst da genauso drin wie wir.« Er sprach langsam, machte Konstantin mit seinem Zögern nervös.

»Habt ihr den Typ ausfindig gemacht, der uns fotografiert hat?«, fragte er.

»Es war ein gewisser Horst Lehmann. Detektiv.«

»Wieso war? Wieso Detektiv?«

»Ich habe einen meiner Leute auf ihn angesetzt, und da muss wohl ein kleines Malheur passiert sein.« Paul lachte und schob sich einen Zahnstocher in den Mundwinkel. »Dieser Schnüffler hat uns ganz gezielt überwacht. Hast du etwas damit zu schaffen?«

»Ich? Bist du verrückt?« Konstantin fasste sich an seine Kehle.

»Ich habe dafür sorgen lassen, dass sein Laptop entsorgt wurde.«

»Und die Fotos auch?«

Paul schwieg, hielt das Holzstäbchen mit Daumen und Zeigefinger fest und spuckte zu Boden.

»Nicht?« Konstantins Stimme kippte ins Hysterische.

»Die SD-Karte war nicht mehr in der Kamera, als mein Mann ihn besuchte, doch er weiß, wo sie ist. Es ist nur eine Frage der Zeit, bis ich sie habe.«

»Was, wenn die Fotos der Polizei in die Hände fallen?« In Konstantins Gesicht spiegelte sich blanke Panik.

»Das werden sie nicht. Lass das meine Sorge sein.« Paul grinste. »Du solltest dich lieber um etwas anderes kümmern.« Er trat dicht vor Konstantin. Ihre Nasen berührten sich beinahe. »Am Dienstag kommt eine Lieferung Papageien aus Südamerika. Die bringen auf dem Schwarzmarkt richtig Kohle. Nur dumm«, er machte eine Pause, »dass unser Kontaktmann am Airport aufgeflogen ist und wir dringend einen Ersatz brauchen.«

»Paul, lass mich da raus. Das ist mir zu heiß.« Konstantin trat einen Schritt zurück.

»Du steckst doch schon mittendrin«, sagte Paul und stieß ihn auf das Sofa. »Wie war das mit einem Tigerfell für die Frau Gemahlin?« Paul beugte sich nach vorne und stützte sich links und rechts neben Konstantins Schultern auf der Rückenlehne ab. »Oder war das vielleicht für dein kleines Mäuschen von eben? Wenn das an die Öffentlichkeit gelangt …«, sagte er mit gespieltem Entsetzen.

»Du machst mir keine Angst, Paul. Die Strafen für illegalen Tierhandel sind nicht sonderlich hoch und meistens werden nur

Geldstrafen auferlegt. Außerdem habe ich mit alldem nichts zu tun.«

»Huhu, da hat sich einer aber schlaugemacht.« Paul richtete sich wieder auf. »Ich habe dich auch nicht wegen eines lumpigen Tigerfells ausgesucht.«

»Mich ausgesucht? Wie meinst du das? Ich dachte, du hast mir das Fell zum Kauf angeboten, weil du mein Freund bist.«

»Mann, du bist noch genauso schwer von Begriff wie damals. Du hättest lieber bei mir in die Lehre gehen sollen statt in dieses Nobelinternat. Denkst du, ich bin Mutter Teresa? Ich habe dich aus einem ganz bestimmten Grund ausgesucht.«

»Für was hast du mich ausgesucht?« Konstantin schnellte vom Sofa.

»Habe gehört, deine Mutter ist verschwunden.« Paul schüttelte den Kopf. »Die Alte habe ich noch nie gemocht. Eine aufgeplusterte Kampfhenne.« Er lachte.

Emma stieg das Blut in den Kopf. Sie ballte die Fäuste und wäre am liebsten hinter dem Sekretär hervorgesprungen. Kampfhenne! Was bildete sich dieser Flegel ein. Jules Ellenbogen schoss ihr in die Seite. Emma schaute zu ihr hinüber. Jule hielt schon wieder ihre Hand vor den Mund und bog sich vor unterdrücktem Lachen.

»Lass meine Mutter mein Problem sein. Sag mir lieber, was du von mir willst«, blaffte Konstantin.

»Ich dachte da an eine kleine Gefälligkeit.«

»Und was?«

»Du hast nicht nur eine schöne Frau, sondern auch eine niedliche Tochter. Ihre Arroganz sollte man allerdings aus ihr herausprügeln. Wird Zeit, dass sich jemand darum kümmert. Was meinst du?«, dabei drehte er sich zu seinem Bodyguard um, der noch immer reglos auf der Schwelle stand. »Sollen wir das übernehmen?« Ein tiefes Lachen als Antwort. »Da schau, er freut sich schon auf die Kleine. Es ist deine Entscheidung.«

Konstantin schnaubte wütend und packte Paul am Kragen.

»Wenn du ihr auch nur ein Haar krümmst, ich schwöre dir, ich bringe dich um.«

»Ich werte das als Zustimmung für deine Unterstützung?« Paul grinste.

Konstantin schwieg.

»Ich kann dich so schlecht hören. Was hast du gesagt?« Paul legte seine Hand ans Ohr und bog es ein wenig nach vorne.

»Ja«, stieß Konstantin mit zusammengepressten Zähnen hervor. Er fuhr sich mit den Händen durchs Haar.

Paul drückte Konstantin wieder aufs Sofa zurück und lief vor ihm auf und ab. »Gut, das hätten wir geklärt.«

»Was muss ich tun, damit du dreckige Wanze Ruhe gibst?«

»Wer wird denn gleich ausfällig? Du sollst nur deine Kontakte spielen lassen.«

Paul blieb stehen und starrte Konstantin in die Augen.

»Dieser Zollbeamte, für den du die Baubehörden hintergangen hast, ist dir noch einen Gefallen schuldig. Wenn eure, sagen wir mal, Unregelmäßigkeiten publik würden, käme euch beide das teuer zu stehen, und unbequem wäre es außerdem.«

»Woher weißt du davon?«

»Ich weiß es halt«, antwortete Paul, »und ich weiß, dass er der richtige Mann für unsere Pläne ist. Du wirst ihm sagen, dass er unsere Ware, wenn sie am Dienstag am Flughafen ankommt, durchwinkt und die gefälschten Zollpapiere großzügig prüft.«

Konstantin stieß gepresst Luft aus.

»Wie stellst du dir das vor? Es gibt mehrere Zollbeamte, die die Lieferungen kontrollieren, und außerdem sind zwei geschulte Spürhunde im Einsatz, die kannst du nicht manipulieren. Die riechen geschmuggelte Tiere, egal, wie du sie verpackst. Da kann selbst ein Zollbeamter nichts drehen. Die Viecher sind unbestechlich und verdammt effizient.«

»Glaubst du, ich bin blöd? Das weiß ich selbst.« Paul ballte die Fäuste. »Die zwei Hunde können beim besten Willen nicht die gesamte Fracht eines Tages beschnüffeln. Die Supernasen brauchen Pausen. Wie dein Kollege das einfädelt, ist mir egal.«

Konstantin fuhr sich durch die Haare.

»Ich werde dir morgen die nötigen Informationen zuspielen. Und damit ihr nicht auf dumme Gedanken kommt, werde ich so lange deine Tochter mitnehmen. Keine Polizei oder irgendwelche eigenmächtige Aktionen, sonst ist sie tot. Kapiert?«

Konstantin sprang auf, packte Paul mit beiden Händen am Kragen und hob ihn auf die Fußspitzen.

»Du Bastard!«, schrie er.

Zum ersten Mal bewegte sich Pauls Kumpel und fuhr dazwischen. Er stieß Konstantin grob auf das Sofa zurück. Es rutschte gegen den Sekretär, und der rumpelte mit einem knirschenden Geräusch über den Betonboden direkt gegen die beiden Frauen dahinter. Das Möbelstück touchierte Emmas Kopf heftig. Nur mit Mühe konnte sie einen Aufschrei unterdrücken.

»Ich melde mich morgen bei dir. Damit dir deine Entscheidung leichter fällt und ihr euch richtig anstrengt, kümmern wir uns derweil um deine Tochter.« Paul gab seinem Kumpel ein Zeichen, und sie traten den Rückzug an.

Konstantin sprang Paul von hinten an und tobte wie verrückt.

Doch ehe er sich versah, schoss die Faust des Bodyguards in Konstantins Magen. Er sackte zusammen und schnappte nach Luft. Die beiden Männer verließen den Raum und schlossen die Tür von außen ab. Ihre Schritte entfernten sich.

Konstantin rappelte sich auf und hämmerte gegen die Tür.

»Aufmachen! Verdammt noch mal, mach auf!«

Jule tippte Emma an. Sie legte ratlos beide Handflächen offen nach oben und zog fragend ihre Brauen hoch. Was sollten sie nun tun? Sie waren zu dritt eingesperrt. Emma zuckte mit den Schultern.

Konstantin hatte schon immer die Grenzen der Legalität zu seinen Gunsten interpretiert, aber das hier ging eindeutig zu weit. Er brachte seine Tochter in Gefahr. Emma war wütend auf ihn, wäre am liebsten aus ihrem Versteck gesprungen und hätte ihm links und rechts eine Ohrfeige verpasst. Selbst ein verzogenes Gör wie Trixi hatte keine Entführung verdient. Emma mochte sich nicht ausmalen, was diese Kerle mit einem hübschen Mädchen alles anstellten.

Konstantins Toben wurde leiser und erstarb. Er zog sein Handy aus der Hosentasche und drückte eine Tastenkombination. Er wartete und trommelte mit den Fingerspitzen nervös gegen die Tür.

»Nimm schon ab«, flehte er, »Barbara, jetzt mach schon.«

Er wartete eine ganze Weile, ging auf Wahlwiederholung, lauschte. Nichts. Dann schrie er und trat jähzornig gegen die Kellertür. Irgendwann sackte er erschöpft auf die Knie und weinte.

Emmas Wut schlug in Mitleid um. Die Angst um seine Tochter offenbarte eine ganz neue Seite an ihm, eine, die Emma Tränen in die Augen trieb. So verzweifelt hatte sie ihn noch nie gesehen. Sie entschied sich, ihre Rachepläne vorerst zu vergessen. Hier ging es um mehr als verletzte Gefühle, hier ging es um Trixi.

Jule musste gespürt haben, was in Emma vorging. Sie griff nach ihrem Arm und zog sie sanft zu sich. Dabei legte sie ihren Zeigefinger auf die Lippen und schüttelte mit dem Kopf.

Während Emma lautlos weinte und Jule ihr über das Haar strich, hörten sie draußen Schritte. Pfennigabsätze jagten die Kellertreppe nach unten. Konstantin sprang auf und hämmerte gegen die Tür.

»Barbara, hier!«

Die Tür wurde aufgeschlossen.

»Was geht hier vor? Ich bekam gerade einen Anruf: Ich soll dich hier im Keller …« Noch ehe Barbara den Satz vollenden konnte, stieß Konstantin sie zur Seite und stürmte die Treppe nach oben. Barbara taumelte. Sie fing sich wieder und rannte ihrem Mann verärgert hinterher.

»Oh mein Gott«, jammerte Emma. »Sie werden Trixi entführen.«

Jule legte ihren Arm um sie. »Komm, wir sollten uns aus dem Staub machen.«

Emma nickte und erhob sich. Ihre Gelenke waren vom langen Kauern hinter dem Sekretär steif geworden. Sie brauchte eine Weile, ehe sie richtig stehen konnte. Jule stützte sie liebevoll und führte sie zur Tür.

»Warte«, rief Emma plötzlich, »wir haben die Kassette mit meinen Wertsachen vergessen.«

Jule huschte zurück und löste die Zierleiste, die Emma ihr vorhin gezeigt hatte. Sie war mit Kleister aufgeklebt und ließ sich einfach abreißen. Eine graue Metallkassette kam zum Vorschein. Jule zog sie hervor und blies den Staub herunter.

»Die hier?«

»Ja«, nickte Emma. »Vergiss den Schlüssel nicht, der muss an der Unterseite der Schublade links oben kleben.«

Jule stellte die Kiste ab und suchte nach dem Schlüssel.

»Hab ihn«, rief sie und steckte ihn in die Hosentasche. Sie klemmte sich die Kiste unter den Arm. Jule und Emma eilten nach draußen, die Treppe in den Garten hinauf. Sie schauten sich nach allen Seiten um und rannten hinüber zum Gartenzaun. Emma stöhnte. Das war nun das dritte Mal, dass sie über Eisenstäbe klettern sollte. Das durfte auf keinen Fall zur Gewohnheit werden. Fitness hin oder her.

Jule katapultierte die Wertkassette in den Nachbargarten und schwang sich geschickt über den Zaun. Mit einem geschmeidigen Sprung landete sie neben der Kiste auf dem weichen Rasen.

»Komm, beeil dich, Emma.«

Emma tat wie befohlen und folgte ihr. Sie kletterte über die Querverstrebungen, und als sie gerade oben an den spitzen Enden der Gitterstäbe angekommen war und ein Bein hinüberschwingen wollte, hörte sie Stimmen. Jemand kam um das Haus gelaufen.

»Beweg dich nicht!«, zischte Jules Befehl aus der Dunkelheit.

Emma zitterte am ganzen Leib. Sie krallte sich am Zaun fest, verschmolz mit dem Metall und der Dunkelheit. Zum Glück hatte Jule auf schwarzer Kleidung bestanden.

»Was geht hier vor, Konstantin?« Es war Barbaras Stimme. Sie war aufgebracht.

Emma beobachtete, wie ihre Schwiegertochter mit ihren Stöckelschuhen durch das weiche Gras tippelte, dabei ihr enges Kleid ein wenig in die Höhe lupfte, um Konstantins energischem Schritt folgen zu können.

Konstantins Fliege hing lose um seinen Nacken. Er fuhr sich mit beiden Händen durch die Haare und stöhnte.

»Jetzt rede endlich. Was ist hier los?«

»Sie haben Trixi.« Seine Stimme war kaum mehr als ein Flüstern.

»Wer?«

Konstantin schwieg. Barbara ließ ihren Rocksaum sinken und schlug mit beiden Fäusten auf ihren Mann ein.

»Was ist mit Trixi? Du verfluchter Mistkerl. Wo ist meine Tochter?«

Konstantin wirbelte herum und packte Barbara an den Handgelenken.

»Um Himmels willen, schrei nicht so laut.«

»Dann sag mir, was los ist.«

»Ich werde erpresst, und damit ich tue, was sie verlangen, haben sie Trixi mitgenommen.«

»Wer?«

»Das ist doch egal.« Konstantin drehte Barbara den Rücken zu.

»Ist es nicht. Ich will wissen, wer meine Tochter entführt hat.«

»Lass uns lieber überlegen, was wir tun sollen.«

»Falsch, mein Lieber, nicht wir. Du hast sie in diese Situation gebracht, also überleg auch, wie du sie wieder zurückbringst. Wenn Trixi etwas zustößt …« Barbara schlug die Hände vors Gesicht und wimmerte.

Emma hing reglos in schwindelnder Höhe am Zaun und wagte kaum zu atmen.

»Ach ja, jetzt bin ich an allem schuld?«, blaffte Konstantin. »Wer sitzt denn wie die Made im Speck in einer Villa, behängt sich mit Schmuck und lässt sich den Luxus von vorne bis hinten in den Arsch schieben? Du bist die Letzte, die mir Vorwürfe machen sollte.«

Barbara schnaubte. Emma konnte sich trotz der ernsten Lage ein Lächeln nicht verkneifen.

»Wer hat Trixi«, Barbara stockte, »entführt?«

»Paul Behnke.«

»Du meinst diesen Widerling, der sich vorhin als dein Freund vorstellte, mir einen Handkuss aufdrückte und dabei am liebsten in mein Dekolleté gekrochen wäre?«

»Genau der.« Konstantin tigerte auf und ab und hatte dank der Dunkelheit und der ganzen Aufregung keine Ahnung, dass seine Mutter einen Meter über ihm schwebte.

»Egal, was er von dir will, du wirst ihn bezahlen. Ich will meine Tochter zurück. Wohlbehalten und unversehrt.« Barbara jammerte. »Mein Gott, was werden sie dem Mädchen antun? Sie ist doch erst 15.« Sie riss an Konstantins Jackettärmel und zwang ihn, sie anzusehen.

»Was ist, wenn er sie berührt? Oh mein Gott.« Barbara brach in Tränen aus und schluchzte.

Konstantin nahm sie in den Arm, wiegte sie hin und her und murmelte beruhigende Worte.

Eine Mutter in solch einer Situation konnte man nicht wirklich beruhigen. Emma hätte es nie für möglich gehalten, aber in diesem Moment hätte sie Barbara gerne die Hand gehalten. Ihre Schwiegertochter mochte die größte Intrigantin und falscheste Schlange auf Erden sein, aber in diesem Moment spielte das plötzlich keine Rolle mehr. Musik und fröhliches Lachen der Gäste hallten durch den Garten.

»Was verlangt dieser Mensch von dir?« Barbara stieß Konstantin von sich und tupfte ihre Tränen trocken.

»Er will meine Kontakte ausnutzen.«

»Worauf wartest du? Steh nicht hier rum, unternimm etwas!« Barbara hatte ihre Fassung wiedergewonnen und drohte Konstantin mit erhobenem Finger. »Eines sage ich dir, wenn Trixi auch nur ein Haar gekrümmt wird, dann werde ich alles in meiner Macht Stehende tun und dich fertigmachen.«

Konstantin lachte böse.

»Du willst mich fertigmachen? Du, die du ohne mein Geld ein Niemand bist, ein dummes Püppchen, das keine fünf Minuten auf eigenen Beinen stehen könnte?«

»Das wirst du dann sehen, wie ich alleine zurechtkomme.«

Die beiden standen sich wie zwei Kampfhähne gegenüber und umkreisten sich. Emma konnte es nicht fassen, dass sie über Geld und Macht stritten, während Trixi in Gefahr war.

»Gut, dir steht es frei zu gehen. Hau doch ab, such dir einen anderen Deppen, der dir das Geld in deinen luxusverwöhnten Arsch bläst. Ich brauch dich nicht, aber du brauchst mich und die Villa.« Konstantin lachte.

»Provoziere mich nicht! Wenn ich lange genug grabe, werde ich auch in deinem Keller Leichen finden, die dir das Genick brechen und dich hinter Gitter bringen. Dann hätte ich die Villa, dein Geld und Ruhe vor dir. Na, wie gefällt dir das?« Barbara verschränkte die Arme vor der Brust und warf den Kopf in den Nacken. Die Perlen auf ihrem Partykleid funkelten im Schein der Straßenlaternen.

»Vergiss es, du bekommst die Villa niemals. Sie ist Familienbesitz, und bevor du sie bekommst, hole ich Mutter aus dem Heim zurück.«

Emma schnappte nach Luft. Das waren auf einmal ganz neue Töne. Wie früher, wenn der Junge in Schwierigkeiten geriet, schrie er nach seiner Mutter. Was war nur mit den beiden los? Statt Besitztümer und gekränkte Eitelkeiten zu beklagen, sollten sie sich um ihre Tochter kümmern.

»Diesen alten Drachen? Du glaubst nicht im Ernst, dass deine Mutter dich wieder bei sich aufnehmen würde. Den reumütigen Sohn?« Barbara lachte hysterisch.

Emmas Kraft ließ nach.

»Sieh einfach nur zu, dass Trixi wieder wohlbehalten zurückkommt.«

»Was glaubst du, was ich vorhabe?«, fragte Konstantin sarkastisch. »Geh wieder zu den Gästen und tu so, als ob nichts geschehen sei. Wenn jemand nach Trixi fragt, sag, sie sei schon zu Bett gegangen. Ich kümmere mich um den Rest.«

»Was sollst du für diesen Paul Behnke tun?«

»Lass das meine Sorge sein, und stecke deine Nase nicht in Dinge, die dich nichts angehen.«

»Die mich nichts angehen? Ich glaube …«

Konstantin packte sie an den Armen. Er drehte sie um und versetzte ihr einen leichten Stoß in Richtung Partygäste.

»Na los, tu, was du am besten kannst.«

Barbara blieb stehen und schaute sich um. »Und was soll das sein?«

»Aufgebrezelt herumstolzieren und den Leuten Honig ums Maul schmieren.«

Barbara schimpfte und ging zurück zu ihren Gästen. Emma hoffte, dass Konstantin ihr folgte. Immerhin musste er etwas wegen der Entführung seiner Tochter unternehmen, was auch immer dies sein mochte. Emma konnte nicht länger über diesem Zaun hängen. Ihr tat alles weh. Jule kauerte hinter einem Busch auf dem Rasen des Nachbargrundstücks. Sie konnte wenigstens auf dem Boden sitzen und ihre Beine ausstrecken.

Konstantin blieb im dunklen Garten stehen. Er lauschte für einen Moment den Stimmen und dem Lachen seiner Gäste. Dann fuhr er sich mit den Händen durch die Haare und kickte mit dem Fuß in einen Maulwurfshügel, so, wie er es als Junge oft getan hatte, wenn er zornig war. Die Erde verstreute sich über den Rasen.

Konstantin griff in das Jackett und zog sein Handy hervor. Er wählte eine Nummer an. Das Display leuchtete grell in der Dunkelheit.

»Herbert? Hier ist Konstantin.« Er lief während des Gesprächs auf und ab, starrte dabei zu Boden. »Ich weiß, wie spät es ist! Hör mir einfach zu, wir haben ein Problem.«

Konstantin berichtete in kurzen Worten, dass Paul Behnke über ihren Betrug bei der Bauaufsichtsbehörde Bescheid wusste und nicht zögern würde, sein Wissen über sie auszunutzen.

»Ich weiß, dass wir in der Klemme sitzen, wenn Paul plaudert. Du kommst vielleicht mit einer Geldstrafe und jeder Menge Unannehmlichkeiten davon, zumindest wenn alles gut läuft, aber bei mir liegt die Sache anders. Sie haben meine Tochter entführt.«

Konstantin klemmte sein Handy zwischen Ohr und Schulter und

fischte seine Zigaretten aus der Jackentasche. Er ließ sein goldenes Feuerzeug aufflammen.

»Am Dienstag kommt eine Lieferung geschmuggelter Papageien aus Südamerika, und du sollst dafür sorgen, dass die Ware ohne Probleme durch den Zoll kommt.«

Emma konnte selbst aus dieser Entfernung aus dem Telefon eine Stimme brüllen hören.

»Mann, ich weiß. Glaubst du, mir macht das Spaß? Die haben meine Tochter, verdammt noch mal. Wenn du nicht mitspielst, sehe ich sie nie wieder.«

Konstantin lief auf und ab und sog an seiner Zigarette, die wie ein rotes Glühwürmchen durch die Nacht leuchtete.

»Was weiß ich, wie du das bewerkstelligen sollst. Arbeite ich beim Zoll oder du? Himmel, du wirst doch irgendwie ein Auge zudrücken können. – Dann kostet es eben deinen Job. Hier geht es um mein Kind.« Konstantin tobte. Das Gespräch zog sich eine ganze Weile hin, und Emma war kurz davor, sich rücklings auf den Rasen fallen zu lassen. Sie hatte keine Kraft mehr, sich zu halten.

»Danke, Mann! Die Details gebe ich dir morgen durch, sobald ich Näheres weiß. Und pass auf, dass nichts schiefgeht. Denk an meine Tochter.«

Konstantin unterbrach die Verbindung und steckte sein Handy in die Hosentasche. Er sog ein letztes Mal an seiner Zigarette und schnippte die Kippe in den Garten. Dann drehte er sich um und verschwand in Richtung Party.

»Aua«, stöhnte Emma. »Ich kann mich nicht mehr bewegen, alles ist steif. Ich muss für den Rest meines Lebens wie eine Gallionsfigur hier oben hängen.«

Jule kletterte schnell von der anderen Seite zu ihr hoch.

»Ich finde, es sieht viel eher wie ein aufgespießter Dieb auf der Flucht aus. Ein Mahnmal für alle potenziellen Einbrecher.«

»Hör bloß auf! Hilf mir lieber.«

Jule legte ihre warme Hand auf Emmas verkrampfte Faust. Sie löste einen Finger nach dem anderen von der Eisenstange. Mühselig kämpfte sich Emma über das Geländer und auf der anderen Seite hinab. Jule stützte sie, so gut es ging. Unten angekommen zitterten Emmas Knie, und sie sackte auf dem Rasen zusammen.

»Eine lausige Einbrecherin bin ich.« Sie lachte kläglich. »Ich möchte gar nicht wissen, welch jämmerliche Figur ich dort oben abgegeben habe.«

»Du warst großartig. Ich hatte die ganze Zeit auf einen großen Schlag gewartet und damit gerechnet, dass du wie ein toter Käfer vor deinem Sohn auf den Rasen fällst und dabei Arme und Beine nach oben streckst.«

Emma grinste. »Was hättest du dann gemacht?«

»Was wohl, ich wäre mit deinen Wertsachen abgehauen.« Jule sprang auf und half Emma aufzustehen.

Sonntag

Der frische Duft von Kaffee weckte Emma. Sie rekelte sich und blinzelte dem Morgen entgegen. Jule saß auf der Bettkante und hielt ihr eine dampfende Tasse unter die Nase.

»Aufstehen, du Meisterdiebin.«

Emma drehte sich zu ihr. Jede Faser ihres Körpers tat weh. Sie hatte Muskelkater an Stellen, von denen sie nicht einmal gewusst hatte, dass sie überhaupt existierten.

»Ich bin gelähmt«, stöhnte sie.

»Na klar, ich rufe dann mal den Pflegedienst an, die sollen dich abholen und wieder zu deiner Schwester Waltraude tragen.«

»Nein, bitte nicht. Lass mich hier einfach nur liegen und sterben.«

»Gut, kein Problem. Dauert das lange?«

»Wie bitte?« Emma rappelte sich auf ihre Unterarme.

»Ich meine ja nur, ich hab nicht den ganzen Tag Zeit.« Jule drückte Emma die Tasse in die Hand und öffnete das Fenster. Die Sonne schien bereits über die Dächer, die Vögel zwitscherten und das Pulsieren der Stadt war voll im Gange.

»Wie spät ist es?«, fragte Emma.

»Halb zwölf.« Jule fuhr ihren Computer hoch. »Könntest du dich bitte mit dem Aufstehen beeilen? Sandro kommt gleich. Ich habe ihm verboten herunterzukommen, solange du nicht angezogen bist.«

Emma schlug die Decke zurück und quälte ihre nackten Beine über die Bettkante.

»Das ist sehr taktvoll von dir, danke.«

»Taktvoll? Nee, ich bin nicht so musikalisch.« Sie lächelte. »Eigentlich habe ich das nicht mit Rücksicht auf dich getan. Ich wollte nur nicht, dass du meinen Freund halb nackt entgegentrittst und ihn dann wieder ansabberst.«

»Jule!« Emma errötete.

»Was denn? Du glühst doch jeden Südländer an.«

»Jetzt, hör auf!«, rief Emma und hielt sich die Ohren zu und sang ganz laut.

Jule lachte.

Nach einer heißen Dusche fühlte sich Emma wie neugeboren. Es hätte ein wunderschöner Sommertag werden können, wäre da nicht die Erinnerung an gestern Nacht und die Entführung ihrer Enkeltochter gewesen. Wo mochte das Mädchen sein? Ging es ihr gut? Emma wollte sich nicht vorstellen, was dieser Paul Behnke mit Trixi anstellen würde – oder vielleicht bereits getan hatte. Ihr Verhältnis zu Trixi war nicht besonders gut. Oma stand nur dann hoch im Kurs, wenn es um Finanzspritzen ging. Emma hasste die Hochnäsigkeit der jungen Dame, die Spaß daran fand, vor den Augen der Putzfrau eine Schale Dekosand über den weißen Flokati zu streuen und dann mit ihr zu schimpfen, ob sie nicht ein wenig gründlicher arbeiten könne. Das Mädchen tat solcherlei Dinge aus Spaß, genoss es, andere Menschen zu demütigen. Genauso wie sie einmal von einem jungen Verehrer einen Beweis seiner Liebe einforderte. Er sollte nur mit einem Slip bekleidet und mit einer Rose im Mund durch die Fußgängerzone flanieren. Der Junge tat in seiner Verliebtheit, was Trixi von ihm verlangte, wurde jedoch nicht wie versprochen mit dem Herz seiner Angebeteten belohnt, sondern mit eiskalten Worten abserviert. Die Fotos, die sie dabei von ihm gemacht hatte, reichte sie zur allgemeinen Belustigung im Kreis ihrer Freundinnen herum. Trixi war ein gemeines Biest und hatte einen Denkzettel verdient, aber diese Entführung ging trotzdem zu weit.

Emma schlüpfte in eine dunkelbraune Leinenhose und zog eine sonnengelbe Bluse darüber. Sie wischte ein kreisrundes Guckloch auf den beschlagenen Badezimmerspiegel. Ihre Haare zupfte sie mit einer kräftigen Portion Haargel zurecht und legte einen dezenten

Lippenstift auf. Das Ergebnis konnte sich sehen lassen. Wie sehr sie sich in den vergangenen Tagen verändert hatte. Trotz Muskelkater fühlte sie sich voller Tatendrang. Der Gedanke, dass sie freiwillig in dieses Seniorenheim gezogen war, erschreckte sie.

Ihr Plan, Konstantin mit ihrem Verschwinden in Atem zu halten und den Druck der Öffentlichkeit zu schüren, war mit Trixis Entführung hinfällig geworden. Die verschwundene alte Mutter war bei Weitem nicht so medienwirksam wie die junge Tochter in den Klauen gemeiner Tierschmuggler. Allerdings war die Presse das Letzte, was Konstantin nun gebrauchen konnte. Eine Berichterstattung würde Fragen aufwerfen, deren Antworten er bestimmt nicht geben wollte. Je länger Emma nachdachte, desto bewusster wurde ihr, dass sie, sobald die ganze Geschichte aufflog und Konstantin mit dem Mord in der Lagerhalle in Verbindung gebracht wurde, kein Druckmittel mehr gegen ihn hatte. War das jetzt überhaupt noch wichtig? Trixi war entführt worden und schwebte vielleicht in Lebensgefahr. Emma schaute in den Spiegel. Ihre Rachepläne konnten warten. Jetzt mussten sie zuerst Trixi helfen, aber wie?

»Lass dir etwas einfallen, altes Mädchen.«

Sandro hatte frische Sonntagsbrötchen mitgebracht und sie mit Marmelade und Kaffee auf einem großen Tablett auf Jules Bett serviert. Die beiden saßen im Schneidersitz daneben.

»Gut, dass du kommst, Emma.« Jule klopfte mit der Handfläche neben sich. »Ich habe Sandro von unserem Abenteuer in deinem Keller erzählt. Wir müssen beratschlagen, was wir nun tun sollen.«

»Guten Morgen, Sandro.« Sie berührte ihn flüchtig an der Schulter und fragte: »Wir?«

»Ach, Emma, lass dir mal etwas Neues einfallen – natürlich wir.« Jule rollte die Augen. »Wir sollten nach deiner Enkeltochter suchen.«

»Und wie stellt ihr euch das vor? Das Mädchen könnte überall sein.« Diese Idee hatte Emma bereits unter der Dusche zusammen mit dem rosafarbenen Seifenschaum in den Ausguss gespült.

»Du kennst doch diesen Paul Behnke von früher«, stellte Jule fest. »Weißt du, wo er wohnt oder wo er arbeitet?«

»Mein Gott, das ist Jahre her, Mädchen. Ich glaube nicht, dass er noch bei seinen Eltern wohnt. Ich habe keine Ahnung, was er die ganze Zeit über gemacht hat.«

Jule schoss in die Höhe, ließ sich auf dem Schreibtischstuhl nieder und hämmerte auf der Tastatur ihres Computers herum. Sandro schaute ihr über die Schulter.

»Lasst uns doch noch einmal die Beweisfotos anschauen. Die Übergabe hat in einer Art Lagerhalle stattgefunden. Vielleicht haben sie das Mädchen dorthin gebracht.«

Emma trat neben Jule und betrachtete die Bilder, die sie nacheinander durchklickte.

»Das kannst du vergessen, das ist eine Lagerhalle wie viele andere in der Stadt«, folgerte Sandro, schlang seine Arme von hinten um Jules Bauch und vergrub seinen Kopf in ihrer Halsbeuge.

»Da!« Jule deutete auf den Bildschirm.

Emma erkannte nichts.

»Schaut genau hin.« Sie zoomte das Bild größer. »Siehst du nicht den Aufkleber dort auf dem Eingangstor?«

Sandro beugte sich zum Bildschirm vor. Emma tat es ihm gleich und entdeckte an der Plexiglasscheibe etwas Rotes. Es sah aus wie eines dieser herzförmigen *Ein Herz für Kinder*-Aufkleber.

»Und was, meinst du, bringt uns das?« Sandro setzte sich wieder auf das Bett. »Jetzt erzähl mir nicht, dass du alle Lagerhallen der Stadt abklappern und nach diesem Aufkleber suchen willst. Die Halle kann überall sein. Woher willst du überhaupt wissen, dass sie in der Stadt ist?«

»Außerdem ist nicht gesagt, dass Trixi dort gefangen gehalten wird«, gab Emma zu bedenken.

Jule raufte sich ihre wilde Mähne und stöhnte. »Habt ihr eine bessere Idee? Oder wollt ihr sie etwa gar nicht suchen?«

»Natürlich! Nichts wäre mir lieber, aber wie sollen wir das anstellen?« Emma zog die Schultern in die Höhe.

In Jules Augen glitzerte ein Funkeln, das Emma inzwischen kannte. Sie würde nichts unversucht lassen, bis sie das Versteck der Entführer gefunden hatte.

Sandro ließ sich nach hinten auf das Bett kippen. »Ich hab's vermutet«, seufzte er, »wir schlittern immer weiter in diese Geschichte.«

»Wass'n, du Lusche?« Jule kickte gegen Sandros Fuß. »Bist wohl doch so ein verzogenes Mamabürschlein, das keine Eier in der Hose hat.«

Emma errötete. Sandro schmunzelte.

»Die werde ich dir später zeigen, du Satansbraten.« Er lächelte. Seine weißen Zähne blitzten.

Für einen Moment schienen sie Emma vergessen zu haben. Jule beugte sich zu Sandro, starrte auf seinen Mund, und wenn Emma sich nicht geräuspert hätte, wäre die Eiersuche auch ohne Ostern direkt losgegangen.

»Sollten wir die ganze Sache nicht doch lieber der Polizei überlassen? Mein persönlicher Rachefeldzug gegen Konstantin war etwas anderes, aber hier geht es um das Leben meiner Enkelin. Da hört der Spaß auf.«

»Spaß?« Jule schüttelte sich. »Hab ich da was falsch verstanden? Du bist aus Spaß aus der Altenaufbewahrung ausgebüchst? Wir haben Steve nur aus Spaß umgebracht?«

Sandros Gesichtszüge verfinsterten sich, und seine Stirnfalte wurde tiefer.

»Nein, natürlich nicht, aber … ach, ich weiß doch selbst nicht, wo mir der Kopf steht.« Emma setzte sich auf die Bettkante und verdeckte ihr Gesicht mit beiden Händen. »Das ist einfach alles zu viel für eine alte Frau wie mich.«

Jule setzte sich neben sie und legte den Arm um ihre Schultern.

»Quatsch keine Opern. Das ist einfach nur die Panik, die dir in den Knochen sitzt.« Sie griff nach Emmas Kaffeetasse. »Hier, trink, das wird deinen Nerven guttun.«

»Wieso wollt ihr Trixi überhaupt suchen?«, sagte Sandro. »Ich meine, sie wird irgendwo gefangen gehalten und bewacht. Meint ihr wirklich, ihr könnt sie so mir nichts, dir nichts befreien? Wenn ihr Vater diesen Zollbeamten besticht, bekommt er sie doch wieder zurück.«

»Typisch Mann!« Jule baute sich vor ihm auf und stemmte die Fäuste in die Hüften. »Das Mädel ist 15, das beste Alter, um von dreckigen Männerpfoten begrapscht zu werden.«

Emma seufzte.

»Habt ihr auch nur ansatzweise eine Ahnung, wie es sich anfühlt, alleine, weit fort von den Eltern zu sein und jeden Moment die Angst im Nacken zu spüren, dass man den nächsten Tag nicht erleben könnte? Diese Scheißangst frisst dich auf. Oder könnt ihr euch vorstellen, wie es sich anfühlt, wenn sich ein schwitzender Typ auf dich wirft und dich so brutal fickt, dass du glaubst, an deinen Tränen ersticken zu müssen?« Jule stockte. Sie drehte sich um und starrte aus dem Fenster. Die Sonne stand hoch am Himmel und schickte ihre warmen Strahlen über die Stadt.

»Was ist denn mit dir los?« Sandro war hinter sie getreten und legte seine Hände auf ihre Schultern.

»Verdammte Scheiße«, schrie sie und wirbelte herum. »Ich will das Mädchen einfach finden!« Ihre grünen Augen funkelten.

»O. k., o. k.«, sagte Sandro, trat einen Schritt zurück und hob die Hände.

Emma ahnte, dass es hier weniger um Trixi ging, als um das, was Jule früher widerfahren sein musste. Der Gedanke, dass ihre Enkelin vergewaltigt werden könnte, war entsetzlich. Sie fühlte sich hilflos und hatte keine Ahnung, wie sie jetzt vorgehen sollten.

Jule tigerte auf und ab. Plötzlich blieb sie stehen.

»Klar, ich hab's.« Sie schlug sich mit der flachen Hand gegen die Stirn. »Wenn wir Pauls Versteck nicht alleine finden, dann muss er uns den Weg zeigen.«

»Frau, du sprichst in Rätseln.« Sandro zuckte mit den Schultern.

»Ist doch ganz einfach. Was gibt es da lange zu überlegen? Er will was von uns, und wir wollen was von ihm.«

»Nur mit dem entscheidenden Denkfehler: Er weiß gar nicht, dass es uns gibt und wir seine Fotos haben. Er will etwas von Steve«, sagte Sandro.

»Bingo, du bist so clever.« Jule zauselte mit der Hand durch seinen Lockenkopf. »Wir werden dem guten Paul eine SMS schicken und ihn um ein Treffen bitten.«

»Du hast aber seine Handynummer nicht.«

»Ich nicht, aber Steve.«

»Steve? Der ist tot und kann dir nichts mehr verraten.«

»Er nicht, aber das Telefonbuch seines Handys.« Jule zog eine Braue hoch.

»Und wo ist sein Handy?« Sandros Stimme bebte.

»Entweder in seiner Hosen- oder Jackentasche. Wir brauchen nur …« Jule wartete, bis Sandro verstand, worauf sie hinauswollte.

»Vergiss es! Niemals!« Sandro schloss die Augen.

Anja rückte ihre Wagenschlüssel nur unter Androhung empfindlicher Strafen im Falle von Kratzern im Lack oder Beulen im Blech heraus. Jule versprach alles, auch dass Sandro fuhr.

Die Fahrt zu dem Haus am Waldrand dauerte eine knappe halbe Stunde. Emma saß auf dem Beifahrersitz, Jule hinter ihr. Das Schweigen und die Sommerhitze wurden unerträglich. Emma tupfte sich mit einem Taschentuch feine Schweißperlen von der Stirn. Keiner von ihnen wollte wirklich zurück in den Keller, am allerwenigsten Sandro. Emma betrachtete ihn von der Seite. Seine Augen waren starr auf die Straße gerichtet, seine Gesichtszüge angespannt. Er umklammerte das Lenkrad so fest, dass seine Knöchel weiß hervortraten.

»Du musst nicht mit ins Haus kommen«, sagte Emma. »Jule und ich gehen hinein, und du wartest im Wagen.« Emma wandte sich zu Jule, nickte ihr auffordernd zu, damit sie ihre Worte bestätigte.

»Klaro, du stehst Schmiere, und wir sind ratzfatz wieder da.«

»Keine Sorge, ich breche schon nicht zusammen.« Sandro rang sich ein Lächeln ab und schwieg für den Rest der Fahrt.

Sie bogen von der Landstraße ab und fuhren den asphaltierten

Wirtschaftsweg etwa 100 Meter bis zu dem alten Haus. Sandro hielt direkt davor an.

»Tut, was ihr nicht lassen könnt. Ich wende den Wagen und warte auf euch.«

Jule beugte sich zu ihm vor und küsste ihn auf die Wange. Die beiden Frauen stiegen aus, blieben stehen und beobachteten, wie Sandro weiterfuhr. Die Straße machte eine kleine Kurve nach links und verschwand im Wald. Dort gab es einen kleinen Wendekreisel, den man vom Haus aus wegen des dichten Unterholzes nicht einsehen konnte. Vertrocknetes Unkraut wuchs entlang der Hausfassade. Eine Grille zirpte, die Luft flirrte.

Jule öffnete die Tür. Der Staub im Raum wirbelte auf und tanzte im Sonnenlicht. Die Luft war stickig.

»Dann wollen wir mal.« Sie ging zur Kellertreppe und leuchtete mit einer Taschenlampe hinab. Der Lichtkegel huschte über Steves leblosen Körper und über die Blutlache unter seinem Kopf.

»Hast auch schon besser ausgesehen, Alter«, stellte Jule fest und stieg die Stufen nach unten.

Emma beschlich ein beklemmendes Gefühl, als sie den Toten betrachtete. Sie zögerte.

»Bist du sicher, dass wir sein Handy entwenden sollen?«

Jule war bereits unten angekommen, drehte sich zu Emma um und leuchtete ihr mit der Taschenlampe ins Gesicht. Bei dem Gedanken, dass dieser Lichtkegel gerade über den Toten gehuscht war, wäre Emma am liebsten einen Schritt zur Seite gesprungen. Sie wollte nicht mit ihm in Berührung kommen, und dieser Lichtstrahl hatte einen imaginären Bogen zwischen ihnen geschlagen.

»Wieso nicht? Wir brauchen doch Pauls Nummer.«

»Das stimmt, aber«, Emma rieb sich über die Arme, als ob sie das Licht und den Hauch des Todes abwischen wollte, »jetzt richte doch nicht die Lampe auf mich, ich kann gar nichts sehen.«

Jule gehorchte und beleuchtete wieder Steve.

»Ich meine, es ist nicht richtig, einen Toten zu bestehlen.«

»Was meinste denn damit?« Jule schüttelte den Kopf. »Der telefoniert doch eh nicht mehr mit seinem Handy. Ist irgendwie auf Holz umgestiegen«, sagte sie und trat gegen den Holzbalken, der noch immer mit einem Nagel in seinem Ohr steckte. Der Tote schaukelte zur Seite.

»Jule!«, schrie Emma entsetzt und stützte sich an der kalten Steinmauer ab. Sie würde keine einzige Stufe nach unten steigen. Niemals!

»Ist ja gut. Ich weiß schon, was du jetzt sagen willst. Pietät und so'n Scheiß. Aber glaub mir, der Arsch kannte auch keine Pietät, als er mich damals vögelte und ich so doof war und glaubte, das müsse alles so sein. Ich war in den Kerl verliebt und ließ alles über mich ergehen, egal, wie krank seine Fantasien waren.«

Jule schwieg einen Moment und leuchtete in Steves weißes Gesicht.

»Hast es nicht anders verdient, du Wichser.« Sie holte mit dem Fuß aus und trat ihn voller Wucht in seine Seite.

Emma fuhr zusammen.

»Aber nun wollen wir erst mal sehen, wo dein Handy ist.« Jule zog zwei Latexhandschuhe aus ihrer Hosentasche und zog sie über. Sie ging in die Hocke und griff in seine Jackentasche. Nichts. Sie probierte es in der zweiten Tasche und auch noch in seiner Hosentasche. Dort wurde sie fündig.

»Da haben wir das gute Teil. Danke, Alter.« Sie erhob sich und tippte auf dem Gerät herum.

»Können wir das bitte draußen im Auto machen?« Emma trat, ohne eine Antwort abzuwarten, den Rückzug an. Der Anblick des Toten hatte sie tiefer getroffen als erwartet, und Jules respektloser Umgang mit ihm gab ihr den Rest. Sie musste raus an die frische Luft.

Die warmen Sonnenstrahlen, die ihr auf der Türschwelle entgegenschienen, liebkosten sie, kribbelten auf ihrer Haut. Emma legte den Kopf in den Nacken und schloss die Augen. Die ganze Geschichte war so verrückt, und wenn nicht Trixis Wohl auf dem Spiel stünde, wäre sie niemals wieder an diesen Ort des Grauens zurückgekehrt.

Sandro hatte den Wagen gewendet und wartete direkt vor dem Haus. Als er Emma kommen sah, stieg er aus und fragte: »Und? Habt ihr das Handy gefunden? Wo ist Jule?«

Emma öffnete die Augen. Es war ein sengend heißer Sommertag, die Grillen in den angrenzenden Kornfeldern zirpten. Eine laue Brise wogte durch die Getreidehalme und bog sie sanft hin und her. Zwei weiße Kondensstreifen durchkreuzten den makellosen Himmel. Emma starrte einem winzig kleinen Flugzeug hinterher, das in der Sonne silbern funkelte. Wie viele Menschen schwebten dort über ihre Köpfe hinweg und hatten keinen blassen Schimmer, was hier unten in dem dunklen Keller vor sich ging? Die Welt war verrückt. Freud und Leid lagen manchmal so dicht beieinander und manchmal so unendlich weit auseinander.

»Ich hab's«, rief Jule hinter ihr und streckte Steves Handy in die Sonne.

»Und hast du Paul Behnkes Nummer gefunden?« Sandro kam um den Wagen gelaufen.

»Warte, das sehen wir gleich.« Jule tippte auf den Tasten und starrte auf das Display. Sandro lehnte sich mit seiner Schulter gegen die ihre.

Emma ließ ihren Blick über den Horizont wandern. Weit und breit gab es nur Wälder und Felder. Vereinzelte Kühe grasten auf abgesteckten Weiden und tranken aus alten, mit Wasser gefüllten Badewannen. Die nahe gelegene Landstraße verlief mitten durch einen Wald und war von hier aus nicht zu sehen.

»Bingo!«, jubelte Jule. »Paul B. – das muss er sein. Bin ich gut oder bin ich besser?« Jule und Sandro schlugen ihre Handflächen gegeneinander und lachten.

Jule strahlte mit der Sonne um die Wette. Emma bewunderte sie. Diese junge Frau lebte jeden Moment so intensiv, als ob es kein Morgen mehr gäbe. Sie überlegte nicht lange und vertat ihre kostbare Zeit nicht mit Grübeleien. Sie wusste, was sie wollte, und setzte alles sofort in die Tat um. Da gab es keine Zweifel, die ihr das Leben zur Hölle machten, oder Anstandsformen, die sie einengten. Emma hätte sie am liebsten in den Arm genommen und geküsst. Sandro auch. Seine braune Haut schimmerte im Sonnenschein. Ohne sich dessen bewusst zu sein, war er der Grund dafür, dass Emmas Körper von oben bis unten kribbelte. Emma schüttelte den Kopf und fuhr mit der Hand vor ihrem Gesicht vorbei, als ob sie eine lästige Fliege verscheuchen wollte. Dabei verjagte sie vielmehr Gedanken, die sich einer Dame ihres Alters nicht ziemten und doch wohlige Schauer in ihr auslösten.

»Und wie stellst du dir das nun vor?«, versuchte Emma, sich abzulenken.

»Wir werden Paul eine SMS schicken. Darin steht, dass er seine SD-Karte hier abholen kann. Paul wird denken, wir seien Steve, und unter Garantie schneller hier sein als der Wind.« Jule strahlte.

»Hast du nicht etwas vergessen?«, fragte Sandro.

»Was?«

»Wenn dieser Paul hier ankommt und Steve nicht da ist, wird er vielleicht ins Haus gehen und seine Leiche im Keller finden. Was dann?«

»Ich fürchte, Sandro hat recht«, setzte Emma hinzu.

»Das wird er nicht.«

»Wie kannst du dir da sicher sein?« Sandro rieb sich sein Kinn.

»Ist das so schwer zu verstehen?« Jule lächelte und klatschte in die Hände. »Paul kommt und wartet auf Steve. Wir fotografieren das und schieben ihm und seinem Schläger den Mord an Steve in die Schuhe.«

Über Sandros Gesicht huschte ein Lächeln. Er packte Jule um ihre Taille und wirbelte sie durch die Luft.

»Du bist genial, auf die Idee wäre ich gar nicht gekommen.«

»Und ihr meint, das klappt?« Emma zweifelte.

»Klaro, warum denn nicht?«

»Paul wird bestimmt im Haus nachschauen. Wie willst du ihn davon abhalten? Wenn er Steve findet, dann weiß er, dass ihn jemand hinters Licht führen will, und wird seine Wut an Trixi auslassen.« Emma schüttelte den Kopf.

»Warum sollte er reingehen? Es steht kein Auto hier, und wenn Steve sich mit ihm treffen wollte, würde er sich nicht vor ihm verstecken. Paul wird viel eher glauben, Steve kommt zu spät und wartet. Genau dann schreiben wir ihm eine zweite SMS, in der steht, dass Steve das Mädchen gefunden hat und dort die SD-Karte austauschen will. Paul wird rasen vor Wut, weil man ihn verarscht hat und directamente zu Trixis Versteck rasen.«

Emma gefiel der Plan ganz und gar nicht, aber für Sandro war es wenigstens eine kleine Chance, den Verdacht, Steve getötet zu haben, abschütteln zu können.

»Und was ist mit Trixi? Oh, Jule«, jammerte Emma, »das kann doch alles nur schiefgehen. Das ist so hanebüchen …«

»… dass es schon wieder genial ist«, fiel Sandro ihr ins Wort. Er umarmte Jule und küsste sie auf den Mund.

»Vielleicht erfahren wir, wo Trixi gefangen gehalten wird, aber wie sollen wir sie dann befreien?« Emma fühlte sich hundeelend. Was, wenn sie mit ihren unüberlegten Aktionen das Kind noch mehr in Gefahr brachten? Sie sollten lieber die Polizei einschalten. Aber dann würde Sandro mit dem Mord an Steve in Verbindung gebracht werden. Und wenn sie als Frau von Stratnitz den Beamten bestätigte, dass es Notwehr war? Dieser Plan war genauso idiotisch. Emma lehnte sich an die Kühlerhaube des Wagens und ließ den Kopf sinken.

»Wäre ich doch nur in der Residenz geblieben.«

»Bei Schwester Waltraude und dem Uringestank?« Jule stellte sich zu ihr und umarmte sie. »Mach dir nichts vor, Trixi hätten die Ärsche trotzdem entführt, und du hättest derweil im Heim gesessen und wärst vor Angst um sie verrückt geworden. Jetzt haste wenigstens die Möglichkeit, etwas zu unternehmen.«

»Du hast recht, aber mir wird das alles zu viel, ich weiß nicht, wie lange ich dieses Tempo noch durchhalte.«

»Aber fühlt sich der Nervenkitzel nicht geil an? Spürst du denn nicht, wie es in deinen alten Adern kribbelt?« Emma schmunzelte, und ihr Blick wanderte zu Sandro. Sie spürte in der Tat, wie ihr Blut kribbelte, aber das war vielmehr sein Verdienst. Emma nahm Jule in den Arm und drückte diese Person, die jedes Mal den Nagel genau auf den Kopf traf.

»Jule, tu, was du für richtig hältst, ich vertraue dir.«

Jule erstarrte und löste sich aus der Umarmung. Sie lehnte sich ein klein wenig nach hinten und schaute Emma an. Ihre Augen wurden feucht. Sie schniefte und fuhr mit dem Handrücken unter der Nase entlang.

Sandro schaute sie fragend an.

»Ach, Scheiße, das hat noch nie jemand zu mir gesagt.« Sie sprang auf und wandte sich ab. »Ich meine, ach, vergesst es einfach.« Sie drehte sich wieder um, setzte ein Lächeln auf und ging zur Tagesordnung über.

»Starrt mich nicht so blöd an, lasst uns lieber Paul eine SMS schreiben.«

»Komm ins *Fixerhaus* südlich der Bundesstraße. Bin in einer Stunde dort. Fotos gegen Kohle und meinen Wagen. Steve« Jule tippte die SMS in Windeseile. Ihre Finger flogen über die winzigen Tasten. Emma hätte Stunden für diese Kurzmitteilung benötigt. Zum Glück musste sie sich nicht mit dieser neumodischen Technik herumquälen. Sie bevorzugte den guten alten Briefbogen.

»Mal sehen, was passiert.« Jule rekelte sich in der Sonne und blinzelte ihr entgegen.

»Wir sollten uns lieber verstecken, statt hier herumzustehen.« Sandro trommelte nervös auf das heiße Wagendach.

»Gut. Fahr den Wagen in den Wendekreisel. Pass auf, dass man ihn nicht sieht. Ich werde mir einen Beobachtungsposten im Unterholz suchen, damit ich Paul und seinen Bodyguard fotografieren kann.« Jule machte auf dem Absatz kehrt und hielt nach einem perfekten Versteck Ausschau.

»Ob das alles gut geht?«, fragte Emma und schaute ihr nachdenklich hinterher. Sie war unsicher.

»Ich weiß, was du meinst«, antwortete Sandro und lächelte, »Jule ist ein verrücktes Huhn, aber wenn jemand weiß, wie solche Typen ticken, dann ist sie das.«

Kleine Fältchen umspielten seine Augen, in denen Emma sich verlieren könnte. Und dieses Lächeln. Wenn er sie so ansah, schmolzen all ihre Zweifel wie Butter in der Sonne. Sie seufzte. Herrgott noch mal, sie benahm sich wie ein pubertierender Teenager.

»Wahrscheinlich hast du recht. Lass uns den Wagen verstecken.«

Jule hatte ihren Spionageposten auf einem Baumstumpf im Wendekreisel bezogen. Sie konnte durch das Unterholz den Eingang des Hauses beobachten, ohne selbst entdeckt zu werden, und ungestört Fotos machen. Sandro versteckte den Wagen, stieg aus und legte den Arm auf den Türrahmen der geöffneten Fahrertür. Er tippelte nervös mit dem Fuß. Emma stand an der offenen Beifahrertür.

Die Zeit zog sich quälend in die Länge. Zum Glück lag der Wendekreisel im Schatten der Bäume. Ein laues Lüftchen wehte und machte die Hitze erträglicher. Jule schoss mit ihrer Digitalkamera unzählige Fotos von Sandro, bis er plötzlich seinen Posten verließ und anfing, an ihrem Ohrläppchen zu knabbern. Emma drehte sich diskret zur Seite, doch das Kichern und die eindeutigen Geräusche beim Küssen ließen sich nicht ausblenden. Während sie über erotische Abenteuer nachdachte, fürchtete sich ihre Enkelin wahrscheinlich gerade zu Tode. Was war sie nur für eine Großmutter! Emma malte sich wilde Szenarien aus, in denen Paul sich an Trixi vergriff oder ihr die Pistole an den Kopf hielt. Wenn dem Mädchen etwas zustieß, würde sie Konstantin zur Rechenschaft ziehen und die Beweisfotos der Polizei aushändigen. Mit seinen dubiosen Geschäften ruinierte er seine Familie und setzte sogar das Leben seiner Tochter aufs Spiel. Emma verspürte den unbändigen Drang, ihn dafür zu bestrafen. Sie hätte sich schon viel früher um das Mädchen kümmern müssen, ihr das geben sollen, was Konstantin und Barbara offensichtlich nicht konnten, nämlich Geborgenheit und Verständnis. Wenn sie doch nur mit Trixi geredet und nachgefragt hätte, wofür sie ständig Geld brauchte, statt es ihr einfach zu geben. Warum hatte Emma nie den Versuch gemacht, auf sie zuzugehen, sie liebevoll aufzufangen und ihr das beizubringen, was ihre Eltern versäumten. So vieles wäre ganz anders gekommen.

Falls Trixi diese Entführung überleben sollte, Emma bekreuzigte sich und schickte ein Stoßgebet gen Himmel, dann würde sie sich um das Kind kümmern. Mit einem Mal wusste Emma, was sie zu tun hatte. Sie musste in ihre Villa zurückkehren und für ihre Enkelin da sein! Es war egoistisch, einfach davonzulaufen und in die Stadt zu ziehen. Wenn Trixi wollte, durfte sie in ihrem Zimmer unter dem Dach wohnen bleiben, aber Konstantin und Barbara würde sie mit Pauken und Trompeten von ihrem Grundstück jagen.

»Achtung, ich höre ein Auto!«, rief Jule und huschte auf ihren Posten zurück. Sandro eilte um den Wagen und ging in Deckung. Emma stieg ein und schloss die Tür. Von dort aus konnte sie durch das Laub der Büsche nur wenig erkennen, doch sie fühlte sich in einem geschlossenen Raum sicherer. Je nachdem, wie stark der Wind blies, bogen sich die Blätter der Büsche zur Seite, und ihr Guckloch wurde mal größer und dann wieder kleiner.

Zwei Autos fuhren über die schmale Straße auf das Haus zu. Der vordere Wagen war ein schwarzer, frisch polierter Geländewagen. Er glänzte im Sonnenschein. Steves Limousine folgte direkt dahinter. Jule hielt alles mit ihrer Kamera fest. Sandro wartete an der Wagentür.

Emmas Hände waren feucht. Sie hatte ein ungutes Gefühl, spürte das Grummeln in ihrem Magen und bereute, dass sie nun im Wagen saß und nur die Hälfte dessen, was am Haus geschah, mitverfolgen konnte. Sie kurbelte die Wagenscheibe hinunter und beugte sich ein wenig nach links und rechts, bis sie eine Lücke im Gestrüpp entdeckte, die ihr bessere Sicht bot.

Die Autos stoppten vor dem Haus. Die Fahrertür des Geländewagens wurde geöffnet, und ein Krokoleder-Cowboystiefel kam zum Vorschein, setzte auf dem Boden auf, und ein zweiter Stiefel folgte. Ihr Besitzer kletterte aus dem Wagen. Es war Paul Behnke. Er trug eine schwarze Lederhose und ein Jeanshemd. Seine Gürtelschnalle funkelte. Paul war nicht besonders groß und hatte eine Zigarette im

Mundwinkel hängen. Seine Haare waren ölig nach hinten gekämmt. Emma schauderte bei dem Gedanken, dass dieser Mann seine Finger an ihre Enkelin gelegt haben könnte.

Hinter ihm stieg sein Bodyguard aus Steves Wagen, den er am Straßenrand mit einem Rad in die Wiese geparkt hatte. Er stellte sich breitbeinig auf und wartete. In einem Film wäre er einer jener Statisten ohne Sprechrolle gewesen, der das Bild nur komplettierte. Emma war oft aufgefallen, dass stumme Nebendarsteller, sobald sie ein wenig Text sagen durften, sterben mussten. Sie wünschte sich, dass dieser Mann anfing zu reden. Doch sie waren nicht beim Film. Das hier war bitterer Ernst, und wenn Jules Plan schiefging …

Paul schlug die Autotür zu und schaute sich um. Er entdeckte weder Steve noch einen Wagen. Dann blickte er auf die Uhr und entspannte sich. Es war noch eine Viertelstunde bis zu ihrer Verabredung.

Sandros Handy vibrierte. Es lag auf dem Armaturenbrett von Anjas Wagen. Er schoss blitzschnell mit seinem Oberkörper in den Wagen und wollte nach dem Gerät greifen. Dabei stieß er es zu Boden, direkt in den Fußraum vor Emmas Füße. Zuerst war sie versucht, es wie ein Insekt totzutreten.

»Mach's aus!«, flüsterte Sandro panisch und beugte sich zu ihr hinüber. Emma nahm das Telefon in die Hand. Sie kannte sich mit Handys nicht aus, und weil alles so schnell ging, drückte sie einfach irgendeine Taste.

»Hallo? Alessandro? Junge, hörst du mich?«, plärrte Frau Pascello aus dem Hörer. Sandro schlug die Hand vor die Stirn und gab Emma ein Zeichen, dass sie das Gespräch beenden solle. Emma entdeckte das Symbol des roten Telefonhörers auf dem Apparat. Genau wie bei ihrem Festnetzanschluss musste sie diesen drücken, doch der Anstand gebot ihr dies nicht zu tun, ohne eine Antwort in den Hörer zu flüstern.

»Frau Pascello, das ist eben gerade sehr ungünstig.«

»Hallo? Wer sind Sie? Wo ist mein Sohn? Was geht da vor sich?«

»Bitte, Ihr Sohn kann gerade nicht sprechen. Er ruft Sie später zurück.«

»Ich will sofort …«

Sandro entriss Emma das Telefon, unterbrach die Verbindung und steckte das Handy in seine Hosentasche.

Jule drehte sich um, legte den Finger auf ihren Mund und rollte mit den Augen. Sie wandte sich wieder um und fotografierte Paul und seinen Begleiter. Der Schläger verschränkte seine Arme und stand in seinem dunklen Anzug reglos in der Sonne. Seine Glatze glänzte. Paul hatte sich eine Zigarette angemacht und blies Rauchkringel in die Luft. Zwischendurch schaute er auf die Uhr und wartete.

Jule steckte die Kamera ein und zog Steves Handy aus der Hosentasche. Es wurde Zeit für SMS Nummer zwei: »Planänderung. Hab die Kleine gefunden. Austausch hier in eurem Versteck. Sofort! Steve.«

Jule drückte auf *Senden*.

»Scheiße«, flüsterte sie und streckte das Handy in die Höhe.

»Was?« Sandro eilte zu ihr, und Emma stieg aus dem Wagen.

»Das beschissene Mistding hat hier keinen Empfang.« Jule streckte den Arm nach links, nach rechts. Nichts.

»Gib her!«, flüsterte Sandro und nahm ihr das Telefon ab. Er lief rund um das Auto und probierte es an allen Positionen. Steve hatte anscheinend einen anderen Netzanbieter als Sandro – und eines von dessen Funklöchern befand sich dummerweise genau hier.

»Da schau«, raunte Emma und deutete auf die beiden Männer.

Paul wurde ungeduldig. Er trommelte mit den Fingerspitzen auf das Autodach und ging ins Haus, gefolgt von seinem Schläger.

»Scheiße!«, rief Jule.

Wenn Paul Steve entdeckte, würde der ganze Schwindel auffliegen, und sie brachten Trixi in Gefahr. Jule entriss Sandro das Handy und sprang, wie eine Katze, auf die Kühlerhaube des Wagens. Dort streckte sie den Arm mit dem Telefon, wie die Freiheitsstatue von Amerika, in den Himmel und drückte abermals auf *Senden*. Die SMS ging durch.

»Bitte, bitte, mach schnell«, sagte Jule, kletterte wieder herunter und schnappte sich ihre Kamera, um nichts zu verpassen.

»Achtung, sie kommen wieder raus.« Sandro hatte die beiden Männer zuerst entdeckt. Sie rannten wutentbrannt aus der Haustür. Paul zog ein letztes Mal an seiner Zigarette und warf sie achtlos zu Boden. Er riss seine Wagentür auf und ließ den Motor aufheulen. Sein Bodyguard stieg in Steves Wagen und tat es ihm gleich.

»Schnell, beeilt euch, es geht los!«, rief Jule und hielt die Kamera weiter auf die Männer gerichtet. Dann sprang sie zu Sandro und Emma ins Auto. Sandro ließ den Wagen nach vorne rollen, bis sie durch die letzten Äste ihrer Deckung beobachten konnten, wie die beiden Männer auf dem Wirtschaftsweg wendeten und in Richtung Landstraße davonbrausten. Sie mussten ihnen einen Vorsprung lassen, um nicht im Rückspiegel entdeckt zu werden. Wenn der Abstand zwischen ihnen jedoch zu groß wurde, liefen sie Gefahr, dass sie Paul verloren.

»Wenn das nur gut geht«, jammerte Emma.

Sandro biss sich auf die Unterlippe und konzentrierte sich. Er blieb so lange im Unterholz stehen, bis die beiden Autos außer Sichtweite waren.

Plötzlich riss Jule die Tür auf und eilte hinaus.

»Was machst du?«, rief Sandro.

»Bin gleich wieder da.«

»Diese Frau bringt mich noch um den Verstand. Was macht sie denn jetzt?« Er fluchte.

Jule lief zum Haus hinüber, rupfte verwelktes Unkraut aus und bündelte es.

»Wenn wir Paul verlieren, war der ganze Mist hier umsonst.«

Der Geländewagen und Steves Limousine verschwanden hinter einer Rechtskurve im Wald. Wenn sie ihm jetzt nicht folgten, konnten sie nicht sehen, in welche Richtung sie auf die Landstraße bogen. Sandro schoss mit quietschenden Reifen aus ihrem Versteck und bremste abrupt vor dem alten Haus.

»Steig endlich ein!«, rief er durch Emmas Seitenfenster.

Jule zog ein Feuerzeug aus ihrer Hosentasche, stopfte die verdorrten Halme unter die Holzschindeln des Hauses und zündete sie an. Die Trockenheit tat das Übrige. Das Feuer leckte in Windeseile nach allem Brennbaren. Jule sprang in den Wagen, und Sandro gab Gas, noch ehe sie die Tür zugeschlagen hatte.

»Sag mal, spinnst du? Was soll das?« Sandro schäumte vor Wut, was sich auf seinen Fahrstil auswirkte. Er beschleunigte das Auto, jagte die Gänge in die Höhe. Emma umklammerte den Haltegriff an der Tür. Ihr Magen drückte sich ins Polster.

»Wass'n? Stell dich nicht so an. Steve mochte schon immer Grillpartys.« Jule lachte und schaute aus dem Rückfenster. Die Flammen schlugen unter der Hausverkleidung hervor, züngelten nach der vertrockneten Efeuranke und breiteten sich schnell über das gesamte Haus aus. »Das brennt wie Zunder.«

Emma schielte in den Seitenrückspiegel und beobachtete das Schauspiel. Bei dieser Hitze und Trockenheit würde es nicht lange dauern, und die Hütte brannte bis auf die Grundmauern nieder.

»Um Gottes willen, Mädchen, was hast du getan? Du kannst doch nicht das Haus anzünden.« Emma drehte sich zu ihr um.

»Warum nicht? Steve wird eingeäschert, und wir sind ihn los. Die Feuerwehr wird anrücken und ihn im Keller finden. Dank der Fotos, die ich von Paul gemacht habe, wie er rauchend vor dem Haus steht, dürfte das für die Polizei Beweis genug sein, dass er das Feuer entzündet hat. Wir schicken die Bilder anonym an die Bullen und kassieren eine fette Belohnung.« Jule lachte. Sie betrachtete Sandros Augen im Rückspiegel. »Stellt euch nicht so an, der Plan ist gut, und jetzt holen wir Trixi.«

Sandro schüttelte den Kopf.

»Wie willst du an eine Belohnung kommen, wenn wir anonym bleiben? Sehr clever ausgedacht, Miss Marple.«

Jule runzelte die Stirn.

»Oh, da haste recht. Scheiße, Mann.« Sie überlegte kurz, schob sich zwischen den Vordersitzen nach vorne und präsentierte mit erhobenem Zeigefinger eine neue Idee. »Dann schicken wir die

Fotos an die Zeitung. Pressefuzzis sind doch für solche Informationen immer zu haben, und wir kassieren bei denen ab.«

»Dein Plan ist total bescheuert. Wieso sollten die bezahlen?«

»Dann halt ohne Bezahlung. Hauptsache ist doch, dass Paul der Mord an Steve untergejubelt wird und du aus dem Schneider bist.«

Sandro schüttelte den Kopf und konzentrierte sich auf die Straße.

Paul bog mit dem Geländewagen nach rechts auf die Landstraße. Es herrschte viel Verkehr, und Steves Limousine konnte sich erst zwei Autos später einfädeln. Sandro musste drei weitere Wagen durchlassen, ehe er seine Verfolgung wieder aufnehmen konnte. Zum Glück war der Geländewagen auffallend und groß, sodass sie ihm mit Leichtigkeit folgen konnten. Er war auch auffallend genug, um später bei der unausweichlichen Suche der Polizei nach verdächtigen Fahrzeugen, die sich zum Zeitpunkt des Brandes vom Tatort entfernten, von den Autofahrern beschrieben werden zu können.

Emma ließ ihren Kopf gegen die Nackenstütze fallen. Sie schloss die Augen und seufzte: »Der Wahnsinn kennt keine Grenzen. Ich sehe mich schon im Gefängnis sitzen und nach Schwester Waltraude winseln.«

Die Fahrt dauerte eine gefühlte Ewigkeit. Sandro hatte alle Mühe, Paul zu folgen. Solange sie auf der Landstraße fuhren, war dies kein Problem, doch in der Innenstadt wurde es schwierig. Ampeln oder Fußgänger, die schnell noch über die Straße huschten, bremsten sie aus. Jule und Emma hielten nach Paul Ausschau, während Sandro alle Hände voll zu tun hatte, sich in die richtigen Fahrspuren einzufädeln.

Plötzlich hatten sie Steves Limousine verloren.

»Wo ist der Kerl?«, rief Sandro und schaute sich um. Sie kamen an eine Kreuzung, und er musste sich für eine der drei vorgegebenen Fahrspuren entscheiden. »Schnell! Wohin jetzt?«

Jule streckte ihren Kopf zwischen den Vordersitzen nach vorne und schaute sich nach allen Richtungen um. Dabei wirbelten ihre Rastalocken wild umher.

»Sag schon, wohin?«

»Geradeaus!«, rief Jule. Sandro manövrierte den Wagen auf die mittlere Fahrspur. Sie mussten direkt vor einer roten Ampel stoppen. Es war Sonntag, und zum Glück herrschte kein Berufsverkehr.

»Und was jetzt? Verdammter Mist, wir haben sie verloren.«

Für einen Moment stoppten an allen Seiten der Kreuzung die Autos und warteten auf Grün. Die Kolonne von links setzte sich als Erste in Bewegung.

»Da!«, schrie Jule und deutete nach rechts. Zwei Ampeln weiter wartete der Geländewagen. Sandro riss das Steuer herum, gab Vollgas und jagte trotz roter Ampel auf die Kreuzung. Die Reifen quietschten. Um Haaresbreite entging Sandro dem entgegenkommenden Verkehr. Ein Autofahrer hupte und gestikulierte verärgert, doch Sandro ignorierte ihn. Der Mann leuchtete mit der Lichthupe auf und tobte in seinem Wagen. Jule zeigte ihm den Stinkefinger.

»Reg dich ab, du alte Sacknase.«

Emma vergrub ihr Gesicht in den Händen und seufzte: »Ich bin nicht da. Ich gehöre hier nicht dazu. Man hat mich entführt.«

»Ach, komm schon, Emma«, kicherte Jule, »das macht doch Spaß.«

»Sandro, ich verstehe die Bedenken deiner Mutter immer besser.«

»Meinste so 'ne Schickimickitussi wie deine Schwiegertochter ist besser als ich?«, fragte Jule lachend.

Emma drehte sich zu ihr um und grinste. »Niemals!«

Die Verfolgungsjagd verlief quer durch die Stadt, bis hinaus ins Industrieviertel. Sandro hielt Abstand und folgte vorsichtig – von Lagerhalle zu Lagerhalle. Sonntags war hier so gut wie kein Verkehr. Die Sonne neigte sich dem orangegefärbten Horizont entgegen. Die Schatten wurden länger.

»Halt an«, befahl Jule. »Das wird zu gefährlich. Paul könnte uns entdecken. Außer ihm sind wir hier das einzige fahrende Auto. Wo zum Teufel ist eigentlich sein Bodyguard mit Steves Limousine abgeblieben? Es macht mich ganz kirre, wenn ich nicht weiß, wo der Kerl ist.«

Sandro fuhr dicht an eine grüne Wellblechhalle und stellte den Motor ab. Jule riss die Tür auf und schnellte hinaus. Sie rannte bis ans Ende des Containerbaus und spähte vorsichtig um die Ecke. Sie winkte, ohne sich umzuschauen, ihre Freunde zu sich.

Emma stieg aus und streckte sich. Sie hatte Hunger, musste auf die Toilette und fühlte sich dank des Ganzkörper-Muskelkaters älter, als sie tatsächlich war. Ob sie jetzt noch eine Geiselbefreiung überstehen würde, war fraglich. Sie hatte keine Kraft mehr.

Sandro huschte zu Jule. Er schmiegte sich eng an sie und schaute mit ihr um die Ecke, dann zogen sie ihre Köpfe blitzschnell zurück. Sie pressten sich gegen die Hauswand.

»Was ist?«, fragte Emma, die inzwischen zu ihnen aufgeschlossen war. Ihr Magen knurrte.

»Paul hat vor einer großen Kfz-Werkstatt angehalten und ist ziemlich siegessicher hineinmarschiert.«

»Meint ihr, sie halten Trixi dort fest?«

»Könnte sein. Wir müssen uns von der Seite oder von hinten an die Halle anschleichen und nachsehen, ob es ein Fenster oder eine Tür gibt«, sagte Sandro.

Emma wollte sich selbst ein Bild machen und schaute ebenfalls um die Ecke des Containerbaus. Pauls Geländewagen parkte direkt vor dem Eingang der Halle. Links und rechts daneben waren Gebrauchtwagen mit Preisschildern in den Windschutzscheiben aufgestellt. Zwei Girlanden waren diagonal über das Areal gespannt. Silberne und blaue Wimpel flatterten daran im Wind. Der Eingang bestand aus zwei Torflügeln mit Tageslichtscheiben. Im linken Flügel befand sich eine kleine Tür, durch die Paul verschwunden sein musste. An der Fassade stand in großen roten Lettern *Motorhaus – An- und Verkauf von Gebrauchtwagen – Inh. P. Behnke.*

»Das gefällt mir gar nicht«, sagte Emma und lehnte sich wieder zurück. »Sollen wir nicht doch lieber die Polizei rufen?«

Jule schüttelte den Kopf. Sie blickte erneut in Richtung des Eingangs. »Lasst uns erst nachschauen. Dann sehen wir weiter.«

»Kinder, ich habe keine Kraft mehr. Ich habe Hunger, wir haben seit heute früh nichts mehr gegessen, und ich muss auf die Toilette.« Emma seufzte.

»Weißte was? Du setzt dich in den Wagen und ruhst dich ein wenig aus. Sandro und ich schauen uns um, und dann beratschlagen wir, was wir tun.« Jules Augen funkelten. Emma nickte, obwohl sie ahnte, dass es wieder anders kommen würde. Doch sie musste jetzt stark sein und Trixi zuliebe durchhalten, deshalb gab sie Jules Drängen nach. Sie setzte sich in den Wagen und schloss die Tür.

Jule und Sandro überlegten sich, wie sie vorgehen wollten. Sie winkten Emma zu, dann huschten sie entlang der Lagerhalle in die entgegengesetzte Richtung und verschwanden um die Ecke.

Emma lehnte sich in ihrem Sitz zurück und wartete. Ihr Körper kribbelte vor Aufregung und war gleichzeitig hundemüde. Wenn sie die Augen schloss, tauchten immer wieder Bilder von Trixi auf, wie sie gefesselt und misshandelt in dieser Kaschemme gefangen gehalten wurde. Je länger Emma nachdachte, desto wütender wurde sie auf Konstantin. Er war schuld, dass seine Tochter nun diesen Gefahren ausgesetzt war. Nicht nur das, Konstantin war eigentlich an allem schuld, daran, dass seine Tochter so verzogen war, dass er die falsche Frau geheiratet hatte, dass Emma aus der Villa ausziehen musste. Emma geriet in Rage und bezichtigte ihren Sohn, wirklich an allem schuld zu sein. Ungerecht hin oder her. Es tat gut, ihrer Wut freien Lauf zu lassen. Was auch immer mit Trixi geschehen mochte, Konstantin würde seine Strafe bekommen.

Emma trommelte mit den Fingerspitzen auf ihren Oberschenkeln. Diese Ungewissheit, was Jule und Sandro gerade taten, war unerträglich. Emma öffnete Anjas Handschuhfach. Neben Stadtplan, Papiertaschentüchern, Taschenlampe und allerlei Kleinzeug entdeckte sie einen Müsliriegel. Sie war glückselig.

»Danke, Anja, ich werde ihn dir ersetzen, versprochen.«

Sie riss die pinkfarbene Plastikfolie ein und schob den Cranberry-Power-Riegel daraus hervor. Sie biss hinein und genoss den zuckersüßen Geschmack auf der Zunge. Für einen Moment vergaß sie die Welt um sich herum und zelebrierte ihr karges Mahl. Im Anschluss zerknüllte sie das widerborstige Stück Plastik und quetschte es in den Aschenbecher des Wagens, der noch nie mit Asche in Berührung gekommen war. Anja schien eine Perfektionistin zu sein. Alles ordentlich und sauber, bestens organisiert. Wahrscheinlich lagen im Kofferraum noch eine Decke und eine Flasche Wasser für den Notfall. Emma lächelte in sich hinein. Besäße Jule einen Wagen, würde der wahrscheinlich eher Kalles Gefährt gleichen. Emma vertrieb sich die Zeit mit allerlei Spekulationen und stellte fest, dass ein Auto viel über den Charakter seines Besitzers aussagte.

Der Gedanke an eine Flasche Wasser ließ Emma keine Ruhe. Obwohl die Sonne nun endgültig hinter dem Horizont versunken war, blieb es stickig-warm im Wagen. Emma stieg aus und schaute im Kofferraum nach, ob sie mit ihrer Vermutung richtig gelegen hatte. Es lag tatsächlich eine Decke darin, ein Klappstuhl, ein Sonnenschirm fürs Schwimmbad, den man neben dem Handtuch in den Boden rammte, und eine Flasche Wasser war mit einem Gummigurt an der Seite befestigt, damit sie während der Fahrt nicht herumrollte. Emma holte sie heraus, schloss das Heck und stieg wieder in den Wagen. Das Wasser war lauwarm und schmeckte fade. Trotzdem war es eine Wohltat, als es durch ihren trockenen Mund und die Kehle rann. Sie trank beinahe alles leer, fühlte sich wie eine Wüstenpflanze, die das Wasser auf Vorrat aufsog. Kaum hatte sie jedoch die Flasche wieder verschlossen und zwischen Fahrersitz und Handbremse eingeklemmt, drückte ihre Blase.

Wo blieben Jule und Sandro nur? Emma wippte mit den Beinen, um den Druck etwas zu verringern, doch das verschaffte ihr nur für einige Momente Aufschub. Wenn sie jetzt nicht gleich auf die Toilette gehen konnte, würde sie für nichts mehr garantieren können. Jede Minute, die sie wartete, wurde ihre Not größer.

Nach etwa zehn Minuten drohte sie zu platzen. Emma beschloss, ihr Geschäft in Gottes freier Natur zu verrichten. Sie stieg aus und schaute sich um. Asphalt, Lagerhallen und Großmärkte, wohin das Auge reichte. Wenn sie sich hier irgendwo niederließ und just in diesem Moment Pauls Kompagnon wieder auftauchte und an ihr vorbeifuhr, wäre das die Krönung aller Peinlichkeiten. Neben der Straße befand sich eine Wiese, die an einen kleinen Wald grenzte. Emma seufzte. Es blieb ihr nichts anderes übrig, als dort hinüberzugehen. Was sollte sie tun, wenn währenddessen Jule und Sandro mit Trixi zurückkamen, auf der Flucht vor Paul? Da konnten Sekunden über Leben und Tod entscheiden. Genau wie bei ihr und dem Wasser in ihrer Blase. Es half nichts. Sie lief in den Wald, der von einer Brombeerranke wie eine Bastion umzäunt wurde. Emma tippelte nach links und dann nach rechts, bis sie einen kleinen Durchlass fand und im Wald ihr Geschäft erledigen konnte.

Ein Stückchen weiter entdeckte Emma die ersten schwarzen Brombeeren, die sie gierig abpflückte und in den Mund schob. Ihnen fehlte die Sonne. Sie schmeckten noch sauer, aber Emmas Hunger war größer. Sie pflückte sich noch ein paar weitere Beeren, lief zum Wagen zurück und stieg wieder ein.

Das Nichtstun und Warten war entsetzlich. Sie lehnte ihren Kopf gegen die Nackenstütze und schloss die Augen. Sie war so müde, dass sie fast augenblicklich in einen unruhigen Dämmerschlaf sank, der ihr ungeliebte Bilder von Paul in Krokoleder-Cowboystiefeln und Konstantin mit seiner Geliebten auf dem Tigerfell bescherte. Trixi stand mit gefesselten Händen und verweintem Gesicht daneben. Paul lachte.

»Wir müssen da rüber«, sagte Jule und deutete auf zwei Stapel alter Autoreifen, die auf der anderen Seite des frei gelegenen Areals neben der Kfz-Werkstatt standen. »Von da aus können wir unentdeckt an der Wand entlangschleichen und nach einem Hintereingang suchen.«

Jule zog ein Haargummi aus der Hosentasche und band sich die Locken zusammen. Dabei beobachtete sie das Terrain, um kein Detail zu übersehen. Das Orange der untergehenden Sonne spiegelte sich in zwei Zapfsäulen seitlich der Halle und tauchte die improvisierte Waschstraße in ein warmes rötliches Licht.

Sandro stand dicht hinter Jule. Wie er diese Frau liebte, die sich waghalsig und kompromisslos in ein Abenteuer stürzte, ohne zu wissen, wie es ausgehen mochte. Mit welcher Leidenschaft sie für das eintrat, was ihr wichtig und richtig erschien. Er liebte jede Faser an ihr, jede Bewegung, einfach alles. Am liebsten wäre er bis ans Ende seines Lebens hier im Sonnenuntergang stehen geblieben und hätte Jule beobachtet, wie sie ihre Lockenmähne zu bändigen versuchte, wie sie sich für den Kampf bereit machte. Dieses Feuer in ihren Augen brachte ihn um den Verstand. Er zog Jule dicht an sich und küsste sie. Zuerst wehrte sie sich, doch dann gab sie dem Spiel seiner Zunge nach und sank in seine Arme.

»Doch nicht jetzt«, schimpfte sie und löste sich sogleich wieder. Sie boxte mit gespielter Empörung gegen seinen Oberarm.

»Wieso nicht?« Sandro lachte.

»Weil wir das Mädchen retten müssen? Schon vergessen?«

»Stimmt, da war doch was.«

»Mann, du bist unmöglich.« Jule lachte und gab ihm einen flüchtigen Kuss. »Könntest du dich jetzt bitte auf die Sache konzentrieren?«

»Jawoll!«, parierte Sandro und schlug die Hacken zusammen.

»Ein Bild, von dem deine Mutter in ihren schlaflosen Nächten träumt.« Sie kicherte. »Jetzt lass den Quatsch, es geht hier um Trixi. Wenn wir die Sache versemmeln, sitzt sie echt in der Klemme.«

Sandro nickte.

»Ich zähle bis drei, und dann rennen wir dort rüber und verstecken uns hinter dem Reifenstapel. Eins, zwei, drei.«

Das Überqueren des Platzes war das größte Risiko gewesen. Wäre Paul aus der Werkstatt gekommen oder sein Schläger mit Steves Wagen vorgefahren, hätte man sie sofort entdeckt. Sobald sie die Werkstatt erreicht hatten, standen ihre Chancen gut, unentdeckt zu bleiben, weil es in diese Richtung keine Fenster gab. Jule ging voran. Sandro folgte ihr. Auf der Rückseite der Halle stapelten sich jede Menge rostige Autoteile, Kotflügel und zwei ausgeschlachtete Autos, durch deren Metallgerippe das Abendrot schimmerte.

Der gesuchte Hintereingang entpuppte sich als eine Feuertür, wie man sie in Heizungskellern fand, übersät mit öligen Fingerabdrücken, genau wie die weiß verputzte Fassade rund um den Eingangsbereich.

»Reingehen?«

»Klaro.« Jule drückte vorsichtig die Klinke hinunter und zog die Tür einen Spaltbreit auf. Sie mussten aufpassen, denn wenn es drinnen dunkel war, konnte das einfallende Licht sie verraten.

Der Mief, der ihr entgegenschlug, war eine Mischung aus Sonnenschein auf heißem Blechdach, gemischt mit Öl- und Benzingestank. Im hinteren Teil der Werkstatt war es dunkel. Weiter vorne am Eingangstor fiel das Tageslicht durch die Plexiglasscheiben. Dort lief Paul hin und her. Seine Silhouette zeichnete sich im Gegenlicht ab. Er telefonierte und gestikulierte aufgebracht. Dann blieb er an einer Art Theke stehen und schlug mit der Faust darauf. Er beendete das Telefonat und trat gegen den Tresen, schnappte sich einen Schraubenschlüssel oder etwas Ähnliches und schleuderte dieses Etwas wutentbrannt durch den Raum. Es klirrte und schepperte, als der Gegenstand auf den Betonboden fiel.

»Scheiße!«, brüllte er und trat noch ein zweites Mal gegen den Tresen.

Jule nutzte seine Unaufmerksamkeit und huschte durch den Türspalt. Sandro folgte ihr und schloss die Tür. Es war dunkel im hinteren Teil der Werkstatt. Vier Hebebühnen, auf denen hochgebockte Wagen schwebten, zeichneten sich im Halbdunkel ab. Überall standen Kisten mit Werkzeug.

»Bleib dicht an der Wand«, flüsterte sie Sandro zu, »hier könnten Montagegruben sein. Wenn die nicht abgedeckt sind, sehen wir alt aus.« Paul schien nicht die Art von Chef zu sein, der auf Sicherheitsvorschriften Wert legte. Jule schlich im Schneckentempo voran. Sie sah so gut wie nichts und befürchtete, dass irgendwo ein Schraubenschlüssel oder anderes Werkzeug auf dem Boden lag, das sie anstoßen und sich damit verraten konnte.

Sie schlich sich Stück für Stück an der Wand entlang, bis sie eine

Tür ertastete. Vorsichtig drückte sie die Klinke hinunter und öffnete sie. Ein widerlicher Uringestank schlug ihr entgegen. Jule verzog ihr Gesicht und schloss die Tür. Im WC wurde das Mädchen sicherlich nicht versteckt. Ihre Suche ging weiter. Paul telefonierte erneut, und je näher sie ihm kamen, desto deutlicher konnten sie seine Flüche verstehen, die er in den Hörer fauchte. Er öffnete die kleine Tür im Eingangsportal und starrte hinaus.

»Und wo hast du den Wagen entdeckt? Neben der grünen Lagerhalle? Scheiße. Finde den Kerl.«

Jule stieß Sandro in die Rippen. »Die haben unser Auto gefunden. Verdammt, was machen wir jetzt?«

»Wo ist Emma? Die haben sie anscheinend nicht gefunden.«

»Gott sei Dank.«

»Die suchen Steve. Komm Jule, das wird zu gefährlich, wir gehen.«

Noch ehe sie antworten konnte, kam Paul direkt auf sie zugelaufen. Es war dunkel, er konnte sie unmöglich sehen, aber es schien, als ob er genau wusste, dass er beobachtet wurde. Sie duckten sich hinter einen Kasten, in dem Eisenstangen steckten.

Zum Glück blieb Paul vor einer Tür stehen. Er zögerte einen Moment, dann schloss er auf, ließ den Schlüssel außen stecken. Aus dem Inneren drangen Neonlicht und Geräusche, als ob jemand mit einem Knebel im Mund schimpfte und mit den Füßen auf dem Boden scharrte.

»Trixi«, flüsterte Jule.

Paul betrat die Kammer. »Halt's Maul, du Mistgöre.«

Trixi schien nicht nur geknebelt, sondern auch gefesselt zu sein. Sie ruckte und kratzte mit einem Holzstuhl über den Boden.

Was in dem Raum vor sich ging, konnte Jule nur ahnen, aber es hörte sich an, als ob das Mädchen an ihren Fesseln zerrte. Dabei versuchte sie zu reden. Dem Tonfall nach äußerst wütend. Gar nicht klug, Mädel, dachte Jule.

Im selben Moment durchfuhr Jule das Geräusch eines heftigen Schlages, und es polterte.

»Es reicht, du Nervensäge, und wenn du nicht still bist, kann ich auch ganz anders.« Trixi schwieg.

»Geht doch«, stieß Paul giftig hervor. »Dir sollte mal einer die Flötentöne beibringen und dir zeigen, wer der Herr im Haus ist.«

Er lachte. Trixi wimmerte. Dann wurde es still. Für Jules Geschmack viel zu still. Sie zog eine der Eisenstangen aus der Kiste. Sandro packte sie am Hosenbund und zog sie wieder in die Deckung zurück.

»Spinnst du?«, fauchte er.

»Ich kann doch nicht zusehen, wie der Arsch die Kleine vergewaltigt!« Sie sprang auf und gleichzeitig flammte das Deckenlicht in der Halle auf. Keine drei Meter entfernt stand Pauls Bodyguard mit der Pistole in der Hand. Er musste ihnen durch die Hintertür gefolgt sein, im Glauben Steve anzutreffen. Seine Überraschung, als er Jule entdeckte, die die Eisenstange noch immer über ihrem Kopf erhoben hielt, währte nur kurz. Er richtete die Mündung seiner Pistole auf sie.

Paul kam aus der Kammer geschossen und nestelte an seiner Gürtelschnalle herum.

»Was ist hier los?«, brüllte er und starrte Jule an. Sandro erhob sich und trat neben sie.

»Wer seid ihr?«, brüllte Paul. »Das ist Privatbesitz. Verpisst euch.«

Er schloss die Tür zu dem Raum, in dem sich Trixi befand, und kam auf Jule zu.

Sandro ballte die Fäuste.

»Mein Gott, haben Sie mich erschreckt«, lachte Jule und steckte die Stange zurück. Dabei trat sie neben Sandro, legte ihren Arm um seine Taille und schmiegte sich gegen seinen Körper. »Sie werden sich jetzt fragen, was wir hier tun.«

Paul starrte sie böse an. Der Schläger hielt seine Pistole noch immer auf sie gerichtet.

»Bitte, entschuldigen Sie, aber«, dabei drückte sich Jule fest gegen Sandro, »mein Freund und ich, also, es ist mir unwahrscheinlich peinlich, aber wir, wir waren doch nur auf der Suche nach einem Plätzchen, an dem wir, also, Sie wissen schon.« Dabei brachte sie sogar ein zuckersüßes Lächeln und einen verschämten Augenaufschlag zustande.

»Gar nichts weiß ich. Raus hier.« Paul war nicht nach Späßen.

»Wissen Sie, seine Mutter«, dabei deutete sie auf Sandro, »geht ständig dazwischen, wenn wir uns, na ja, mal treffen wollen. Deswegen lassen wir uns immer etwas Neues einfallen und hier, in einer Werkstatt, so zwischen Benzin und Öl, das hat etwas Verruchtes an sich. Wenn Sie verstehen, was ich meine. Aber wenn Sie das nicht erlauben, dann gehen wir jetzt besser wieder. Nicht wahr, Schatz?« Jule plapperte sich um Kopf und Kragen.

»Moment«, Paul trat breitbeinig vor sie. »Du willst eine Nummer zwischen Benzin und Öl? Das kannste haben.« Er lachte.

Wunderbar, das war ganz und gar nicht, was sie wollte. Jule spürte, wie sich jede Faser in Sandros Körper spannte. Oh, bitte nicht. Sie wünschte, sie wäre alleine hier, dann wäre das Risiko kalkulierbarer gewesen, aber mit einem eifersüchtigen Italiener war nicht zu spaßen, denn der konnte sich schon mal überschätzen.

Jule kannte Typen wie Paul, die mit ihrem Machogehabe mächtig auf den Busch klopften. Auf der Straße lernte man vieles. Sie war damals oft an solche Kerle geraten, und einer davon lag nun mit Nagel im Ohr in einem verkohlten Keller. Jule musste Sandro aus der Schusslinie bringen.

»Du meinst, du bist besser als mein Freund?« Sie fuhr mit der Zunge über ihre Lippen. Paul grinste. Jule hätte schreien mögen. Sie tickten doch alle gleich.

»Das kannste glauben«, sagte er und straffte seinen Brustkorb wie ein balzender Gockel.

»Lass deine schmierigen Finger von ihr«, fauchte Sandro, trat einen Schritt auf Paul zu und hatte sofort die Mündung der Pistole im Nacken.

Jule blickte ihn eindringlich an und hoffte, er würde Ruhe geben.

»Weißt du, mein Freund ist eifersüchtig, er versteht keinen Spaß, wenn ich mit dir in diesem Kabuff verschwinden würde.« Dabei lehnte sie sich gegen Paul, leckte ihre Fingerspitze ab und fuhr über seinen Nasenrücken, den Ekel unterdrückend. Paul tickte genau wie alle anderen seiner Art und war in diesem angeheizten Stadium berechenbar.

»Schick ihn raus«, schlug Jule vor, »soll er sich bei seiner Mutter ausheulen, weil er nicht zum Stich gekommen ist.«

Sandro drohten die Augäpfel aus dem Kopf zu fallen. Spätestens jetzt hatte Jule ein ernstes Beziehungsproblem.

»Dein Kumpel soll vor der Tür Schmiere stehen, damit mein Freund nicht reinkommt.« Dabei marschierte Jule zielstrebig in die kleine Kammer, in der Trixi saß. Es war ein kleines Büro mit Schreibtisch und einem Regal an der Wand. Auf der Fensterbank stand ein altes Transistorradio. In der Ecke des Raumes lag eine dreckige Matratze, die allem Anschein nach für Trixi hierhergebracht gebracht worden war. An der Wand hing in einem blauen Metallschaukasten ein ganzer Satz Schraubenschlüssel, von klein bis groß. Jule scannte den Raum in Sekundenschnelle. Erst dann betrachtete sie Trixi.

Das Mädchen trug noch immer das tannengrüne Abendkleid mit Spaghettiträgern. Sie erschien Jule noch blasser und knochiger als zuvor. Ihre Haare waren zerzaust, doch ihre Hochnäsigkeit wirkte ungebrochen. Hätte man ihr den Knebel aus dem Mund genommen, wäre hier die Hölle losgebrochen. Gut, den konnte man ja noch eine Weile drin lassen, dachte Jule.

»Oh, du spielst noch mit Püppchen?«, stellte sie geringschätzig fest und schenkte Trixi nur einen flüchtigen Blick. Sie setzte sich auf den Schreibtisch, stützte sich mit den Armen hinter sich ab und spreizte die Beine ein wenig.

Paul grinste, schloss die Tür hinter sich und trat ein.

Jule hörte Sandro draußen toben. Wie gerne hätte sie ihm das erspart.

»Dann wollen wir dem Püppchen mal zeigen, wie das richtig geht«, sagte Paul, öffnete seinen Gürtel und trat vor Jule an den Tisch. Sie spielte das Spielchen mit, zog ihr Oberteil vorne etwas tiefer und gewährte ihm einen Blick auf ihre Brust. Paul stöhnte und konnte nicht schnell genug seine Hose öffnen.

Trixi fing an zu rebellieren. Sie hüpfte mitsamt dem Stuhl hin und her. Paul beachtete sie nicht, starrte in Jules Dekolleté, atmete schwer. Jule sprang vom Schreibtisch, kam einen Schritt auf Paul zu und stieß ihm ihr Knie mit voller Wucht in den Schritt. Der Mann jaulte und ging in die Knie. Jule packte den größten der Schraubenschlüssel von der Wand und schlug ihm damit auf den Hinterkopf. Er sackte zu Boden und blieb mit geöffneter Hose vor ihr liegen. Dabei stöhnte Jule und juchzte, als ob sie den besten Sex ihres Lebens hatte. Sie war sich sicher, dass sein Bodyguard draußen lauschte. Was musste Sandro bloß denken?

Sie löste Trixis Fesseln und gab ihr Zeichen, still zu sein. Erst als diese nickte, löste Jule vorsichtig den Knebel. Ihr Stöhnen ging durch alle Stimmlagen und wurde lauter. Trixi betrachtete sie angewidert. Jule war fassungslos. Sie spielte das ganze Theater nur, um sie zu befreien, und die Tussi verurteilte sie dafür. Sie drückte Trixi den zweitgrößten Schraubenschlüssel von der Wand in die Hand. Dann trat sie hinter die Tür, riss sie auf und stürmte nach draußen.

Das Überraschungsmoment war auf ihrer Seite. Die Türklinke fuhr Pauls Schläger in die Nieren, er machte einen Satz nach vorne, und ehe er reagieren konnte, schlug Jule ihm den Schraubenschlüssel auf den Kopf. Sandro setzte mit einem Handkantenschlag in den Nacken nach. Der Mann sackte zusammen. Seine Pistole schlitterte über den Betonboden.

»Los, raus hier!«, schrie Jule. Sie packte Trixi am Handgelenk und wollte mit ihr davonlaufen. Doch Sandro packte sie an den Schultern, drückte sie grob gegen die Wand und schüttelte sie. Er raste vor Wut. Jule hatte ihn noch nie zuvor so zornig gesehen. Seine Lachfältchen waren verschwunden, die Furche auf seiner Stirn war tiefer denn je. Seine Augen schwarz.

»Verdammt noch mal, mach das nie, nie wieder«, schrie er sie an.

»Mann, was soll das?«

»Was das soll? Du fragst, was das soll?« Seine Nasenflügel blähten sich, er stieß Jule erneut gegen die Wand. Dann schüttelte er sie wie eine Gummipuppe. »Ich bin fast gestorben vor Angst um dich. Wie konntest du dich diesem Schwein nur so billig anbieten?«

»Mann, jetzt reg dich ab. Es ist doch nichts passiert.« Jule kam aus seinem Klammergriff nicht frei.

»Nichts passiert? Der Typ hat dich angegrapscht, und ich musste hier vor der Tür stehen und in die Mündung einer Pistole schauen, während ich dich da drinnen hörte. Das nennst du nichts passiert?«

»Jetzt lass mich los, du Depp.« Sie versuchte, seine Arme fortzuschlagen. »War ich denn so überzeugend? Hast du das Theater wirklich geglaubt?« Jule kicherte.

Sandro ließ sie langsam los und strich zärtlich über ihre Wange. »Du Hexe. Tu das nie wieder.« Er nahm ihren Kopf zwischen seine Hände und küsste sie.

»Wollen wir hier warten, bis die Kerle wieder zu sich kommen, oder soll das eine Rettungsaktion werden?«, fragte Trixi und machte sich auf den Weg zum Ausgang.

Als Emma im Auto erwachte, war das orangefarbene Himmelsschauspiel einem dämmrigen Nachtgrau gewichen. Sie musste eingeschlafen sein. Eingeschlafen? Sofort war sie wieder hellwach. Jule und Sandro hätten längst aus der Werkstatt zurück sein müssen. Entweder hatte Jule wieder einen ihrer glorreichen Einfälle, der sie Kopf und Kragen gekostet haben konnte, oder Paul hatte die beiden entdeckt und sie gefangen genommen.

»Oh mein Gott«, rief Emma und schlug die Hände über ihrem Kopf zusammen. Vielleicht hielt er sie gar nicht gefangen, sondern hatte sie wie den Tierschmuggler auf den Fotos einfach erschossen. Der Gedanke, dass Jule, Sandro und vielleicht auch Trixi tot sein könnten, versetzte Emma in Rage.

»Warte, Söhnchen, das wirst du bereuen.«

Sie stieg aus und öffnete den Kofferraum. Anja war für alle Lebenslagen gerüstet, aber weder Decke noch Klappstuhl halfen Emma jetzt weiter. Anja musste unbedingt ihr Konzept neu überdenken. Emma holte den Sonnenschirm heraus und betrachtete die

Spitze des Eisenstabs. Was sich in den Boden rammen ließ, konnte man auch sonstwohin rammen. Das musste für den Moment genügen.

»Besser als nichts.«

Aus Anjas Handschuhfach fischte sie eine Sonnenbrille und setzte sie auf. Die Gläser waren groß und rund, sodass Emma sich wie eine Stubenfliege vorkam. Tarnung war die beste Verteidigung. Das Dämmerlicht wurde durch die getönten Gläser noch dunkler. Emma atmete tief durch und schlich an der Wellblechwand entlang bis zur Ecke. Mit beiden Händen umklammerte sie den zusammengerollten Schirm. So konnte sie jederzeit zustechen oder Paul niederschlagen. Das war auf jeden Fall besser, als im Wagen zu warten.

Sandro, Jule und Trixi rannten an Pauls Geländewagen vorbei, direkt auf die grüne Lagerhalle zu, hinter der ihr Wagen parkte. Jule bog als Erste um die Ecke. Sie stolperte direkt in Emma und stieß sie mit voller Wucht nach hinten um. Emma schrie und landete auf dem Hosenboden, den Sonnenschirm noch immer in Angriffsstellung erhoben.

»Ihr lebt!«

»Was dachtest du denn?« Jule zog Emma in die Höhe und lachte. »Was ist denn hier los? Karneval im Altersheim?«

Emma kam sich albern vor. Dann entdeckte sie ihre Enkelin. Sie wollte gerade die Brille absetzen und das Mädchen in die Arme schließen, als Trixi sagte: »Was ist das denn für eine gestörte Schachtel? Ihr seid ja alle voll durch.«

Sie rümpfte die Nase und öffnete die Wagentür. Sie setzte sich auf den Beifahrersitz und starrte in den Kosmetikspiegel der Sonnenblende.

»Meine Frisur. Wie ich aussehe. Das darf nicht wahr sein.« Dabei fuhr sie mit beiden Händen in ihre verzottelten Haare und versuchte, sie notdürftig zu richten. Den Zeigefinger zog sie unter ihrem Auge entlang und korrigierte den verwischten Lidstrich, so gut es ging.

»Können wir dann endlich fahren, oder müsst ihr noch lange da draußen quatschen?«, kommandierte sie hochnäsig.

»Sag mal, geht's noch, Püppi?«, schnaubte Jule. »Ein einfaches Danke für die Befreiungsaktion hätte es auch getan.«

»Stell dich nicht so an. Mein Vater gibt dir einen Hunderter als Belohnung.« Sie starrte Jule von oben bis unten an und blieb an der zerrissenen Jeans hängen. »Dann kannst du dir etwas Anständiges zum Anziehen kaufen.« Ohne Jule weiter zu beachten, setzte sie ihre notdürftigen Make-up-Korrekturen im Spiegel fort.

Emma war fassungslos, wie respektlos Trixi sich verhielt. Das Mädchen hatte es binnen weniger Sekunden geschafft, ihre Freude über das Wiedersehen in eine Eiszeit zu verwandeln. Mit welcher Überheblichkeit sie Jule abkanzelte, die gerade ihr Leben für sie riskiert hatte. Emma schämte sich für ihre Enkelin. Aus irgendeinem Impuls heraus, den sie nicht erklären konnte, behielt sie die Sonnenbrille auf und gab sich Trixi nicht als ihre Großmutter zu erkennen. Wusste sie überhaupt, dass Emma aus der Seniorenresidenz geflohen war? Wahrscheinlich interessierte es sie gar nicht.

»Los, Beeilung«, drängte Sandro und stieg ein.

Jule und Emma setzten sich nach hinten.

»Wo warst du vorhin, als Pauls Schläger den Wagen entdeckte?«, fragte Jule.

Emma gab nur ein vages *Hm* von sich und deutete auf den Wald. Sie gab Jule ein Zeichen, dass sie nicht reden wolle, solange Trixi in der Nähe war. Wer weiß, wofür es gut sein mochte, dass sie ihre eigene Großmutter nicht erkannte. Das war auch kein Wunder, dank Emmas neuer Haarfarbe und dieser überdimensionalen Brille auf der Nase. Emma beugte sich zu Jule und flüsterte ihr ins Ohr: »Können wir sie in die WG mitnehmen? Sie darf mich nur nicht erkennen. Ich habe eine Idee. Hilfst du mir?«

»Klaro.«

Die Fahrt in die WG verlief wortkarg, bis zu jenem Moment, da Trixi feststellte, dass sie nicht den Weg nach Hause in das Villenviertel einschlugen.

»Wohin fahren wir? Wir hätten an der Kreuzung eben abbiegen müssen.«

»Jetzt krieg dich mal wieder ein, wir bringen dich morgen früh nach Hause. Heute Nacht kommst du mit uns.«

»Warum?« Trixi wandte sich nach hinten, und Emma drehte ihren Kopf ohne Kommentar wieder nach vorne. Sie durfte sie nicht erkennen. »Fassen Sie mich nicht an!«

»Denk doch mal nach«, pokerte Jule, »wenn die beiden Typen wieder aufwachen, werden sie genau wissen, wo sie dich suchen müssen, und glaub mir, ein zweites Mal gehen die nicht so sanft mit dir um.«

»Sanft? Ihr wisst gar nicht, wie grob diese Männer waren. Sie haben mich gefesselt und mir einen Knebel in den Mund gestopft.«

»Isses möglich?« Jule schüttelte angewidert den Kopf und rollte mit den Augen.

Es war dunkel, als sie den Hinterhof der WG erreichten. In den Fenstern der Nachbarhäuser brannte Licht. Von irgendwoher drang lautes Streiten in die milde Abendluft. Eine Flasche flog aus einem der Fenster in den Hof hinunter und zersplitterte auf den Pflastersteinen.

»Wo sind wir denn hier gelandet? Im Paradies der Assis?«

Jule versetzte Trixi einen Stoß in Richtung Haustür. Sandro schloss auf. Sie stiegen nacheinander die Treppe empor. Emma blieb ein Stück zurück und verbarg ihr Gesicht hinter Jules Schultern.

»Gibt es hier keinen Fahrstuhl? Und was stinkt hier so erbärmlich?«

»Sei still und geh weiter.« Jule versetzte ihr einen weiteren Stoß.

Emma überlegte die ganze Zeit, wie sie Nutzen aus Trixis Anwesenheit ziehen konnten. Konstantin glaubte, dass seine Tochter in Gefahr schwebte, und das sollte er auch weiterhin tun. Natürlich war das kein ehrenwerter Zug von ihr, aber diese Gelegenheit konnte sie unmöglich ungenutzt lassen. Wäre Trixi vorhin im Wagen nicht dermaßen überheblich gewesen, hätte Emma sie auf der Stelle nach Hause bringen lassen, aber dieses Gör hatte aus der Entführung nichts, aber auch gar nichts gelernt. Dankbarkeit für ihre Rettung, Anstand anderen gegenüber – das waren Fremdwörter für sie. Das Mädchen blieb ein Ebenbild ihrer Mutter. Mit Jules Hilfe konnten sie Trixi vielleicht noch für ein oder zwei Tage in der WG festhalten.

Sandro und Trixi warteten bereits vor der Wohnungstür. Emma hielt Jule am Ärmel fest.

»Warte. Ich möchte meine Enkelin gerne bei uns behalten, aber sie darf mich nicht erkennen. Ich möchte ihr eine kleine Lektion erteilen.« Emmas Bitte mochte eigenartig erscheinen und verlangte Jule und den anderen WG-Bewohnern viel ab. Trotzdem hoffte sie, in Jule eine Komplizin zu finden.

»Das wird nicht lustig mit diesem Zuckerstückchen.« Jule kratzte sich am Kopf.

»Ich weiß, ich verlange viel von euch, aber es wäre nur für einen oder maximal zwei Tage.« Emma starrte durch Anjas Sonnenbrille und umklammerte Jules Hand wie eine Bittstellerin.

»Soll ich dir etwas verraten?« Jules Augen funkelten. »Als deine Enkelin dich vorhin nicht erkannte, hatte ich eine ähnliche Idee.«

»Was auch immer du vorhast, wir sollten das in Ruhe besprechen. Jetzt müssen wir erst einmal überlegen, wo wir Trixi unterbringen, damit sie mich nicht erkennt.«

»Kommt ihr?«, rief Sandro und beugte sich über das Geländer.

»Ja.« Jule eilte nach oben. Emma wartete einen Moment auf dem Treppenabsatz. Sobald die drei in der Wohnung waren, huschte sie hinterher und verschwand direkt in Jules Zimmer.

Die Küchentür öffnete sich, und Anja trat in den Flur. Sie streckte Sandro die Handfläche entgegen.

»Die Wagenschlüssel. Kratzer oder Beulen im Lack?« Sie trug eine schwarze Hornbrille vorne auf der Nasenspitze und hatte die Haare zu einem strengen Knoten im Nacken zusammengebunden. Sie wirkte wie eine Oberlehrerin.

»Nichts passiert, alles in bester Ordnung«, antwortete Sandro und drückte ihr den Schlüssel in die Hand. Jules Aktion in letzter Sekunde, die SMS von der Kühlerhaube abzusenden, verschwieg er.

»Warum glaub ich, dass da noch mehr ist?« Sie starrte Trixi von oben bis unten an. »Was führt ihr im Schilde, und wer ist sie?«

»Ich bin Trixi von Stratnitz.«

»Von Stratnitz? Ist das nicht der Name von …«

»Ja, genau. Anja, ich muss mit dir reden.« Jule stürmte an Trixi vorbei, hakte Anja unter, führte sie in die Küche und schloss die Tür hinter sich. Der Duft von überbackenem Käse lag in der Luft. Jules Magen rumorte.

»Du musst uns helfen.«

»Schon wieder, Herzchen? Bin ich Mutter Teresa, oder trage ich einen Stempelabdruck *Brot für die Welt* auf meiner Stirn? Ich habe euch meinen Wagen geliehen und gut ist.« Anja holte eine Bechertasse und einen Teebeutel aus dem Schrank und befüllte den Wasserkocher.

»Die Zicke da draußen ist Emmas Enkelin. Sie wurde entführt, und wir haben sie befreit.« Jule sprang wie Rumpelstilzchen um Anja herum, als ob es die perfekte Seite für ihre Unterstützung zu finden galt. »Emma möchte sie und deren Vater gerne noch ein oder zwei Tage schmoren lassen.«

»Das ist ihre Entscheidung.« Das Wasser kochte.

»Wir brauchen nur ein Zimmer, wo sie schlafen kann, damit sie Emma nicht über den Weg läuft.« Jule neigte den Kopf zur Seite und setzte einen Dackelblick auf.

»Vergiss es. Aus meinem Zimmer werde ich keine Jugendherberge machen.« Anja überbrühte den Teebeutel mit heißem Wasser und zog ihn in der Tasse auf und ab. Rote Schlieren vermischten sich mit dem Wasser.

»Wohin sollen wir sie denn sonst stecken? Es ist doch nur für zwei Nächte.«

»Dann bringt sie doch bei Sandro unter und erklärt seiner Mutter, dass er endlich die Frau fürs Leben gefunden hat, angesehenes Elternhaus und so weiter.«

»Ha, ha.«

»Jule, bei aller Liebe, aber das müsst ihr schon selbst regeln. Gute Nacht.« Anja warf den Teebeutel in den Biomülleimer und verließ mit ihrer Tasse die Küche.

Jule boxte gegen den Küchenschrank.

Anja streckte ihren Kopf nochmals zur Tür herein.

»Kalle ist übrigens heute Nacht bei seinem Kumpel.« Sie lächelte und zog sich in ihr Zimmer zurück.

»Danke.«

Jule schob Trixi in Kalles Zimmer und knipste das Licht an.

»Hier kannst du heute Nacht pennen.«

»Hier?«, fragte Trixi. Ihre Stimme besaß jenen Unterton, der deutlich machte, dass sie eher tot umfallen würde, als hier zu nächtigen.

Kalles Zimmer war penibel aufgeräumt. Es roch nach Aftershave und nach getragenen Schuhen – lange war nicht mehr gelüftet worden. Alles war in Dunkelblau gehalten, die Vorhänge, das kleine Sofa und die Tagesdecke auf dem Bett, die wie in einem Hotel an der einen Seite zurückgeschlagen war. Ein Paar Pantoffeln stand neben dem Nachttisch. Neben dem Sofa stapelten sich Automagazine. Alle waren akkurat übereinandergelegt, fünf Hefte mit der Bindung nach hinten, fünf Hefte mit der Bindung nach vorne, sodass der Turm nicht einseitig wurde und später umkippte. Jule verzog das Gesicht. Ihr war noch nie zuvor aufgefallen, wie spießig Kalle war. Um sein Zimmer hatte sie stets einen großen Bogen gemacht. Es reichte ihr, wenn sie ihn manchmal aus dem ihren jagen musste. Warum konnte er bei ihr nicht genauso schüchtern sein wie bei anderen Frauen? Jule schüttelte angewidert den Kopf. Auf dem Tisch lag eine Schreibunterlage aus Papier, die an den vorderen Kanten mit zwei Büroklammern fixiert war, damit die einzelnen Bögen sich nicht nach oben rollten und Eselsohren hinterließen. Ein Füller, ein Bleistift und ein Kugelschreiber lagen in einer kleinen Plastikmulde mittig über der Unterlage. Jule vermutete, dass der Abstand zur Kante auf den Millimeter genau abgemessen war. An Kalles Pinnwand über dem Schreibtisch klebten gelbe Notizzettel in Reih und Glied. Sie waren mit Datum versehen und chronologisch angeordnet. *Jackett in Reinigung bringen, Facharbeit abgeben, Jackett wieder aus Reinigung abholen, Mama Geburtstagsgeschenk kaufen.* Jule trat einen Schritt zurück und schauderte.

»Was ist das denn für eine Spießerbude?« Trixi stand in der Mitte des Raumes und drehte sich um ihre eigene Achse.

Jule wollte gerade antworten, als sie ein Foto über Kalles Bett entdeckte. Es war gerahmt und zeigte Kalle als Teenager mit Hornbrille und Pickeln, links und rechts von ihm seine vor Stolz strahlenden Eltern. Jule schnappte wie ein Karpfen nach Luft. Am Bettpfosten hingen ein Paar Handschellen mit rosafarbenem Plüsch.

»Besser als Pauls Werkstatt ist es auf alle Fälle«, sagte Jule und war sich dessen nicht einmal sicher.

»Hier bleibe ich nicht«, stellte Trixi fest und machte auf dem Absatz kehrt.

Jule packte sie am Arm. »Was soll das heißen?«

»Was ich gerade gesagt habe. Hier bleibe ich nicht.«

»Hallo? Du wurdest nicht gefragt, ob dieses Zimmer deinem verwöhnten Näschen gefällt oder nicht. Du bleibst hier und Schluss.« Jules Wangen färbten sich rot vor Zorn. Dieses Gör glaubte wohl, jeden nach seiner Pfeife tanzen lassen zu können.

»Wer sagt das?«, keifte Trixi und starrte Jule an.

»Ich!« Jule stemmte ihre Fäuste in die Hüften und baute sich vor ihr auf.

»Pah, dass ich nicht lache. Wer bist du überhaupt? So, wie du aussiehst«, dabei glitt ihr Blick verächtlich an Jules Körper auf und ab, »hast du es in deinem Leben nicht gerade weit gebracht. Also warum sollte ich mir von jemandem wie dir etwas vorschreiben lassen? Ich will sofort nach Hause zu meinen Eltern.«

»Du gehst erst dann, wenn ich es sage. Kapiert?« Jule drehte sich um und verließ Kalles Zimmer. Sie knallte die Tür hinter sich zu und schloss ab.

»He!«, rief es von drinnen. Trixi hämmerte gegen die Tür und schrie.

Jule stand im Flur und schnaubte. Ihr schoss das Blut in den Kopf.

Sandro war zwischenzeitlich in der Küche verschwunden und streckte seinen Kopf neugierig in den Flur. Jules Zimmertür öffnete sich, und Emma mit der Stubenfliegensonnenbrille spähte um die Ecke. Anjas Tür flog ebenfalls auf, und sie rauschte im Bademantel heraus. »Was ist denn das für ein Lärm?«

Jule verschränkte die Arme vor der Brust und blähte die Nasenflügel.

»Es ist schon zehn Uhr durch. Sorg dafür, dass dein Gast still ist, sonst haben wir gleich die Nachbarn«, dabei schaute sie zu Sandro, »und Frau Pascello im Besonderen am Hals.«

Anja verschwand wieder in ihrem Zimmer und schloss die Tür hinter sich zu.

»Ich werde zu ihr gehen«, sagte Emma und zog die Sonnenbrille von der Nase.

»Nein, das tust du nicht. Ich erledige das.« Jule verschwand schnurstracks in Kalles Zimmer. Trixi verstummte augenblicklich.

Emma schaute Sandro fragend an.

»Keine Ahnung, was sie jetzt wieder anstellt«, sagte er und grinste. »Meine Mutter hat recht, diese Frau bringt mich noch um den Verstand.« Er verschwand lächelnd in der Küche.

Emma wartete einen Moment und lauschte. Von Trixi war kein Ton mehr zu hören. Plötzlich riss Jule die Tür wieder auf und huschte in den Flur. Sie schloss die Tür hinter sich und verriegelte sie. Den Schlüssel ließ sie stecken.

»So, das wäre erledigt«, sagte sie und rieb sich die Hände, als ob sie Schmutz abwischte. »Hast du Hunger?«

»Was hast du mit ihr gemacht?«

Jule gab keine Antwort und ging in die Küche. Emma war versucht, den steckenden Schlüssel zu drehen und nachzuschauen, doch dann würde das Theater vielleicht wieder von Neuem losgehen. Schlafende Hunde oder schweigende Enkelmonster sollte man lieber nicht wecken.

Sandro hatte bereits einen Topf Wasser zum Kochen gebracht und Spaghetti aus dem Schrank geholt. Er schnitt Kräuter und wusch Tomaten. Der Tisch war für vier Personen gedeckt.

»Hunger?«, fragte er in die Runde. »Ich könnte einen ganzen Elefanten vertilgen.«

Jule warf sich auf einen der Stühle. »Sag mal, was iss'n bei der Zicke schiefgelaufen? Hat die einen Knall, mich so anzumachen? Hält sich wohl für was Besseres.«

Emma setzte sich neben Jule und strich über ihren Arm. »Es tut mir leid, ich entschuldige mich für Trixi. Sie ist einfach …«

»… eine total verzogene Tussi.«

Emma senkte den Kopf. »Sie hätte dich nicht dermaßen angehen dürfen. Du hast sie gerettet, und dabei hättest du selbst zu Schaden kommen können.«

»Is ja nix passiert.« Jule lächelte. Sie lehnte sich zurück, reckte die Arme zur Decke und gähnte.

»Ich danke euch beiden für das, was ihr heute für mich getan habt. Trixi ist beileibe nicht einfach, aber sie ist immer noch meine Enkeltochter. Ich hätte es nicht ertragen, wenn ihr etwas zugestoßen wäre. Ich wünschte, sie wäre nur ein wenig so wie du, Jule.«

»Um Gottes willen, bloß nicht«, rief Sandro und gab die Nudeln ins Wasser. »Zwei von dieser Sorte wären mein sicherer Untergang.«

Jule stand auf und umarmte Sandro von hinten. Sie schmiegte sich an ihn und legte ihren Kopf gegen seinen Rücken.

»Das sah vorhin aber ganz anders aus, du eifersüchtiger Italiener.«

Sandro drehte sich um, nahm den Holzkochlöffel von der Arbeitsplatte und versohlte Jule spielerisch den Po. Sie lachten.

Emma genoss den Anblick, diese Unbekümmertheit, wie die beiden miteinander umgingen. Sie hatten ihr Leben für eine Fremde riskiert, als ob dies das Selbstverständlichste der Welt war. Emma fühlte sich ihnen verbunden und mochte sich nicht vorstellen, wie es sein würde, wenn sie wieder in ihr eigenes Leben zurückkehren musste. Die vergangenen vier Tage hatten alles komplett auf den Kopf gestellt.

Das Essen war köstlich. Sandro hatte eine würzige Tomatensoße zu den Nudeln gezaubert. Nach diesem anstrengenden Tag hatten sie Appetit wie Waldarbeiter.

»Sollten wir Trixi nicht auch etwas zu Essen bringen?«, fragte Emma.

»Das mach ich, wenn du fertig bist. Du kannst dich dann in meinem Zimmer verstecken.« Jule grinste. »Außerdem darf Mylady ruhig noch ein bisschen warten. Strafe muss sein.«

»Was habt ihr mit ihr vor?« Sandro blickte von Jule zu Emma und zurück.

Emma senkte den Kopf. »Als sie mich vorhin nicht erkannte, schoss mir ein gemeiner Plan durch den Kopf. Ich weiß, es ist nicht in Ordnung, sie hier festzuhalten, aber ihr wird nichts passieren.«

»Wenn sie so weitermacht, kann ich für nichts garantieren«, polterte Jule.

»Mein Sohn denkt, sie wird von Paul festgehalten. Deswegen muss er dafür Sorge tragen, dass dieser Papageienschmuggel am Dienstag am Flughafen planmäßig über die Bühne geht.«

Sandro nickte und hörte ihr aufmerksam zu. Jule fuhr mit dem Zeigefinger durch die Reste der Tomatensoße auf ihrem Teller und schleckte ihn ab.

»Wann und wie Paul Trixi wieder freilassen wollte, wissen wir nicht, aber ich kann mir vorstellen, dass die Übergabe erst nach dem Handel stattfinden sollte. Wir könnten Konstantin ein wenig ins Schwitzen bringen.«

»Du meinst, wir sollten dein *Ekelchen* ein wenig länger als nötig hier behalten?« Jule beugte sich verschwörerisch zu Emma. »Cool.«

»Warte ab, ob das nach drei Tagen mit der Zicke immer noch cool ist.« Sandro stapelte die Teller zusammen.

»Lass mich mal machen, das hab ich im Griff.«

»Ich dachte, wir könnten der Polizei einen Tipp geben und Paul und seine Männer am Flughafen auffliegen lassen. Wenn man sie verhaftet, dann ist Konstantin völlig im Unklaren über den Verbleib seiner Tochter.« Emma zögerte, als sie ihren Plan erklärte. Sie wusste, dass es wohl nichts Schlimmeres gab, als die Angst um das eigene Kind. Es war – weiß Gott – kein schöner Plan, und sie schämte sich als Mutter, solche Gedanken überhaupt zu haben, aber die Ereignisse spielten ihr ganz unabsichtlich den größten Trumpf über ihren Sohn und seine Frau in die Hände. Barbara würde wahnsinnig werden und weich wie Wachs für jede Bedingung sein. Emma sollte sich für ihre bösen Absichten schämen, doch stattdessen war es ihr eine Genugtuung, den beiden die Gemeinheiten und Erniedrigungen der vergangenen Jahre heimzuzahlen, sie am Boden zu sehen und wieder in ihre Villa zurückzukehren. Emma senkte den Blick und fuhr mit dem Fingernagel eine Holzmaserung auf dem Esstisch nach.

»Hast ein schlechtes Gewissen, was?« Jule tätschelte ihre Hand. Sie erriet Emmas Gedanken. »Trixi ist in Sicherheit, und dein Sohn kann ruhig mal einen auf den Deckel bekommen. Das hat er verdient.«

»Jule«, Emma lächelte, »kennst du das Gefühl, dass man jemanden, den man eigentlich liebt, dessen Wohl einem über alles gehen sollte, einfach nur wehtun möchte?« Ihre Stimme war leise geworden.

»Ja«, antwortete Jule. Sie stand auf und ging zum Fenster, schaute nach draußen in die Dunkelheit, und ihr Spiegelbild starrte zurück. »Das Gefühl kenne ich nur zu gut. Ich habe es so lange schon in mir, dass ich gar nicht mehr weiß, wie es früher war. Man gewöhnt sich an diesen Hass, und eines Tages wird er zum Gesetz, das eingehalten werden muss.«

Emma wurde neugierig. Sie stand auf, stellte sich hinter Jule und legte ihre Hände auf die Schultern der jungen Frau.

»Was auch immer dich bedrückt, ich helfe dir, genau wie du mir, einer Fremden, bedingungslos geholfen hast.«

Jule wischte eine Träne aus dem Augenwinkel und wirbelte herum.

»Komm, Fremde, sag schon, wollen wir nicht noch ein fettes Lösegeld von deinem Sohn fordern?« Sie setzte ein fröhliches Lachen auf, doch ein Schatten in ihren Augen verriet, dass sie ein Geheimnis mit sich herumschleppte, das schwer auf ihrer Seele lastete. Emma strich ihr zärtlich über die Wange.

»Als ich aus dem Heim floh, wollte ich, dass Konstantin nach mir suchen musste.« Emma setzte sich wieder an den Tisch. Die Küchenuhr zeigte genau elf Uhr. Sandro goss drei Gläser Rotwein ein. »Ich wollte ihm Unannehmlichkeiten bescheren, ihn auf Trab halten und mir in der Zwischenzeit eine kleine Wohnung und eine Gesellschafterin suchen, um endlich in Frieden leben zu können, ohne diese ewigen Streitereien. Einfach fortlaufen, sonst nichts. Irgendwie kam dann alles anders. Ich traf dich, Jule, du hattest die Beweisfotos von Herrn Lehmann, auf denen mein Sohn zu sehen war, und dann Trixis Entführung. Wisst ihr, als ich befürchten musste, dass sie vielleicht nicht überleben würde, begriff ich, dass ich so vieles mit ihr verpasst habe. Ich habe zum Beispiel noch nie ein wirkliches Gespräch mit ihr geführt, eines, das nicht nur auf meine Geldbörse abzielte. Trixi ist mein einziges Enkelkind, und ich weiß überhaupt nicht, wie es in ihr aussieht, was sie umtreibt, warum sie so hochnäsig ist und welche Träume sie hat. Ich war nie für sie da, wenn es mit ihren Eltern Streit gab. Vielleicht hätte ich einiges bewegen können. Und als wir in unserem Versteck saßen, wurde mir bewusst, dass meine und auch Trixis Situation alleine Konstantins und Barbaras Schuld sind. Er hat mit seinen Machenschaften das Leben seiner Tochter aufs Spiel gesetzt, und Barbara hat mich aus meinem Haus geekelt. Das kann ich doch nicht kampflos hinnehmen. Ich hole mir mein Haus zurück! Trixi soll dort ein Zuhause finden, das jederzeit für sie offensteht. Fortlaufen, bloß weil ich keine Kraft für neuen Streit habe, ist keine Lösung. Konstantin und Barbara werden mich kennenlernen. Trixi zuvor allerdings auch. Ganz so einfach werde ich es der Göre nicht machen.« Sie schüttelte den Kopf und blickte zur Zimmerdecke. »Wenn mein Mann mich hier sitzen sähe … Er würde mir eine Standpauke über Recht und Unrecht halten. Als Trixi mich vorhin nicht erkannte und dermaßen arrogant zu dir war, wollte ich ihr einen Denkzettel verpassen, nur weil es mir eine Genugtuung gewesen wäre.«

Unverwandt sah sie Sandro und Jule an. »Bin ich deswegen ein schlechter Mensch? Wie weit werde ich bei der nächsten Gelegenheit gehen?« Ihre Augen wurden feucht.

Sandro strich ihr liebevoll über den Rücken. Ein wohliges Gefühl, das sie sich nicht weiter ausmalen wollte, denn wer weiß, was sie auch an dieser Front bei einer nächsten Gelegenheit tun würde.

»Hör doch auf mit dem Quatsch, du bist kein schlechter Mensch.« Jule lächelte. »Du bist die coolste Oma, die ich je getroffen habe, und das, was du vorhast, ist so was von richtig. Du lässt dich nicht abschieben, schlägst zurück und holst dir deine Villa wieder, dein Leben und deine Enkeltochter. Was auch immer dazu notwendig ist, tu es, und wir helfen dir dabei. Nicht wahr Sandro?«

Er schmunzelte. »Natürlich.«

»Ihr wisst gar nicht, wie viel mir das bedeutet.« Emma wischte ihre Tränen ab. »Doch jetzt muss ich ins Bett.«

»Geh nur, ich kümmere mich um unser Prinzessböhnchen.«

»Danke.«

Emma umarmte Jule, drückte ihr einen Kuss auf die Wange und verließ die Küche.

Jule kratzte die letzten Spaghetti aus der Schüssel, häufte sie auf einen Teller und krönte sie mit dem Rest der Tomatensoße. Das Ganze schob sie in die Mikrowelle. Der Glasteller rotierte.

Sandro griff nach ihren Händen und zog Jule zu sich auf den Schoß. Mit einer Hand fuhr er unter ihr T-Shirt und strich über ihre Wirbelsäule bis hinauf zu den Schulterblättern. Ihre Haut war warm und weich. Er küsste sie.

»Entschuldige, dass ich vorhin so ausgetickt bin.« Er drückte seine Stirn gegen Jules Oberarm.

»Alles andere wäre mir verdächtig vorgekommen.« Jule lachte und küsste ihn auf seine dunkelbraunen Locken. »Du bist Italiener, du musst so sein. Rasend vor Eifersucht.«

»Du hast mir aber auch allen Grund dazu gegeben, du Satansbraten.« Er griff nach ihrem Kinn und küsste sie ein zweites Mal.

Er roch so wunderbar. Seine Wärme, seine kräftigen Arme, in die sie sich fallen ließ, weckten Sehnsüchte in ihr, die sie am liebsten sofort mit ihm geteilt hätte.

»Ich bin fast verrückt geworden, als du mit diesem Widerling in seinem Kabuff verschwunden bist. Als ich dich hörte, mir vorstellte, wie er dich mit seinen schmierigen Fingern anfasste, und ich nichts dagegen unternehmen konnte, außer in die Pistolenmündung zu starren, wäre ich am liebsten gestorben.« Er drückte sie fest an sich, vergrub sein Gesicht in ihrer Halsbeuge. »Ich hatte Angst um dich wie noch nie.«

Jule legte den Kopf zur Seite.

»Ist doch nichts passiert. Ich wusste, wie weit ich gehen konnte. Diese Typen sind doch alle gleich.«

»Trotzdem. Tu das nie wieder!«

Er schaute ihr in die Augen. Sein Blick spiegelte Besorgnis, Angst und Liebe. Jule sank in seine Arme, und wäre nicht die Mikrowelle mit einem schrillen *Bling* dazwischengefahren, hätte sie sich vergessen.

»Das Essen ist fertig«, sagte sie und löste sich widerwillig aus seinen Armen. »Ich werde unsere Prinzessin füttern gehen.«

»Und wer füttert mich, den armen Italiener, der liebeshungrig in deiner Küche sitzt und von deinem nackten Leib in seinem Bett träumt?«

»Mal sehen, ob ich nachher noch ein Dessert für dich übrig habe.« Jule zerzauste sein Haar und marschierte mit einem Teller dampfender Nudeln in Richtung Kalles Zimmer.

Der Raum war dunkel. Jule hatte vergessen, das Licht anzulassen. Sie hörte ein ersticktes Murmeln, die Bettdecke raschelte, und Metall scheuerte an Metall. Jule knipste ohne Vorwarnung die Deckenlampe an. Trixi stöhnte und kniff die Augen fest zusammen.

»Hunger?« Jule balancierte den Teller zum Schreibtisch und stellte ihn dort ab. »Du bist selbst schuld. Wenn du dich nicht wie eine Furie benommen hättest, wäre dir das erspart geblieben.«

Das Mädchen lag auf dem Bett, die Arme mit den Plüschhandschellen am Bettgestell angekettet. Ihre Füße hatte Jule mit Kalles Bademantelgürtel zusammengebunden. Als Knebel diente ein T-Shirt, das Jule mit Paketklebeband aus Kalles Schreibtisch fixiert hatte.

Trixi zerrte an ihren Fesseln und gab eindeutig zu erkennen, dass sie das ganze Haus zusammenschreien würde, sobald der Knebel gelockert wurde. Sie tobte im Rahmen ihrer begrenzten Möglichkeiten. Jule setzte sich neben sie auf das Bett und verschränkte die Arme.

»Gut, ich kann warten, bis du still bist.«

Trixi funkelte sie böse an, riss den Kopf in die Höhe, als ob sie Jule anfallen wollte.

»Mädel, wie doof bist du eigentlich? Wenn du nicht still bist, gehe ich wieder.«

Trixi gab nicht auf und wand sich unter ihren Fesseln.

Jule stand auf, setzte sich an den Schreibtisch und fuhr mit der Gabel in die Nudeln, drehte sie langsam auf. Dann führte sie den Bissen zum Mund und pustete. Trixi schnaubte und blähte die Nasenflügel.

»Letzte Chance. Gib Frieden, dann gehört das Essen dir.« Jule beobachtete sie aus dem Augenwinkel.

»Mmmm«, war die Antwort. Trixi beruhigte sich.

Jule legte die Gabel zurück und trat neben das Bett. Trixis Wangenknochen war angeschwollen und rot.

»Wenn ich dir den Knebel löse und du wieder schreist, dann sieht dein anderer Wangenknochen nachher auch so aus. Mir macht das nichts aus.« Jule meinte, was sie sagte. Sie würde nicht zögern, Trixi einen zweiten Fausthieb zu verpassen, wenn es notwendig sein sollte. Sie kannte den Schmerz selbst gut genug. Steve hatte ihr oft mit schlagkräftigen Argumenten seine Meinung aufgezwungen, und sie wusste, dass man ganz schnell allem zustimmte, nur um keinen zweiten Treffer zu kassieren. Keine schöne Methode, aber manchmal sehr effizient.

Trixi nickte und wimmerte nur noch leise.

»Sicher?« Jule trat neben sie und hielt die Faust über ihrem Gesicht erhoben.

»Mmmm.«

Jule riss das Klebeband ab. Ein paar Haare blieben daran kleben. Das Mädchen winselte.

»Stell dich nicht so an.«

Trixi spuckte den Knebel aus und blies feine Fusseln aus dem Mund.

»Was soll das?«, ging das Gekeife sofort wieder los. »Wer bist du, und warum hältst du mich hier gefangen? Warum habt ihr mich überhaupt gerettet, wenn das Ganze jetzt hier weitergeht?«

»Sei still.« Jule löste die Handschellen und half Trixi auf den Schreibtischstuhl. »Hier, iss!«

Trixi schob hastig die Gabel in den Mund. Sie hatte Hunger und aß schnell.

Jule lehnte sich gegen die Schranktür und beobachtete ihre Gefangene. Das Mädchen war so dünn, dass ihre Schultern eckig unter den Spaghettiträgern hervorstanden. Das grüne Abendkleid war schmutzig und zerknittert. Ihre Haare filzig und das Make-up zerlaufen. Sie sah wie ein verhungertes Gespenst aus.

»Ich versteh das nicht, warum bringt ihr mich nicht zu meinen Eltern zurück? Wollt ihr Geld? Das ist kein Problem, mein Vater hat genug. Er wird alles, was ihr für meine Freilassung fordert, bezahlen.«

»Quatsch keine Opern, ich will sein blödes Geld nicht.« Dass dem doch so war, musste sie dem Mädchen nicht auf die Nase binden.

»Nicht? Aber es geht doch immer ums Geld, und so, wie du ausschaust, brauchst du es ziemlich dringend.« Trixi grinste.

»So, wie ich ausschaue?« Jule verschränkte die Arme.

»Du hast keine stylishen Klamotten an, deine Haare bräuchten dringend einen Friseur, und wenn das vorhin deine Großmutter war, dann brauchst du dringend noch einen Platz in einer Anstalt für sie.« Trixi lächelte abfällig.

Jule schnaubte. Diese dumme Pute hatte doch keine Ahnung und spielte gerade mit dem Wohl ihres zweiten Wangenknochens. Nein, sie würde sich nicht provozieren lassen.

»Glaub, was du willst. Dein Spatzenhirn ist eh nicht groß genug, um auf die Wahrheit zu kommen.« Jule trat neben sie und zerrte sie am Arm in die Höhe.

»He, was soll das? Lass deine Finger von mir.«

»Auch gut, dann kannst du dich mit Dreck und Speck ins Bett legen, und Toilette ist für heute gestrichen.«

Kleinlaut gab Trixi nach und ließ sich von Jule ins Badezimmer begleiten.

Sandro kam aus der Küche und schaute nach, was vor sich ging. Als er Jule und ihre Gefangene sah, grinste er. Trixi musste das falsch verstanden haben und lächelte zurück. Sie schmachtete ihn an, als ob sie ohne ihn keine weitere Sekunde mehr leben könnte.

Jule versetzte ihr einen Stoß in die Seite und verkniff sich das Lachen. Die Vorliebe für den hübschesten Italiener auf Erden lag wohl in Emmas Familie.

Sandro kam auf Jule zu, hauchte ihr einen Kuss auf die Wange und flüsterte ihr ins Ohr: »Denk an mein Dessert.«

»Worauf du dich verlassen kannst.«

Dann verließ er die Wohnung.

Eine halbe Stunde später lag Trixi wieder gefesselt in Kalles Bett. Jule vereinbarte mit Emma, dass sie im Notfall auf dem Handy erreichbar sei und sofort käme, falls es Probleme gäbe, und schlich durchs Treppenhaus. Vor der Wohnungstür der Pascellos blieb sie stehen und schickte eine SMS an Sandro, damit er ihr die Tür öffnete. Eine Begegnung mit seiner Mutter war das Letzte, was sie jetzt noch brauchte. Es dauerte keine Minute und schon wurde von innen aufgesperrt. Sandro zog Jule am Arm in den Flur und küsste sie. Er drückte sie mit dem Rücken gegen die Wohnungstür. Diese fiel mit einem lauten

Rumms ins Schloss, und gleich darauf flammte das grelle Deckenlicht auf.

»Ist da wer gekommen?« Frau Pascello erschien im Türrahmen ihres Wohnzimmers. Der Fernseher plärrte im Hintergrund. Sie trug einen rosafarbenen, abgesteppten Bademantel und dazu farblich passende Plüschpantoffeln. Auf ihrer Nasenspitze saß eine Lesebrille, über die sie die beiden fixierte.

Sandro wirbelte herum und stellte sich direkt vor Jule, als ob er sie beschützen wollte.

»Ist das nicht dieses Flittchen von unten?« Frau Pascello kam näher und zog ihren Sohn zur Seite. »Raus!«, schrie sie und deutete mit dem ausgestreckten Zeigefinger auf die Wohnungstür.

»Nein, sie bleibt.« Sandro packte Jule an der Hand und verschwand mit ihr in seinem Zimmer. Er verriegelte die Tür.

Frau Pascello hämmerte mit der Faust dagegen und startete ein Gezeter, das im ganzen Haus zu hören sein musste.

»Diese Person wird nicht in meiner Wohnung bleiben. Wirf sie sofort raus!« Carlotta tobte und fand kein Ende.

»War der Tag nicht schon anstrengend genug?« Sandro war müde. Er küsste Jule und ging mit ihr rückwärts zu seinem Bett. Dabei streifte er Jules Kapuzenshirt herunter.

»Alessandro, mach sofort auf!«, tobte seine Mutter.

Jule kickte ihre Schuhe von den Füßen und öffnete Sandros Hemdknöpfe.

»Wenn du nicht gehorchst, dann hole ich den Schlüsseldienst.«

Sandro ließ von Jule ab, drehte sich zur Tür und schüttelte den Kopf.

»Wenn ich nicht gehorche?«, sagte er mehr zu sich selbst als zu seiner Mutter. »Sag mal, in welchem Jahrhundert leben wir denn?«

Er wandte sich wieder um, küsste Jules Halsbeuge und zog ihr das T-Shirt über den Kopf.

»Was treibt ihr da drinnen? Alessandro?« Carlottas Stimme stand kurz vor dem Kippen. Sie hämmerte gegen die Tür.

Sandro knurrte. Er schoss in die Höhe und riss die Zimmertür auf.

Seine Mutter stand mit erhobener Faust vor ihm, wollte gerade wieder an die Tür hämmern. Sandro überragte sie um Haupteslänge. Er baute sich mit nacktem Oberkörper vor ihr auf und strafte sie mit einem vernichtenden Blick.

Carlotta ließ den Arm sinken und spähte an ihm vorbei, wollte sehen, was in seinem Zimmer vor sich ging. Als sie Jule barfuß und nur mit Jeans und BH bekleidet auf dem Bett liegen sah, verengten sich ihre Augen zu kleinen Schlitzen. Sie holte Luft und starrte ihren Sohn an.

»Du wirst nicht mit diesem Flittchen ins Bett gehen. So weit kommt es noch.« An Jule gewandt rief sie: »Verlassen Sie augenblicklich meine Wohnung, oder ich rufe die Polizei.«

»Es reicht, Mutter!«, donnerte Sandro. »Jule bleibt, ob dir das passt oder nicht.«

»Gut, du hast es nicht anders gewollt.« Frau Pascello trat den Rückzug ins Wohnzimmer an – dorthin, wo das Telefon stand.

»Wenn du das tust, Mutter, dann siehst du mich heute das letzte Mal. Ich ertrage diese beschissene Enge nicht mehr. Mir reicht's.«

Frau Pascello blieb mitten im Flur stehen, drehte sich zu ihrem Sohn um.

»Was meinst du damit?« Ihre Stimme klang ängstlich.

»Wenn du mich nicht endlich in Ruhe lässt, ziehe ich aus. Und jetzt entschuldige mich, ich muss mein Dessert vernaschen.« Sandro drehte sich um und schloss die Tür.

Jule lachte. Draußen hörten sie ein leises Klopfen.

»Alessandro?«

»Lass sie, sie wird auch wieder Ruhe geben.« Sandro warf sich zu Jule aufs Bett, sog ihren warmen Duft ein, fuhr mit seiner Zungenspitze ihren Hals entlang und entledigte sie ihrer restlichen Kleidungsstücke.

Kalle schloss die Wohnungstür der WG auf. Seine Laune war auf dem Nullpunkt. Der Abend mit Frank war einfach nur peinlich gewesen. Sein Kommilitone hatte ihn zum Lernen eingeladen. Zusammen wollten sie ihre Facharbeiten besprechen und ein Konzept erarbeiten. Weil es spät werden würde, hatte Frank vorgeschlagen, dass Kalle bei ihm übernachten solle, was er nicht gerne tat, aber er wollte Franks Hänseleien nicht neu entfachen. Kalle liebte Ordnung und hasste Überraschungen. Sie versetzten ihn in Panik, weil sie unvorhersehbar waren und ihn in schwierige Situationen brachten. Er war kein Held. Er war weder schlagfertig noch selbstsicher. Vielmehr war er unsicher und schüchtern und verkroch sich hinter Vertrautem.

Frank hatte er vertraut. Sie saßen oft beieinander und lernten für die Uni. Obwohl Kalle nicht schnell Freundschaften schloss und diese dann auch nur mit einer für ihn sicheren Distanz führte, fand er Frank auf Anhieb sympathisch. Er machte sich nicht lustig über ihn, wenn er in der Kneipe einen roten Kopf bekam, sobald eine Kellnerin sich über den Tisch beugte und ihm Einblicke in die unendlichen Tiefen eines Dekolletés bot. Er lachte auch nicht, wenn Kalle in Schockstarre verfiel, sobald seine Professorin ihn nach vorne zitierte und dabei nicht seine Aufzeichnungen an der Tafel, sondern seinen Hintern beobachtete. Frank war ein Freund, ein Haltepunkt in der Welt, mit der Kalle nicht immer kompatibel war.

Kalles Stärken lagen auf dem Gebiet der Betriebswirtschaftslehre. Er liebte das Studium. Er war der Beste seines Semesters und blühte auf, wenn es um Zahlen und Analysen ging. Frank nutzte diesen Tatbestand aus und kopierte die Hausarbeiten von ihm. Das machte Kalle nichts aus. Er half gerne. Nur bei seinen Kommilitoninnen war er nicht so hilfsbereit. Frauen versetzten ihn in Panik, wenn sie ihm zu nahe kamen, ihn mit ihrer Koketterie betörten. Er wusste nie, wohin er schauen sollte, auf die roten Lippen, die Augen, die ihn von oben bis unten verschlangen. Er wurde dann ganz nervös und tollpatschig, und sein Blick, der hilflos umherirrte, über ihre Schultern hinweg das Weite suchten, kehrte wie magnetisiert immer wieder zu ihren Brüsten zurück. Er wollte nicht glotzen, aber er konnte nicht anders. Das musste sich unter den Mädchen herumgesprochen haben. Sie fragten oft nach seiner Hilfe und gewährten ihm absichtlich Einblicke, die er besser ignoriert hätte. Seine Schamesröte war so vorhersehbar wie das Beschlagen einer Duschkabine, und an die damit einhergehenden Regungen in seinen Lenden durfte er gar nicht erst denken. Getuschel und Gekicher unter den Studentinnen waren an der Tagesordnung.

Kalle hätte sich am liebsten für ein Fernstudium von zu Hause beworben. Sein Zimmer war seine Festung. Niemand betrat es, wenn er dies nicht wollte, und er konnte sich zurückziehen, wann immer ihm danach war. Es bot ihm Sicherheit.

Als Frank ihn für heute Abend eingeladen hatte, dachte Kalle, sie würden arbeiten. Er freute sich, denn er mochte es, wenn er sein Wissen weitergeben konnte. Kalle erklärte, und Frank schrieb fleißig mit. Irgendwann hatte Frank keine Lust mehr zu arbeiten. Als es dann zufällig an der Wohnungstür klingelte und Peggy und Sandy mit zwei Flaschen Sekt vor der Tür standen, wurde Kalle die Luft zu dünn. Er packte seine Bücher zusammen und wollte nach Hause gehen. Frank nannte ihn einen Spielverderber, und Sandy schmiegte ihren kurvenreichen Körper an Kalle. Sie zwinkerte ihm zu, fuhr mit der Zunge über ihre Lippen und wanderte mit ihrem Knie an seinem Bein entlang nach oben. Kalle versuchte, das Mädchen wegzuschieben, doch sie blieb hartnäckig.

Frank ließ sich von Peggy bereitwillig auf sein Sofa ziehen. Er zwinkerte Kalle zu und ermutigte ihn, sich doch mal verwöhnen zu lassen, wo die beiden Mädels doch zufällig vorbeigekommen waren.

Kalle war schüchtern, aber nicht blöd. Die einzige Frau, zu der er ins Bett steigen wollte, war Jule. Sie war anders als die anderen und machte sich nicht über ihn lustig. Er packte seine Sachen und floh nach Hause.

Der Geruch der WG beruhigte ihn. Sein Herzschlag hatte sich wieder normalisiert. Es war inzwischen spät geworden, und er wollte nur noch in sein Bett und diesen widerlichen Abend vergessen. Morgen würde der ganze Vorfall in der Uni die Runde machen, und er stand dann wieder als Hanswurst da. Traurig schlüpfte Kalle aus seinen Schuhen und stellte sie im Flur neben die Wohnungstür. Er schlurfte, ohne Licht zu machen, zu seinem Zimmer und wollte eintreten. Die Klinke ließ sich herunterdrücken, doch die Tür war versperrt. Kalle zog die Stirn kraus und probierte es ein zweites Mal. Er tastete in der Dunkelheit nach dem Schlüsselloch. Der Schlüssel steckte. Kalle fragte sich, was hier vor sich ging, schloss auf und trat ein.

Der fahle Schein des Mondes fiel silbern auf sein Sofa und den Schreibtisch. Er war zu Hause, in Sicherheit. Er kannte sein Zimmer in- und auswendig, brauchte kein Licht, um sich zurechtzufinden. Jeder Gegenstand befand sich genau dort, wo er ihn hingestellt hatte. Die Ordnung gab ihm Sicherheit. Kalle legte seine Tasche zur Seite, schlüpfte aus seiner Kleidung, legte sie auf das Sofa. Dann ging er nackt zu seinem Bett, fischte unter seinem Kopfkissen seinen Pyjama hervor. Bevor er ihn anziehen konnte, hörte er ein Schnauben. Etwas hatte sich in seinem Bett bewegt.

Blitzschnell knipste er die Nachttischlampe an. Er traute seinen Augen nicht. Dort lag ein geknebeltes Mädchen mit langen blonden Haaren. Sie war sehr zierlich und wunderschön. Wie kam sie hierher? Sie grunzte leise und seufzte im Schlaf. Kalle erschrak und löschte das Licht. Wenn er sie nicht sah, konnte sie ihn auch nicht sehen. Er blieb einen Moment stehen und überlegte, ob er von den Ereignissen des Abends traumatisiert war und nun fantasierte. Im Zimmer war es vollkommen still. Zaghaft beugte er sich wieder zu seiner Nachttischlampe und knipste sie erneut an, um nachzuschauen, ob wirklich ein Mädchen in seinem Bett lag. Es war keine Einbildung. Sie war tatsächlich da. Das Licht schien sie zu stören. Sie drehte den Kopf zu Seite und wieder zurück, strampelte mit den Beinen die Decke zur Seite. Sie hatte makellose weiße Haut und schien aus Porzellan zu sein. Wer hatte sie in sein Bett gelegt? Wer hatte sie gefesselt? War das auch eine von Franks Intrigen? Kalle konnte seinen Blick nicht von dem Mädchen wenden. Das T-Shirt, das sie trug, hatte er an Jule schon gesehen. Es war bis zu ihrem Po in die Höhe gerutscht. Nur noch ein kleines Stückchen weiter – wünschte sich Kalle. Seine Fantasie ging auf Reisen, sein Körper reagierte.

Im selben Moment öffnete Trixi die Augen und sah Kalle im

Adamskostüm an ihrem Bett stehen und sie anstarren. Sie zerrte an den Handschellen, warf den Kopf hin und her, versuchte zu schreien, doch der Knebel erstickte ihre Hilferufe.

Kalle erschrak über diesen plötzlichen Ausbruch, machte stolpernd einen Schritt nach hinten und knallte gegen die Schranktür. Das Holz an seinen Schulterblättern und seinem Po war kalt. Kalle war entsetzt und merkte erst jetzt, dass er immer noch nackt in seinem Zimmer stand und den Pyjama festhielt. Er schaltete sofort das Licht aus, stieg linkisch in seine Schlafanzughose und zog das Oberteil über.

Sein Gesicht wurde feuerrot, sein Puls hämmerte in den Schläfen. Was war hier nur los? Wer war dieses Mädchen, und warum hatte man sie gefesselt? Auf all diese Fragen gab es nur eine Antwort: Jule!

Kalle stürmte aus seinem Zimmer, klopfte bei Jule an. Keine Antwort. Er klopfte ein zweites Mal und rief leise nach ihr. Als sie immer noch nicht öffnete, drückte er vorsichtig die Klinke hinunter. Er wollte auf keinen Fall Emma wecken. Wie sollte er ihr erklären, warum er schon wieder in Jules Zimmer schlich. Das halb nackte Mädchen in seinem Bett war keine gute Ausrede.

»Jule?«, flüsterte er in die Dunkelheit.

Das Licht aus dem Flur fiel ins Zimmer, und er sah, dass Emma alleine in dem großen Bett lag. Jule war nicht da. Kalle trat den Rückzug an und schloss die Tür wieder.

Er stand barfuß im Flur und zitterte. Das Mädchen hatte sich beruhigt. Es war still in seinem Zimmer geworden. Er überlegte, was er tun sollte, da fiel sein Blick auf Anjas Tür. Er klopfte und rief ihren Namen. Anja schloss von innen auf und blickte ihm schlaftrunken entgegen. Ihre Haare standen zerzaust vom Kopf.

»Wo ist Jule?«

»Mann, weißt du, wie spät es ist?«, maulte Anja.

»In meinem Bett liegt ein Mädchen.«

»Dann freu dich doch und hab eine schöne Nacht.« Anja war müde und wollte die Tür wieder schließen.

Kalle schob seinen Fuß dazwischen.

»Du musst mir helfen«, flehte er. »Wer ist sie, und warum liegt sie in meinem Bett? Gefesselt!« Das letzte Wort spie er panisch hervor.

»Frag das Jule, und jetzt lass mich in Ruhe.«

Anja lehnte sich gegen ihre Tür.

»Und wo ist Jule?«

»Was weiß ich. Vielleicht bei Sandro. Dem Lärm nach, den Frau Pascello vorhin da oben zum Besten gegeben hat, wirst du sie in Sandros Bett finden.«

»Aber da kann ich doch jetzt nicht klingeln.« Kalle war verzweifelt.

»Stell dich nicht so an, dein Bett ist breit genug. Es ist doch nur für eine Nacht.« Anja trat Kalle auf den Fuß, der zog ihn erbost zurück. Sie knallte hastig ihre Tür zu und schloss wieder von innen ab.

»Anja«, versuchte Kalle nochmals sein Glück und klopfte vergebens.

Kalle stand im Flur und überlegte. Seine Füße waren eiskalt, und er war müde. Jule hatte ihm seinen Zufluchtsort geraubt, ohne ihn zu fragen. Es blieb ihm nichts anderes übrig, als wieder in sein Zimmer zu gehen. Der ungebetene Gast in seinem Bett schnaubte und fing an, gegen die Fesseln anzukämpfen.

Kalle schloss die Tür. Er wagte nicht, das Licht anzumachen. Er wollte das Mädchen nicht sehen. Er stand eine Weile unschlüssig herum und entschied sich dann, auf dem Sofa zu schlafen. Er legte sich hin und klopfte ein Kissen unter seinem Kopf zurecht.

Das Mädchen beruhigte sich und wurde still. Zu still. Kalle konnte kein Auge zumachen. Diese Stille machte ihn wahnsinnig. Er wusste, dass sie dort lag, mit einem Hauch von Nichts bekleidet. Sie atmeten dieselbe Luft. Seine Gedanken glitten über ihren Körper. Ständig hatte er ihre nackten Schenkel vor Augen. Er drehte sich zur Seite und versuchte, sich auf andere Gedanken zu bringen, doch die wanderten zu Frank, wie er mit Peggy auf dem Sofa knutschte, und zu Sandy, die sich an ihm zu schaffen machte. Das waren nicht die richtigen Gedanken, um ihn von dem ungebetenen Gast in seinem Bett abzulenken. Er fror. Eine zweite Decke hatte er nicht.

Das Mädchen schlief irgendwann wieder ein. Sie atmete ruhig und gleichmäßig. Kalle wälzte sich auf dem Sofa hin und her. Er zitterte am ganzen Körper und verfluchte alle Frauen und Jule im Besonderen. Am Horizont waren die ersten Boten der Dämmerung zu erahnen, als Kalle beschloss, in sein Bett zu gehen. Er fror erbärmlich und kroch unter die Decke, penibel darauf bedacht, das Mädchen nicht zu berühren. Er wandte ihr den Rücken zu und genoss die Wärme, die von ihr ausging.

Er lag stocksteif auf der Matratze und wagte nicht, sich zu bewegen. Sie roch so wunderbar. Am liebsten hätte er sich zu ihr umgedreht und sie beobachtet. Er versuchte, sie zu vergessen, lauschte ihrem Atem. Warum hatte Jule ihm nur ein Mädchen ans Bett gefesselt? Sollte das eine Aufforderung sein? Ein Geschenk?

Kalle wagte irgendwann, sich umzudrehen. Sie schlief. Er brauchte kein Licht, er spürte ihre Nähe, und das genügte ihm.

Montag

Die Nacht war viel zu kurz gewesen, Emmas Grübeleien über Recht und Unrecht hatten ihr den Schlaf geraubt, bis sie irgendwann wehrlos in Morpheus Arme gefallen war. Ihre Träume waren bizarr. Trixi saß gefesselt auf einem Thron und regierte die Welt. Ihre Untertanen konnten sie wegen eines Knebels in ihrem Mund schlecht verstehen und taten Dinge, die sie nicht tun sollten. Paul und sein Komplize bestraften sie deswegen und schossen sie nieder. Emma versteckte sich vor ihnen hinter einem Sonnenschirm und einer Brille. Gerade als Paul die Pistole an Sandros Schläfe legte, wachte Emma schweißgebadet auf.

Es war früh am Morgen. Am Himmel färbten sich Wolkenschlieren zartrosa. Emma öffnete das Fenster, atmete die frische Luft ein und legte sich wieder auf das Bett.

Sie hielt die eigene Enkelin gefangen und nutzte die Angst ihrer Eltern schamlos aus. Je länger sie darüber nachdachte, desto zorniger wurde sie über ihre Skrupel. Sie tat nichts Böses. Sie hatten Trixi befreit und in Sicherheit gebracht. Konstantin brauchte sich nicht beschweren. Immerhin war er es, der das Kind in diese Gefahr gebracht hatte. An Barbara wollte sie gar nicht denken. Ihre Oberflächlichkeit war unerträglich, und ihre Absichten waren ekelhaft. Also, warum, bitteschön, machte sich Emma Gedanken, dass ihre kleine Lektion schändlich sein könnte? Es stand doch schon in der Bibel – Auge um Auge, Zahn um Zahn. Emma tat nichts Unrechtes. Im Gegenteil, sie beschützte Trixi und bewahrte Konstantin vor einer Gefängnisstrafe, indem sie die Beweisfotos zurückhielt, und Barbara würde einen Dämpfer in Sachen Demut erhalten. Das waren alles redliche Absichten!

Emma nahm eine heiße Dusche und legte Make-up auf. Kam es ihr nur so vor, oder strahlten ihre Augen nicht heller als noch vor einer Woche? Waren ihre Wangen nicht rosiger geworden? Emma zeichnete ein lachendes Gesicht auf die beschlagene Duschkabinentür. Es ging ihr gut.

Sie eilte zurück in Jules Zimmer und drehte sich vor dem Innenspiegel in der Schranktür. Sie blieb stehen und betrachtete die Frau, die ihr daraus entgegenstrahlte. Die Jeans und die rote Bluse standen ihr hervorragend.

»Sieht doch noch ganz passabel aus.«

Es war sechs Uhr früh. Jule war über Nacht bei Sandro geblieben. Da in Kalles Zimmer noch alles ruhig war, beschloss Emma, die Kiste mit ihren Wertsachen aus Jules Schrank hervorzuholen. Sie hatten sie am Vortag dort versteckt, weil Sonntag war und die Banken nicht geöffnet hatten. Emma wollte einen kleinen Betrag Bargeld an sich nehmen und den Rest in einem Schließfach deponieren. Wenn ihr Plan aufging, würde sie in wenigen Tagen schon wieder in ihrer Villa wohnen und könnte ihre Schätze dann nach Hause holen.

Die Kiste war schwer. Emma hievte sie auf das Bett und setzte sich daneben. Sie strich mit dem Zeigefinger zärtlich über das graue Metall und erinnerte sich, wie Kurt tagelang im Haus nach einem perfekten Versteck gesucht hatte. Den Schlüssel hatte Jule unter einem Stapel T-Shirts in ihrem Schrank versteckt. Emma schob ihn in das Schloss und hob den Deckel der Kassette hoch. Sie seufzte.

In der Kiste lagen nicht nur Wertpapiere, ein paar Bündel Geldscheine und ihre schönsten Schmuckstücke, die sie nach Kurts Tod nie wieder getragen hatte, sondern auch Fotos. Es waren sechs alte Schwarz-Weiß-Bilder mit gezahntem Rand. Emma hatte die Fotos mit einer roten Schleife sorgfältig zusammengebunden. Kurt lachte damals und fragte, was denn an Fotos so wertvoll sei, dass man sie in einen Tresor legen müsse. Emma lächelte. Sie küsste ihren Zeigefinger und drückte diesen auf das oberste Bild, von dem ihr Kurt entgegenstrahlte. Emma zog die Bilder aus der Schleife und breitete sie vor sich aus. Sie waren chronologisch sortiert. Kurt als junger Mann, so, wie sie ihn kennengelernt hatte, mit einem Lächeln, dem sie nicht widerstehen konnte. Er saß lässig auf einem Gartenmäuerchen und winkte dem Fotografen zu. Das zweite Bild war zur selben Zeit aufgenommen worden und zeigte Emma im Sommerkleid und mit einem schweren Picknickkorb, den sie mit beiden Händen trug. Das Bild war am Tag ihres ersten gemeinsamen Ausflugs aufgenommen worden. Emma blickte zum Fenster hinaus und erinnerte sich an jene kleine Waldlichtung, das weiche Moos und ihren ersten Kuss. Sie seufzte und betrachtete das dritte Bild. Es war ihr Hochzeitsfoto. Wie steif diese Aufnahme war. Der Fotograf hatte mit ihr geschimpft, weil sie zu viel gekichert und nie den Mund gehalten hatten. Alle Aufnahmen waren verwackelt. Doch wie konnte sie nur stillhalten, da sie vor Glück zu bersten drohte? Erst nachdem der Fotograf androhte, keine weiteren Aufnahmen mehr zu machen, blieben Kurt und Emma still sitzen. Das Ergebnis war ein furchtbar ernstes Bild. Wie oft hatten sie beim Anblick der Fotografie darüber gelacht.

Das vierte und fünfte Bild zeigten Konstantin als Baby. Einmal hielt Emma ihn im Arm, und das andere Mal strahlte der stolze Vater mit seinem Sohn in die Kamera.

»Konstantin, was ist nur aus dir geworden?« Emma strich über das Babyköpfchen und erinnerte sich an die Zeit, als er noch klein war und ständig neue Streiche ausheckte.

Damals, als sie die Villa neu bezogen hatten, Konstantin war gerade fünf Jahre alt gewesen, rannte er ins Dachgeschoss und suchte nach Gespenstern. Als er das runde Fenster im Giebel entdeckte, fragte er seinen Vater, was das sei: So etwas hatte er noch nie gesehen. Kurt ging neben ihm in die Hocke und sagte mit ernster Miene, das sei die Eingangstür in den Himmel. Immer wenn im Haus jemand sterbe, müsse man das Fenster öffnen, damit die Seele des Toten zu Gott fliegen könne. Als Tage später Konstantins Hamster starb, musste das tote Tier in der Nacht vor das offene Fenster gelegt werden. Der Junge kuschelte sich auf eine Luftmatratze daneben und wollte Wache halten, bis der liebe Gott seinen kleinen Freund holte.

Als er nach langem Wachen übermüdet eingeschlafen war, schlich Kurt nach oben und holte den Hamster. Er vergrub ihn bei Vollmond im Garten. Am nächsten Morgen ärgerte sich Konstantin, dass er das Schauspiel verpasst hatte. Er war aber trotzdem froh, dass sein Hamster nun vom Himmel jede Nacht zu ihm hinabschauen konnte.

Meine Güte, dachte Emma, wie bescheiden Kinderträume sind und wie garstig Menschen werden können, wenn sie erwachsen sind.

»Bist du schon wach?« Jule streckte ihren Kopf zur Zimmertür herein.

»Jule!« Emma drehte sich zu ihr um. »Ja, schon eine ganze Weile. Schau mal, willst du ein Bild von meinem Kurt sehen?«

Jule setzte sich neben sie und legte ihren Arm um Emmas Schulter. Es war diese Selbstverständlichkeit, mit der sie das tat, die Emma berührte. Jule blickte auf die Fotos, die nebeneinander auf der geöffneten Kiste lagen. Emma erklärte, was die Bilder zeigten.

»Wow, dein Kurt war eine echte Sahneschnitte.« Jule hob das Bild hoch und lachte. »Die damalige Mode und die Frisur waren allerdings grauenhaft. Wenn du heute so rumlaufen würdest, müsstest du damit rechnen, dass man mit Steinen nach dir wirft.« Sie lachte. »Und was ist das?«

Sie legte das Foto zur Seite und deutete auf eine rote Samtschatulle.

»Das?« Emma hielt sie andächtig in beiden Händen. »Das ist die Halskette meiner Mutter. Sie schenkte sie mir zu meiner Hochzeit. Sie wurde, seit ich weiß gar nicht, wie vielen Generationen, immer von der Mutter an ihre Tochter weitergegeben.«

Sie öffnete die Schatulle. Darin lag eine silberne Kette, an der drei Anhänger mit blutroten Rubinen baumelten. Die Steine waren erbsengroß und mit allerlei Verzierung eingefasst.

»Als Konstantin heiratete, wollte ich sie Barbara schenken.« Sie zögerte.

»Warum hast du es nicht getan?«, fragte Jule.

Emma zuckte mit den Schultern und lächelte. »Ich weiß es nicht. Es erschien mir nicht richtig, ihr die Kette zu schenken. Vielleicht sollte ich sie Trixi geben, wenn sie eines Tages heiratet.«

Jule legte Emma theatralisch eine Hand auf die Schulter und die andere legte sie auf die Brust und sagte: »Es tut mir unendlich leid, aber ich fürchte, die Tradition eurer Kette wird an diesem Punkt auf ewig unterbrochen sein. Einen Mann, der Trixis Marotten aushält, wird es bestimmt nicht geben.«

Emma lachte und legte das Schmuckstück wieder in die Schatulle zurück. Dabei zog sie ein paar Geldscheine aus einem der Bündel und drückte sie Jule in die Hand.

»Bitte, nimm das«, sagte sie, »ihr habt wegen mir schon genügend Ausgaben gehabt, und ich möchte mich wenigstens ein klein wenig bei euch revanchieren.«

Jule starrte die Scheine an. Es waren 300 Euro. Sie warf die Scheine in die Kiste zurück.

»Vergiss es, uns kann man nicht bezahlen.«

»Ich weiß, aber ich würde euch gerne eine Freude machen, weil ihr … einfach für mich die letzten Tage so vieles getan habt. Bitte.« Emma sammelte die Noten ein und streckte sie Jule wieder entgegen.

Jule erhob sich und setzte sich auf ihren Schreibtisch.

»Nö, kommt nicht in den Sack. Schnick.« Dabei baumelte sie mit den Beinen und schaute demonstrativ zur Decke.

Es hatte keinen Sinn zu insistieren. Emma legte das Geld auf das Bett und verschloss die Kiste wieder. Sie packte sie zurück in den Schrank und versteckte den Schlüssel wieder unter den T-Shirts. Das Geld steckte sie in ihr Portemonnaie. Wenn sie nachher zur Bank ging, wollte sie wenigstens einen üppigen Einkauf für die WG spendieren.

Emma blieb plötzlich stehen und betrachtete Jule.

»Wass'n?«

»Ich frage mich gerade, ach nein, lassen wir das.« Es war ihr unangenehm, schon wieder mit dem Thema angefangen zu haben.

»Jetzt komm schon, was wolltest du sagen? Erst gackern und dann kein Ei legen – das ist doof.« Jule war von der Tischkante gesprungen und ergriff Emmas Hände.

»Aber bitte nicht böse sein. Versprochen?«

»Versprochen.«

»Verrätst du mir, was du in diesem roten Papphefter aufbewahrst und was es mit diesem kleinen Superman-Shirt in deinem Schrank auf sich hat?«

Jule ließ augenblicklich ihre Hände los und starrte zum Fenster hinaus.

»Entschuldige, ich wollte dich nicht bedrängen.« Emma hätte sich vor Wut in den Hintern beißen können. Wenn Jule ihr Geheimnis nicht preisgeben wollte, war das ganz alleine ihre Sache.

»Er hieß Daniel«, sagte Jule unerwartet und beobachtete den Flug einer Amsel. »Er war Superman, zumindest spielte er das tagein, tagaus und ging mir damit ganz schön auf die Nerven. Eine rote Gardine war sein Cape. Mit ihr sprang er ständig umher und rettete die Welt.«

Emma setzte sich aufs Bett.

»Ich war 13 und fand meinen kleinen Bruder einfach nur ätzend. Die Nervbacke hatte mein erstes Rendezvous mit seinem Superman-Scheiß versaut, und ich habe ihn dafür gehasst.«

Jule drehte sich um. Ihre Augen waren rot. Sie weinte.

»Wir waren eine richtig spießige Familie. Vater, Mutter, Kinder und ein kleines Reihenhaus. Friede, Freude, Eierkuchen und so.«

Sie zog die Nase hoch und wischte mit dem Handrücken darunter entlang.

»Der Kerl zeckte sich an mich und lief mir ständig nach. Wir hatten viel Streit. Eines Tages verbot ihm Mutter, mir ständig zu folgen, damit diese Streitereien endlich ein Ende fänden. Offiziell wollte ich meine Freundin besuchen, aber in Wahrheit hatte ich ein Date.« Sie lächelte. »Wir hielten Händchen im Park, und der Junge schenkte mir gebrannte Mandeln. Damals dachte ich, dass ich nun erwachsen und eine Frau sei.«

Jule seufzte und drehte sich wieder zum Fenster.

»Das war der letzte Moment meiner rosaroten Kindheit.«

»Was ist geschehen?«

Jule schwieg eine Weile, ehe sie weitererzählte.

»Ich schwebte auf Wolken nach Hause. Daniel stand schon am

Gartentürchen auf der anderen Straßenseite und wartete auf mich. Als er mich entdeckte, winkte er mir zu und rannte mir entgegen – auf die Straße.«

Jule schluchzte und ließ den Kopf sinken.

Emma trat hinter sie und legte den Arm um ihre Schultern.

»Du musst nicht darüber reden, wenn du nicht willst.«

»Das Auto raste viel zu schnell. Der Zwerg hatte doch gar keine Chance.« Sie zog die Nase hoch. »Ich seh noch, wie er mir zuwinkte, sein Lachen, seine Zahnlücke – und dann dieser entsetzliche Aufprall, den ich heute noch höre. Daniel wirbelte zusammen mit dem roten Gardinencape wie eine Gummipuppe durch die Luft.« Jule brach in Tränen aus und legte ihren Kopf gegen Emmas Schulter. Sie schluchzte. »Das Auto raste in Schlangenlinien davon, und mein Bruder klatschte auf den Asphalt. Das Cape legte sich wie eine Decke über ihn. Ich krieg das Bild nie wieder aus meinem Kopf. Mutter kam aus dem Haus gelaufen und stürzte zu ihm. Sie schrie hysterisch und kniete sich neben ihn. Er war sofort tot. Ich stand da auf dem Fußweg, sah das viele Blut auf der Straße, die Menschen, die alle herbeigestürmt kamen. Ich konnte mich nicht bewegen und weiß noch, dass mir die gebrannten Mandeln in die Gosse fielen.«

»Oh mein Gott.« Emma drückte Jule fest an sich und wiegte sie wie ein kleines Kind im Arm. Jule weinte bitterlich und zitterte am ganzen Körper.

Aus Kalles Zimmer drang plötzlich ein lautes Poltern.

Jule und Emma fuhren zusammen.

»Scheiße«, fauchte Jule und war auch schon aus dem Zimmer verschwunden.

Kalle konnte lange nicht einschlafen. Der warme Körper neben ihm war ungewohnt und machte ihn nervös. Das Mädchen roch gut. Er hätte sie zu gerne angefasst, aber wenn sie aufwachte, würde sie wieder Theater machen. Lieber lag er ganz still neben ihr. Seine Fantasie schlug Kapriolen, und er fand erst spät in einen unruhigen Schlaf.

Der wurde abrupt mit einem Tritt in die Nieren beendet. Kalle spürte die Knie des Mädchens in seinen Rücken fahren. Da er dicht an der Bettkante lag, weil er sie auf keinen Fall im Schlaf berühren wollte, reichte der Tritt aus, um ihn aus dem Bett auf den Boden zu katapultieren.

Was war zuerst da: das Bewusstsein oder der Schmerz? Er lag auf dem Bettvorleger und starrte zur Decke. Er hörte das Mädchen wütend schnauben und an den Handschellen zerren. Kalle wollte nicht aus seiner Deckung aufstehen, am liebsten wollte er sich ein Stückchen weiter unter sein Bett rollen und warten, bis derjenige, der das Mädchen dorthinein gelegt hatte, sie auch wieder abholen käme.

Im selben Moment öffnete sich die Zimmertür, und Jule preschte herein.

»Was zum Teufel ist denn jetzt schon wieder … Kalle?« Sie blieb mitten in der Bewegung stehen und starrte auf ihren Mitbewohner, der im Pyjama vor seinem Bett lag. Er hielt seine Hände über den Kopf, als ob er Schläge befürchtete.

»Wo kommst du denn her? Ich dachte, du bist über Nacht unterwegs.«

»Planänderung«, stammelte er.

Jule blickte zu Trixi. Ihre Decke hatte sie zur Seite gestrampelt. Sie zerrte an den Handschellen, bog sich wie ein Wurm, wollte sich losreißen. Dabei blickte sie panisch in Kalles Richtung.

»Warst du die ganze Nacht hier drin?«, fragte Jule skeptisch.

Kalle nickte.

»Hast du sie …«

»Nein!«, schrie er ein wenig zu laut und errötete bis zum Haaransatz.

»Alter, ich kenn dich, sag die Wahrheit. Hast du oder hast du nicht?« Jule erhob den Zeigefinger und beugte sich über ihn.

»Nein, hab ich nicht«, sagte er leise und bedeckte sein Gesicht. »Könntest du sie bitte aus meinem Zimmer bringen?«

»Nein, kann ich nicht«, lachte Jule.

Kalle sprang auf, packte seine Kleidung und floh ins Badezimmer.

Jule grinste und löste Trixis Knebel.

»Du kennst das Spielchen, halt den Mund, und du bleibst gesund.«

Kaum war das Klebeband gelöst, fing das Mädchen an zu schimpfen.

»Was ist das für ein Perverser?«

Jule hatte andere Sorgen als das Gezeter der Kleinen. Die Geschichte mit Daniel hatte sie noch niemandem zuvor erzählt. Seit sie von zu Hause fortgelaufen war, gehörte das in eine andere Welt, eine, die sie nie wieder betreten wollte.

»Der lag die ganze Nacht neben mir, und irgendwann bin ich aufgewacht, da stand er sogar nackt vor mir. Stell dir das vor.« Trixi war aufgebracht.

»Das brauch ich mir nicht vorzustellen, dieses Naturschauspiel habe ich schon gesehen.«

»Hat er dich auch belästigt?«

»Was weißt du denn schon?«

»Kann ich mal aufs Klo?« Trixi hatte nicht nur einen geschwollenen Wangenknochen, der sich mittlerweile dunkel färbte, sondern auch noch Augenringe, die ihre blasse Haut noch bleicher erscheinen ließen.

»Da willst du jetzt nicht hin. Warte, bis Kalle fertig ist. Ich mache uns etwas zu Essen und komme dann wieder.« Sie erhob sich.

»Kannst du mir nicht die Handschellen abnehmen, die tun entsetzlich weh.«

Jule wurde für einen kurzen Moment weich und hätte ihrem Wunsch beinahe nachgegeben, doch dann entschied sie sich anders.

»Nein, die bleiben vorerst dran. Ich lasse dafür den Knebel weg. Aber wehe, du schreist oder so.« Sie erhob sich und ballte ihre Faust.

»Hast du geheult?«, fragte Trixi unverwandt.

»Das geht dich verdammt nichts an«, blaffte Jule und trat gegen das Bett.

Sie verschwand in die Küche und bereitete das Frühstück zu. Emma schlich an Kalles Zimmertür vorbei, damit ihre Enkelin sie nicht entdeckte, und half Jule. Sie stellte die Teller auf den Tisch, legte

Messer daneben und überlegte, wie sie das unterbrochene Gespräch wieder aufnehmen konnte.

»Ich würde gerne mehr über deine Geschichte hören.«

Jule brühte den Kaffee auf.

»Ich habe bisher mit niemandem über Daniel gesprochen.«

»Entschuldige, ich will dir nicht zu nahe treten.«

»Nein, ist schon gut, das tust du nicht. Im Gegenteil, ich habe den Mist schon so lange verdrängt. Es tat gut, mit dir darüber zu reden. Danke.« Jule lächelte und wechselte das Thema. »Lass uns lieber einen Plan machen, wer wann Trixi bewacht.«

Um neun Uhr musste Jule ihre Schicht im Bistro antreten. Sie konnte nicht auf Trixi aufpassen. Emma ebenfalls nicht. Sandro musste zur Uni, Anja hatte sich geweigert, in Jules Machenschaften verstrickt zu werden, und war kommentarlos zur Arbeit aufgebrochen. Als Kalle dann kleinlaut verkündete, dass er heute nicht zur Uni gehen wolle, bekam er die erste Wache aufs Auge gedrückt. Er wirkte verstört und noch ruhiger als sonst. Jule beobachtete ihn am Frühstückstisch. Irgendetwas musste gestern Abend bei Frank schiefgelaufen sein, doch er wollte mit keiner Silbe verraten, was vorgefallen war.

»Ihr könnt ruhig gehen, ich kümmere mich um das Mädchen.« Kalle sprach leise und hielt den Kopf über sein Marmeladenbrot gesenkt.

»Sicher? Alles klar?«, hakte Jule nach.

»Hm, alles klar.« Er biss lustlos in das Brot.

»Also gut, wir packen unser Zeug zusammen und verschwinden dann. Kalle, ruf mich an, wenn irgendetwas passiert.«

»Hm.«

»Versprochen?« Jule stand vor dem jungen Mann und betrachtete ihn skeptisch.

»Versprochen.«

»Wir sind dann mal weg«, sagte Jule und zog Emma mit sich aus der Küche. Vor der Tür hielt Emma inne.

»Meinst du, Kalle lässt Trixi in Ruhe?«, flüsterte Emma besorgt.

Jule lachte. »Ich glaube schon. Kalle ist zwar pervers, aber nicht brutal.«

Jule stopfte den Inhalt aus Emmas Wertkassette in eine große Sporttasche. Sie legte den Trageriemen diagonal über die Schulter und machte sich mit Emma auf den Weg zur nächsten Bank. Es war neun Uhr. Jule würde zu spät zur Arbeit kommen.

Sie deponierten Emmas Besitz in einem Schließfach, das Jule auf ihren Namen anmietete, weil Emma keine Spuren hinterlassen wollte. Emma verbarg sich hinter Anjas großer Stubenfliegensonnenbrille und einem Kopftuch. Ihre Tarnversuche waren zwischenzeitlich wahrscheinlich überflüssig geworden, weil Konstantin das Verschwinden seiner Mutter über die Sorge um seine Tochter bestimmt schon vergessen hatte. Je länger sie darüber nachdachte, desto besser hatte sich die ganze Situation für sie entwickelt. Mit Trixi und den Beweisfotos war Konstantin ihr zu absolutem Gehorsam verpflichtet. Sie grinste. Ein schönes Gefühl, ein befriedigendes Gefühl.

»Was machste, wenn ich mit dem ganzen Zeug durchbrenne?«, fragte Jule und hielt den Schließfachschlüssel zwischen Zeigefinger und Daumen vor Emmas Nase.

»Das wirst du nicht.« Emma war sich ihrer Sache sicher und marschierte durch die Einkaufsstraße in Richtung Bistro.

»Schon vergessen? Ich bin eine Diebin.« Jule blieb stehen.

»Nein, habe ich nicht.« Emma lief weiter, ohne sich umzudrehen. Sie lächelte, denn wenn sie jemandem vertraute, dann Jule. Die junge Frau würde sie niemals bestehlen.

»Avanti, avanti«, brauste Giorgio auf, als Jule das Bistro eine halbe Stunde zu spät betrat. Sie rauschte im Laufschritt an ihm und den ersten Frühstücksgästen vorbei und verschwand durch die Schwingtür neben dem Tresen. Giorgio blickte ihr nach, hielt inne und seufzte. »Diese Frau bringe mich noch um die Verstand.«

Giorgio stellte einen Milchkaffee vor einer Kundin am Tresen ab.

Sie lächelte ihm kurz zu und versank wieder in die Lektüre ihrer Tageszeitung.

Emma setzte sich neben sie, zog das Kopftuch und die Sonnenbrille ab und steckte beides in ihre Handtasche.

»Entschuldigen Sie, Giorgio, ich fürchte, Jules Verspätung war meine Schuld. Seien Sie bitte nicht zu streng mit ihr. Vielmehr verdiene ich Ihren Unmut.« Emma kokettierte mit dem Italiener. Sie schenkte ihm einen Augenaufschlag und fragte sich im selben Moment, was in sie gefahren war. Es machte ihr Spaß, mit diesem Mann zu flirten.

»Bella«, er nahm ihre Hand und hauchte einen Handkuss darauf, »wie könne ich einer Dame wie Ihne böse sein.« Er blickte sie eindringlich an und ließ ihre Hand nicht mehr los.

Die Schwingtür zur Küche flog auf, und Jule kam zurück. Sie hatte sich umgezogen, ihre Locken zu einem dicken Zopf zusammengebunden und ihre Schürze angezogen.

»Was geht denn hier ab?«, fragte sie, machte sich ohne weiteren Kommentar an die Arbeit und räumte einen Stapel Tassen in das Regal hinter der Theke.

Giorgio ließ Emmas Hand los, aber sein Blick durchdrang sie bis ins Mark. Wahrscheinlich tat er das bei all seinen Kundinnen, das belebte das Geschäft. Zufriedene Gäste kommen wieder. Dann drehte er sich zu Jule um.

»Die beiden Männer an Tisch drei wolle habbe Espressi, avanti. Du müsse jetzt schneller laufe und deine verlorene Zeit wieder einhole.«

Er lachte über seinen Scherz und zwinkerte Emma verschwörerisch zu. Die Frau neben ihr legte die Zeitung auf den Tresen zurück und wollte bezahlen. Emma schaute beiläufig auf die Schlagzeilen, dann erschrak sie und griff nach dem Blatt.

»Detektiv-Mörder identifiziert!«

»Sie können die Zeitung gerne behalten. Ich brauche sie nicht mehr«, sagte die Frau und verschwand mit einem Lächeln.

»Danke.« Emma las den Artikel darunter. Ihre Hände zitterten.

»… Die Ergebnisse der DNA-Analyse ermöglichten der Polizei

eine eindeutige Identifizierung des Mörders von Horst L. Gesucht wird Stefan, alias Steve Herrle. Sachdienliche Hinweise über den Aufenthalt von Herrn H. bitte umgehend an folgende Polizeidienststelle …« Es folgte eine Telefonnummer. Neben dem Artikel war ein schwarz-weißes Foto von Steve abgedruckt.

»Jule«, schrie Emma erschrocken auf und schaute sich nach ihr um. Sie kassierte an Tisch sieben einen Herrn ab und eilte im Laufschritt zu Emma an die Theke. Giorgio schäumte einen Kaffee auf und beobachtete die beiden Frauen.

»Wasse isse jetzt schon wieder passiert?«

»Nichts«, blaffte Jule ihn an. Sie folgte Emmas Zeigefinger und las den Artikel. »Scheiße, und was jetzt?«

Emma zuckte die Schultern.

»Wir müssen das Sandro zeigen.« Jule knotete ihre Schürze auf. Giorgio beobachtete sie und fing sofort an zu meckern.

»So gehe das aber nicht. Du könne nicht komme und gehe, wie du wolle. Du arbeite hier und wolle Geld verdiene.« Er stellte die Tasse Kaffee ab und kam auf sie zu.

»Ach, leck mich.« Jule warf die Schürze auf den Tresen und rannte mit Emma im Schlepptau nach draußen auf die Straße.

Giorgio tobte.

»Bitte, es handelt sich hier um einen Notfall. Verzeihen Sie Jule«, rief Emma im Laufen, wusste aber nicht, ob Giorgio sie noch gehört hatte.

»Jule, deinen Job kannst du vergessen, wenn du ständig davonläufst.«

»Jetzt gibt es Wichtigeres – Sandro.«

Das Universitätsgebäude mit seinen riesigen Steinsäulen vor dem Eingang erinnerte an einen griechischen Tempel. Auf der Treppe davor lungerten die Studenten während ihrer Freistunden im Sonnenschein herum, lachten, diskutierten oder rauchten miteinander.

Emma beobachtete Jule, wie sie angriffslustig und zum Sprung bereit am Fuße der Treppe lauerte und nach Sandro Ausschau hielt. Sie hatte ihm eine SMS geschickt und zum Kriegsrat beordert. Ihre Lockenmähne sah aus wie die eines Löwen. Ihre Jeans war unterhalb der Gesäßtasche und am Knie eingerissen, und weiße Fransen standen hervor. Ihr rotes Shirt schmiegte sich eng an ihren schlanken Körper. Manchmal, wenn sie ihre Hand gegen die Sonne hob, blitzte die nackte Haut und ihr Bauchnabelpiercing hervor.

»Ich habe vor dir mit noch niemandem über Daniel gesprochen«, nahm sie den Gesprächsfaden wieder auf.

»Außer mit deinen Eltern natürlich.«

»Mit denen auch nicht.« Jule starrte auf das Portal der Uni.

»Ihr müsst doch über dieses Unglück gesprochen haben. So etwas kann man nicht einfach totschweigen.« Emma war überrascht.

»Doch, kann man.« Jule lehnte sich gegen das Treppengeländer und starrte auf ihre Fußspitzen. »Ich hatte keinen Bock, darüber zu reden, und meine Eltern hatten mit sich selbst zu tun. Hättest mal sehen sollen, wie schnell aus einer Familie Saubermann ein Horrorkabinett werden kann.« Sie spuckte auf den Boden. »Mein Vater gab meiner Mutter die Schuld, sie habe nicht aufgepasst, und er redete ihr ein, dass es eines Tages so hatte kommen müssen, weil sie uns Kinder immer an der Straße spielen ließ. Er verkroch sich immer tiefer in seinem Schneckenhaus und begann zu trinken. Er redete kaum noch mit uns. Meine Mutter glaubte den Scheiß und versank in einem Trauertal aus Schuldgefühlen und Tränen. Ich kann mich gar nicht mehr erinnern, wann ihre Augen einmal nicht rot und verheult waren.«

»Und du? Was war mit dir?«, fragte Emma besorgt.

Jule zuckte mit den Schultern.

»Mir ging es ziemlich scheiße. Ich konnte nicht darüber reden und versuchte, die Bilder und das Geräusch von Daniels Aufprall aus meinem Kopf zu kriegen.« Sie starrte zum Haupteingang der Uni, ob Sandro irgendwo auftauchte.

»Das Schweigen meiner Eltern«, fuhr sie fort, »und diese ewigen Schuldzuweisungen kotzten mich an, und ich wollte nur noch von zu Hause weg. Diesen Bullshit habe ich dann noch ganze drei Jahre lang mitgemacht. Als ich meinen Schulabschluss mit 16 hatte, habe ich meine Sachen gepackt und bin nachts einfach abgehauen.«

Emma stellte sich vor, wie Jule mit ihren wenigen Habseligkeiten durch das Kinderzimmerfenster kletterte und in die Dunkelheit verschwand.

»Mein ganzes Taschengeld ging für ein Bahnticket in die Stadt drauf. Ich wollte dort Arbeit suchen und mein eigenes Leben leben. Wollte keinen versoffenen Vater, dem alles egal war, solange er nur seinen Alkohol bekam, und ich wollte keine Mutter mehr, die in ihren eigenen Selbstvorwürfen badete und deprimiert das tat, was Vater von ihr verlangte. Das kotzte mich alles dermaßen an. Mit Daniel starb unsere ganze Familie.« Jule seufzte und blickte in den Himmel.

»Was hast du dann in der Stadt gemacht?«

»Ich kam am Bahnhof an und traf auf Steve und seine Clique. Ich fand sie megacool und beschloss, bei ihnen zu bleiben, zumindest so lange, bis ich Arbeit fand. Mit 16 biste ja nicht unbedingt helle im Kopf. Steve nahm mich unter seine Fittiche und zeigte mir, wie man auch ohne Job ganz schnell Geld verdienen konnte. Er brachte mir das Stehlen bei, und ich verliebte mich in den großen, breitschultrigen Helden, der mich beschützte.« Jule kickte einen Stein über den Asphalt.

»Mann, ich war so naiv, tat und glaubte alles, was er sagte. Steve hier, Steve da. Dabei war er einfach nur ein Arschloch. Ich schlitterte immer tiefer in den ganzen Mist und klaute wie eine Elster, nahm Drogen, fing an zu saufen, die ganze Palette quer durch.«

»Jule«, rief Emma erschrocken, »haben deine Eltern denn nicht nach dir gesucht?«

»Weiß nicht. Wo hätten sie denn suchen sollen? Glaub mir, wenn du einen Typen wie Steve an deiner Seite hast, dann kannste untertauchen, ohne gefunden zu werden. Das hatte auch seine Vorzüge. Ich hätte damals auch gar nicht gefunden werden wollen. Meine Eltern sind für mich mit Daniel gestorben.«

»Sag doch nicht so etwas!« Emma schlug die Hände vor den Mund.

»Während der zwei Jahre auf der Straße habe ich viel gelernt. Ich wurde zur perfekten Diebin. Ich konnte den Leuten die Geldbörsen aus ihren Taschen ziehen, und keiner bemerkte es. Es war eine Art Wettstreit in unserer Clique. Wer abends die fetteste Tagesbeute vorweisen konnte, war der Coolste.« Jule lächelte. Die Sonne tanzte auf ihren Sommersprossen. »Hätte Leo mich nicht erwischt, wäre ich vielleicht heute noch auf Platte.«

»Leo?«

»Sandro, hier drüben«, rief Jule plötzlich. Sie hüpfte und winkte, um seine Aufmerksamkeit zu erregen. Sie strahlte bei seinem Anblick so sehr, dass es Emma fast das Herz zerriss.

»Was ist denn los?«, fragte Sandro und küsste seine Freundin. »Ich muss gleich wieder rein.«

Jule zog ihn ein Stück zur Seite.

»Das kannst du für heute vergessen. Die Polizei weiß, dass Steve den Detektiv ermordet hat. Sie suchen ihn überall.«

»Was?« Das Leuchten in seinen Augen verschwand. Er wischte sich mit der Hand über den Mund. »Seid ihr sicher?«

»Es steht in der Zeitung.« Emma nickte.

»Sie müssten ihn doch schon bei den Löscharbeiten im Keller des Fixerhauses gefunden haben.«

»Gefunden haben sie seine Reste bestimmt, aber der Tote muss erst einmal identifiziert werden. Das kann schon ein wenig dauern.«

»Dann haben sie mich auch bald.« Sandro setzte sich auf eine der Stufen und stützte seinen Kopf auf den Knien ab.

»Das muss nicht sein«, tröstete Jule und kauerte sich neben ihn. Sie fuhr durch seinen Lockenkopf. »Wir haben immerhin die Fotos von Paul mit der Zigarettenkippe vor dem Fixerhaus. Wir schicken das ganze Beweismaterial anonym an die Presse, und schon bist du aus dem Schneider.«

»Was, wenn nicht? Dann haben wir die Bullen erst recht auf uns aufmerksam gemacht. Ich will nicht ins Gefängnis.« Tränen schimmerten in seinen Augen. Jule wischte sie zärtlich mit ihrem Daumen fort.

»Du wirst auch nicht in den Knast gehen, hast du gehört? Das lasse ich nicht zu. Sie werden mir nicht das Einzige wegnehmen, das mir auf der ganzen Welt noch wichtig ist. Ich liebe dich.« Jule küsste ihn. »Wenn unser Plan schiefgehen sollte, dann werde ich sagen, dass ich Steve erschlagen habe.«

Sandro fuhr zusammen, schaute Jule erschrocken an.

»Super Vorschlag, dann fährst du ein.«

»Ob es Doppelzellen gibt?«, fragte Jule und rang sich ein Lächeln ab.

»Keiner von euch wird ins Gefängnis gehen«, schimpfte Emma. »Ich habe euch den ganzen Mist eingebrockt und werde dafür auch die Verantwortung übernehmen.«

»Emma«, hob Jule an.

»Lass mich ausreden! Hätte ich euch nicht in meine Schwierigkeiten reingezogen, wäre das alles nicht passiert. Also werde ich mich den Konsequenzen stellen, und außerdem bin ich von euch die Älteste und habe mein Leben schon gelebt. Es wird keinen großen Unterschied zwischen Altersheim oder Gefängnis geben. Die Schwestern Waltraude dieser Welt sind doch überall gleich.«

Emma blickte in zwei fassungslose Gesichter.

»So, das wäre geklärt. Lasst uns lieber überlegen, wie wir die Informationen und Fotos an die Presse übermitteln und was mit Trixi wird.«

Jule erhob sich und umarmte Emma.

»Danke für dein Angebot, aber das wird nicht nötig sein«, flüsterte sie ihr ins Ohr. »Mein Plan funktioniert todsicher.«

»Fass mich nicht an!«, fauchte Trixi, als Kalle ihr den Knebel löste. »Ich schreie sonst.«

Kalle senkte den Kopf. Warum hatte er nur angeboten, das Mädchen zu bewachen? Er hätte wissen müssen, dass es Scherereien geben würde. Am liebsten würde er sich verkriechen und jede Begegnung mit dem weiblichen Geschlecht vermeiden. Kloster. Er könnte Mönch werden, sich hinter dicken Mauern verstecken. Er lächelte.

»Was gibt es da zu grinsen? Du glaubst mir wohl nicht?«, fragte Trixi und holte Luft, um zu schreien.

Kalle legte geistesgegenwärtig seine Hand auf ihren Mund. Ihre Lippen fühlten sich weich und warm an. Er ließ die Hand dort liegen. Erschrak, wie sehr ihm diese Berührung gefiel. Doch kein Kloster!

Trixi verstummte und schaute ihm in die Augen. Sie wehrte sich nicht mehr, lag still vor ihm auf dem Bett. Es war, als ob ein Kinofilm plötzlich zum Standbild erstarrte. Noch nie zuvor hatte Kalle einer Frau so lange in die Augen schauen können, ohne dabei alle Nuancen der Farbe Rot zu durchlaufen. Im Gegenteil, das Gefühl gefiel ihm. Es kribbelte in seinem Körper, an manchen Stellen mehr als an anderen.

»Entschuldige«, stieß er hastig hervor und zog seine Hand zurück.

»Ist schon gut«, sagte Trixi. »Du hast so zarte Hände.«

Die Farbe Rot kehrte auf sein Gesicht zurück.

»Willst du mir nicht diese blöden Handschellen abnehmen, damit ich zur Toilette gehen kann?« Sie sprach ruhig, fast sanft und lächelte.

»Ähm, natürlich.« Kalle beugte sich über sie und schloss die Fesseln auf. Der rosafarbene Plüsch wirkte mit einem Mal lächerlich, und er schämte sich dafür.

Trixi setzte sich im Bett auf und löste den Bademantelgürtel um ihre Fußgelenke. Dabei rutschte ihr Hemd ein wenig höher, und ihre schlanken Beine wurden sichtbar.

»Gefallen sie dir?«, fragte sie und rekelte sich vor Kalle.

Das machte sie absichtlich, überlegte er. Frauen waren so. Sie wollte ihn bestimmt nur bezirzen und dann abhauen.

»Nein«, antwortete er, doch seine Blicke klebten an dem, was Trixi ihm zeigte, und das war nicht wenig.

Kalle eskortierte sie bis ins Badezimmer. Sie tappte barfuß vor ihm her. Ihre blonden Haare waren von der Nacht zerwühlt. Sie roch so gut. Wie gerne hätte er an ihrem Hals geschnuppert oder nochmals ihre weichen Lippen berührt. Wie musste es erst sein, wenn er sie küsste? Bei diesem Gedanke wurden ihre Beine weich.

»Erde an Mond. Hast du mich gehört?« Sie waren im Bad angekommen, standen vor der Toilette, und Kalle starrte sie an. »Du kannst mich jetzt alleine lassen. Es gibt Dinge, für die brauche ich keine Zuschauer.«

»Ähm«, stotterte er, »natürlich, ich, ich warte draußen auf dich.« Er kam sich wie ein Vollidiot vor und hastete in den Flur. Er schloss die Tür, lehnte sich mit dem Rücken dagegen und wartete, bis Trixi ihre Morgentoilette erledigt hatte. Dann würde er sie auf dem schnellsten Weg wieder in sein Bett bringen und fesseln. Fesselspiele, auch kein schlechter Gedanke.

Jule öffnete die Wohnungstür und spähte in den Flur.

»Kalle steht vorm Badezimmer, aber sonst ist die Luft rein.«

Sie betrat die WG.

»Hallo, Jule«, stammelte Kalle.

Die WC-Spülung gurgelte. Emma huschte hinter Jule vorbei in ihr Zimmer.

»Alles klar bei euch?«, fragte Jule.

»Das siehst du doch«, frotzelte Sandro, »bei Kalles glasigem Blick hatte zumindest er ein paar schöne Momente mit seiner Gefangenen.«

»Depp«, zischte Jule und schob Sandro in ihr Zimmer. »Danke, Kalle, wenn du willst, kann ich jetzt wieder auf sie aufpassen.«

»Och nee, lass mal«, antwortete er ein wenig zu euphorisch. »Also, ich meine, ich mache das gerne.«

»Sie gefällt dir, hm?« Jule legte ihm die Hand auf die Schulter.

Kalle nickte und lächelte verlegen.

»Dann macht es dir auch nichts aus, sie den ganzen Tag lang zu bewachen?«

Er schüttelte den Kopf.

»Aber ich will keine Klagen hören«, mahnte Jule mit erhobenem Zeigefinger.

»Wirst du nicht.« Kalle errötete bis zum Haaransatz.

Jule lachte und verschwand in ihrem Zimmer.

»Wie geht es Trixi?«, fragte Emma.

»Noch gut.«

»Jule!«

Sie kicherte.

»Gönn den beiden den Spaß. Kalle wird sie puterrot anhimmeln, und Trixi wird zum ersten Mal in ihrem Leben das Gefühl haben, eine Frau zu sein.«

»Du kannst doch meine Enkelin nicht diesem, diesem, was weiß ich, was er ist, überlassen!« Emma sprang auf.

Jule drückte sie wieder auf den Stuhl zurück.

»Mach keinen Stress. Wir sind doch hier. Wenn Trixi Randale macht, gehe ich rüber.«

»Ich weiß nicht, das gefällt mir nicht.«

»Mir schon«, prustete Sandro, »mal sehen, was passiert.«

»Wie könnt ihr nur?« Emma lief zur Tür.

»Hier geblieben, wir haben jetzt Wichtigeres zu tun.« Jule schob Emma abermals auf ihren Stuhl zurück. Dann fuhr sie den Computer hoch und öffnete die Bilddateien, die sie von Paul und seinem Komplizen im Wald geschossen hatte. Sie klickte sich der Reihenfolge nach durch die Fotos. Zuerst tauchten nur Bilder von Sandro auf. Dieser Mann war einfach wunderschön, seine lachenden Augen, seine braune Haut, seine Locken. Emma entfuhr ein Seufzer. Sandro und Jule schmunzelten. Die ersten Fotos von Paul tauchten auf dem Monitor auf. Beinahe lückenlos hatte Jule die Ankunft und den Aufenthalt der beiden Männer dokumentiert.

»Perfekt!«, rief sie plötzlich. »Das Bild da ist superscharf geworden. Genau das, was wir brauchen.«

Auf dem Bildschirm warf Paul seine Zigarettenkippe in das trockene Gestrüpp direkt vor dem verlassenen Haus. Die Männer schauten grimmig drein und eilten zu ihren Wagen.

»Das schreit geradezu nach Brandstiftung.« Jule klatschte in die Hände.

Aus Kalles Zimmer drang ein helles Lachen.

Emma fuhr zusammen und erhob sich.

»Bleib hier«, sagte Jule, »klingt das nach Gefahr?«

Als Emma ein zweites Kichern hörte, wäre sie am liebsten dazwischengefahren.

»Emma, gönn Kalle doch den Spaß. Er hat noch nie eine Freundin gehabt und so, wie sich das anhört, gefällt es deiner Enkelin auch.«

»Aber ich kann doch nicht zuschauen, wie er über das Kind herfällt.«

»Er fällt nicht über sie her. Kalle ist die Schüchternheit in Person, zumindest bei Fremden. Wenn er jemals Kinder haben sollte, dann werden die durch Zellteilung entstehen, aber nicht auf natürlichem Weg. Entspann dich.« Jule lachte.

»Wie meinst du das – er ist nur bei Fremden schüchtern?« Sandro war hellhörig geworden.

Emma erinnerte sich an ihre erste Begegnung mit Kalle in Jules Bett. Nicht auszudenken, wenn Sandro von Kalles vergeblichen Bemühungen um Jule erfuhr.

»Ach, er hat schon ein oder zwei Mal probiert, bei Anja zu landen.« Jule winkte beiläufig ab und konzentrierte sich wieder auf die Fotos. »Das da ist gut«, rief sie und lenkte Sandros Aufmerksamkeit vom Thema ab.

Emma grinste. Dieses kleine Luder.

»Wir sollten das Bild von einem Internetcafé aus an die Zeitung schicken, sonst könnte man die Spuren zu unserem Computer zurückverfolgen«, sagte sie und trommelte mit den Fingerspitzen auf die Schreibtischplatte.

»Seid ihr sicher«, fragte Emma, »dass wir die Presse informieren sollen? Was geschieht, wenn Konstantin oder Sandro auffliegen?«

»Mach dir keine Sorgen«, sagte Jule. »Das Foto von Paul mit seiner Zigarettenkippe ist der beste Beweis, warum sich das Haus entzündet hat. Die Polizei wird jede Menge Fragen stellen. Warum er dort war, wen er treffen wollte und so weiter. Egal, was Paul antwortet, die Schlinge um seinen Hals wird sich immer enger zuziehen. Er wurde von Steve per SMS dorthin bestellt, und wenn die Bullen dann auch noch die Fotos von dem Detektiv sehen, die er in der Lagerhalle geschossen hat, dann sieht es für Paul finster aus.«

Sandro fuhr sich mit der Hand über sein Kinn und starrte zum Fenster hinaus. »Wir sollten uns gut überlegen, was wir der Zeitung sagen.«

»Konstantin darf auf keinen Fall auf dem Bild zu sehen sein. Das müsst ihr mir versprechen«, flehte Emma. »Es darf keinen Zusammenhang zwischen ihm und dem Mord geben.«

»Klaro, das ist kein Problem«, antwortete Jule. »Wir müssen der Redaktion außerdem stecken, dass morgen Papageien aus Südamerika am Airport ins Land geschmuggelt werden sollen.«

Emma schüttelte den Kopf. »Wir wissen doch gar nicht, was genau geplant ist.«

»Müssen wir auch nicht. Wir sind doch nicht die Bullen«, polterte Jule. »Ein bisschen können die sich auch anstrengen. Das ist nicht mehr unsere Aufgabe. Wir müssen nur Paul den Mord an Steve unterjubeln.«

»Meint ihr, dass die Polizei auf Konstantin aufmerksam wird, falls Paul redet?« Emma fühlte sich nicht wohl bei dem Gedanken, dass ihr Sohn hinter Gitter wandern könnte.

»Wie denn? Die Original-Beweisfotos mit Konstantin bleiben bei uns, und die Presse bekommt nur einen Bildausschnitt, auf dem dein Sohn nicht zu sehen ist. Wenn Paul ihn in die Pfanne hauen will, dann höchstens, weil er den Zöllner bestochen hat, und das kann man einem Vater wohl nicht verübeln, wenn es um das Wohl seiner Tochter geht. Er bekommt vielleicht ein paar Unannehmlichkeiten, weil er mit dem Zöllner die Baubehörde hintergangen hat, aber nicht wegen Mordes.«

»Die kann er ruhig bekommen«, lächelte Emma.

»Im Grunde läuft alles perfekt«, resümierte Jule und legte die Handflächen offen nach oben. »Uns wird man mit alldem nicht in Verbindung bringen.«

»Nicht ganz.« Sandro starrte in den Hinterhof hinab. Plötzlich drehte er sich um und fragte: »Und wie sollen wir erklären, dass wir Trixi aus den Klauen der Entführer befreit haben? Wir müssten gestehen, woher wir von alldem wussten, und dann wird es eng für uns.«

»Shit, daran habe ich nicht gedacht.« Jule fluchte und warf sich mit dem Rücken auf ihr Bett. Sie faltete die Hände über ihrem Bauch und starrte zur Decke.

»Es war blöd von uns«, sagte Sandro. »Wir hätten Trixi die Augen verbinden sollen. Sie weiß, wo wir wohnen, und kann uns jederzeit verpfeifen.« Sandro setzte sich neben Jule auf das Bett und strich mit seiner Hand über ihren Oberschenkel.

Jule schnellte hoch. »Was kann sie denn verpfeifen? Sie weiß, dass wir sie gerettet haben, weiß, wo wir wohnen, na und? Sie kennt weder die Zusammenhänge mit Emma oder ihrem Vater. Sie weiß nichts von den Beweisfotos und dem Tod von Steve.«

Sandro nickte.

»Die einzigen Fragen für sie mögen sein, wer wir sind und warum wir sie gerettet haben.« Jule lächelte. »Die Antwort darauf ist nicht schwer. Wir haben beim Knutschen im Auto zufällig gesehen, wie Paul sie gestern in die Halle geschleppt hat, und wollten helfen.«

»Warum haben wir sie nach der Befreiung nicht freigelassen und nach Hause gebracht?« Sandro schaute sie fragend an.

»Ach shit, das stimmt vorne und hinten nicht. Wenn die Polizei erst einmal offene Fragen wittert, dann schnüffeln die so lange, bis alles auffliegt.«

»Kinder, warum so umständlich?«, lachte Emma. »Wir sagen einfach nichts von dem geplanten Papageienschmuggel. Dann erfährt auch niemand, dass Trixi entführt wurde, und wir bleiben aus allem raus. Konstantin wird sich hüten, zur Polizei zu gehen, dafür hat er selbst viel zu viel Dreck am Stecken. Außerdem dürften Brandstiftung und Mord ausreichen, um Paul hinter Gitter zu bringen.«

»Das schon, aber wie willst du verhindern, dass Paul deinen Sohn nicht in die ganze Schmuggelgeschichte am Flughafen mit hineinzieht?«

Sandro erhob sich und lief wieder zum Fenster. »Paul wird nichts sagen. Er wäre dumm, wenn er sich neben dem angeblichen Mord an Steve noch mit einer weiteren Straftat belasten würde. Außerdem können wir den Deal noch verhindern.«

»Und wie?« Jule starrte Sandro an.

»Ganz einfach, wir rufen Konstantin an, sagen ihm, dass es eine Planänderung gibt und wir jetzt seine Tochter haben und nicht mehr Paul. Er bekommt das Mädchen erst dann zurück, wenn er den Deal morgen platzen lässt und den Zöllner zurückpfeift.«

»Klar, das glaubt er uns sofort«, verhöhnte Jule den Vorschlag und ließ sich wieder auf ihr Bett fallen.

Emma erhob den Finger, als ob sie sich zu Wort melden wollte. »Wir könnten Trixi kurz mit ihm reden lassen.«

»Genau.« Sandro strahlte. »Dein Sohn bläst den Deal ab, wir übergeben ihm seine Tochter, Paul wandert ins Gefängnis, und du, Emma, kannst dir mit den Fotos deine Villa zurückholen. Klingt doch logisch.«

Jule sprang auf.

»Ich habe auch schon eine spektakuläre Idee, wie wir Trixi auslösen lassen.«

»Auslösen lassen? Was meinst du damit?«, fragte Emma.

»Dein Sohn soll 10.000 Euro bezahlen, und dafür bekommt er seine Tochter zurück. Das ist wirklich nicht zu viel verlangt.« Jule wirbelte zu ihr herum. Das Feuer in ihren Augen brannte lichterloh.

»Jule, ich brauche das Geld nicht. Ich bin selbst ziemlich vermögend«, sagte Emma.

»Du schon, aber ich nicht!«

Sandro setzte sich an den Computer und bearbeitete das Foto, auf dem Paul zu sehen war, wie er den Tierhändler erschoss. Er schnitt Konstantin am Bildrand ab und löschte die Hintergrundinformationen aus der Datei. Dasselbe tat er auch mit dem Foto, auf dem Paul die Zigarettenkippe in das verdörrte Gras schnippte. Beide Fotos speicherte er auf einem USB-Stick ab.

»Und jetzt rufen wir deinen lieben Herrn Sohn an und bitten ihn zur Kasse«, sagte Jule.

»Kinder, ich weiß nicht, das ist Erpressung.« Emma knetete ihre Hände.

»Von was reden wir denn die ganze Zeit? Du willst doch auch deine Villa zurückerpressen.« Jule schüttelte den Kopf.

»Das ist etwas anderes. Ich will nur mein Eigentum zurück.«

»Und ich will nur eine Entschädigung dafür, dass ich deine Enkelin aus den Klauen dieser Gangster geholt und dabei mein Leben riskiert habe. Ich glaube nicht, dass dein Sohn mir aus Dank freiwillig das Geld geben würde. Mach dir keine Sorgen, er wird schon bezahlen.«

Jule ging in den Flur. Vor dem Telefon blieb sie stehen.

»Kannst du mir seine Nummer geben?«

Emma folgte ihr und diktierte die Ziffern. Jule wählte und hielt den Hörer an ihr Ohr. Emma lehnte sich gegen ihre Schulter und lauschte. Am anderen Ende wurde abgehoben.

»Von Stratnitz.«

»Ihren Mann, bitte.«

»Wer spricht da?«

»Wenn ich das hätte sagen wollen, hätte ich es getan«, antwortete Jule barsch. »Ihren Mann, bitte.«

»Was erlauben Sie sich? Wieso sollte ich Ihnen meinen Mann an den Apparat holen, wenn Sie mir nicht einmal …«

»Wollen Sie Ihre Tochter wieder zurück oder nicht?«

»Trixi?« Barbaras Stimme wurde schrill. Emma konnte ohne Mühe verstehen, was sie sagte. »Was ist mit meiner Tochter? Wo ist sie? Geht es ihr gut? Um Himmels willen, so reden Sie doch.«

»Holen Sie Ihren Mann an den Apparat.«

»Ich rufe ihn, aber bitte, legen Sie nicht auf.« Es folgte ein hysterischer Schrei nach Konstantin. »Er kommt sofort, bitte nicht auflegen. Konstantin, so komm doch endlich!«

Es raschelte in der Leitung, und dann donnerte Konstantins Stimme aus dem Hörer: »Was ist mit meiner Tochter? Wer sind Sie?«

»Klappe! Hier rede ich.«

Konstantin verstummte. Emma kicherte.

»Planänderung. Sie werden den Papageienschmuggel morgen nicht durchziehen.«

»Was habe ich mit Papageien zu tun?«, bluffte er.

»Mann«, fauchte Jule, »stellen Sie sich nicht blöder, als Sie sind. Der Deal findet nicht statt, sonst können Sie Ihre Tochter vergessen. Ich will 10.000 Euro und keine Spielchen. Die Übergabe findet morgen statt. Zeit und Treffpunkt bekommen Sie kurzfristig genannt.«

»Was soll das mit meiner Tochter? Sie sitzt in ihrem Zimmer, und ich weiß gar nicht, wovon Sie reden.«

»Konstantin!«, erklang ein entsetzter Schrei von Barbara aus dem Off.

»Irrtum – und das wissen Sie ganz genau.« Jule stürmte mit dem Telefon in Kalles Zimmer. Emma ging in Deckung, damit Trixi sie nicht sehen konnte.

Für einen kurzen Moment blieb Jule das Wort im Halse stecken. Kalle schoss mit blutrotem Kopf aus seinem Bett in die Höhe. Trixi lag gefesselt und mit geschlossenen Augen neben ihm. Sie schürzte die Lippen und wartete auf einen Kuss von Kalle. Dieser zupfte an seinem Pullover und wandte sich zum Fenster ab. Trixi öffnete die Augen und erschrak, als sie Jule erblickte.

»Hier dein Vater.« Sie hielt dem Mädchen den Telefonhörer ans Ohr.

»Papa?«

»Trixi, Liebes, geht es dir gut? Wo bist du? Was …«

»Das reicht.« Jule nahm das Telefon und verließ das Zimmer. Sie schloss die Tür hinter sich.

»Wer zum Teufel sind Sie?«, schrie Konstantin.

»Ich bin jedenfalls nicht Ihr Kumpel Paul, und Sie werden dafür sorgen, dass die Papageien morgen nicht durch den Zoll gelangen. Sonst sieht es für Ihre Tochter übel aus.«

»Wann bekomme ich Trixi zurück?«

»Morgen Mittag.« Jule blickte auf Kalles Zimmertür und grinste bei dem Gedanken an Trixis Zuckerschnütchen. Vielleicht sollte sie den beiden Turteltäubchen noch etwas mehr Zeit gönnen. »Nein, die Übergabe findet morgen Abend statt, und ich will 10.000 Euro.«

»10.000?«

»Wann und wo erfahren Sie kurzfristig.« Jule drückte das Gespräch weg und blies Luft aus ihren geblähten Wangen.

»Konstantin wird jetzt erst einmal zu knabbern haben«, sagte Sandro und lehnte lässig im Türrahmen. Er hatte seine Hände in die Hosentaschen gesteckt und lächelte so verführerisch, dass es Emma beinahe schon wehtat.

»Ich kann mir vorstellen«, warf sie schnell ein, »wie Barbara keifend über ihn herfällt. Schade, dass ich das nicht miterleben darf.«

»Wir sollten uns an die Arbeit machen und die Fotos schnellstmöglich an die Redaktion der Tageszeitung schicken«, schlug Sandro vor. »Ich suche im Internet nach der E-Mail-Adresse.«

»Und ich weiß auch schon, in welches Internetcafé wir gehen. Kennst du das C@fé-Online, Sandro? Das ist mittags brechend voll. Die Bedienung wird keine Zeit haben, sich jeden Gast anzuschauen, und ich kann die Bilder in Ruhe verschicken.«

Sandro packte Jule um die Taille und fuhr ihr durch die filzigen Rastalocken.

»Du glaubst allen Ernstes, dass du ungesehen in das Café spazierst?« Dabei hielt Sandro ihr eine Haarsträhne vors Gesicht. »Du fällst genauso auf wie Pumuckl.«

»Pumuckl?«, fauchte sie und riss sich los. »Du vergleichst mich mit Pumuckl? Ich fass es nicht.«

Sandro lachte. Er schnappte Jule am Handgelenk, zog sie an sich und erstickte ihr Gezeter mit einem leidenschaftlichen Kuss.

Emma hasste es, wenn er das tat, während sie danebenstand. Sie konnte ihren Blick nicht von den Verliebten abwenden. Als sie sich ihrer Fantasien bewusst wurde, fuhr sie erschrocken zusammen und stammelte: »Ich glaube, er hat recht. Deine Frisur fällt viel zu sehr auf.«

Jule löste sich aus der Umarmung. »Dann gehst du, Sandro. Emma und ich werden dich begleiten und uns gegenüber im Park verstecken. Von dort aus können wir dich beobachten.«

»Ich muss mich erst noch umziehen. Mein rotes Hemd ist zu auffällig.«

Der ganze Mann war auffällig, dachte Emma. Wäre sie Bedienung in diesem Café gewesen, sie würde sich bis an ihr Lebensende an ihn erinnern.

Eine halbe Stunde später saßen sie zu dritt in Kalles Wagen. Sandro setzte sich ans Steuer, Jule daneben, und Emma stieg hinten ein. Ihr graute es bei dem Gedanken an den fürchterlichen Zigarettengestank und all die undefinierbaren Krümel, in die sie sich setzen musste, als sie mit Jule aus der Residenz geflohen war. Umso erstaunter war sie, dass das Auto dieses Mal aussah wie neu.

»Was ist denn mit dem Wagen geschehen?«, fragte Emma verwundert. »Kein Müll, keine Krümel, der Aschenbecher ist geleert, und es riecht sogar nach Zitrone.«

Jule lachte. »Das neulich war ein Ausnahmezustand. Frank, Kalles Freund, hatte sich den Wagen für ein paar Tage ausgeliehen. Bei Kalle sähe das niemals so aus. Du musst dir unbedingt sein Zimmer anschauen. Der Kerl ist ein Pedant hoch fünf, echt gruselig.«

Emma grinste und lehnte sich beruhigt gegen das Rückenpolster. Sie betrachtete Sandro von schräg hinten. Er hatte sich umgezogen, trug ein weißes T-Shirt, eine schwarze Lederhose und eine Jeansjacke, auf dem Kopf eine dunkelblaue Schildkappe. Der Duft seines Aftershaves umhüllte ihn. Er fuhr aus dem Innenhof und reihte sich in den Verkehr ein. Den schwarzen Geländewagen, der ihnen in sicherem Abstand folgte, bemerkten sie nicht.

Das C@fé-Online lag am anderen Ende der Innenstadt. Emma und Jule bezogen in dem kleinen Stadtpark gegenüber Posten. Sie setzten sich auf eine grün lackierte Bank und hatten freie Sicht auf das Café. Die Fensterscheiben reichten bis zum Boden hinab, bis zur Hälfte waren sie wegen der Gemütlichkeit mit schokobraunen und cremefarbenen Querstreifen beklebt. So konnten die Gäste unbeobachtet ihren Kaffee genießen und gerade noch auf die Straße hinausschauen.

Sandro zog seine Kappe tief ins Gesicht. Er eilte zwischen den Autos hindurch auf die andere Straßenseite und verschwand im Café.

Der Raum war in zwei Hälften unterteilt. Links vom Eingang standen gemütliche Sitzecken mit Plüschsesseln und runden Tischen. Rechts befand sich ein Tresen mit zehn Computern. Fünf der Geräte waren bereits belegt. Sandro suchte sich einen Computer dessen Monitor von der Straße aus nicht einsehbar war. Er zog sich einen Barhocker heran und setzte sich.

Die Bedienung kam, er bestellte und schaltete das Gerät ein. Solange er auf seinen Caffè Latte wartete, surfte er kreuz und quer durchs Internet. Der Kaffeeautomat hinter der Theke röchelte und zischte. Sandro schaute sich unauffällig um. Der Laden war gut besucht, fast alle Plätze waren belegt. Ein älteres Ehepaar saß an einem der Tische. Die Frau hob ihre Tasse und führte den Unterteller nach. Ihren kleinen Finger spreizte sie zur Seite. Ihre Dauerwelle war am Hinterkopf ein wenig derangiert. Aus der Jackentasche ihres beigefarbenen Kostüms blitzte ein Einstecktuch, passend zu ihrer rosafarbenen Bluse. Der Herr ihr gegenüber saß aufrecht in seinem Sessel. Seinen Gehstock hielt er zwischen den Knien und hatte beide Hände auf dem Knauf abgelegt. Sandro beobachtete, wie die beiden miteinander redeten. Etikette wurde hier großgeschrieben. Sandro malte sich aus, wie Emma mit ihrem Kurt in einem solchen Café gesessen hätte. Er schüttelte den Kopf und schaute durch das Fenster nach draußen. Emma war anders. Kein Gejammer über körperliche Wehwehchen wie bei seiner Mutter, und dabei war Carlotta noch nicht einmal in Emmas Alter. Vor allem erzählte sie nicht ständig von früher. Die Frau war klasse.

»Ihr Caffè Latte.«

Die Bedienung stellte das Glas vor Sandro ab. Sie zwinkerte ihm zu. Normalerweise hätte er zurückgelächelt oder einen netten Spruch losgelassen, aber er durfte nicht auffallen und nickte daher nur kurz zum Dank.

Im Schutz seiner Schildkappe schaute er sich im Café um. Die Gäste waren in ihre Gespräche vertieft, und die Teenager, die die anderen Computer belagerten, kicherten und waren mit sich selbst beschäftigt. Sandro zog den USB-Stick hervor, öffnete ein Webmailprogramm und loggte sich ein. Er tippte die Adresse der Chefredaktion der Lokalzeitung ein, schrieb eine kurze Notiz und hängte die Bilder zum Versenden an.

»Hi, Sandro!«, rief plötzlich eine junge Frau und klopfte ihm auf die Schulter. Fabiola. Er schrak zusammen und drückte gerade noch auf die Eingabetaste. Die Übertragung der E-Mail lief. Sandro drehte den Monitor zur Seite, damit Fabiola nicht lesen konnte, was er geschrieben hatte.

»Ich schau dir schon nichts weg«, lachte sie. Sie legte ihren Arm um Sandro und küsste ihn erst links, dann rechts auf die Wange. »Schreibst du gerade einen Liebesbrief? Schade, ich dachte, dein Herz ist noch nicht vergeben.« Sie machte einen Schmollmund, zog einen freien Barhocker neben Sandro und setzte sich zu ihm. Ihre Knie berührten sich.

»Fabi, was machst du denn hier?«, stammelte Sandro.

»Kaffee trinken«, sagte sie. »Was sonst? Was ist los mit dir, du wirkst so anders, ich weiß nicht, irgendwie erschreckt?«

Wunderbar. Sandro kam sich vor wie ein Idiot. Der Plan, nicht aufzufallen, war vollends in die Hose gegangen. Er musste diese Schnecke, deren einziges Ziel es schon immer gewesen war, ihn ins Bett zu kriegen, loswerden.

»Weißt du was? Ich lade dich auf einen Eiskaffee ein. Willst du uns schon mal einen Platz da vorne aussuchen? Ich muss nur noch etwas klären und bin dann gleich bei dir.«

Er schaute verstohlen auf den Monitor. Der Übertragungsbalken hatte fast sein Ende erreicht.

»Was ist denn los mit dir?« Fabiola beugte sich zu ihm. Ihr Dekolleté bot einen Einblick, der nicht zu verachten war, und ihre Hand strich über seinen Oberschenkel. »Da vorne können wir uns nicht niederlassen, meine Mutter sitzt dort und wartet auf mich. Sie will sich mit einer Freundin treffen und hat angeblich etwas Wichtiges mit uns zu besprechen.« Sie rückte noch ein wenig dichter zu Sandro, legte ihren Arm um seine Taille und flüsterte ihm etwas ins Ohr.

Als Fabiola auftauchte, sprang Jule von der Parkbank auf.

»Scheiße, wer ist denn die Tussi?« Sie tigerte auf und ab. »Warum rückt sie Sandro so auf die Pelle? Emma!«, rief sie wütend. »Ich muss da rein. Die Alte baggert meinen Freund an. Das gibt's doch nicht.« Jule ballte die Fäuste.

Emma griff nach ihrem Handgelenk und zog sie wieder zu sich auf die Bank zurück. »Bitte, beruhige dich. Wir müssen aufpassen, dürfen jetzt keinen Fehler machen. Sandro wird wissen, was er tut.«

»Weiß er das?« Jule trommelte mit den Fingerspitzen auf ihren Knien. Sie ließ das Mädchen im Café keine Sekunde aus den Augen und beobachtete zornig, wie sie immer dichter an Sandro heranrückte.

»Warum unternimmt er nichts? Er kann sie doch zum Teufel jagen.«

Emma musste ihr zustimmen. Das Mädchen kam Sandro eindeutig zu nahe. Sie wusste genau, was Jule empfand, und wenn sie ehrlich war, gefiel ihr ebenso wenig, dass dieses Püppchen sich an Sandro heranmachte.

Jule schoss in die Höhe. »Ich geh da jetzt rein und kläre die Sache.«

»Warte«, rief Emma und sprang ihr hinterher. »Wenn du jetzt reingehst, fällt das noch mehr auf. Wir müssen vorsichtig sein. Lass mich gehen.«

»Du?«

»Ja, mir wird irgendetwas einfallen.«

»Also gut, halte mir die Schnalle von meinem Freund fern.«

Emma lächelte. Nichts wollte sie lieber tun, obgleich sie noch keine Ahnung hatte, wie sie das bewerkstelligen sollte.

Emma betrat das Café, lief zielstrebig auf Sandro zu. Das Mädchen saß dicht neben ihm und flüsterte in sein Ohr. Emma wurde heiß. Ihr Puls hämmerte. Als diese Person anfing, über Sandros Oberschenkel zu streichen, war Schluss mit lustig. Emma straffte ihre Schultern und warf den Kopf in den Nacken. Ohne einen Plan zu haben, steuerte sie auf die beiden zu.

»Liebster, entschuldige, dass ich dich so lange warten ließ.« Sie erschrak über ihre Worte mindestens genauso wie Sandro. Was war nur in sie gefahren? Sie lief um seinen Stuhl herum, legte ihren Arm um ihn und küsste ihn auf die Wange. Wie betörend er roch, seine Bartstoppeln kitzelten auf ihren Lippen. Einen kurzen Moment lang trafen sich ihre Blicke. Herzstillstand. Was hatte sie sich nur bei dieser Aktion gedacht? Im Eifer des Gefechtes hatte sie vollkommen vergessen, dass sie 50 Jahre älter war als er und seine Großmutter hätte sein können. Der Versuch, nicht aufzufallen, war hiermit vollkommen gescheitert.

Sandros Augen funkelten amüsiert. Er erwiderte den Kuss und legte seinen Arm um Emmas Taille.

»Fabi, darf ich dir meine Freundin vorstellen?«

Sandro drückte Emma ein wenig fester an sich. Sie hätte schreien mögen. Mein Gott, das fühlte sich so wunderbar an, diese starken Arme, das Gefühl, dass dieser junge Mann sie auf Händen tragen würde. Es schien eine Ewigkeit her zu sein, als sie mit Kurt … Kurt! Sie errötete.

Fabiola rückte sofort ein Stück von Sandro ab und verzog ihr hübsches Gesicht. Sie betrachtete Emma geringschätzig und Sandro angeekelt.

»Deine was?«, fragte sie.

»Meine Freundin.« Sandro lachte, als ob dies das Natürlichste der Welt sei.

Emma legte ihren Kopf gegen seine Schulter. Aus dem Augenwinkel sah sie Jule über die Straße springen. Sandro strich Emma über den Rücken. Mein Gott, warum tat er das? Ihre Nackenhaare sträubten sich.

»Sandro, du bist wirklich krank.« Fabiola rutschte von ihrem Barhocker herunter. »Die Frau könnte deine Großmutter sein. Du willst mir nicht allen Ernstes erzählen, dass ihr beide miteinander …?«

Sandro grinste. Das Spiel schien ihm zu gefallen und Emma sowieso. Jule bestimmt nicht. Sie klebte wahrscheinlich draußen vor der Fensterscheibe, versteckte sich hinter den braunen Sichtschutzstreifen und spähte durch das Firmenlogo in das Café.

»Das ist ekelhaft.« Fabiola stand vor ihnen und starrte sie unverhohlen an.

»Wieso?«, hakte Sandro nach. »Ältere Damen mit Erfahrung haben wesentlich mehr zu bieten als ihr jungen Hühner, die ihr immer nur auf das eine aus seid.« Er drückte Emma einen zweiten Kuss auf die Wange.

Emmas Herz pochte, oder war das Jule, die hinter ihr gegen die Scheibe hämmerte, vorsichtig genug, um von Fabiola nicht bemerkt zu werden, aber deutlich genug, um Emma zu zeigen, was sie von der Situation hielt. Emma wedelte ihr mit der Hand hinter dem Rücken zu, als ob sie sie fortscheuchen wollte, und plötzlich gab Jule Ruhe.

»Dann wünsche ich dem jungen Glück noch alles Gute. Boah, ist das widerlich.« Fabiola schüttelte den Kopf, ging in den angrenzenden Gastraum und setzte sich zu ihrer Mutter in einen der Plüschsessel. Sie starrte immer wieder zu Sandro und Emma herüber.

Sandro löste seinen Arm und drehte den Bildschirm wieder zu sich. Das Mail war in der Zwischenzeit an die Zeitungsredaktion durchgegangen. Sandro zog den Stick aus dem Computer und steckte ihn in seine Hosentasche zurück. Dann blickte er zu Emma. Sie senkte den Kopf und hielt beide Hände vor ihr blutrotes Gesicht. Am liebsten würde sie in einem tiefen Erdloch verschwinden. Was hatte sie sich nur bei dieser Aktion gedacht?

Sandro nahm ihre Hände, fuhr mit seinem Zeigefinger unter ihr Kinn und hob es ein wenig an.

»Was war denn das?«, fragte er und lächelte.

»Oh«, lamentierte Emma, »das ist mir so peinlich. Jule war so eifersüchtig, als sie das Mädchen an dir kleben sah. Wir mussten doch etwas unternehmen. Am liebsten möchte ich sofort sterben.«

»Hey«, Sandro lachte herzlich und rutschte von seinem Stuhl. Er nahm Emma in die Arme und drückte sie an sich. »Ich fand's lustig.«

»Jule bestimmt nicht. Komm, lass uns gehen. Ich brauche frische Luft.« Ihre Wangen und Ohren waren verdächtig rot geworden.

Emma schlängelte sich bereits durch die Stühle Richtung Ausgang.

»Stopp, warte mal«, rief Sandro. »Wenn wir schon Romeo und Julia geben, dann sollten wir das auch richtig machen.«

Emma erschrak. »Wie bitte?«

»Ich würde zu gern das verdutzte Gesicht von Fabis Mutter sehen, wenn wir Arm in Arm an ihnen vorbeigehen.« Sandro lachte und schob seine Mütze ein wenig nach hinten. »Du musst wissen, dass Fabis Mutter eine Freundin meiner Mutter ist und die beiden zu gerne sähen, dass ich mit Fabi zusammenkomme.«

»Oh, ich verstehe.« Emma lächelte. »Und du willst das wirklich? Ich meine, deine Mutter setzt dir wegen Jule doch schon genug zu.«

»Gerade deswegen.« Sandro rieb sich die Hände. »Also, was ist, machst du mit?« Er strahlte sie an.

Natürlich machte sie mit!

Sandro warf der Bedienung das Geld für seinen Caffè Latte auf den Tresen und legte seinen Arm um Emmas Taille. Dann marschierten sie Richtung Ausgang. Fabiola und ihre Mutter starrten sie entsetzt an. Sie schüttelten beide die Köpfe und tuschelten miteinander. Sandro drückte Emma einen Kuss auf die Schläfe und winkte den beiden Frauen zum Abschied zu.

Sie wollten gerade das Café verlassen, als die Tür aufflog und Carlotta eintrat. High Noon. Keiner bewegte sich, keiner sagte ein Wort. Frau Pascello fasste sich als Erste. Sie schaute ihren Sohn an, dann Emma und wieder ihren Sohn.

»Alessandro!«, fauchte sie.

»Mutter?«, antwortete Sandro und drückte Emma ein wenig fester an sich. Emma wäre am liebsten gestorben.

»Junge, was geht hier vor?« Die Italienerin rang um Contenance. Ihr mächtiger Busen hob und senkte sich, und ihre Nasenflügel blähten sich vor Entrüstung.

»Darf ich dir vorstellen: deine neue Schwiegertochter.« Er verzog keine Miene, aber Emma zerriss es beinahe. Nun hatte er den Bogen überspannt, und sie musste innerlich über die groteske Situation lachen. Frau Pascello als Schwiegermutter war einfach zu komisch.

»Junge, was redest du da für einen Unsinn?«

»Wieso Unsinn, Mutter?« Sandro war ein begnadeter Schauspieler. »Du wolltest doch immer, dass ich eine Frau aus gutbürgerlichem Hause heirate. Eine, die gebildet ist, nicht so verlottert wie Jule – und das ist Emma. Außerdem ist sie sehr vermögend, und ich werde nach unserer Hochzeit zu ihr in ihre Villa ziehen. Das ist es doch, was du dir für mich wünschst.« Treuherzig schaute er seine Mutter an, als ob er zum Lob ein Leckerli erwartete.

»Diese Person könnte deine Großmutter sein. Alessandro, das ist nicht dein Ernst!« Frau Pascello griff an ihr Herz. Ihre Gesichtsfarbe war einem fahlen Grau gewichen. Mit ihrem streng nach hinten gebundenen Pferdeschwanz sah sie plötzlich um Jahre gealtert aus.

»Doch, das ist mein Ernst.« Er schob seine Mutter zur Seite und sagte zu Emma: »Komm, Schatz, wir haben noch einiges zu erledigen.«

Sandro lief an seiner Mutter vorbei und öffnete Emma galant die Tür.

»Ciao, mamma.«

Emma lachte herzlich. »Deine arme Mutter.«

»Das macht nichts. Soll sie ruhig ein bisschen schmoren.« Sandro grinste und schaute sich nach Jule um. »Wo ist sie?«

»Eigentlich sollte sie auf der Parkbank warten«, sagte Emma. »Aber als ich meine Großoffensive startete, stand sie direkt draußen vor dem Fenster.«

Sie drehten sich in alle Richtungen. Jule war verschwunden. Fußgänger flanierten mit bunten Einkaufstüten über den Gehweg. Der Verkehr rollte über die Straße wie immer, die Sonne brannte heiß auf den Asphalt.

»Was ist das?«, fragte Sandro und deutete auf die Fahrbahn. »Dort liegt etwas.« Er lief zwischen den fahrenden Autos hindurch, hob den Gegenstand auf und eilte auf die andere Straßenseite. Emma folgte ihm. Sie standen direkt vor der grünen Bank, auf der sie vorhin noch gewartet hatten. Sandro öffnete seine Hand und betrachtete, was er gefunden hatte. Es war ein mit roten Steinchen und silbernem Totenkopf verzierter Ohrring.

»Der gehört Jule«, sagte er nachdenklich. Eigenartig, Jule lief nicht einfach davon, nicht jetzt.

Dass dieses Flittchen sich an Sandro heranmachte, war schlimm, aber dass Emma es ihr gleichtat und ihr Freund auch noch mitspielte, war noch viel schlimmer. Jule traute ihren Augen nicht, als sie Emma Sandro küssen sah. Das ging zu weit, zumal sie von ihrer Vorliebe für ihn wusste.

Jule gab ihren Beobachtungsposten auf und überquerte die Straße. Sie versteckte sich, so gut es ging, hinter der bunt beklebten Fensterscheibe des Cafés und hämmerte vorsichtig gegen das Glas. Doch Emma wedelte nur mit der Hand, dass sie verschwinden solle.

Jule war sprachlos. Nicht nur wegen Emma, sondern auch wegen der kräftigen Hand, die sich plötzlich auf ihren Mund legte. Paul Behnke und sein Bodyguard waren aus dem Nichts aufgetaucht und hatten Jule links und rechts an den Armen gepackt. Sie schleppten sie über die Straße in den Park, vorbei an der grünen Bank, quer über den Rasen den Hügel hinab, bis sie hinter einem riesigen Azaleenbusch stehen blieben.

Der Schläger packte sie von hinten, schlang seinen Unterarm um ihren Bauch und hielt sie fest. Mit der anderen Hand hielt er ihr noch immer den Mund zu. So sehr Jule auch zappelte und sich wand – sie konnte ihm nicht entkommen. Er war stärker als sie.

Jule schaute sich verzweifelt um. Der Spazierweg führte weiter oben hinter einer Reihe Ziersträucher entlang und lag außerhalb ihrer Sichtweite. Am Fuße des Hügels befand sich ein kleiner See mit angrenzendem Sumpfgebiet und gelben Lilien, eingezäunt und für Besucher gesperrt. Ihre Chancen, entdeckt zu werden, lagen bei null. Jule musste sich selbst helfen. Sie versuchte, mit den Füßen gegen die Beine ihres Peinigers zu treten, doch der behielt seinen Klammergriff und bewegte sich keinen Millimeter.

»Wo ist die Kleine?«, fragte Paul Behnke leise und baute sich vor Jule auf. Er zog dünne Lederhandschuhe über.

Solange der Schläger ihr den Mund zuhielt, konnte Jule nicht reden. Sie knurrte wütend und zappelte. Sein Arm vor ihrem Körper löste sich nur einen Augenblick, und schon fuhr Pauls Faust in ihren Magen. Sie krümmte sich vor Schmerz. Ihre Knie gaben nach. Und wieder krallte sich sein Unterarm um ihren Körper. Jule wurde schlecht.

»Ich denke, wir verstehen uns.« Paul grinste. »Du und dein Freund, ihr habt das Mädchen, und ich will sie zurück.«

Jule kämpfte den Brechreiz nieder und legte den Kopf in den Nacken.

»Wo habt ihr sie versteckt?«

Die Hand auf ihrem Mund löste sich. Jule atmete tief durch.

»Fick dich.«

»Falsche Antwort.«

Ein zweiter Schlag traf in ihren Magen. Sie sah die Sterne tanzen und sackte zu Boden. Dieses Mal machte sich der Schläger nicht die Mühe, sie zu halten. Das Gras unter ihr war frisch geschnitten. Vertrocknete Halme klebten an ihren Lippen fest. Kleinigkeiten, im Moment vollkommen unsinnig, erschienen ihr plötzlich wichtig. Paul trug Armeestiefel.

»Ich an deiner Stelle würde den Mund aufmachen«, sagte er und verschränkte die Arme vor seiner Brust. »Wir wissen, dass ihr das Mädchen habt und wo ihr wohnt. Wir haben euch observiert.«

Jules Verstand arbeitete nur träge. Woher sollte Paul wissen, wo sie wohnten? Und wie zum Teufel hatte er sie überhaupt gefunden?

Er schien ihre Gedanken zu erraten.

»Wir haben euren Wagen vor der Lagerhalle entdeckt. Einfacher ging es wirklich nicht. Ich habe meine Beziehungen spielen lassen und den Halter ausfindig gemacht, und hier sind wir.« Er strahlte über seine Genialität. »Also, rede schon, wo ist das Mädchen?«

»Such sie doch, wenn du so schlau bist«, keuchte Jule.

Blitzschnell schoss der Armeestiefel vor: Erneut war Jules Bauch das Ziel des Trittes. Schwarze Punkte tanzten vor ihren Augen. Schweiß trat ihr auf die Stirn. Sie war kurz vor einer Ohnmacht und spürte, wie jemand sie am T-Shirt brutal in die Höhe zerrte und ihr ins Gesicht schlug. Links, rechts, links. Irgendwann spürte sie nichts mehr, hörte ein Kind schreien und gleich darauf eine Frau um Hilfe rufen.

Paul, oder war es sein Schläger, packte sie ein letztes Mal und zog sie dicht zu sich. Sie erkannte Paul durch einen Schleier dunkler Punkte, aber was er sagte, hörte sie klar und deutlich: »Das Mädchen ist morgen früh um neun Uhr in meiner Werkstatt. Verstanden?« Er schüttelte sie wie eine Gummipuppe. »Wenn ihr mich verarscht, dann ist dein italienischer Freund tot. Denk daran, ich weiß, wo ihr wohnt.«

Er stieß sie zu Boden.

Das Gras unter ihrer Wange pikste. Sie hatte Schmerzen und wollte nur noch die Augen schließen. Kindergeplärre, hektisches Frauengeschrei. Erst als sie einen Arm unter ihrem Kopf spürte und Sandros Stimme hörte, überließ sie sich der Dunkelheit.

Irgendwo im Park schrie ein Kind, durchdringend und schrill. Sandro wirbelte herum. »Was war das?«

Emma griff nach seiner Hand. Sie zitterte.

»Ich weiß nicht.«

Ein zweiter Schrei – und plötzlich rief eine Frau um Hilfe. Sandro raste den Abhang hinab, den Stimmen hinterher. Er sprang mit einem Satz über eine Parkbank, blind vor Angst um Jule. Emma eilte ihm, so gut sie konnte, hinterher.

Im Zentrum der Parkanlage befand sich ein kleiner See inmitten eines naturbelassenen Biotops mit Sumpf und Schilf. Die Kieswege der Anlage führten in großen Bögen rundherum. An den Wegen standen jede Menge Bänke, Skulpturen aus Stein und Metall sowie Warnschilder, die das Betreten des Rasens verboten. Sandro kümmerte sich nicht darum. Er rannte immer weiter, bis er hinter einem Busch verschwand. Um ihn herum eine Gruppe Kindergartenkinder und drei Erzieherinnen, die Mühe hatten, die Kleinen zu beruhigen und von diesem Ort wegzubringen.

Emma wurde flau im Magen. Die Kinder mussten Jule gefunden haben. Ihrem Geschrei nach lag sie nicht einfach schlafend auf dem Boden.

»Mein Gott, bitte, bitte, lass ihr nichts passiert sein«, jammerte Emma und hastete in kleinen Tippelschritten den Hügel hinab. Sie rutschte mit ihren Segeltuchschuhen aus und landete auf dem Po. Das Gras fühlte sich durch ihre Hose feucht an. Emma rappelte sich auf und eilte die letzten Meter zu Sandro.

Die Erzieherinnen hatten die Kinder zusammengetrieben und versuchten, sie zu beruhigen. Jule lag auf dem Boden, ihre Augen waren geschlossen. Blut in ihrem Gesicht. Sandro kniete neben ihr und hob so behutsam ihren Kopf an, als ob er aus Glas sei.

»Jule, kannst du mich hören? Sag doch was!« Tränen liefen über sein Gesicht. Seine Kappe war neben ihm zu Boden gefallen.

»Oh nein, ist sie …?« Emma schlug die Hände vor ihren Mund. Sie konnte ihre Befürchtung nicht aussprechen. Ihr war schwindlig, und sie musste sich setzen.

»Können wir Ihnen helfen? Sollen wir die Polizei rufen?«, fragte eine der Erzieherinnen und legte ihre Hand auf Emmas Schulter.

»Nein, danke«, brachte Emma mühselig hervor. »Wir bringen sie gleich ins Krankenhaus. Was ist denn passiert?«

»Ich weiß nicht. Eins der Kinder hat einen Ball aus dem Gebüsch holen wollen und fing plötzlich an zu schreien. Ich habe sofort nachgeschaut und die junge Frau entdeckt. Zwei Männer schlugen auf sie ein.«

Emma seufzte.

»Sind Sie sicher, dass Sie keine Hilfe brauchen?« Die junge Frau beobachtete Sandro, wie er Jule in seinen Armen wiegte. »Sie sollten unbedingt die Polizei rufen.«

Das war das Letzte, was sie gebrauchen konnten, überlegte Emma, unnötige Fragen, die alle irgendwann dahin führten, dass Sandro als Steves Mörder aufflog. Nun kam es auf sie an. Sie musste einen kühlen Kopf bewahren und die Situation retten. Emma erhob sich. Plötzlich war es wie früher, als sie neben Kurt auf einem dieser leidigen Empfänge stand und wusste, dass man jedes ihrer Worte genau unter die Lupe nahm. Es fühlte sich so an, als wäre ein Scheinwerfer auf sie gerichtet und sie müsste jetzt eine diplomatische Antwort geben.

»Danke, liebe Frau …«, sagte Emma und packte die Erzieherin sanft am Ellenbogen.

»Hahnbichler.«

»Danke, Frau Hahnbichler. Sie haben uns und vor allem der jungen Frau sehr geholfen.« Dabei führte Emma sie zurück zu den Kindern und ihren Kolleginnen, die alle durcheinanderschnatterten. »Bitte, machen Sie sich keine Sorgen, wir werden uns um das Mädchen kümmern. Wir wissen, wer die Männer waren, und werden selbstverständlich die Polizei informieren.« Sie lächelte und sprach beruhigend auf die Frauen ein.

»Ist die Frau da tot?«, fragte ein kleiner Junge in kurzen Hosen und mit verschrammten Knien. Er streckte sein kleines Fingerchen in Jules Richtung. Tränen schimmerten in seinen Augen.

Die Kinder klammerten sich aufgeregt an ihre Erzieherinnen. Emma überlegte, wie viele Kinder heute Abend ihren Eltern von dem Zwischenfall im Park erzählen würden. Diese würden es dann ihren Nachbarn berichten und so fort. Eine Katastrophe.

»Ach was«, lachte Emma und ging in die Hocke, um den Kindern besser in die Augen schauen zu können. »Wisst ihr, die beiden Männer waren böse, weil die Frau ihnen etwas geklaut hat. Das war nicht richtig von ihr gewesen, und deswegen haben sie ihr eine Ohrfeige gegeben. Aber nun ist alles wieder gut, und wir bringen die Frau nach Hause. Jetzt weiß sie, dass sie das niemals wieder machen darf.« Emma lachte, um den Kindern das Gefühl zu geben, dass alles in Ordnung sei. Nichts war in Ordnung! Emma wusste nicht einmal, ob Jule überhaupt noch lebte.

»Macht die Frau das nie wieder?«, fragte ein kleines Mädchen.

»Nein, das macht sie nie wieder. Jetzt ist alles gut«, lächelte Emma.

»Und was macht ihr jetzt?« Sie versuchte, die Angelegenheit zu bagatellisieren und das Thema zu wechseln.

Ein Geschrei brach los. Jedes der Kinder wollte erzählen, dass sie auf dem Weg zu einem Zirkus am anderen Ende des Parks waren.

»Na dann, los, sonst verpasst ihr noch den Clown.«

Die Kinder juchzten und hüpften voller Vorfreude auf die Akrobaten und dressierten Pferde mit ihren bunten Federbüscheln auf dem Kopf. Wie einfach sie doch abzulenken waren. Die Erzieherinnen riefen die Kinder zur Ordnung. Sie sollten sich paarweise aufstellen und an den Händen nehmen. Emma winkte ihnen nach. Nur Frau Hahnbichler blieb stehen und schaute zu Sandro und Jule.

»Sind Sie sicher, dass Sie keine Hilfe brauchen?«

Emma lächelte und legte ihr die Hand auf den Arm.

»Alles in Ordnung, danke. Wie gesagt, das hat sich die junge Dame selbst eingebrockt, aber nun ist alles geklärt. Wir bringen sie ins Krankenhaus.«

Frau Hahnbichler lächelte und lief langsam in Richtung der Kinder.

»Wenn Sie doch noch eine Zeugenaussage brauchen, wir kommen vom Clementinen-Kindergarten. Ich helfe gerne.«

»Danke, Frau Hahnbichler, das ist sehr nett von Ihnen, aber das wird nicht nötig sein. Viel Spaß noch im Zirkus.«

Die junge Frau winkte ein letztes Mal, schaute zu Jule und eilte ihren Kindern hinterher. Emma zitterte am ganzen Leib. Der Scheinwerfer ging aus, und sie hatte das Gefühl, wie eine Marionette in sich zusammenzufallen. Sie lief zu Sandro und kniete sich neben ihn. Er wiegte Jule noch immer in seinem Arm und weinte. Jules Gesicht war kreidebleich. Aus ihrer Nase sickerte ein Rinnsal Blut, und ihre Oberlippe war aufgeplatzt.

»Jule, wach doch endlich auf«, schniefte Sandro.

»Atmet sie noch?«, fragte Emma leise. Ihre Stimme drohte zu versagen.

Sandro nickte.

»Los, wir bringen sie ins Krankenhaus.« Emma erhob sich.

Sandro fuhr mit der Hand unter ihre Beine und hob sie in die Höhe. Ihr Arm baumelte nach unten, ihr Kopf kippte nach hinten.

»Mein Gott«, hauchte Emma und presste ihre Hand vor den Mund.

»Scheiße«, fluchte Sandro.

Jule stöhnte. Ihre Augenlider flackerten. Sie hob ihren Arm und tastete nach ihrem Gesicht.

»Jule!« Sandro strahlte. »Kannst du mich hören?«

Emma fuhr ihr mit der Hand über die Stirn.

»Laut und deutlich«, krächzte Jule und lächelte schwach.

»Tut dir was weh?« Sandro war außer sich vor Sorge.

»Frag mich … aua … lieber, was mir nicht wehtut, das wäre einfacher.«

»Komm, wir bringen sie ins Krankenhaus«, wiederholte Emma.

»Nein, bloß nicht.« Jule hob den Kopf. »Das geht nicht. Das wirft nur Fragen auf, und außerdem ist es gar nicht so schlimm. Lass mich runter.«

»Auf keinen Fall.« Sandro kletterte mit ihr die Böschung hinauf.

»Mann«, Jule hämmerte schwach auf seinen Rücken. »Es ist wirklich nicht so schlimm.«

»Du warst bewusstlos«, fauchte er, »ich dachte, du bist tot. Das nennst du *nicht so schlimm*?«

»Und was ist mit inneren Verletzungen?«, fragte Emma besorgt.

Jule stöhnte. »Leute, jetzt haltet mal den Ball flach. Das ist nicht das erste Mal in meinem Leben, dass ich zusammengeschlagen wurde. Mir geht es gut, und jetzt lass mich verdammt noch mal runter.« Sie zappelte schon wieder schwach mit den Beinen.

»Du bist störrisch wie ein alter Esel, weißt du das?«

»Weiß ich, mein Schatz, und auch so robust wie ein Esel.« Sie lächelte.

Sandro stellte seine Freundin vorsichtig auf den Boden und stützte sie. Jule richtete sich langsam auf.

»Alter Schwede, der hatte ’nen Wumms drauf.« Sie stützte sich an Sandro ab und testete vorsichtig ihre Mobilität.

»Gebrochen ist nichts. Es ist alles fast schon wieder wie neu.«

Emma zog ein Taschentuch hervor und wischte die gröbsten Blutspuren aus Jules Gesicht. Das Mädchen war hart im Nehmen.

»Du blutest«, rief Sandro plötzlich und deutete auf Jules Bauch. Ihr T-Shirt färbte sich rot.

Jule hob das Hemd ein Stück in die Höhe und fluchte. Ihr Bauchpiercing war herausgerissen.

»Scheiße, wie sieht das denn aus?« Das kleine Stück Metall mit dem Glitzerstein war verschwunden, zurück blieb eine Wunde. »Wächst das wieder zusammen?«

»Du hast Sorgen. Das darf nicht wahr sein. Wir sollten gehen, bevor wir noch mehr Aufmerksamkeit erregen.« Sandro legte Jules Arm um seine Schulter und stützte sie. Oben auf dem Kiesweg angekommen, erschien Frau Hahnbichler.

»Ich wollte nur noch mal nachschauen, ob wirklich alles in Ordnung ist oder ich nicht doch die Polizei rufen soll.«

Als sie Jule wieder laufen sah, hellte sich ihr Gesicht auf.

»Alles halb so schlimm. Es geht schon wieder.« Jule schenkte ihr ein Lächeln, und die Frau verabschiedete sich einigermaßen beruhigt.

Sandro war blass, und die Falte auf seiner Stirn furchte sich tief. Emma lief mit verdreckter Hose und nicht minder sorgenvollem Gesicht nebenher.

»Jetzt macht euch mal nicht ins Hemd«, lächelte Jule. »Willkommen in meiner Welt. Ich hab schon ganz andere Dinge mitgemacht. Wer Steve zum Freund hat, nennt das hier Alltag.«

»Wir müssen sie zum Arzt bringen. Wer weiß, ob sie innere Verletzungen hat.« Emma war besorgt und lief in Jules Zimmer auf und ab. Sandro stand am Fenster.

»Das ist alles meine Schuld«, sagte er leise und legte die Stirn gegen die Scheibe. Die Dämmerung legte sich über die Dächer der Stadt. Eine Amsel saß auf der besprühten Hinterhofmauer und sang ihr Abendlied. Es klang beruhigend und schön wehmütig.

»Wieso deine Schuld?« Emma blieb hinter ihm stehen und legte ihre Hand auf seine Schulter. »Du kannst nichts dafür, dass Paul Jule zusammengeschlagen hat.«

Er fuhr herum.

»Nein, das nicht, aber ich hätte mich nie auf ihre bescheuerte Idee einlassen dürfen. Trixi zu befreien!« Er klopfte mit dem Zeigefinger gegen die Stirn. »Wir hätten die Polizei rufen sollen.«

»Aber dann wäre unsere ganze Geschichte aufgeflogen, und zum Schluss hätte man uns Fragen wegen Steve gestellt.«

»Genau das ist der Punkt. Wir verstricken uns immer tiefer in diese Geschichte. Ich hätte gleich zu Beginn darauf pochen sollen, dass Jule die Beweisfotos der Polizei übergibt. Dann wäre das Ganze nicht dermaßen aus dem Ruder gelaufen. Inzwischen ist alles so verworren, dass ich meine Freundin nicht einmal zum Arzt bringen kann, ohne dass ich Gefahr laufe, wegen Mordes eingesperrt zu werden.«

»Sandro, bitte, Selbstvorwürfe helfen uns jetzt nicht weiter. Wir sollten lieber überlegen, was wir tun können.«

»Nichts! Das ist ja das Problem«, schrie er und drehte sich wieder dem Fenster zu. Er hämmerte mit der Faust gegen den Holzrahmen. »Jule könnte verbluten oder sonst was, nur weil ich zu feige bin, sie zum Arzt zu bringen.«

»Irrtum«, fuhr Jule dazwischen. Sie stand frisch geduscht im Türrahmen und lächelte. »Ich würde verbluten, nicht weil du zu feige bist, sondern weil ich wegen der paar Schläge auf keinen Fall zum Arzt ginge.«

»Jule!« Sandro wirbelte herum und führte sie wie eine zerbrechliche Porzellanpuppe zu ihrem Bett.

»Hör auf, mich zu betüddeln. Es ist alles in Ordnung. Mir geht es soweit gut.« Sie küsste ihn auf die Wange, befreite sich aus seinem Griff und setzte sich auf die Bettkante. Der warme Duft ihres Duschgels umhüllte sie wie ein schützender Kokon. Ihre blutverschmierte Kleidung hatte sie gegen eine Jogginghose und ein T-Shirt mit dem Aufdruck *Rettet die Wale* ausgetauscht.

»Jetzt schaut mich nicht so mitleidig an. Ich habe keine ernsten

Verletzungen. Alles, was ich habe, ist das hier.« Sie zog ihr Shirt in die Höhe. Auf ihrem Bauch zeichnete sich ein heftiger Bluterguss ab, der bald alle farblichen Schattierungen durchlaufen würde. Auf der Wunde am Bauchnabel klebte ein Pflaster. In ihrem Gesicht war nur noch ein kleiner Riss an der Oberlippe zu sehen.

Sandro ging vor ihr in die Hocke und nahm ihre Hände.

»Dieser Mistkerl wird dafür bezahlen. Das schwöre ich dir.« Seine Augen verengten sich zu kleinen Schlitzen.

»Jetzt komm mal wieder runter und lass das italienische Mafiagehabe.« Jule fuhr mit der Hand durch sein Haar.

»Er hat recht.« Emma setzte sich neben sie. »Wir müssen die Polizei informieren. Paul weiß jetzt, dass wir mit der ganzen Geschichte zu tun haben.«

»Ach was«, sagte Jule, »morgen früh um neun Uhr ist der ganze Horror sowieso vorbei, und bis dahin haben wir Ruhe. Also kein Grund zur Aufregung.«

Sandro setzte sich neben sie und streichelte unaufhörlich ihre Hand.

»Wieso um neun Uhr? Woher wusste Paul überhaupt von uns, und woher wusste er, wo er uns finden konnte?«

»Sie haben gestern Anjas Wagen neben der Lagerhalle stehen sehen, und Pauls Schläger hat sich das Kennzeichen gemerkt.«

»Ganz schön clever«, sagte Emma.

»Er hat unsere Wohnung ausfindig gemacht und uns beobachtet«, fuhr Jule fort. »Die beiden sind uns zum Café gefolgt, und als ich vorhin alleine auf euch wartete, haben sie die Chance ergriffen und mich geschnappt. Sie wollten mich nur einschüchtern.«

»Bei mir hat das funktioniert«, seufzte Emma.

Jule lachte und schlug beiden gleichzeitig auf die Knie.

»Bei mir nicht.« Sie hatte wieder jenes Leuchten in den Augen, das nichts Gutes verhieß.

»Vergiss es, egal, was es ist.« Sandro schüttelte den Kopf. »Ich sehe nicht länger zu, wie du dich von einer Gefahr in die nächste begibst.«

»Und was willst du dagegen unternehmen? Mich mit Kalles rosafarbenen Plüschhandschellen an dein Bett fesseln?« Jule schmiegte sich an seinen Körper und schmachtete ihn mit klimpernden Augen an. Sandro legte seinen Arm um sie.

»Du bist unmöglich.«

»Regt euch nicht auf, ich unternehme gar nichts. Ab jetzt soll sich die Polizei um den Kerl kümmern.«

Sandro blickte theatralisch gen Himmel. »Danke, oh Herr, sie ist zur Vernunft gekommen.«

»Paul will, dass wir Trixi morgen früh um neun Uhr in die Autowerkstatt bringen, was wir natürlich nicht tun werden. Die Polizei wird sich brennend für Pauls Aufenthaltsort interessieren. Wir servieren ihnen den Typ auf dem Silbertablett.«

»Das klingt vernünftig.« Emma war erleichtert.

»Und wo ist der Haken an der Geschichte? Ich meine, Paul wird es nicht dem Zufall überlassen, ob wir mit Trixi auftauchen oder nicht. Was hat er angedroht, wenn wir nicht kommen?«

»Ach, Schatzilein, das willst du gar nicht wissen.« Jule küsste ihn. Er hielt sie auf Armlänge von sich.

»Was verlangt er?«

»Er will dich töten, aber das darfst du bei einem Kerl wie Paul nicht ernst nehmen. Das ist nur Machogehabe zur Einschüchterung.«

»Danke, das klingt sehr beruhigend. Du riskierst mein Leben?« Sandro erhob sich und stopfte seine Fäuste in die Hosentaschen.

»Quatsch.« Jule sprang auf. »Autsch.« Ihr Bauch schmerzte. »Wir informieren die Polizei, die wird ihn verhaften, und dann ist der ganze Zauber vorüber.«

»Genau das werde ich jetzt tun.«

»Was?«

»Die Polizei informieren. Wo ist Steves Handy?«

Jule zog die Schublade ihres Schreibtisches auf, kramte das Mobiltelefon unter einer Lage Zeitungen hervor und reichte es Sandro.

»Ihr wartet auf mich«, befahl er. »Ich telefoniere von einer Telefonzelle in der Stadt, damit sie den Anruf nicht orten können, und gebe der Zeitungsredaktion einen Tipp, wo die Polizei Paul finden kann. Danach vernichte ich Steves Handykarte und entsorge sein Handy.«

Noch ehe Jule oder Emma antworten konnten, war Sandro in den Flur verschwunden. Die Wohnungstür flog krachend ins Schloss.

»Du legst dich am besten ins Bett und ruhst dich aus«, sagte Emma mit erhobenem Zeigefinger. »Ich werde uns etwas zu Essen machen.«

»Danke. Ich habe einen Bärenhunger.«

Auf ihrem Weg zur Küche lauschte Emma an Kalles geschlossener Zimmertür. Sie hörte leise Musik und seine Stimme. Was er erzählte, verstand sie nicht, aber solange er sprach, tat er wenigstens nichts Unanständiges.

In der Küche roch es nach angebratenen Zwiebeln. Auf der Spüle stand eine eingeweichte Pfanne, daneben zwei schmutzige Teller und zwei Gläser. Kalle hatte für Trixi gekocht. Wenigstens brauchte sich Emma keine Sorgen um ihre Enkelin zu machen. Ihr ging es gut bei Kalle, auch wenn er nicht der Umgang war, den sie sich als Großmutter für sie wünschte.

Emma suchte nach etwas Essbarem. Sie fand ein paar Kartoffeln, Tomaten, Speck und geriebenen Käse – genug für einen leckeren Auflauf. Sie schälte die Kartoffeln, und ihr Körper entspannte sich bei der Arbeit. Die Anstrengungen und die Aufregungen der letzten Tage steckten ihr in den Knochen. Wenn alles gut ging, würde sie Konstantin und Barbara übermorgen aus ihrer Villa jagen. Wie ein kleines Kind stellte sie fest, dass sie nur noch zweimal schlafen musste, ehe sie endlich wieder nach Hause durfte. Und was kam dann? Emma legte das Schälmesser zur Seite und schaute nach draußen. Die Nacht kroch durch die Häuserschluchten und drängte das Tageslicht immer weiter vor sich her, bis nur noch ein schmaler Streifen am Horizont übrig blieb.

In der Villa würde sie wieder alleine sein, selbst wenn sie Personal einstellte und eventuell zu Trixi eine Beziehung herstellen konnte. Die Geräusche in der Nacht, wenn das Gebälk knarrte, der Lärm von der Straße oder das Tapsen der Eichhörnchen, die an der Regenrinne nach oben auf das Dach hüpften, würden Emma wieder in Angst und Schrecken versetzen. War sie nicht schon vor ihrem Auszug in die Seniorenresidenz an genau diesem Punkt gewesen?

Sie schüttelte den Kopf, wollte ihre trüben Gedanken verscheuchen. Als Erstes musste sie sich unbedingt um eine Gesellschafterin kümmern. Wenigstens würde sie Barbaras Sticheleien künftig nicht mehr ertragen müssen, und vielleicht kamen Jule und Sandro sie ab und zu besuchen. Das Mädchen würde ihr fehlen. Sandro sowieso.

Die Küchentür öffnete sich, und Kalle kam herein.

»Kalle«, rief Emma, »wie geht es Trixi?«

Der junge Mann blickte zu Boden und errötete. Meine Güte, dachte Emma, warum musste er nur so schüchtern sein? Was war es bloß, das Trixi an ihm gefiel?

»Gut«, sagte er leise und schaltete den Wasserkocher an. Er holte zwei Becher aus dem Schrank und hängte zwei Beutel *Sweet-Chili-Tee* hinein.

»Morgen Abend werden wir Trixi wieder nach Hause bringen, dann hast du dein Zimmer wieder für dich.« Emma beobachtete ihn, wie er auf der Unterlippe kaute und die Stirn kraus zog. »Danke, dass du dich um sie kümmerst.«

»Mache ich gerne«, sagte er leise und goss das kochende Wasser in die Tassen. Er beeilte sich und verschwand schnellstmöglich aus der Küche.

Eigenartiger junger Mann, dachte Emma, und ihre Gedanken wanderten zu Sandro, der so ganz anders war. Als Sandro Jule vorhin im Park in seinen Armen wiegte, als er vor Angst um sie am liebsten gestorben wäre – das war so innig. Emma zwinkerte eine Träne fort. Sie hatte niemanden, der sie in den Arm nahm, wenn es ihr schlecht ging.

»Ach, Kurt«, seufzte sie, »du fehlst mir. Warum musstest du mich so früh verlassen?« Emma schnitt die Tomaten in feine Scheiben. »Wir hätten noch so viel unternehmen können. Ich weiß, du warst kein Adonis wie Sandro, aber du warst immer für mich da.«

»Und jetzt bin ich für dich da«, sagte Jule plötzlich. Sie stand auf der Türschwelle und lehnte im Türrahmen.

Emma erschrak und drehte sich um. Es war ihr unangenehm, dass Jule ihr Selbstgespräch gehört hatte. Sie wischte sich rasch ihre Augen trocken.

»Zwiebeln«, sagte sie.

Jule nickte.

»Natürlich.«

Ihre Blicke trafen sich über der noch nicht angeschnittenen Knolle neben dem Schneidebrett. Emma lächelte und zog die Nase hoch.

»Du bist nicht mehr alleine.« Jule umarmte Emma. »Glaubst du, nach alldem, was wir erlebt haben, werde ich dich in deiner großen Villa sitzen lassen und dich vergessen?«

Emma löste sich von ihr.

»Mädchen, du hast Besseres zu tun, als dich um eine alte Frau zu kümmern. Dein Leben liegt noch vor dir, und wenn du in diesem Tempo weitermachst …«

»Jetzt sei aber mal still, du alte Frau.« Jule setzte sich an den Tisch und zog Emma auf den Stuhl neben sich. »Weißt du eigentlich, dass du mich in den letzten Tagen oft zum Nachdenken gebracht hast?«

»Ich?«

»Irgendwie habe ich mir nie Gedanken um mein zukünftiges Leben gemacht, bin von einem Tag zum nächsten gesprungen, habe mich von dem tragen lassen, was gerade kam. Und dann tauchst du plötzlich in meinem Leben auf.« Sie lachte. »Eine alte Oma, die sich aus dem Altersheim abseilt und ihrem Sohn eins reinwürgen will. Und was soll ich sagen, ich habe diese alte, verrückte Schachtel plötzlich lieb gewonnen.« Jule stockte. Es fiel ihr schwer weiterzusprechen. »Du bist der erste Mensch, mit dem ich über meine Familie und meinen Bruder gesprochen habe.«

Emma zog ein Taschentuch aus ihrer Hosentasche und schnäuzte sich. Sie sammelte sich kurz, räusperte sich und blickte Jule an.

»Du hast mir in den wenigen Tagen so viel gegeben, und das will ich nicht hergeben, bloß weil du übermorgen wieder in deine Villa ziehst. Nee, alte Frau, so schnell wirst du mich nicht mehr los.«

Hatte sie richtig gehört? Jule wollte den Kontakt zu ihr aufrechterhalten? Ein schöneres Geschenk konnte sie sich nicht vorstellen.

»Bist du dir da ganz sicher? Also, ich meine, du weißt schon, dass Sandro mich bei seiner Mutter schon als neue Schwiegertochter vorgestellt hat.«

»Hat er das?« Jule prustete vor Lachen und schlug auf die Tischplatte. »Verdammt, dass ich das nicht miterleben durfte.«

Sandro kam eine halbe Stunde später wieder in die WG zurück. Er hatte die Redaktion informiert, wo die Polizei Paul morgen Früh um neun Uhr antreffen konnte, und hatte Steves Handy zerstört und entsorgt. Nun hieß es abwarten, bis Paul verhaftet wurde.

Emma servierte den Kartoffelauflauf. Sie setzten sich an den Tisch und aßen. Sie sprachen so gut wie kein Wort miteinander. Jeder hing seinen eigenen Gedanken nach. Emma war zutiefst von Jules Geständnis gerührt und beschloss, morgen etwas zu tun, das ihre Meinung hoffentlich nicht ändern würde.

Dienstag

»Aufwachen, du Langschläferin!« Emma öffnete das Fenster und ließ die warme Sommerluft ins Zimmer. Es war bereits zehn Uhr. Jule hatte geschlafen wie ein Murmeltier. Nur ab und zu war sie in der Nacht zusammengefahren und hatte gestöhnt. Emma hatte kaum ein Auge zugetan. Sie hatte Sandro hoch und heilig versprechen müssen, ihn sofort zu alarmieren, falls es Jule schlecht ging. Am liebsten hätte er sie zu sich mit nach oben genommen, aber Jule wollte auf keinen Fall Frau Pascello begegnen und sich erneut das Gezeter über ihre Anwesenheit anhören. Emma bot Sandro ihren Platz im Bett neben Jule an, doch Anja blieb auch in diesem Fall hart und wollte mit Jules Unannehmlichkeiten nicht belästigt werden.

Trotz des kurzen Schlafs fühlte Emma sich ausgeruht. Die Sonne schien auf das Bett. Jule blinzelte und legte ihren Arm quer über die Augen.

»Ich bin nicht da«, murmelte sie. »Sag Giorgio, dass ich heute nicht ins Bistro komme. Soll er seinen Mist alleine machen.«

»Schon erledigt«, trällerte Emma.

Jule zog ihren Arm zurück und schlug die Augen auf.

»Du hast was?«

»Ich war im Bistro und habe deinem Chef erklärt, dass du diese Woche Urlaub brauchst, und habe uns gleich Croissants zum Frühstück mitgebracht.«

Jule setzte sich auf. Sie verzog das Gesicht und fasste sich an ihren Bauch.

»Was hat er gesagt? Habe ich meinen Job noch?«

»Natürlich hast du ihn noch.« Emma lachte herzlich. »Man muss nur mit den Leuten reden und sie ein wenig um den Finger wickeln.«

Jule grinste. »Du hast ihn wieder angeglüht, gib's zu.«

»Wo denkst du hin? Ich habe ihm erklärt, dass du mir diese Woche mit ganzem Einsatz aus der Patsche geholfen hast. Ich habe unter Tränen von meinem bösen Sohn und dem Altersheim erzählt – und wie du mich selbstlos gerettet hast. Du warst für mich da, obwohl du wusstet, dass dich das deinen Job kosten könnte. Jetzt zeig mir mal den Mann, der da nicht weich wird und seinen Teil zu meiner Rettung beitragen möchte. Natürlich hast du diese Woche frei. Sonderurlaub – und du sollst dich von diesen brutalen Kopfgeldjägern, die mein Sohn auf mich angesetzt hat, gut erholen. In seinen Augen bist du eine Heldin. – In meinen auch.«

»Danke, das werde ich dir nie vergessen.«

Jule rekelte sich und blinzelte der Sonne entgegen.

»Ich hatte gestern wirklich Angst um dich, Kind. Diese Verbrecher hätten dich totschlagen können.«

Jule setzte sich auf.

»Das haben sie aber nicht. Vergiss es.«

Sie hievte ihre Beine vorsichtig über die Bettkante.

»Es ist gar nicht so schlimm, wie es im ersten Moment aussah. Glaub mir, früher habe ich schon wesentlich mehr einstecken müssen.«

»Wenn ich mir das vorstelle, wie dieser Steve dich …«

»Psst.« Jule legte Emma die Hand auf den Mund. »Das ist vergessen und vorbei. Ich habe den Absprung geschafft – und gut ist.«

Emma beobachtete, wie Jule eine frische Jeans und ein sonnengelbes Top aus dem Schrank zog.

»Wie hast du das eigentlich geschafft? Du hattest doch niemanden außer Steve, der sich um dich kümmerte.«

»Ach, das war Zufall.« Sie stieg in ihre Hose und schlüpfte in das Top. Dann fuhr sie mit der Hand durch ihre wilden Rastalocken. Sie setzte sich auf die Fensterbank an das offene Fenster und schaute gedankenverloren in den Hinterhof hinab. Die Nachbarskinder kickten ihren Fußball gegen die vollen Müllcontainer und johlten bei jedem Treffer vor Freude.

»Ich war ziemlich genau zwei Jahre auf der Straße und in unserer Clique eine der Besten, wenn es darum ging, Geldbörsen aus den

Taschen der Passanten zu ziehen. Eines Tages fuhr ich mit der U-Bahn. Meistens suchte ich mir zu Stoßzeiten im Berufsverkehr die vollsten Waggons aus. Am geschicktesten ist es, wenn du dich in die Mitte direkt neben der Tür stellst, dort, wo du schnell aussteigen kannst. Mit der einen Hand hältst du dich an einer Halteschlaufe an der Decke fest, und die andere steckst du lässig in deine Jackentasche. Im Gedränge gehen deine Finger dann auf Wanderschaft. Ich liebte es, ein Pokerface aufzusetzen und heimlich die Geldbörsen zu stehlen.« Jule lächelte.

»Eines Tages fiel mir ein junger Mann auf. Er saß gar nicht weit von mir entfernt. Gut gekleidet, mit Aktentasche auf dem Schoß und Brille auf der Nase. Er gefiel mir, und ich schaute immer wieder zu ihm hin. Ein blöder Fehler, ich weiß, aber ich konnte nicht anders. Unsere Blicke trafen sich für einen Moment, und er lächelte mir zu. Die Bahn ruckelte und steuerte schon die nächste Haltestelle an. Eigentlich hätte er gar nicht bemerken dürfen, dass ich einer Frau das Portemonnaie aus ihrer Tasche zog, während ich ihn anlächelte. Der Blickkontakt beim Klauen war ein geiles Gefühl, brachte irgendwie den ultimativen Kick. Die Bahn wurde langsamer, und ich drängte mich zum Ausgang. Der Mann stand auf und wollte auch aussteigen. Kaum öffnete sich die Tür, sprang ich hinaus und stürmte die Treppe nach oben in die Stadt. Mann, das war so was von knapp gewesen.«

Jule fuhr mit dem Finger über ihre Wunde an der Lippe.

»Als ich oben ankam, stand ich mitten im Einkaufstrubel. Ich weiß bis heute noch nicht, warum Leo, so hieß der Kerl, bemerkt hatte, dass ich eine Diebin war. Jedenfalls stand er ganz plötzlich neben mir und packte mich sanft am Arm. Ich riss mich los und wollte fortlaufen. Er lächelte mich an und sagte nur, ich solle ruhig abhauen oder mit ihm einen Kaffee trinken gehen. Der Typ war echt abgefahren. Er starrte mich an, und ich war wie hypnotisiert. Er sagte, ich könne jederzeit gehen, aber er wollte erst mit mir reden.«

»Und? Bist du geblieben?«

»Ich ging mit ihm in ein kleines Straßencafé direkt um die Ecke. Er sagte mir, dass er gesehen habe, wie ich die Frau bestohlen hatte. Da wollte ich dann endgültig 'ne Fliege machen, aber er verlangte nichts, drohte mir nicht oder sonst was. Er spendierte mir einen Eiskaffee, und wir plauderten wie alte Bekannte. Das war echt cool. Irgendwann bin ich dann doch gegangen, und wir verabredeten uns für den nächsten Tag. Ich musste das natürlich heimlich hinter Steves Rücken machen. Er hätte vor Eifersucht getobt und dem armen Kerl alle Knochen gebrochen. Leo war gebildet, Mathestudent, und er forderte nichts von mir. Er hörte mir zu und gab mir das Gefühl, jemand zu sein. Das gefiel mir.« Jule lächelte.

»Wir trafen uns öfter, und irgendwann fragte er mich, ob ich denn nicht viel lieber ein geregeltes Leben mit einem Bett und einem Dach über dem Kopf haben wollte, eine Arbeit und regelmäßiges Essen. Du kannst dir nicht vorstellen, was mir sein Angebot bedeutete. Nachdem ich von zu Hause fortgelaufen war, ist er der erste Mensch gewesen, der nichts von mir verlangte, sondern mir nur seine Hand reichte. Hey, ich war zwar schon 18, aber viel zu früh aus dem Nest gefallen, und ich sehnte mich nach Halt und Sicherheit.«

»Ich weiß, was du meinst.«

»Leo bot mir an, zu ihm in die WG zu ziehen.« Dabei machte Jule eine Handbewegung, die besagte, dass es sich um diese WG hier handelte. »Meine heutige Bude war damals Leos Zimmer. Anja wohnte auch schon hier. In Kalles Zimmer wohnte Leos Freund Jens, und ich bekam die kleine Abstellkammer neben der Küche. Sie ist winzig, aber wenn man das Leben auf der Straße kennt, freut man sich über jeden warmen und überdachten Winkel. Leo besorgte mir sogar noch den Job bei Giorgio im Bistro.« Jule grinste nachdenklich. »Ich verdanke dem Kerl wirklich viel. Anfangs dachte ich, er machte das nur, weil er wie Steve mit mir in die Kiste springen wollte. Doch Leo war anders. Er wollte keine Gegenleistung. Alles, was er von mir verlangte, war ein Lächeln und das Versprechen, nie wieder auf der Straße zu landen. Das habe ich ihm gerne gegeben.«

Jule streckte sich und zuckte sofort zusammen.

»Shit, das geht wohl noch nicht so ganz.« Sie lächelte und fasste an ihren Bauch. »Ein halbes Jahr später zog Leo aus. Er hatte ein Stipendium in den USA bekommen und überließ mir sein Zimmer. Sein

Kumpel Jens zog kurz danach auch aus, und dafür kam Kalle. Tja, und so bin ich von der Straße hierhergekommen und bereue keine Minute. Leo und ich schreiben uns heute noch Mails. Ich mag ihn.«

»Du hattest Glück, dass er dich beim Diebstahl erwischt hat.«

»Heute stehle ich nur noch zum Spaß, wenn mein Konto gerade Flaute hat.« Jule lachte und sprang vom Schreibtisch herunter. »Das ist ab heute Abend allerdings vorbei.«

Emma runzelte verständnislos die Stirn.

»Schon vergessen? Dein Sohn zahlt mir 10.000 Euro. Tirilie.« Jule tanzte durch das Zimmer. »So viel Geld habe ich noch nie auf einem Haufen gesehen. Ich werde ein Sparbuch eröffnen oder vielleicht doch lieber zum Pokern nach Las Vegas fliegen.«

»Du bist verrückt, Mädchen.«

»Weiß ich doch, Oma.«

Die beiden Frauen lachten. Plötzlich verstummte Emma.

»Hast du schon einmal darüber nachgedacht, nach all den Jahren deine Eltern zu besuchen?«

Jules Lächeln verschwand augenblicklich.

»Ich meine, sie müssen doch krank vor Sorge um ihre einzige Tochter sein.« Emma hoffte, dass sie nicht zu weit ging.

»Mein Vater hat sich bestimmt schon zu Tode gesoffen, und meine Mutter ertrinkt in Selbstvorwürfen. Emma, ich kann das nicht. Ich will mich auch nicht mehr an den ganzen Scheiß von damals erinnern.« Jule starrte zum Fenster hinaus. »Was sollte ich denn sagen? Hey, ich bin's, eure Tochter, mir geht es gut, aber ich will nichts mehr mit euch zu tun haben?«

Emma gab nicht nach.

»Du hast die Erinnerung an Daniel so sorgsam in einem Papphefter versteckt. Du bewahrst sein Lieblingsbuch und sein T-Shirt auf, da erzähl mir nicht, dass dich das alles nicht berührt.«

Jule kämpfte mit den Tränen.

»Deine Wunde ist noch genauso frisch wie damals, du verdrängst das alles nur. Wie willst du mit Sandro eine Zukunft aufbauen? Was wirst du tun, wenn du einen eigenen Sohn bekommst? Jedes Mal, wenn er auf der Straße spielt, wirst du Angst um ihn haben und deinen Bruder vor dir sehen.«

»Sei still, ich will das nicht hören!« Jule hielt sich die Ohren zu.

Eine Straßenbahn fuhr auf der Hauptstraße vorbei und bimmelte. Autos hupten. Emma nahm behutsam Jules Hände in die ihren.

»Glaub mir, du musst erst mit deiner Vergangenheit aufräumen, ehe Platz für die Zukunft ist. Lass mich dir dabei helfen.«

»Wie willst du mir denn helfen?«, fauchte Jule.

»Warte ab.«

Emma lief in den Flur und kam mit dem Telefon zurück. Aus ihrer Hosentasche zog sie einen kleinen Zettel.

»Ich habe mir bei der Auskunft die Telefonnummer deiner Eltern geben lassen. Du wirst sie jetzt anrufen.«

»Niemals!« Jule wich zurück, ging ans andere Ende des Zimmers und hob abwehrend beide Hände.

»Doch, du wirst sie anrufen und ihnen sagen, dass du lebst und es dir gut geht. Sonst nichts.«

»Was soll das bringen?«, blaffte Jule und ballte die Fäuste. Sie lief wie ein gefangener Tiger im Käfig auf und ab. Dabei starrte sie auf das Telefon, als ob es sie anspringen und auffressen könnte.

»Das werden wir sehen. Deine Eltern müssen nicht wissen, wo du bist. Sie werden sich freuen, von dir zu hören, und du kannst wieder auflegen, ganz unverbindlich. Danach entscheidest du, was du tun möchtest. Einverstanden?«

Jule schwieg.

Emma tippte die Nummer in den Apparat und hielt ihn an Jules Ohr. Jule blieb stehen. Sie war vollkommen überrumpelt und lauschte dem Tuten. Schließlich nahm sie den Hörer selbst in die Hand und straffte ihre Schultern. Emma stand dicht neben ihr und lauschte ebenfalls. Es tutete fünfmal, ehe am anderen Ende abgehoben wurde.

»Diemers«, sagte eine lachende Frauenstimme. Ein Baby gluckste. Jule erstarrte.

»Hallo? Ist da jemand?«, fragte die Frau. »Pfui, nimm das aus dem Mund, Kleiner.«

Jules Lippen bewegten sich, aber sie brachte keinen Ton hervor. Tränen stiegen ihr in die Augen. Emma strich ihr über den Rücken.

»Hallo, wenn Sie nichts sagen, lege ich auf.«

»Nein, nicht auflegen«, rief Jule hastig.

»Wer sind Sie?« Das Baby im Hintergrund wurde ungeduldig und quengelte.

»Ich«, stammelte Jule. Ihr Mund war trocken, ihre Zunge klebte am Gaumen und wollte nicht gehorchen. »Ich bin's – Jule.«

Die Frau sagte zuerst nichts, dann schrie sie: »Harald, das ist Juliane. Harald, nimm das Baby, das ist Juliane. – Kind, wie geht es dir? Wo bist du? Oh mein Gott, du lebst.« Ihre Stimme überschlug sich. »So sag doch etwas. Bitte, leg nicht auf.«

Tränen kullerten über Jules Wangen. Sie zitterte am ganzen Leib. Emma nahm sie in den Arm, weil sie Angst hatte, dass sie zusammenbrechen könnte.

»Mama?«

»Ja? Oh mein Gott.« Frau Diemers schluchzte. »Wo bist du? Geht es dir gut?«

»Ist das dein Baby?« Jule starrte durch das offene Fenster hinaus in den Himmel.

»Er ist dein Bruder«, kam die Antwort leise. »Er heißt Peter. Bitte, komm nach Hause. Wir vermissen dich so sehr.« Frau Diemers weinte.

Jule ließ den Hörer sinken und drückte die Verbindung weg. Sie zitterte noch immer am ganzen Körper und starrte ins Leere.

Emma nahm ihr das Telefon aus der Hand und schob sie zum Stuhl, damit sie sich setzen konnte.

»Ich habe einen Bruder.«

»Es hat sich wohl vieles bei dir zu Hause verändert.« Emma strich ihr zärtlich über den Kopf.

»Mama klang so unbeschwert.«

»Du solltest sie besuchen.«

»Er heißt … Peter.« Als Jule den Namen aussprach, brach sie in einen Weinkrampf aus. Sie vergrub das Gesicht in ihren Händen und stützte sich mit den Ellenbogen auf dem Schreibtisch ab. Emma schob ihr eine Packung Papiertaschentücher zu.

»Peter«, schniefte Jule. »Ich habe Daniel so genannt, weil er für sein Leben gern Schwarzer Peter spielte und uns alle damit in den Wahnsinn trieb.« Ihre Stimme kippte. Sie brach in Tränen aus, schluchzte und schniefte.

Jules Trauer um ihren Bruder und ihre Wut auf ihre Eltern, alles, was sie in den vergangenen Jahren verdrängt hatte, brach aus ihr hervor. Sie hatte sich jahrelang eingeredet, dass ihre Mutter und ihr Vater mit ihrem Schicksal nicht zurechtkamen, dass sie ihr Leben wegwarfen. Dieser Gedanke musste es Jule einfacher gemacht haben, ihnen den Rücken zu kehren. Sie hatte niemals damit gerechnet, dass ihre Eltern ihr Leben wieder in den Griff bekommen könnten. Mit diesem Telefonat wurden alte Wunden aufgerissen und Illusionen zerstört. Emma war trotzdem glücklich, dass Jule den ersten Schritt gewagt hatte. Alles Weitere würde sich zeigen. Es würde seine Zeit dauern und nicht einfach werden, doch Emma war zuversichtlich, das Richtige getan zu haben.

Was Jule nun brauchte, war Sandros starke Schulter zum Ausweinen. Emma nahm das Telefon und rief ihn an. Er hatte versprochen, sofort zu kommen, wenn es Jule nicht gut ging. Emma tippte seine Nummer und wartete. Nichts. Das Handy klingelte und klingelte, aber Sandro hob nicht ab. Emma blieb nichts anderes übrig, als nach oben zu gehen und ihn zu holen, auch wenn sie Frau Pascello und der unvermeidlichen Szene, die sie machen würde, gerne aus dem Weg gegangen wäre. Doch hier ging es um Jule, und die brauchte Sandro.

Sandro wälzte sich in seinem Bett hin und her. Wirre Traumfetzen durchkreuzten sein Unterbewusstsein. Er sah Jule auf einem OP-Tisch liegen. Ärzte in grünen Kitteln standen um sie herum und starrten in ihren aufgeschnittenen Bauch. Sie schüttelten die Köpfe. Die Oberärztin, sie sah aus wie Emma, sagte, dass die inneren Verletzungen zu schwer seien, dass es für Jule keine Hoffnung mehr gab. Sandro wurde von der Polizei in Handschellen abgeführt. Er war schuld an Jules Tod und musste dafür lebenslänglich ins Gefängnis gehen. Hinter der Oberärztin tauchte Steve auf und lachte. Er war gekommen, um Jule mit sich zu nehmen. Sandro schrie.

Sein eigener Schrei weckte ihn. Er war schweißgebadet. Sein Puls raste. Er sprang aus dem Bett und riss das Fenster auf. Kühle Morgenluft schlug ihm entgegen. Das fahle Tageslicht, das gestern Abend seinen Kampf gegen die Nacht verloren hatte, schob sich am Horizont empor und kämpfte gegen die Dunkelheit an.

Sandro griff nach seinem Handy und schaute nach, ob Jule oder Emma sich gemeldet hatten. Kein Zeichen war in diesem Fall ein gutes Zeichen. Ein Luftzug blähte die Gardinen. In Sandros Kopf herrschte Chaos. Schuldgefühle wegen Steves Tod, Angst um Jule und ein schlechtes Gewissen, weil er sie nicht ins Krankenhaus gebracht hatte. Aber vor allem anderen trieb ihn der Hass auf Paul Behnke an. Er hatte Jule wie einen räudigen Hund geschlagen und getreten, sie wie ein Stück Dreck behandelt. Sandro ballte die Fäuste und biss die Zähne fest zusammen, bis seine Wangenknochen hervortraten.

»Das wirst du bezahlen«, schwor Sandro, »ich werde zusehen, wie sie dich in Handschellen abführen und du für den Mord an Steve eingebuchtet wirst.«

Um kurz nach halb neun Uhr stieg Sandro an der Haltestelle *Industriepark* aus dem Bus. Er trug einen Jogginganzug und seine Baseballkappe, die er tief ins Gesicht gezogen hatte. Die Sonne blinzelte über die Dächer der Lagerhallen und Großmärkte.

Als sie am Sonntag mit Anjas Wagen hier gewesen waren, schien das Industriegebiet wie ausgestorben, doch heute war Dienstag, ein Arbeitstag wie jeder andere. Autos fuhren kreuz und quer, parkten auf den Personalparkplätzen hinter den Einkaufszentren. Aus dem Bus waren außer Sandro noch fünf Frauen ausgestiegen. Sie schnatterten und kicherten miteinander, verabschiedeten sich und verschwanden in alle Richtungen.

Der Busfahrer schloss die Türen mit einem lauten Zischen und fuhr davon. Sandro blieb alleine zurück. Am liebsten hätte er sich wieder hinter der grünen Lagerhalle versteckt. Von dort aus hätte er die Kfz-Werkstatt und Paul Behnkes Festnahme wunderbar beobachten können, doch das wäre zu gefährlich gewesen. Sandro musste vorsichtig sein, wenn er nicht von der Polizei entdeckt werden wollte.

Er schaute sich um. Weit und breit waren keine Streifenwagen oder uniformierte Beamte zu sehen. Entweder die Polizei kam erst um neun Uhr und stürmte mit großem Getöse die Werkstatt, oder sie lagen bereits so gut getarnt auf der Lauer, dass Paul keinen Verdacht schöpfen konnte. Plötzlich durchfuhr Sandro ein ganz anderer Gedanken. Die Zeitungsredaktion könnte seine Informationen gar nicht an die Polizei weitergegeben haben. Er rieb sein Kinn und überlegte, was er tun sollte.

Sein Plan, hierherzukommen und nachzuschauen, ob Paul wirklich verhaftet wurde, war idiotisch und viel zu gefährlich. Falls die Polizei ihn entdeckte, würde er in Schwierigkeiten geraten. Sandro fing schon an, wie Jule aus einer Laune heraus, kopflos durch die Gegend zu rennen. Nein, es war keine bloße Laune, redete er sich ein. Er brauchte die Sicherheit, dass Paul als Steves Mörder verhaftet wurde. Erst dann war er selbst frei und brauchte sich nicht länger zu verstecken.

Sandro ging in die Hocke, tat so, als ob er seinen Schuh band, und schaute sich verstohlen um. Er schaltete sein Handy aus. Die meisten Märkte öffneten gegen halb zehn. Vor einem Lebensmitteldiscounter, der bereits seit acht Uhr geöffnet hatte, tummelten sich die ersten Kunden. Sandro konnte Pauls Werkstatt von der Haltestelle aus nicht sehen und überlegte, wo er sich am besten verstecken sollte. Der kleine Wald, gleich neben der grünen Wellblechhalle, eignete sich perfekt für seine Pläne. Einen Jogger würde man dort nicht weiter beachten.

Sandro setzte sich in Bewegung, trabte langsam über den Asphalt. Statt in den Wald abzubiegen, lief er hinüber zu jener Lagerhalle, hinter der er sich mit Jule versteckt hatte. An genau derselben Stelle blieb er stehen und beobachtete die Kfz-Werkstatt. Die silbernen und blauen Wimpel an den Girlanden flatterten im Wind. Pauls Geländewagen stand vor der Eingangstür. Zumindest er war da, doch wo blieb die Polizei?

Plötzlich legte jemand von hinten eine Hand auf Sandros Mund. Er wirbelte herum und hob die Faust, fest entschlossen, Paul die Nase einzuschlagen.

Vor ihm stand nicht Paul, sondern ein Polizist in voller Montur: schwarze Hose, schwarzer Pullover und schusssichere Weste mit der Aufschrift *Polizei*. Über seinem Kopf trug er eine Wollmütze mit Augenschlitzen. Auf seinem Unterarm hielt er eine Maschinenpistole. Er legte den Finger auf seinen Mund und bedeutete Sandro, still zu sein. Dann zog er ihn zur Seite und gab ihm Zeichen, schnell und unauffällig zu verschwinden.

Der Beamte war lautlos aus dem Nichts aufgetaucht. Sandro war im ersten Moment zu Tode erschrocken. Seine Befürchtung, dass die Polizei nicht Bescheid wusste, wich nun der Gewissheit, dass der Spuk gleich ein Ende haben würde.

Er lief, so schnell es ging und ohne aufzufallen, aus dem Industriegebiet und schaute sich nach weiteren Polizisten um. Fehlanzeige. Die Beamten waren so gut versteckt, dass er keinen Einzigen entdeckte. Trotzdem war er sicher, dass sie überall auf der Lauer lagen und auf ihren Einsatzbefehl warteten. Sandro lief in das angrenzende Wäldchen und ging hinter einer Brombeerhecke in die Hocke. Er beobachtete die Werkstatt. Dornige Zweige streiften sein Gesicht und verfingen sich in seinen Hosenbeinen.

Es dauerte keine fünf Minuten, bis ein Jeep mit schwarz getönten Scheiben vorfuhr. Der Wagen stoppte mit quietschenden Reifen hinter Pauls Geländewagen. Sechs Beamte sprangen mit Sturmhauben und Maschinenpistolen heraus und stürmten die Halle. Von links und rechts schlichen weitere Beamte wie aus dem Nichts auf den Eingang zu. Das Spektakel glich einem Actionfilm. Schade nur, dass Sandro zu weit entfernt war und nicht sehen konnte, was in der Werkstatt vor sich ging. Zu gern hätte er Pauls dummes Gesicht gesehen, wenn er plötzlich in den Lauf mehrerer Maschinenpistolen starrte.

Der ganze Zugriff dauerte nur wenige Minuten. Die Beamten führten Paul Behnke und seinen Komplizen mit Handschellen gefesselt aus der Halle. Paul brüllte und beschimpfte die Polizisten. Er zerrte an seinen Fesseln wie ein bockiges Pferd. Drei Männer waren nötig, um ihn festzuhalten. Sein Komplize ließ sich mit gesenktem Kopf abführen. Zwei Streifenwagen fuhren vor, und die Männer drückten Paul mit Gewalt in einen davon. Sein Schläger stieg freiwillig in das andere Auto.

Genauso schnell, wie die Polizei aufgetaucht war und zugeschlagen hatte, verschwand sie auch wieder. Es war wie ein surrealer Traum. Sandro setzte sich auf den weichen Boden und fuhr sich mit beiden Händen über seine Bartstoppeln. Die Schuld an Steves Tod lag nun auf anderen Schultern. Er atmete erleichtert auf und wollte nur noch eines – zu Jule.

Ein ovales Türschild aus Messing an Sandros Wohnungstür besagte, dass hier *C. & A. Pascello* wohnten. Emma lauschte einen Moment und holte tief Luft. Carlotta würde sich über den Besuch ihrer vermeintlichen Schwiegertochter nicht freuen und dies unter Garantie lauthals kundtun. Aus der Wohnung trällerte klassische Musik, und Geschirr klapperte. Emma schaute auf die Uhr. Elf Uhr, Kochzeit. Einen passenderen Moment hätte sie sich nicht aussuchen können. Am liebsten wäre sie unverrichteter Dinge wieder gegangen, säße nicht Jule in ihrem Zimmer und heulte sich die Augen aus dem Kopf.

Die Klingel schrillte. Das Geklapper verstummte, und Frau Pascello rief mit einem Trällern in ihrer Stimme: »Ich komme.« Wahrscheinlich richtete sie rasch noch ihr Haar im Dielenspiegel, ehe sie öffnete.

»Sie?«, schrie die Italienerin, als sie Emma vor der Tür erblickte. Sie stemmte ihre Fäuste in die Hüften und nahm sofort eine kriegerische Abwehrhaltung ein. »Was fällt Ihnen ein, hier zu klingeln? Sie wagen es, mir unter die Augen zu treten? Sie werden meinen Sohn niemals heiraten, das garantiere ich Ihnen, Sie, Sie Flittchen.«

Die Gesichtsfarbe der Frau changierte von blass zu einem tiefen

Weinrot. Sie blähte ihren schon großen Busen auf, um zu signalisieren, dass sie hier der Boss war.

Emma konnte ein Schmunzeln nicht verbergen. Glaubte diese Frau tatsächlich, dass Sandro sie heiraten wollte?

»Entschuldigen Sie die Störung«, sagte Emma freundlich, »ist Sandro zu Hause? Ich habe versucht, ihn anzurufen, aber er geht nicht an sein Handy.«

Frau Pascello lächelte schadenfroh.

»Dann hat der Junge wenigstens noch einen Rest Verstand in seinem Kopf.« Sie wedelte mit ihrer Hand und wollte Emma verscheuchen. »Gehen Sie! Ich will Sie nie wieder in der Nähe meines Sohnes sehen.« Sie schob die Tür langsam zu.

Emmas Fuß schoss nach vorne und stellte sich auf die Schwelle.

»Was fällt Ihnen ein?«, fauchte Carlotta und trat mit voller Wucht auf Emmas Fußrücken. Dem Impuls, ihn zurückzuziehen, durfte sie nicht nachgeben, sonst war die Wohnungstür schneller verschlossen, als Emma lieb war. Diese kleine Italienerin war die Pest. Emma stöhnte vor Schmerz.

»Sie sind ja gemeingefährlich«, schimpfte sie, »würden Sie jetzt bitte Sandro informieren, dass ich hier bin?«

»Niemals, nur über meine Leiche.« Frau Pascello drückte mit beiden Händen von innen gegen die Tür und quetschte Emmas Fuß immer fester ein.

»Ich zeige Sie wegen Körperverletzung an«, fauchte Emma.

»Und ich Sie wegen Hausfriedensbruch!« Carlotta löste den Druck gegen die Tür ein klein wenig, aber nur, um sich dann wieder, und dieses Mal mit voller Wucht, dagegen zu werfen. Emma jaulte vor Schmerz.

»So beruhigen Sie sich doch, Frau Pascello. Ich will Sandro nur kurz sprechen.«

»Das werde ich zu verhindern wissen.«

»So?« Emma riss der Geduldsfaden. »Wenn Ihr Sohn und ich erst einmal verheiratet sind, werden Sie schon sehen, zu wem er hält.« Die ganze Situation war einfach lächerlich.

Hinter Emma öffnete sich die Wohnungstür eines Nachbarn. Ein älterer Herr mit Glatze, grauem Spitzbärtchen und einem Dackel auf dem Arm trat in den Flur. Er setzte den Hund auf seinem Sisalfußabtreter ab und verschloss die Tür. Dabei warf er einen irritierten, aber doch eindeutig neugierigen Blick auf die beiden Frauen.

»Guten Tag«, sagte er betont langsam. »Alles in Ordnung bei Ihnen?« Er betrachtete Emma skeptisch. Sie nickte und rang sich ein Lächeln ab.

»Machen Sie sich keine Sorgen, ich habe nur einen kleinen Streit mit meiner Schwiegermutter in spe.«

Carlotta riss die Tür auf und gab Emmas Fuß frei. Sie fuhr sich über ihre Haare und strich die weiße Rüschenkittelschürze glatt.

»Guten Morgen, Herr Senger«, sagte sie mit einem zuckersüßen Lächeln und straffte ihren Rücken. »Gehen Sie mit Fridolin spazieren? Ach, das ist aber schön. Wenn Sie möchten, bereite ich uns eine Tasse Tee, wenn Sie wieder zurückkommen. Klopfen Sie bei mir, wenn Sie wieder da sind.«

Der Mann lächelte, ohne zu antworten, und lief das Treppenhaus nach unten. Die Stufen knarzten unter seinem Gewicht, und Fridolin wackelte fröhlich an der Leine hinter ihm her. Frau Pascello vergaß Emma, trat in den Flur hinaus und beugte sich über das Geländer, damit sie Herrn Senger besser hinterherschauen konnte. Der Glanz in ihren Augen verriet, dass sie für diesen Mann mehr als nur nachbarschaftliche Gefühle hegte.

»Kennen Sie seine Schwiegermutter?«, fragte Emma und kicherte.

Carlotta kehrte wieder in die Realität zurück und bemerkte ihren Fehler. Sie hatte die Wohnungstür für einen Moment unbewacht gelassen. Emma nutzte die Situation und rief in der Wohnung nach Sandro.

»Was fällt Ihnen ein?« Carlotta stieß wilde Beschimpfungen aus.

Von unten hallten Schritte durch das Treppenhaus. Sie kamen rasch näher. Jemand rannte im Laufschritt die Stufen nach oben.

»Bitte, Frau Pascello, wecken Sie Ihren Sohn. Es ist wichtig.« Emma hatte keine Geduld mehr.

»Nein, e basta!«

Emma überlegte, was sie noch tun konnte, um diese penetrante Frau zu überzeugen. Plötzlich tauchte Sandro hinter ihr im Treppenhaus auf. Er war außer Atem. Seine Augen strahlten. Er legte seine Hand auf Emmas Schulter und lachte.

»Sie haben ihn.«

»Alessandro, wo kommst du her? Wieso bist du nicht in deinem Zimmer? Ich dachte …«

»Mutter, jetzt nicht.« Zu Emma gewandt fragte er: »Was ist los? Geht es Jule schlecht?«

Sein Lächeln war einem Ausdruck voller Sorge gewichen. Er nahm Emma an der Hand und zog sie mit sich die Treppe nach unten zur WG.

»Junge, du gehst nirgends hin. Es gibt gleich Essen, und zu dieser Frau gehst du schon gleich gar nicht.«

Sandro ignorierte sie. Die Italienerin tobte und stieß wilde Verwünschungen aus. Emma löste sich aus seinem Griff und blieb stehen. Sie drehte sich um, und plötzlich tat Frau Pascello ihr leid. Aus Angst, dass ihr Sohn sie eines Tages verlassen würde, machte sie sich vollkommen lächerlich. Ein verzweifelter Hilferuf.

»Frau Pascello«, sagte Emma ruhig, »bitte, beruhigen Sie sich doch. Ich will Ihren Sohn nicht heiraten, was denken Sie denn?«

Die Frau verstummte.

»Sie sollten Ihren Sohn respektieren, wenn Sie ihn nicht verlieren wollen. Glauben Sie mir, ich weiß, wovon ich rede.«

Emma wandte sich um und stieg die Stufen nach unten. Hinter ihr war es still geworden. Sandro wartete bereits vor der Wohnungstür der WG auf sie.

»Was ist los mit Jule? Hat sie Schmerzen?«

Emma schloss die Tür auf.

»Nein, es geht ihr soweit gut, aber wir haben vorhin bei ihren Eltern angerufen, und das hat sie ziemlich mitgenommen. Und nun sitzt sie in ihrem Zimmer und weint. Ich dachte, sie braucht dich.«

Sandro nickte.

»Danke, dass du mir Bescheid gesagt hast.«

»Ich lasse euch jetzt besser alleine und gehe mir derweil die Füße vertreten. Ich brauche ein wenig Ruhe. Ein kleiner Spaziergang in der warmen Sonne wird mir guttun.« Sie drehte sich um und wollte gehen, hielt dann aber inne. »Was hast du vorhin mit ›sie haben ihn‹ gemeint?«

»Später, jetzt muss ich erst zu Jule.«

Sandro verschwand in ihrem Zimmer, und Emma verließ das Haus.

Die Sonne stand hoch am Himmel und brannte gnadenlos auf die Stadt nieder. Der Asphalt glühte und flirrte. Die Straßenbahn polterte über die Schienen, Autos hupten und Mopeds knatterten durch die Häuserschluchten. Emma blieb auf dem Fußweg stehen, schaute nach links und rechts. Fußgänger hetzten an ihr vorbei. Geschäfte mit bunten Auslagen und Reklameschildern lockten überall. Das Leben pulsierte. Emma sehnte sich nach einem ruhigen Platz zum Nachdenken, zum Durchatmen. Sie hatte kein bestimmtes Ziel vor Augen und kehrte unbewusst in den Park zurück, in dem Jule gestern zusammengeschlagen wurde.

Der Zirkus gastierte noch immer dort. Scharen von Kindern strömten in das rote Zelt mit den bunten Fähnchen und Wimpeln. Etwas abseits dahinter standen drei große Käfige. In dem ersten döste ein imposanter Tiger auf einem Strohpolster, daneben hangelte sich ein Schimpanse an den Gitterstäben nach oben und schaukelte sich an einem dicken Tau mit Knoten wieder nach unten. Der dritte Käfig stand leer.

Emma lief den Kiesweg entlang und genoss die Ruhe. Die Bäume schluckten den Straßenlärm. Die Vögel zwitscherten. Der kühle Schatten tat gut. Ein sanfter Wind wogte die Blätter der Bäume sanft hin und her. Warum war sie früher nie im Park spazieren gegangen? Es war wunderschön hier. Emma schlenderte eine Weile ziellos umher. Morgen würde sie wieder nach Hause in ihre Villa ziehen. Es war ein schönes Gefühl. Gestern hatte sie noch Angst vor dem Gedanken, wieder alleine zu sein, doch heute war das anders. Jules Versprechen gab ihr Mut. Im Gegenzug nahm sie sich vor, nicht eher zu ruhen, bis auch Jule ihren Frieden gefunden hatte. Was immer notwendig war, um sie mit ihrer Familie zu versöhnen, Emma wollte alles in ihrer Macht stehende dafür tun. Frau Diemers klang am Telefon so ausgeglichen, ganz anders als Emma erwartet hatte, und dann war da auch noch das Baby. Es würde nicht einfach für Jule werden.

Sie setzte sich auf eine Bank und schloss die Augen. Irgendwo hämmerte ein Specht in die Baumrinde. Morgen war der große Moment, auf den sie seit Wochen gewartet hatte. Sie würde heimkehren!

Nach einer Weile öffnete Emma die Augen und sah im Gras etwas liegen. Sie stand auf, lief über den weichen Rasen und fand zwischen den Halmen Jules Bauchnabelpiercing, das ihr gestern herausgerissen wurde. Emma hob das Schmuckstück auf und machte sich auf den Weg nach Hause.

Es war Nachmittag, als Emma die WG betrat. Sie schlich an Jules Tür und lauschte, ob sie sich beruhigt hatte. Plötzlich schreckte Emma zurück. Aus dem Zimmer drangen eindeutige Geräusche, die verrieten, dass Sandro Jule mit vollem Körpereinsatz tröstete. Emma errötete und zwirbelte verschämt eine Haarsträhne im Nacken.

Sie schlich weiter zu Kalles Tür und lauschte auch dort. Hier war alles totenstill, und Emma überlegte, ob sie das als gutes oder bedrohliches Zeichen werten sollte. Sie hob ihre Hand und wollte anklopfen, hielt dann aber mitten in der Bewegung inne. Wollte sie wirklich wissen, was dort drinnen geschah? Warum musste sie jetzt ausgerechnet an die Pornohefte neben der Toilette denken? Sie ließ ihre Hand wieder sinken. Wahrscheinlich machte sie sich vollkommen lächerlich mit ihrer Sorge um Trixis Wohl. Das Mädchen war biestig genug, um alle nach ihrer Pfeife tanzen zu lassen. Kalle durfte sie bestimmt nicht gegen ihren Willen anfassen. Und was wäre, wenn es nicht gegen ihren Willen, sondern ganz in ihrem Sinne geschah? Sie als Großmutter durfte das nicht zulassen. Das Mädchen war zu jung für solche Dinge. Emma hob wieder die Hand und wollte klopfen, als Anja aus ihrem Zimmer kam.

»Hallo, Emma.« Sie musste ihr angesehen haben, dass sie sich um ihre Enkelin sorgte. »Alles im grünen Bereich. Kalle hat Trixi einen

Eisbecher versprochen und müsste jeden Moment wieder zurückkommen.«

Emma atmete erleichtert auf.

»Trinkst du einen Kaffee mit mir?«

»Danke, gerne«, sagte Emma und folgte ihr in die Küche.

»Ich weiß zwar nicht en détail, was ihr hier alle so treibt, und will das auch gar nicht wissen«, dabei hob sie abwehrend die Hände, »aber, glaub mir, deiner Enkelin geht es gut.« Anja goss heißes Wasser in den Kaffeefilter.

»Woher willst du das wissen?«, fragte Emma beunruhigt. Sie setzte sich an den Küchentisch.

»Das Mädel kichert und bringt unseren Kalle zum Strahlen.«

»Ich weiß nicht, ob ich mich drüber freuen soll oder ob mich genau das erschreckt.« Emma fuhr sich mit den Händen über ihre Wangen. »Kalle ist nicht gerade«, sie stockte, »er ist nicht der Mann, den ich mir für meine Enkelin freiwillig aussuchen würde.«

Anja lachte.

»Ich weiß, was du meinst.«

Der Kaffee schmeckte wunderbar. Emma lehnte sich zurück, genoss die Gesellschaft der jungen Frau und blickte verstohlen auf die Uhr.

»Termine?«, fragte Anja.

»Heute Abend übergeben wir Trixi meinem Sohn.«

»Oh, Volkstrauertag für Kalle«, stellte Anja emotionslos fest.

Emma lächelte.

»Ich werde eine heiße Dusche nehmen und mich danach noch ein paar Minuten ausruhen.« Emma erhob sich. Ihr fiel ein, dass sie nicht in Jules Zimmer gehen konnte. Sie seufzte und setzte sich wieder. »Oder doch nicht, ich warte hier noch ein Weilchen.«

Anja grinste und erhob sich. Sie stellte ihre Tasse auf die Spüle.

»Ich halte mich aus so etwas grundsätzlich heraus, aber wenn du magst, kann ich dir mein Sofa für ein Nickerchen überlassen. Ich muss eh noch mal in die Stadt.«

Emma war erleichtert.

»Danke, das ist lieb von dir. Morgen kehre ich nach Hause zurück, und dann habt ihr wieder Ruhe vor mir.«

Anja verließ die Küche und drehte sich im Türrahmen nochmals um.

»War schön, dich kennengelernt zu haben. Wir sehen uns bestimmt wieder.«

»Ja, das würde mich freuen. Ihr kommt mich einfach besuchen. Abgemacht?«

»Abgemacht.«

Emma hatte geduscht und sich für ein Nickerchen auf Anjas Sofa gelegt. Als sie aufwachte, stand Jule in der Küche und kochte. Fischstäbchen brutzelten goldbraun in der Pfanne. Um Jules Augen zog sich ein feiner roter Rand vom Weinen, doch sie lachte und scherzte wie immer. Sandro zupfte an einer ihrer Locken und legte das Besteck neben die Teller. Er strahlte mit ihr um die Wette.

»Ihr seht so fröhlich aus. Was ist los?«, fragte Emma.

Jule drehte sich zu ihr um.

»Das war ja voll die Holzhammermethode«, polterte sie los, »als du mir vorhin den Telefonhörer in die Hand gedrückt hast, war ich total perplex. Ich trage diesen ganzen Familienmist seit Jahren mit mir herum, und da kommt plötzlich jemand und wühlt so mir nichts, dir nichts alles wieder auf.«

Emma konnte sich vorstellen, wie schmerzhaft das gewesen sein musste.

»Weißt du was? Ich hätte schon viel früher Kontakt zu meinen Eltern aufnehmen sollen. Ich habe mir die ganze Zeit eingeredet, dass mein Zuhause nicht mehr existiert und meine Eltern nur noch wandelnde Zombies ohne Gefühle sind. Überall war es besser als daheim. Komm setz dich.« Sie stellte den Salat auf den Tisch und nahm ebenfalls Platz.

»Als ich meine Mutter vorhin lachen hörte, war das wie … wie wenn du einen Regenwurm Geige spielen siehst. Das passte einfach nicht. In meinen Erinnerungen sah ich sie trauern, und das wiederum half mir, mit meiner eigenen Trostlosigkeit zurechtzukommen.«

Sandro nahm die Fischstäbchen vom Herd und stellte die Pfanne auf den Tisch.

»Als ich dann auch noch von dem Baby hörte, war ich total schockiert.« Sie machte eine Pause. »Wie konnten meine Eltern glücklich sein, sogar ein neues Kind haben? Das kam mir wie ein Verrat an Daniel vor.«

Emma verstand, was sie meinte, und wunderte sich, warum sie jetzt trotzdem so gut gelaunt war. Sie müsste eigentlich zutiefst verletzt sein.

»Sandro hat mir ganz schön den Kopf gewaschen.«

Er lächelte.

»Den Kopf gewaschen?« Emma wurde neugierig.

»Die Einzelheiten will ich dir ersparen, aber er hat mir klargemacht, dass meine Eltern mindestens genauso gelitten haben wie ich. Nur haben sie im Gegensatz zu mir ihr Leben wieder in den Griff bekommen. Er fand das beeindruckend und drängte mich nochmals dazu, mit ihnen zu reden, statt noch länger davonzulaufen.«

»Wirst du es tun?«

»Hab ich schon.«

»Wirklich?«

»Ich habe meine Mutter beschimpft und war unfair zu ihr. Hab ihr meine ganze Wut an den Kopf geballert. Kennst ja inzwischen meine charmant-liebenswürdige Art.« Sie lächelte. »Mama hörte sich alles an und bat mich, sie zu besuchen. Sie wollte mich nicht drängen. Wir beide müssen erst mit der neuen Situation umzugehen lernen, aber sie will mich treffen.«

»Und du?«

Jule strahlte über das ganze Gesicht und nickte. »Ich auch.«

»Das ist wunderbar und freut mich für euch.« Emma schniefte.

»Nun werde mal nicht sentimental, alte Frau. Das hab ich heute schon zur Genüge gehabt. Jetzt wollen wir anstoßen.«

»Dafür haben wir allen Grund und das nicht nur wegen Jules Familienzusammenführung«, sagte Sandro.

»Gibt es denn noch etwas anderes zu feiern?«, fragte Emma.

»Und ob!« Sandro stand auf, legte seine Hand auf seine Brust und erhob mit der anderen sein Glas Mineralwasser. »Ich habe heute Morgen beobachtet, wie Paul Behnke und sein Kompagnon von der Polizei abgeführt wurden.«

»Wenn das keine gute Nachricht ist«, rief Emma und lachte.

»Und außerdem wartet noch ein nettes Sümmchen Geld auf mich«, jubelte Jule. »Prosit!«

Sie stießen gemeinsam an.

»Apropos«, Jule zog ihr Handy aus der Hosentasche, »wir sollten deinen lieben Sohn informieren, wann und wo wir ihn treffen wollen. Wie war seine Nummer?« Emma nannte sie, Jule unterdrückte ihre Nummer und tippte die Ziffern ein.

»Konstantin von Stratnitz?«, fragte sie.

»Wer will das wissen?«, kam die Antwort.

»Wen interessiert das? Was Sie vielmehr interessieren sollte, sind Ort und Zeit für die Übergabe Ihrer Tochter.« Jule machte eine Pause. »Heute um Mitternacht, am Grab Ihres Vaters.«

Emma beobachtete Jule und versuchte an ihrer Mimik, dem Gespräch mit Konstantin zu folgen. Sie konnte sich vorstellen, wie ihr Sohn versuchte, die Oberhand zu gewinnen und den gerissenen Geschäftsmann zu mimen. Bei Jule würde er damit keinen Erfolg haben. Das Mädchen ließ sich von niemandem so schnell einschüchtern.

»Woher weiß ich, ob es meiner Tochter gut geht oder ob sie überhaupt noch lebt?« Konstantins Stimme bebte.

»Keine Spielchen und keine markierten Scheine. Ist das klar?«, Jule wartete.

»Schon gut, ich komme und bringe das Geld mit.«

Barbara tuschelte etwas im Hintergrund, und Konstantin fragte: »Kann ich mit Trixi sprechen?«

»Nein.« Jule drückte das Gespräch weg. »So, und jetzt lasst uns essen. Heute werde ich reich, da brauche ich etwas auf die Rippen.«

Sie hantierte mit dem Salatbesteck und schaufelte sich eine riesige Portion auf den Teller, als ob nichts gewesen wäre.

»Haben wir alles?« Jule zog den Reißverschluss ihrer schwarzen Sweatjacke nach oben. Es war 23 Uhr.

Wie schon bei ihrem Einbruch in die Villa, hatte Jule auf schwarzer Kleidung als Tarnung bestanden. Das kleine Einbrecher-ABC war wohl auch für Erpresser geeignet, überlegte Emma. Sie setzte wieder Anjas dunkle Sonnenbrille auf, damit Trixi sie nicht erkannte.

Kalle hatte seinen Wagen zur Verfügung gestellt und wäre am liebsten mit auf den Friedhof gefahren, doch Jule verbot es ihm kategorisch. Sie vertröstete ihn damit, dass er Trixi jederzeit wieder treffen konnte, nur eben nicht heute.

»Wenn das Sackgesicht mir den Deal mit deinem Sohn vermasselt, kann ich die Kohle vergessen.«

Die Fahrt zum Friedhof dauerte nicht lange. Sandro fuhr, Trixi saß neben ihm und Jule mit Emma im Fond des Wagens. Jule hatte genaue Instruktionen gegeben, wie die Übergabe ablaufen sollte und was jeder von ihnen zu tun hatte. Das Scheinwerferlicht der entgegenkommenden Autos blendete. Jule hatte ihre Haare unter der Kapuze ihres Sweatshirts versteckt. Ihr Hinterkopf sah aus wie bei einem Weltraummonster aus dem Kino.

Ihre Idee, 10.000 Euro von Konstantin zu erpressen, war eigentlich nicht notwendig gewesen. Emma hatte genügend Geld und war auf Almosen ihres Sohnes nicht angewiesen, aber Jule bestand darauf. Sie wollte kein Geld von Emma, sie wollte Konstantins. Er habe es verdient zu bluten, und außerdem sei die Summe Pipifax im Vergleich zum Leben seiner Tochter.

Emma schaute zum Fenster hinaus und lächelte. Bunt beleuchtete Schaufenster huschten vorbei. Vereinzelte Nachtspaziergänger und eng umschlungene Liebespärchen schlenderten über die Trottoirs.

Trixi saß ungewohnt schweigsam im Wagen. Sie lehnte ihren Kopf gegen die Fensterscheibe. Emma hatte damit gerechnet, dass ihre Enkelin Beschimpfungen oder Drohungen ausstieß, doch das Mädchen sagte keinen Ton. Normalerweise ließ sie keine Gelegenheit aus, um andere Menschen zu attackieren oder sie zu beschimpfen. Wahrscheinlich trauerte sie um Kalle. Emma konnte sich nicht erklären, warum sie ausgerechnet ein Faible für diesen eigenartigen jungen Mann entwickelt hatte. Das musste das Stockholm-Syndrom sein, bei dem die Geisel Gefühle zu ihrem Entführer aufbaut. Das Mädchen stand unter Stress – oder was auch immer, denn Liebe, nein, Liebe konnte das nicht sein. Zumindest wollte Emma dies partout nicht glauben.

Sandro bog nach rechts zum Friedhof ab. Er stoppte das Auto am äußersten Ende des Parkplatzes, dort, wo es am dunkelsten war. Er packte Trixi an der Hand und verschwand mit ihr auf dem Friedhof. Jule und Emma warteten einen Moment und schauten sich um. Emma zog die Sonnenbrille von der Nase, um besser sehen zu können. Ihre Tarnung war nun nicht mehr notwendig. In den Fenstern der angrenzenden Häuser brannten vereinzelt Lichter. Blaues Fernsehflackern durchzuckte die Nacht.

»Scheint alles still zu sein«, stellte Jule fest, »keine neugierigen Nachbarn, keine Alten, die auf seniler Bettflucht sind.«

»Und keine Großmütter an Bettlaken, die von ihren Balkonen herabbaumeln«, ergänzte Emma.

Jule stieß ihr den Ellenbogen in die Seite und kicherte.

»Komm!«

Sie huschten zum Haupteingang des Friedhofs. Links und rechts neben dem schmiedeeisernen Portal brannten zwei Laternen. Nachtfalter umschwirrten das diffuse Licht. Das Tor quietschte leise, als sie eintraten. Eine mannshohe Steinmauer, mit Flechten überzogen, umzäunte das Gelände und schluckte den Straßenlärm. Eine Grille zirpte durch die laue Sommernacht.

»Wo ist das Grab deines Mannes?«, fragte Jule.

»Gleich da vorne.«

Emma ging voraus. Sie verließ den Hauptweg und lief parallel dazu einen etwas schmaleren Seitenweg entlang, bis sie auf der Höhe der Friedhofskapelle stehen blieb. Wie oft war sie schon hier gewesen und hatte sich auf die grüne Bank gegenüber von Kurts Grab gesetzt und mit ihm geredet. Nach seinem Tod war sie täglich gekommen, dann irgendwann nur noch zum Blumengießen, und seit sie in der

Residenz wohnte, war sie gar nicht mehr da gewesen. Vor Wochen das letzte Mal. Das Grab musste bei Tageslicht verheerend aussehen.

Der weiße Kiesweg reflektierte das Mondlicht. Kleine rote Grablichter schimmerten auf den Ruhestätten links und rechts. Kurts Kerze war erloschen, dafür standen die Rosen, die Emma ihm zu seinem Geburtstag gebracht hatte, vertrocknet in einer Vase. Welch trostloser Anblick im Mondenschein. Emma war wütend und bückte sich. Sie wollte das Trockengemüse entfernen, doch Jule packte sie am Arm.

»Jetzt nicht, das hat Zeit bis morgen.«

Sie hatte recht. Zuerst mussten sie sich verstecken. Ein kleines Stück hinter dem Grab ihres Mannes wuchsen einige Zypressen. Emma zwängte sich durch deren Äste und versteckte sich in ihrer Mitte. Die Zweige stachen ihr in den Nacken. Es dauerte eine Weile, bis sie eine Position in der Hocke gefunden hatte, in der sie sitzen konnte. Es war halb zwölf.

»Sandro, seid ihr auf Position?«, raunte Jule in Richtung der Friedhofskapelle, die sich nur wenige Meter entfernt am Hauptweg befand.

»Alles o. k., es kann losgehen.«

Sandro und Trixi hatten sich hinter dem Gebäude versteckt. Eine Holzbank stand an der Hauswand. Daneben befand sich ein Wasserhahn, an dem Blechgießkannen zum Bewässern der Gräber hingen. Jule kauerte sich hinter Kurts Grabstein ins Gras.

Die folgende halbe Stunde schien endlos lang. Emmas Beine schmerzten, ihre Wollmütze kratzte auf der Stirn, und sie musste zur Toilette. Hoffentlich kam Konstantin pünktlich.

Drei Minuten vor Mitternacht quietschte das Eingangstor des Friedhofs. Schritte auf dem Kies. Zuerst kamen sie schnell näher, dann wurden sie immer langsamer, bis sie schließlich vor Kurts Grab haltmachten.

Emma linste durch die Zweige und entdeckte Konstantin. Er trug einen dicken Briefumschlag in seiner Hand. Er drehte sich nach allen

Seiten um und wurde ungeduldig. Jule wollte ihn ein wenig zappeln lassen, hatte sie gesagt. Er schaute sich um und lief ein Stückchen weiter nach vorne und wieder zurück.

»Hallo?«, rief er zaghaft in die Nacht. »Ist hier jemand?«

Konstantin klemmte den Umschlag unter seinen Arm und zückte sein Handy. Er klappte es auf und tippte auf den Tasten herum. Das Display leuchtete durch die Dunkelheit. Als er es an sein Ohr hielt, konnte Emma sein Gesicht schemenhaft erkennen.

»Ich bin's. Nein, ich habe sie noch nicht. Hier ist niemand.« Er lauschte in den Hörer und blickte sich immer wieder um. »Was weiß ich. Nein, auf keinen Fall die Polizei. Ich warte noch ein wenig. Die wollen das Geld, also kommen sie auch. Bis nachher.«

Er beendete das Gespräch. Genau in diesem Moment sprang Jule hinter Kurts Grabstein hervor. Konstantin fuhr zusammen.

»Haben Sie das Geld dabei?« Sie deutete auf den Umschlag.

»Mein Gott, haben Sie mich erschreckt!« Konstantin fasste sich an sein Herz. »Haben Sie meine Tochter dabei?«

»Klaro.«

Jule knipste ihre Taschenlampe für einen kurzen Moment an und leuchtete Konstantin direkt ins Gesicht. Er hob seine Hand und drehte sich zur Seite.

»Lassen Sie das. Sie blenden mich.«

»Oh, das tut mir aber leid«, feixte Jule. »Ich dachte, weil Sie doch auch so ein Blender sind …«

»Hören Sie auf damit. Ich will meine Tochter, und zwar sofort.« Konstantin war wütend.

»Sie sind ja ein ganz Forscher«, sagte Jule amüsiert und setzte nach einer kleinen Kunstpause noch ein *Bubu* hinterher.

Emma hätte brüllen mögen, als sie sich an Konstantins Stelldichein in ihrem Keller erinnerte. Jule war einfach unmöglich. Sie genoss es, ihn zu quälen. Was noch viel schlimmer war, Emma genoss es ebenso.

»Bitte?« Konstantin nestelte an seinem Kragen.

»Was ist an *Bubu* denn nicht zu verstehen?«

»Woher wissen Sie …?« Er wischte sich über die Stirn.

»Das wollen Sie nicht wirklich wissen. Und wissen Sie was? Ich will mich auch gar nicht mehr daran erinnern. Widerlich.« Jule tat, als ob die Erinnerung sie anekelte. Emma vermutete, dass Konstantin totenbleich geworden war.

»Was wollen Sie?«, stammelte er.

»Ein Autogramm? Mann, warum haben wir uns hier doch gleich getroffen? Alzheimer oder was?« Jule wedelte mit der Hand und forderte das Geld.

Konstantin gehorchte und hielt ihr den Umschlag hin.

»10.000 in kleinen und nicht markierten Scheinen, so wie gewünscht«, sagte Konstantin.

»Wow, das klingt echt filmreif. Her damit.« Jule schnappte sich das Geld. Sie leuchtete mit der Taschenlampe zuerst wieder in Konstantins Gesicht, um ihn kurzfristig handlungsunfähig zu machen, und danach öffnete sie den Umschlag.

»Geil. Danke, Mann.«

Sie verschloss das Kuvert wieder und winkte zu Sandro in die Dunkelheit. Die beiden kamen aus ihrem Versteck. Trixi rannte zu ihrem Vater und fiel ihm um den Hals. Im Mondschein erschien ihre blasse Haut noch fahler. Ihr dünnes Partykleid schmiegte sich um ihre dürre Gestalt.

»Papa.«

»Trixi, geht es dir gut? Haben sie dir etwas angetan?« Konstantin küsste sie und schloss sie in seine Arme. Er zog sein Jackett aus und legte es um ihre Schultern.

»Mir geht es gut.« Sie schmiegte sich an ihn.

Konstantin erhob den Zeigefinger und drohte Jule.

»Wenn Sie dem Mädchen auch nur ein Haar gekrümmt haben, dann mache ich Sie fertig.«

»Ich habe nichts getan. Wenn sie ihre Jungfräulichkeit verloren hat, dann war das jemand anders.« Sie streute Salz in offene Wunden und hatte Spaß dabei.

Konstantin ließ Trixi sofort los und erhob die Faust, doch ehe er zuschlagen konnte, packte Sandro seinen Arm und zog ihn nach hinten auf Konstantins Rücken. Er krümmte sich vor Schmerz.

»Wage es nicht!« Sandro bebte. Nach dem Vorfall mit Paul im Park zweifelte Emma keine Sekunde daran, dass Sandro zuschlagen würde, falls Konstantin Jule etwas zuleide tat.

»Ich mache Sie fertig«, rief Konstantin. »Ich werde Sie finden.« Konstantin rang mit Sandro, wollte sich befreien, doch je mehr er tobte, desto fester zog Sandro an seinem Arm. Konstantin schrie auf und beugte sich nach vorne.

»Jetzt halt mal den Ball flach, *Bubu*. Ich weiß mehr über dich, als dir lieb ist, und könnte dich mit Leichtigkeit für Jahre in den Knast bringen.«

»Das ist doch nur ein Bluff.«

»Probier's aus.« Jule beugte sich zu ihm hinab und starrte ihm in die Augen. Ein Kauz schrie.

»Mein Auftraggeber will …«, Jule machte eine Pause, damit er ihre Worte auch richtig verstand, »er will, dass du und deine Familie die Koffer packt und morgen Mittag um Punkt zwölf Uhr aus eurer Villa verschwindet.«

»Wieso? Ich verstehe nicht, was das soll!« Konstantin stammelte und richtete sich unter Sandros festem Griff ein wenig auf.

»Du verstehst sehr wohl.« Jule drohte ihm mit erhobenem Zeigefinger.

Emma konnte nicht mehr in der Hocke sitzen. Ihr linker Fuß war eingeschlafen und kribbelte. Irgendetwas war ihr in den Kragen gerieselt und kitzelte auf ihrem Rücken.

»Wie war das eigentlich mit deiner Mutter? Sie ist, glaube ich, aus der Seniorenresidenz verschwunden. Ich habe da so einen Artikel in der Zeitung gelesen.«

Emma wusste nicht, ob es eine gute Idee war, Konstantin jetzt schon von ihr zu erzählen.

»Meine Mutter?« Sein Tonfall klang, als ob er sie schon aus seinem Bewusstsein gestrichen hatte und sich nun daran erinnerte, dass es da mal eine Frau gab, die sich so nannte. Emma war fassungslos.

»Was hat sie mit alldem zu tun? Habt ihr sie auch entführt?« Konstantin lachte.

Emma ballte die Fäuste. Dieser undankbare Wicht spielte wohl gerade die Möglichkeit durch, dass er Emma nicht auslösen würde und ihm die Entführer einen Gefallen täten, wenn sie sie ermordeten. Sie musste sich beherrschen, dass sie nicht aus ihrem Versteck sprang, den Spaten, den sie hinter Kurts Grab versteckt hatte, packte und ihrem Sohn links und rechts eine überzog.

»Halt's Maul und verschwinde.« Jule stieß ihn in Richtung Friedhofsausgang. »Nimm deine Tochter mit, und pack deine Sachen. Denk daran. Zwölf Uhr morgen Mittag seid ihr verschwunden. Pünktlich.«

Konstantin taumelte und fing sich wieder. Er griff nach Trixis Hand und zog sie mit sich.

»Stopp!«, donnerte Jule. »Ich glaube nicht, dass du so blöd bist, aber sicherheitshalber nochmals eine Ansage. Wir haben dich in der Hand und genügend Beweise, dich für Jahre vor dem Sonnenlicht wegsperren zu lassen, Bubu.«

»Was meint sie mit diesem *Bubu*, Papa?«

»Nichts«, stammelte er und packte sie am Handgelenk. Er zog sie mit sich über den Kiesweg zum Ausgang. Kurz danach jagte er seinen Wagen mit quietschenden Reifen davon.

»Jepp!«, rief Jule und schlug mit Sandro ein. Er zog sie in seine Arme und küsste sie leidenschaftlich.

»Kann mir mal jemand helfen?«, stöhnte Emma aus dem Gebüsch. Ihre Gelenke schmerzten, sie konnte sich nicht bewegen. »Hallo da draußen, habt ihr mich gehört?«

»Gehört schon«, murmelte Jule, ohne sich von Sandros Lippen zu lösen. Seine Hände wanderten über ihren Rücken hinab zu ihrer Taille.

»Das ist jetzt nicht euer Ernst«, jammerte Emma, »ihr könnt mich doch nicht hier sitzen lassen.«

»Warum nicht?« Jule lachte. Sie drückte Sandro das Geld in die Hand und half Emma aus ihrem nadeligen Versteck.

Mittwoch

»Mein Gott«, lamentierte Emma, »ich bin so aufgeregt. Hoffentlich geht alles gut.«

»Was soll denn schiefgehen?«, fragte Jule und marschierte vor ihr das Treppenhaus hinab. Die Stufen knarzten, und der Geruch nach Bohneneintopf durchströmte das ganze Haus. Emma blieb stehen.

»Es kommt mir fast wie eine Ewigkeit vor, dass du mich das erste Mal mit zu dir in die WG genommen hast.«

Jule drehte sich um und lachte.

»Warst ganz schön schockiert, weil es hier nicht so etepetete ist wie bei dir daheim.«

»Es hatte auch nicht viel gefehlt, und ich wäre in eine Pension gezogen.« Emma lächelte. Sie blickte zurück nach oben. »Und jetzt habe ich schon Heimweh nach euch allen, ehe ich das Haus überhaupt verlassen habe.«

Jule stieg die letzten Stufen wieder nach oben und nahm Emma an der Hand. Ihre grünen Augen leuchteten.

»Geht mir genauso. Ich vermisse dich jetzt schon.« Jule fiel Emma um den Hals und drückte sie.

»Wo bleibt ihr denn?«, rief Sandro von unten.

»Wir kommen«, antwortete Jule und zog Emma mit sich.

Sandro und Kalle warteten bereits vor der Haustür. Die überquellenden Müllcontainer, die lärmenden Jungs aus dem Nachbarhaus, die ihren Fußball gegen die Wand kickten, und der Geruch nach Undefinierbarem würden Emma fehlen. Sie hatte sich in den wenigen Tagen hier wohlgefühlt wie schon lange nicht mehr. Sie war lebendig, stieß an ihre Grenzen und hatte das Gefühl gehabt, etwas wert zu sein. Und plötzlich sollte all das ein Ende finden? Sie stand so kurz vor ihrem Ziel, würde in ihre Villa zurückkehren und ihrem Sohn einen Denkzettel verpassen. War es wirklich das, was sie jetzt noch wollte? Inzwischen war nur eine Woche vergangen, und ihr Leben stand Kopf.

»Worauf wartet ihr?«, rief Sandro.

Emma lächelte. Sandro, der gut aussehende Italiener, der ihr einen wohligen Schauer nach dem anderen über den Rücken jagte. Der, ohne es zu wissen, ihre Lebensgeister ganz schön ins Schwitzen brachte und schon lange den Platz von Eduardo, dem knackigen Dachdecker, in ihren Träumen eingenommen hatte. Er würde ihr fehlen. Es fühlte sich ein klein wenig wie Liebeskummer an. Lächerlich, aber das Gefühl war trotzdem da.

Kalle, nun, ihn würde sie nicht sonderlich vermissen. Oder doch? Auch wenn er eigenartig und schüchtern war, so empfand sie einen Hauch Verständnis für ihn. Vielleicht hätte sie ihn besser kennenlernen sollen, ihn fragen, was er dachte und fühlte. Eine verwirrte Seele auf der Suche?

»Emma?« Jule wedelte mit der Hand vor ihrer Nase herum. »Kommst du?«

»Entschuldige, natürlich, ich war in Gedanken.«

Emma folgte ihr zum Wagen, beobachtete, wie Jules Locken bei jedem Schritt auf und ab sprangen. Sie trug einen Jeansminirock mit silbernen Gürteln, die schräg auf ihrer Hüfte hingen. Die dicken Armeestiefel, das hautenge T-Shirt – all das passte so wunderbar zu ihr. Verrückt und spontan war sie, ordinär und herzensgut gleichermaßen. Dickköpfig und verletzlich wie ein kleines Kind. Emma liebte diese Person.

Jule hielt ihr mit einer leichten Verbeugung die Wagentür auf.

»Bitte sehr, die Dame. Dürfen wir Sie zu Ihrer Villa chauffieren?«

Eine Träne stahl sich in Emmas Augenwinkel.

»Danke, sehr freundlich.« Emma spielte das Spiel mit und stieg ein. Sie ließ sich tief in den Sitz sinken und sah aus dem Fenster.

Kalle fuhr, er ließ es sich nicht nehmen mitzukommen, hegte

wahrscheinlich die Hoffnung, wenigstens einen Blick auf Trixi werfen zu können.

Die Fahrt zur Villa hätte nach Emmas Empfinden gerne unendlich lang dauern können. Mit jedem Meter, den sie sich ihrem Haus näherten, entfernte sie sich von Jule, Sandro und ihrem verrückten Leben.

Drei Minuten vor zwölf parkte Kalle den Wagen vor der Villa. Er hatte eine Parklücke hinter der hohen Ligusterhecke gefunden, sodass Konstantin sie vom Haus aus nicht sehen konnte. Jule und Sandro wollten zuerst mit ihm sprechen, ehe Emma ihren Auftritt bekam.

»Dann mal los«, sagte Jule und stieg aus.

Sandro folgte ihr. Er sah auf die Uhr.

»Warte, noch zwei Minuten. Wenn schon, dann richtig«, schmunzelte er und blickte in Jules grüne Augen.

»Sie wird mir fehlen«, sagte sie plötzlich und winkte Emma zu.

Sandro legte seinen Arm um ihre Schultern.

»Mir auch.« Plötzlich grinste er frech. »Vor allem wird mir fehlen, dass sie mich andauernd anhimmelt.«

Jule knurrte und schlug spielerisch nach ihm.

»Alter, ich bring dich um, wenn du mit ihr fremdgehst.«

Sie lachten. Sandro blickte auf die Uhr.

»Showdown, es ist zwölf, Baby. Lass uns tun, was zu tun ist.«

»Dann mal los.«

Sie traten hinter der Hecke hervor und liefen die Hauseinfahrt entlang.

Jule hatte das Anwesen nur bei Nacht gesehen und war erstaunt, welch traumhaft schönes Juwel die Villa war. Sie stand inmitten eines perfekt angelegten Gartens. Rosenranken mit blutroten Blüten kletterten an der hellgelb gestrichenen Fassade nach oben. Die Fensterumrandungen waren mit weißem Stuck verziert. Auf dem Dach, das Eduardo und seine Kollegen gedeckt hatten, glänzten weinrote Ziegel im Sonnenschein. Links neben dem Haus befand sich die Garage, hinter der die Kellertür lag, durch die sie mit Emma ins Haus eingestiegen war. In der Mitte, direkt über der Haustür, befand sich im Dachgeschoss eine kleine Gaube mit einem runden Fenster.

»Boah, ist das nicht ein saugeiler Kasten?« Jule staunte.

»Kein Wunder, dass Emma wieder zurück wollte.« Sandro legte seinen Arm um Jules Hüfte.

»Staunen können wir nachher noch genug. Jetzt ist erst einmal Showtime.« Jule lief weiter.

Das Garagentor war geschlossen. Davor parkte eine silberne Nobelkarosse, der man ansah, dass sein Besitzer nicht unvermögend war. Der Wagen glänzte in der Sonne. Plötzlich wurde die Haustür aufgerissen, und Konstantin stürmte heraus.

»Verlassen Sie sofort mein Grundstück, oder ich hole die Polizei!«

»Ach wirklich?« Jule blieb stehen und verschränkte die Arme vor der Brust.

Konstantin baute sich vor den beiden auf und blähte die Nasenflügel. In der Haustür erschienen Barbara und Trixi. Barbara trug ein grünes Etuikleid mit farblich passenden Pumps dazu. Ihre Haare hatte sie lässig nach oben gesteckt. Trixi stand neben ihr. In Jeans und Bluse erschien sie nicht mehr so knochig und dürr. Ihre Haare wehten sanft im Wind. Während Barbara kampfeslustig zu Konstantin schaute, spähte Trixi Richtung Einfahrt. Hoffte sie, Kalle zu entdecken?

»Wo sind Ihre Koffer, Herr von Stratnitz? Es ist zwölf Uhr.«

»Scheren Sie sich zum Teufel und lassen Sie mich und meine Familie in Ruhe.«

Barbara grinste triumphierend und warf den Kopf in den Nacken.

»Guter Mann, das sollten Sie noch mal überdenken, denn die Konsequenzen wären für Sie, sagen wir mal, wirklich suboptimal.« Jule grinste.

Barbara schien das Gespräch zu lange zu dauern. Sie stöckelte über das Kopfsteinpflaster zu ihnen herüber. Trixi folgte ihr wie ein Schatten, die Augen suchend auf die Straße gerichtet.

»Wer sind Sie, und was wollen Sie von uns?«, fragte Barbara zickig.

Jule hätte dieser Schlange am liebsten den Hals umgedreht. Als Barbara sie dann auch noch von oben bis unten angewidert betrachtete, wurde es ihr zu bunt.

»Hat jemand mit Ihnen geredet?« Sie scannte Barbara ebenfalls von oben bis unten und spuckte ihr vor die Füße. Zu Konstantin sagte sie: »Wird's bald? Verziehen Sie sich.«

Barbara war empört. Sie rang nach Luft.

»Sie ungehobelte Person, was erlauben Sie sich?«

»Schätzchen, sei still, wenn sich Erwachsene unterhalten.« Jule strafte sie mit einem verächtlichen Blick.

»Verlassen Sie mein Grundstück – sofort!«, schrie Konstantin und deutete mit dem Zeigefinger auf die Straße.

»Nein, Bubu, das werden wir nicht.«

Konstantin lief puterrot an.

»Bubu?«, fragte Barbara und starrte ihren Mann an.

»Schluss mit dem Theater, mein Auftraggeber hat keine Lust, länger zu warten.« Jule stampfte mit dem Fuß auf den Boden. »Entweder Sie verlassen augenblicklich die Villa, oder wir werden andere Geschütze auffahren.«

»Lächerlich.« Konstantin zupfte sich am Ohrläppchen.

»Lächerlich nennen Sie das? Ich nenne es Beihilfe zum Mord, Tierhandel, Bestechung, und wenn ich noch genauer nachdenke, dann könnte ich auch von *Bubu* erzählen.«

»Halten Sie Ihren verdammten Mund.« Konstantin bebte. Barbara schaute ihn skeptisch an.

»Wovon redet diese infame Person?«

»Ich rede davon, dass wir Ihren Göttergatten hochgehen lassen und er für einige Jährchen gesiebte Luft atmen darf, wenn Sie hier nicht sofort verschwinden.« Jule spürte Sandros Ellenbogen an ihrem. Die ganze Situation war so herrlich. Wenn es nach ihr ginge, hätte sie die beiden stundenlang auf die Folter spannen können, doch Emma konnte bestimmt vor lauter Aufregung nicht mehr atmen.

»Für all das haben Sie keine Beweise«, pokerte Konstantin. »Und außerdem – wer soll ihr mysteriöser Auftraggeber sein? Ich wette, den gibt es gar nicht.« Er ging einen Schritt nach hinten, nur um gleich wieder mit erhobenem Zeigefinger auf sie zuzukommen. »Sie haben sowieso einen blöden Fehler gemacht.«

»Haben wir?« Jule zog ihre gepiercte Augenbraue hoch.

»Ich kenne Ihre Gesichter, und meine Tochter weiß, wo Sie wohnen. Ich kann Sie also jederzeit hochgehen lassen.« Er grinste über seine Genialität. Barbara stellte sich schräg hinter ihn und legte ihre Hand anerkennend auf seine Schulter.

»Pipifax. Wir haben nichts Unehrliches getan und somit nichts zu verbergen. Im Gegenteil, wir haben Ihre Tochter aus den Klauen Ihres lieben Freundes befreit. Eine Sorge weniger für Sie. Nun fehlt Ihnen zu Ihrem Glück nur noch Ihre Mutter.«

Barbara zuckte zusammen.

»Lassen Sie meine Mutter aus dem Spiel.«

»Da fällt mir ein, haben Sie nicht demjenigen eine Belohnung in Aussicht gestellt, der sie findet?« Jule stieß Sandro in die Seite.

Konstantin platzte der Kragen.

»Machen Sie, dass Sie fortkommen. Das wird mir alles zu dumm hier.«

»Einverstanden, wir sollten schärfere Geschütze auffahren.« Jule pfiff durch die Finger. »Darf ich vorstellen, unser Auftraggeber.«

Das war Emmas Zeichen. Sie hatte die ganze Zeit hinter der Hecke gewartet und jetzt, da es soweit war, das Versteckspiel zu beenden, rumorte ihr Magen. Sie atmete tief durch und trat in die Einfahrt.

Langsam, wie in Zeitlupe, lief sie vom Trottoir über den kopfsteingepflasterten Gartenweg. Die Sonne schien warm und wohlig auf ihre Haut. Sie hatte ein Kopftuch umgebunden und Anjas Sonnenbrille ein letztes Mal auf die Nase gesetzt. Der Wind fuhr in die weiten Hosenbeine ihrer Leinenhose und wehte die orangefarbene Tunika gegen ihren Körper.

Konstantin und Barbara schauten neugierig zu ihr herüber. Die

Sonne blendete sie, und Barbara legte ihre Hand wie ein Schild gegen die Stirn.

Emma löste ihr Kopftuch und ließ es mit dem Wind zu Boden segeln. Ihre gefärbten Haare leuchteten. Konstantin schien sie nicht zu erkennen. Dann zog Emma die Brille von der Nase.

Barbara begriff sofort.

»Mutter?«

Konstantins Kiefer klappte nach unten. Er starrte sie fassungslos an.

»Das warst du die ganze Zeit, Oma?«, rief Trixi. »Und ich dachte, die komische Alte sei deine Oma gewesen, Jule.«

»Ich würde sie gerne mit dir tauschen«, sagte Jule und seufzte.

Emma baute sich vor Konstantin und Barbara auf. Was hatte sie sich alles ausgedacht, was sie in genau diesem Moment sagen würde. Sie wollte die beiden beschimpfen, sie anschreien, sie schütteln und einfach in irgendeiner Weise verletzen, so, wie sie es all die Jahre mit ihr getan hatten. All ihre Demütigungen wollte sie ihnen heimzahlen, doch plötzlich, als sie vor ihrer Villa stand, endlich wieder zu Hause war, erschien das alles unwichtig, und sie wusste ganz genau, es gab nur eines, das sie wirklich wollte.

»Konstantin, du wirst augenblicklich mein Grundstück verlassen. Nimm deine Frau und verschwinde.«

»Mutter?«, stammelte er. »Wo kommst du her, und wie siehst du überhaupt aus. Ich verstehe nicht.«

»Das brauchst du auch nicht, Junge. Geh einfach. Ich will mein Haus zurück.« Sie griff in ihre Umhängetasche mit den kleinen Spiegelsteinchen, die sie bei ihrer Shoppingtour mit Jule am ersten Tag ihrer Flucht gekauft hatte, und zog einige Fotos hervor. »Als kleine Entscheidungshilfe habe ich dir dies mitgebracht.«

Konstantin nahm die Bilder. Als er begriff, was er da sah, wich jegliche Farbe aus seinem Gesicht. Es waren die Fotos, die Lehmann in der Lagerhalle aufgenommen hatte. Barbara blickte neugierig über seine Schulter. Während ihr nur Fragezeichen ins Gesicht geschrieben standen, wurde Konstantin die Tragweite der Situation bewusst.

»Du wirst der Polizei doch nicht diese Bilder zeigen?« Seine Stimme zitterte.

»Nicht, wenn du gehst und mich in Ruhe lässt. Diese Abzüge kannst du gerne behalten. Die Originale bewahre ich auf. Sagen wir mal als Sicherheit, damit du deine Entscheidung nicht eines Tages wieder vergisst.«

Konstantin wusste, dass er verloren hatte. Trotzdem wagte er einen letzten verzweifelten Versuch: »Mutter, du weißt, dass du das große Haus alleine nicht halten kannst. Ich meine, du wirst dich einsam fühlen.«

»Red keinen Unsinn. Ich werde nicht alleine einziehen.« Emma lächelte.

»Nicht?« Konstantin schüttelte den Kopf.

»Nein. Darf ich vorstellen?« Emma drehte sich zu Jule und Sandro. »Meine beiden Untermieter.«

Jule starrte Emma an. Zum ersten Mal erlebte Emma das Mädchen wirklich sprachlos. Sandro strahlte über das ganze Gesicht. Er begutachtete die Villa.

»Und? Was haltet ihr von diesem Vorschlag?« Emma hatte Angst, dass sie ihr Angebot ausschlagen könnten. Eine Absage der beiden würde sie nicht ertragen. Jule fiel ihr um den Hals.

»Klaro, wir sind dabei.« Sie hielt sie ein wenig länger als notwendig fest.

Emma spähte währenddessen über Jules Schulter und entdeckte Trixi auf dem Trottoir. Im Trubel war es ihr nicht aufgefallen, dass sie auf die Straße hinausgelaufen war. Sie stand vor Kalle und hielt seine Hände. Verlegen schaukelten sie diese hin und her. Beide starrten zu Boden und kicherten.

Er war beileibe nicht der perfekte Schwiegerenkel, aber vielleicht derjenige, der Trixi aus ihrem goldenen Käfig holen und ihr die Hochnäsigkeit austreiben konnte. Wenn er es nicht schaffte, dann wollte sich Emma höchstpersönlich darum kümmern.

»Und noch etwas …« Sie löste sich aus Jules Umarmung und rief ihrer Enkelin zu: »Trixi, wenn du möchtest, kannst du in deinem

Zimmer im Dachgeschoss wohnen bleiben. Denn Kalle wird bestimmt öfter bei uns ein- und ausgehen. Nicht wahr, Kalle?«

Der junge Mann schaute Emma an und strahlte vor Glück.

»Konstantin, Barbara, ich wäre euch dankbar, wenn ihr bis heute Abend hier ausgezogen seid. Damit ich meine Möbel aus dem Keller wieder heraufholen kann. Und jetzt entschuldigt mich, ich muss meinen Freunden ihr neues Zuhause zeigen.«

Emma trat zwischen Sandro und Jule, hakte sie unter und marschierte mit ihnen zur Haustür. Wie muskulös und warm sich Sandro anfühlte. Ein Schauer lief ihr über den Rücken. Das konnte ja heiter werden. Plötzlich blieb sie stehen und wandte sich zu ihrem Sohn um. Er stand vollkommen überrumpelt mit den Fotos in der Hand in der Auffahrt und starrte Barbara an, die nur mit den Schultern zuckte.

»Junge, dass du mit diesem Flittchen *Bubu* auf meinem roten Sofa gemacht hast, verzeihe ich dir nie. Die Rechnung für ein neues wirst du übernehmen.«

ENDE

Danke …

An dieser Stelle ist es mir ein Herzensanliegen, mich bei all den lieben Menschen zu bedanken, die mir während der Entstehung dieses Buches zur Seite standen. Jeder von euch hat mich auf seine eigene Art und Weise unterstützt, angetrieben und inspiriert.

Danke an Ute, die den Stein ins Rollen brachte. Margit, die mit unendlicher Geduld die Strippen zog. Ulrike, die mir beibrachte, meiner Fantasie bedingungslos zu folgen. Anne, Gina und alle anderen Freunde, die immer ein offenes Ohr für mich hatten.

Danke an Frau Hennek für ihr einfühlsames Lektorat.

Außerdem gilt ein ganz besonderes Dankeschön dem dotbooks-Verlagsteam. Der Weg von meinem Manuskript zu diesem wundervollen eBook erforderte viele Arbeitsschritte hinter den Kulissen. Dafür und für die nette Zusammenarbeit möchte ich mich herzlich bei Ihnen allen bedanken.

Zum Schluss ist da noch meine Familie. Was soll ich sagen? Danke – für eure grenzenlose Geduld, wenn ich in meinem Paralleluniversum verschwand und das reale Leben manchmal zu kurz kam. Danke – für eure kritischen Anmerkungen, das Testlesen, eure liebevolle Unterstützung und vor allem für eure Begeisterung über die Entfaltung und Weiterentwicklung der Geschichte.

Der Roman ist an dieser Stelle zu Ende, doch die nächsten Abenteuer von Emma, Jule und Sandro warten schon auf euch …

Simone Jöst